U0533506

再少年

疯丢子 著

· 上 册 ·

青岛出版集团 | 青岛出版社

图书在版编目（CIP）数据

再少年 / 疯丢子著. -- 青岛 : 青岛出版社, 2024.
ISBN 978-7-5736-2511-3

Ⅰ．I247.5

中国国家版本馆CIP数据核字第2024AR3871号

ZAI SHAONIAN

书　　名	再少年
作　　者	疯丢子
出版发行	青岛出版社（青岛市崂山区海尔路182号）
本社网址	http://www.qdpub.com
邮购电话	18613853563
责任编辑	方泽平
特约编辑	宋晓霞
校　　对	李玮然
装帧设计	蒋　晴
照　　排	梁　霞
印　　刷	三河市良远印务有限公司
出版日期	2024年12月第1版　2024年12月第1次印刷
开　　本	16开（640mm×920mm）
印　　张	40.5
字　　数	705千
书　　号	ISBN 978-7-5736-2511-3
定　　价	69.80元（全2册）

编校印装质量、盗版监督服务电话 4006532017　0532-68068050

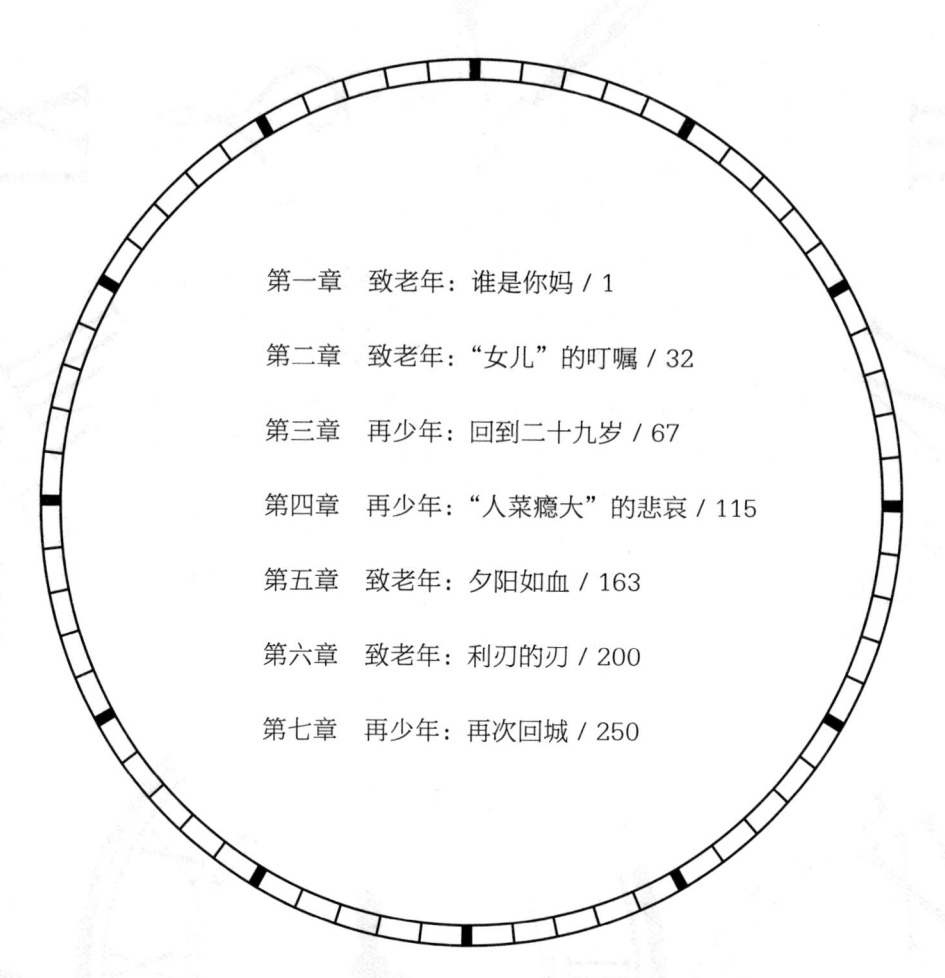

目 录

上 册

第一章　致老年：谁是你妈 / 1

第二章　致老年："女儿"的叮嘱 / 32

第三章　再少年：回到二十九岁 / 67

第四章　再少年："人菜瘾大"的悲哀 / 115

第五章　致老年：夕阳如血 / 163

第六章　致老年：利刃的刃 / 200

第七章　再少年：再次回城 / 250

目录

下册

第 八 章　再少年：出逃的员工 / 317

第 九 章　致老年：我的爷爷陆晓 / 335

第 十 章　致老年：方奶奶的教育理念 / 364

第十一章　再少年：最方便的报答 / 406

第十二章　再少年：谈下大奔中心 / 455

第十三章　致老年：老方真正的困境 / 503

第十四章　致老年：太极大师陆大爷 / 534

第十五章　再少年：归去来兮 / 565

第十六章　致老年：生死宇宙 / 602

第一章

致老年：谁是你妈

"你是打算这样玩到老吗？"

方亚楠在病床上醒来的时候，第一反应其实是害怕。

老妈在她临睡前说的最后一句话在她脑子里不断回响，她现在几乎是被吓醒的。

她一点儿也不觉得熬夜打游戏导致昏倒是一件值得卖惨的事情。她甚至希望自己此时是在电脑前醒来——这证明老妈没有发现她熬夜的事情，她还能继续装作什么事都没发生，想玩啥玩啥。

然而周围的白墙、日光灯以及耳边的"嘀嘀"声无不证明了她现在的处境。

她真的因为过劳进医院了。

完了，一会儿老妈来，她是抱头痛哭呢，还是当场跪下，或者干脆装死撑过去？

她还没想完，帘子就被拉开了，露出一张陌生的中年女人的脸。

这女人长得挺好看，甚至有点儿眼熟。她五官立体感很强，眼角和眉梢皆透出精明强干的气质，一头短发配着超短的刘海，整个人显得极为时髦和利落。

方亚楠一直想让自己的妈妈剪这个发型——太洋气了。但老妈嘴上说着"好好好"，进了理发店，还是只肯花三十五块钱让理发学徒随便剪剪。

方亚楠现在既生气又羡慕。

那女人拉开帘子的时候还在跟外面的人说话："我陪一会儿，您休息一下吧。"

她的声音也透着股强势意味。

哎，这人真像自己妈妈，越看越像。

女人叮嘱完，一回头看到方亚楠，眼睛骤然亮了，张口就是一句："妈，你醒啦？"

方亚楠僵硬地看了看自己两边，没有别人："什么？"

"醒了怎么不喊一声？阿姨就在外面，你看看……刘阿姨，我妈醒了，麻烦你叫医生来看看，好吧？"

"哎，好！"外头有人应了，接着是脚步远去的声音。

女人转过头，笑得很欣慰："妈，感觉怎么样，有没有哪里不舒服？"

方亚楠："你……叫我？"

等一下，她的声音不太对劲。

中年女人愣了愣，眨了眨眼，笑容勉强起来："是……是啊，妈，怎么了？"

方亚楠目瞪口呆。

这是什么？真人秀？整蛊游戏？她身边有这么无聊的朋友吗？好像还真有，可是人家就算有这个心，也没闲钱搞这个啊！

"我……"方亚楠艰难地说道，"我不知道该说什么。"

等一下，她的声音真的不太对劲！

方亚楠用力地清了清嗓子，继续说道："你们能把我爸妈叫来吗？"

女人完全愣了，微微张着嘴，看神色是想跑，但是硬撑着没跑。她问："你记得我是谁吗？"

记得？我根本不认识你吧！

方亚楠老实地摇了摇头。

中年女人的眼眶"唰"地红了，她猛地转过身，做了个深呼吸，然后回头挤出个笑容："妈，我是江谣，阿谣，你女儿啊。"

方亚楠沉默地看着她，凝视时间之长让病房外的声音都变得遥远起来。

许久，方亚楠才缓缓开口："大姐，这是精神病院吗？咱俩到底谁是病人？"

江谣"大姐"闻言，眼泪直接掉下来了。她捂着脸转头跑了出去。

"哼。"方亚楠表情冷漠地看着她的背影，其实心里已经紧张到快要窒息了。

她的声音真的不太对劲。

而且她的身体怎么这么难受？四肢沉重，难道她年纪轻轻就中风了？可是中风的话，她说话能这么利索？

方亚楠呆呆地看着天花板，想着是不是再睡一觉，亲妈就能来了。

"这……这……这……"外头忽然又响起江谣的声音，她很急很脆地说，"莫医生，我跟你说——"

"我先看看，好吧？"一个年轻的男声响起，不紧不慢的，他说，"而且你真的要在病人面前说她的病情吗？"

江谣立刻噤声。

帘子又被拉开了，露出个身着白大褂的男人。方亚楠转着眼珠一看，好家伙，这才是综艺节目标配啊——帅哥医生！长头发还在后脑勺处扎成马尾！再加上金边眼镜遮不住的桃花眼和白皙俊俏的脸蛋，这人一看就是"妇女杀手"！

等一下，难道这部综艺节目的主角是那个中年女人和他？

方亚楠的头更疼了。

"方亚楠？"莫医生笑眯眯地凑过来，"感觉怎么样？"

方亚楠答得气壮山河："挺好的，请问我妈呢？"

莫医生愣了一下，和江谣交换了一下眼神，回头继续笑眯眯地问："你还记得你昏倒前在做什么吗？"

方亚楠终于有点儿心慌了，语气弱了下来，老老实实地答："我在……熬夜打游戏。"

这一刻，莫医生和江谣的表情，方亚楠光靠九年义务教育积攒的词汇描述不出来。

莫医生摘下眼镜，冲江谣抬了抬下巴，言简意赅道："出去说。"

他回头对方亚楠露出笑容："您先休息一下哟。"

江谣早已六神无主，连连点头，甚至不敢看方亚楠，踏着小碎步跟着莫医生出去了。

方亚楠朝四周看了一圈，诡异感越来越重——病房还是熟悉的病房，可又有点儿不一样。她周围没有任何仪器，只有一张床和一个床头柜。但是她现在动一动都困难，身边不应该什么医疗设备都没有。

如果这是综艺节目，那摄像机和收音设备呢？

到底哪里不对？

方亚楠努力低头，想看看自己的身体——她也不知道自己为什么要这么做，可能因为这是她现在唯一能勉强做到的事情。被子盖得严严实实，她努力动了动右手，试图从被子里挣扎出来。

右手又麻又沉，她忍着惊惧情绪伸直食指，一点点地往被子外探，终于看到了一根手指。

方亚楠瞪大双眼，呼吸猛地一窒。帘子忽然被拉开，莫医生大步走了进来："方亚……"

"啊啊啊——喀喀喀——"

迎接他的是方亚楠见鬼一样的尖叫声。这叫声险些让方亚楠当场断气，她剧烈地咳嗽起来。莫医生的动作猛地加快，他把记录板往桌上一放，把领带一扯，一边把方亚楠翻过来拍背，一边抬头朝她上方的墙壁大喊："咯痰！镇定！1301病房！"

帘子被拉开得更大，江谣在后面捂住嘴："我妈怎么了？！她怎么了？！"

"我不知道！"莫医生按住方亚楠的肩膀，回头朝江谣大吼，"让开，不要挡路！"

江谣立刻后退两步，护士推着器械冲了过来，又是给方亚楠打针，又是给她吸痰，一通操作下来，方亚楠生不如死。可这远比不上她在看到自己的右手时的崩溃情况。

那是一只苍老的手，像一只虎皮凤爪——泡了很久的那种。

可那确实是她的手。

她老了？还是说她恰好穿越到一个和她同名的老人身上了？

这到底是怎么回事啊？！

"方阿姨，方阿姨！"

"妈，妈！"

方亚楠再次昏了过去。

方亚楠，二十九岁，从没谈过恋爱，兴趣爱好广泛，网瘾重，有车有房、有爹有妈、吃穿不愁，酒肉朋友一堆，出去玩时呼朋引伴，游戏私信里躺着一百份邀请函。她和她的朋友们就像是一个池塘里的一群青蛙，每天开心得不得了。她有一个暗恋的人，因为她对暗恋乐在其中，所以没有任何主动出击的打算。

她觉得自己这辈子可能都会这样过了，从来没想过有一天醒来，会有人喊她妈——还是个四十来岁的中年妇女。

这太魔幻了。不管是重生还是穿越，她都笑不出来。

带着这样的心情再次醒来，方亚楠比第一次醒来时还要害怕。

这次她怕的不是被老妈训斥玩物丧志，而是怕再出现一个中年妇女喊自己妈，还喊得情真意切。

她不敢睁眼，誓死要在听到科学又靠谱的信息时再进行回应。

旁边有人在忙碌，进进出出的，几次三番后，有人出声了："刘阿姨，我妈还没醒？"

完了，这人还是那个江谣！她现在听见这个声音就闹心！

刘阿姨声音很憨实："还没呢，睡得好好的。"

"哦，我刚才看见她的眼皮动了一下。"

"放心，她醒了以后我会跟你说的，你去办事吧。"

"不用，我请假了。"

"啊？江大姐你工作很要紧吧，离开岗位没关系吗？"

"我妈都这样了，我还回去工作，像什么样子？"江谣沉重地叹了一口气，坐在一旁，"你休息一下吧，我陪着她。"

"没事，没事，分内的事。"刘阿姨叹了一口气，"唉，你也不要太难过，老人家年纪到了，或多或少有这个症状。我在这个病区干了五年，见得多了，比起其他人这个伤那个痛的，这样反而好。"

病？什么病？

"可她之前还好好的啊。"江谣疲惫地说道，"人家家里老人老年痴呆，不都是慢慢开始的？怎么到我妈这儿……就一夜之间……"

啥？！老……老……老啥？！

"哎哟，江大姐！"刘阿姨声音忽然严厉起来，"在这儿可不兴说这个，要叫阿尔茨海默病！老人家敏感着呢，可不能让他们觉得孩子们嫌弃他们。"

"我明白，别说老年痴呆了，当着她的面，我们连阿尔茨海默病都不会说的。"江谣有些不满。

"那还有家里的小孩子什么的……"刘阿姨还待叮嘱两句，一阵铃声忽然响起。

"刘阿姨，麻烦您看一会儿，"江谣站了起来，"我去接一下电话。"

"哦，好，你去吧。"

江谣出去了。

刘阿姨又"窸窸窣窣"地理了会儿东西，有人进来了，另一个熟悉的声音响起——

"方奶奶的家属来了吗？"

奶奶？！

方亚楠的心又死了一回。

"莫医生哪，江大姐刚才出去接电话了，有什么事呀？"

"没事，我来看看。"

脚步声到了近前，忽然，面前的空气被压迫了一下，方亚楠甚至能感觉到脸颊上方轻微的呼吸气息。过了一会儿，压迫感消失了，莫医生"喃喃"："该醒了吧？"

不！我没醒！醒你个大头鬼！

"方奶奶没醒过？"莫医生向刘阿姨求证。

"没有呀。"

再喊奶奶我就醒不过来了！

"奇怪，"莫医生嘀咕了一句，还是低声叮嘱，"一会儿她的家属来，让他们到我的办公室来一下。"

"好的，好的，是全部都要过去，对吧？"刘阿姨声音有些神神秘秘的。

"刘阿姨就是有经验。"莫医生说道，"对，全来，别在方奶奶身边留人。"

"唉，"刘阿姨叹了一口气，"我跟江大姐也说了，他们明白的。"

"那行。"莫医生出去了。

啥情况？他们打哑谜呢？干吗不让我偷听？你们是要密谋什么？

方亚楠急死了，真想睁开眼直接抓着他们的衣领逼供。

忍住，方亚楠！敌不动我不动！成大事者不拘小节！天将降大任于斯人也，必先苦其心志、劳其筋骨！战火为何而燃，秋叶为何而落？天性不可夺，吾辈心中亦有惑，怒拳……

门忽然被撞开，一个少年冲她大叫："奶奶！"

方亚楠紧握怒拳，睁眼狂吼："滚！"

这日子没法过了——看着被自己吼愣了的少年，方亚楠胸闷气短、眼发黑的时候，脑子里只有这么一个想法。

她喘着粗气和门边的少年互瞪着。

真年轻哪，这少年年纪大概还没她原来的一半大，白皮肤、小脸、大眼睛，刘海濡湿了，耷拉在额头上，鼻梁不高不低，刚刚好，鼻头红彤彤的，还吸了两下。他个儿挺高，身材比例极好，穿着一身校服，斜背着一个书包靠在门上，看着很是青春养眼。

此时他也喘着粗气，只不过和方亚楠不同——她是气的，他是跑的。

"奶……"他有些呆滞和挣扎地嗫嚅着。

"还喊？！"方亚楠又吼，一副凶神恶煞的样子。

"啊，可是奶……"

"闭嘴！"

他闭嘴了，眨巴了一下眼睛，一副不知所措的样子。

"怎么又吵起来了？"莫医生闻声而至，在门口看到少年，挑了挑眉："你是……？"

"我……我是……"少年看起来快哭了，手指小心翼翼地指向方亚楠，"我是她的孙……"

"闭嘴！"方亚楠跟地雷一样，一碰就炸。

少年闭嘴了，朝莫医生看过去，一副"你看，就是这样"的样子。

场面不是很美好，但是莫医生在憋笑。他抿着嘴点了点头，拍拍少年的肩膀，把少年往外推："来，来，出去说。"

"不准走……喀喀喀！"连番怒吼下，方亚楠感觉自己又快断气了，但还是坚持着说，"说清楚……喀喀……喀喀……怎么回……喀喀……怎么回事！"

"哎哟，方奶奶啊，"刘阿姨上来给方亚楠拍背，"不要这么激动！"

莫医生和少年被她这么一吼，果然不敢走了。莫医生叹了一口气，指着少年问方亚楠："方奶奶，你不记得他是谁了？"

方亚楠眼泪都快咳出来了。她摇头："我不是不记得，是根本不认识他！"

少年抿紧了嘴，眼睛瞪得大大的。

莫医生叹了一口气，问少年："说吧，你是谁？"

"我……"少年一边偷看方亚楠，一边小心翼翼地说道，"我……我叫方鹗。我……我是她……"

他不敢说下去了。

莫医生掏出自己的记录板，在上面点点点，然后点头："哦，孙子。"

这人占谁便宜呢？莫医生说得过于简略，以至方亚楠都想替方鹗回一句"你才孙子呢"——她看方鹗隐忍的表情，大概他和她的想法一样。

莫医生确认了方鹗的身份，转头见方亚楠毫无反应，有些困扰地抿了抿嘴，拍了拍方鹗的肩膀，向门外指去："江谣是你姑姑吧？她出去接电话了，你去找一下她，找到以后和她一起去旁边的办公室等我，可以吗？"

方鹗吸了吸鼻子，看了一眼方亚楠，视线又飞快地移开。他点了点头，走了出去。

"方奶奶，"莫医生叹了一口气，温温柔柔地说道，"你不记得也不用急，先好好休息吧，好不？"

你遇到我这种情况不急试试？你说得容易！

方亚楠好不容易平静下来，懒得辩解，咬牙看向窗外。她现在在一个高层建筑里，外面高楼林立，天蓝云白的，还是个难得的艳阳天。

只可惜她现在觉得自己身在太空，彷徨无依，都不知道该怎么做。

这是梦吗？这一定是梦吧？不，这必须是梦，否则她真的要崩溃了。一定是之前老妈说她"沉迷游戏，浪费人生"导致她夜有所梦！

梦哪，快让我醒来吧，我以后一定好好活！

方亚楠在心里泪流满面。

"方阿姨，"刘阿姨给方亚楠拍完背去倒了一杯水，此时端着杯子走过来，"好点儿没？要喝水不？"

方亚楠转头看着她，突然说道："你给我一面镜子吧。"

"啊？"

"我想照镜子。"

"这……"刘阿姨警觉起来，迟疑了一下，说道，"方阿姨，你等一下哟，我去问问有没有。"

方亚楠"嗯"了一声，看着刘阿姨走出去。虽然此时方亚楠的身体还是像锈掉了一样，到处都不舒服，她仍然用力抬起手，看着自己的"泡椒凤爪"，心里一阵阵发慌，想哭的感觉挡也挡不住。

就算这是梦，也绝对是噩梦！

她不会还能梦见自己老死吧？

脚步声再次传来，这次刘阿姨把莫医生带回来了。江谣和方鹗也跟在后面，都担忧地看着她。

"方奶奶您想照镜子？"莫医生笑眯眯地说，"放心啦，脸没有着地，还是貌美如花！"

"镜子。"方亚楠已经没力气发火了，冷冷地坚持着，"我想看看我的样子。"

"您是记不起来自己的样子了，还是单纯想照照镜子呀？"莫医生试探道。

"我'单纯'不知道。"

"好吧，"莫医生转头对江谣说道："江大姐，给你母亲拿面镜子吧。"

江谣很慌，但还是强作镇定地拿出一面化妆镜，小心翼翼地递到方亚楠面前。

方亚楠看了一眼镜子，眼前一黑。

她真的是个老人了，还是一个鹤发鸡皮的老人。

她闭了闭眼，再次睁开，对着镜子认真看了看，然后点了点头，什么话都没有说。半响，她颤巍巍地把镜子还回去，紧紧地闭上了眼。

还好这是梦，她在心里安详地笑着，这是梦。

江谣如蒙大赦一样收起镜子。所有人都紧张地观察着方亚楠的反应。方亚楠睁开眼，神态安详地问："我……几岁啦？"

江谣和莫医生对视一眼，江谣小心翼翼地回道："前几天刚过完七十五岁生日。"

七十五岁生日！你们听听，我七十五岁了！

一张挂满褶皱的脸在方亚楠的脑海中挥之不去，她痛苦地闭上眼，眼泪到底还是流了下来："七十五岁啦？"

她要消化这个情况，真的实在、相当、万分困难。

"妈，"江谣轻声说道，"放心，你没什么事儿，就是摔了一跤，再在医院里住两天，我们就带你回家，好不好？"

方亚楠没法做出反应，继续发呆，脑子乱成一团。

"哎，小鹦，你陪着你奶奶，我跟莫医生说点儿事情，啊。"江谣叮嘱完，和莫医生再次走出病房。方鹦看起来有点儿不乐意，但还是乖乖地点了点头，拖着凳子坐在方亚楠的床边，继续观察着方亚楠。

方亚楠此时一动不动，像个雕塑，看起来已经没脾气了。方鹦挣扎半响，终于还是小心问道："奶……奶奶，你还……记不记得我呀？"

方亚楠摇了摇头。她也不知道该说什么。

"哦，没事的，医生说这是暂时的，等我们带你回家，你多看看熟悉的东西，很快就会想起来的。"

不可能，这辈子她都不可能想起来的。谁会想起记忆里根本没有的东西？

"那……那你还记得我爸不？"方鹦又问。

对了，那个医生说江谣是方鹦的姑姑，这意味着方鹦的爸爸是江谣的兄弟——敢情这个方亚楠还有一个中年的儿子！

方亚楠真佩服自己这时候还有心情搞逻辑推理，也可能是自我防御心理逼得她不得不分析现下的环境。她虽然满腔郁闷情绪，却还是坚强地睁开眼望着方鹗，问道："我还有个儿子？"

方鹗一脸"果然"的表情，他有些急切地说："我爸爸方近贤——你儿子，比姑姑小两岁！"

再小他也比原来的她大啊，以前都是叔叔级别的男人，现在成她的儿子了！

方亚楠很想饮泣一番。她努力挤出一个笑容，虚弱地说道："哦，这样。"

她不知道该不该再问下去，比如说她还有几个女儿、几个儿子，有没有孙女……以及，她和谁生的这群家伙？！

不……不……不会是那个谁吧？！

不，不会的，姓氏不对。

她心中一凉，在脑海中搜罗了一圈，没有想起任何姓江的雄性朋友。对方会不会是她不认识的人，还是那人改姓了？

不，不，不，说不定眼下这具身体不是她本人呢！

天可怜见，她还没谈过恋爱呢，一觉醒来就子孙满堂了！

这太羞耻了，她一句话都问不出来！

方鹗看方亚楠反应不大，忽然露出犹豫的表情。他转头向周围看了看——刘阿姨刚才拿一袋垃圾出去了，此时房里就他和方亚楠两个人。

他奓着胆子说道："我再和你说说吧，说不定你很快就能记起来。"

你说吧，说吧，硬盘本来就是空的，恢复数据是不可能了，填写数据还是可以的。

"你说吧。"

"哦……从哪里开始呢？"少年居然一开头就卡壳。他挠了挠头，表情一亮："啊，你还记得爷……唉，算了。"

方亚楠等的就是这个："谁？"

"哦，没什么。"

"你说爷爷吗？我老……喀，我丈夫？"

"嗯，"方鹗有些心虚，"你好像没必要记得他。"

"他死了？"

方鹗犹豫了一下："嗯。"

"下一位。"

"啊？"

方亚楠面无表情："说活的。"她咬牙补充，"不在了的就别说了……"

方鹗有些呆滞，很快回过神，点头道："哦，就是……哦，说说姑姑吧。姑姑有个女儿，我堂姐，堂姐比我大两岁，叫韩添仪。她今年刚考上大学，S大，学的好像是……服装设计。"

"等一下，"方亚楠忽然意识到一个问题，"我有几个丈夫？"

方鹗愕然："一个。"

"那么，江谣姓江，你姓方，你妈也姓方吗？"

"嘿嘿，这个啊，"方鹗笑起来，"这个是这样的——听说奶奶你结婚的时候跟爷爷约定，第一个孩子跟他姓，第二个孩子跟你姓。后来姑姑先出生，之后是我爸爸，所以姑姑跟爷爷姓江，爸爸就跟你姓方啦。"

这还真是她方亚楠会做出来的事。

方亚楠有点儿慌了。她不会真的"梦"到自己七十五岁的时候了吧？

"等一下，"方亚楠忽然想到一个很重要的问题，"现在是哪年？"

方鹗一点儿不意外她会问这个问题，认真回答道："现在是2065年，奶奶。"

方亚楠："……"

噩梦成真。

她本人在2065年的时候，刚好是七十五岁。

此时她再寄希望于世界上有个和她同名同姓还同年生的方亚楠是不是有点儿迟了？

不，这不是她想要的结果！

她要回去！

人是会麻木的，比如方亚楠。

她觉得自己现在已经是一条咸鱼了，没法翻身那种。她甚至怀疑自己不是穿越，也不是做梦，是失忆——她其实已经多活了四十多年，只是忘了而已。

但她宁愿相信这是梦，否则这命运未免太残酷了——宛如被判了四十多年的有期徒刑，她最美好的年华的记忆全被关进牢里了。

"我有点儿累，"方亚楠叹气，"让我歇……"

"妈！"

门口传来大喊声，是个男声。

方亚楠的一个"歇"字卡在喉咙里，她差点儿被憋死。

"爸！"方鹗却如见救星，立刻站起来迎向门口的男人。

这大概就是她的中年儿子方近贤了——衬衫外套着一件夹克，穿着西装裤，男人个子很高，和他姐姐江谣一样五官立体感很强，人到中年还是一表人才的样子，身材也保持得很好。

他拍了拍儿子，大步走进来，满脸担忧之色："妈，你怎么样？阿姐说你不记得我们了？"

"方近贤！"江谣赶到门口，横眉怒目，"不是让你到了以后先去医生办公室吗？你怎么直接过来了？"

方近贤皱眉："你不是已经把情况说得很清楚了，还有什么好讲的？我又不会乱说话。"他转头重新看向方亚楠："妈，你怎么样了呀？有没有好点儿？"

方亚楠脑子里一片空白，接二连三的打击让她应接不暇，她觉得这群人每喊自己一声都在减掉自己一年寿命，他们再喊几声，她能直接死在这儿。

"妈，妈？"

这狗贼还在喊！

方亚楠呻吟了一声，艰难地翻过身去。

方近贤不喊她了，回头喊方鹗："小二，过来！"

"别喊我小二，"方鹗嘀咕着走过来，"干吗？"

"陪着你奶，我出去一下。"

"不是一直都是我在陪吗？"方鹗坐下，迟疑了一会儿，又问："奶奶，你真不记得我爸了？"

"别问了，"方亚楠冷漠地说道，"不记得。"

"啊……"方鹗显然不知道该说什么了，"那我不说话了。"

他终于安静了。

过了许久，反而是方亚楠有些心神不宁，转过僵硬的脖子，发现她的"孙子"正坐在她旁边玩手机——虽然那东西更薄了，还呈半透明状，但她还是一眼看出来那是手机。

毕竟她从小就痴迷各种电子产品。

方鹗双手拿着手机，戴着一副耳机，正聚精会神地玩着。

方亚楠："……"

亲奶奶摔跤、失忆，还住进了医院，他在一边玩手机！

方亚楠默默地看着方鹗这小子，只见他一脸凝重的表情，手指在手机上点得飞快，几下之后，小声骂了句脏话，猛地放下了手机。抬头和方亚楠的眼神对上后,他立马愣住了,慌乱地收起了手机:"奶奶,你醒啦?"

方亚楠:"我什么时候睡过?"

"哦。"方鹗低下头,尴尬得眼神乱飘。

"来。"方亚楠慢慢地伸出手。

"什么?"

"给我看看你的手机。"

方鹗神色大变,反手把手机护在怀里,一脸警惕的样子:"奶奶,你要干吗?"

"让我看看,"方亚楠继续伸着手,"我好奇!"

"好奇什么?这就是部手机!"

"我就是好奇你的手机!"

"你自己不是也有嘛,干吗要看我的?"

"那我的手机呢?"

方鹗四下看了看,又起身翻箱倒柜地找了一通,然后哭丧着脸嘀咕:"在哪儿啊?"

"所以啊,给我看看你的。"

"为什么啊?"

"哎呀,我就看看现在的手机长什么样。"

"跟你的一样哪,"方鹗委屈,"这部手机还是你给我买的!"

"那你还不给我看?还给我!"

"你又不记得了,干吗说得这么理直气壮哪?"

"有你这么对奶奶说话的吗?"

"你又不认我这个孙子!"

"孙子!给我看看你的手机!"

"不给!"

方亚楠瞪大眼:"嘿,一觉醒来,小孩都不知道尊重长辈了吗?"

方鹗眼睛瞪得更大:"你这时候知道自己是长辈了?刚才我叫你奶奶,你还让我闭嘴呢!"

方亚楠吼了几句,现在头"嗡嗡"地疼,气不打一处来,转过头躺回床上,闷闷地说道:"随你!"

背后的人沉默了一阵,手机从她的肩头滑落。方鹗的声音听起来比她的更气闷,他说:"看就看嘛!"

方亚楠下意识地接住手机,一点儿也不为自己的幼稚行为感到愧疚,得

· 13 ·

意地哼了一声，摆弄起这部四十多年后的手机来。

现在的手机更薄了，入手竟然有种和田玉一般的温润感，材质不像金属，更像是胶质的，界面还是像过去的手机那样，点亮后会显示时间。屏幕清晰明亮，但不刺目，她又点了一下，画面一变，出现解锁界面。

她还没反应过来，界面上飞快地跳过几行文字。

> 瞳孔解锁失败。
> 面部扫描解锁失败。
> 指纹扫描解锁失败。
> 声纹解锁失败。
> 请输入解锁密码。

方亚楠："……"

这狗东西明摆着不让她看里面的内容。

她还没有问陌生人要手机解锁密码的爱好，于是叹了一口气，正要把手机还回去，就听方鹗在身后闷声闷气地说："密码303404。"

"欸，可以吗？"方亚楠反而不好意思起来。

"我开启隐私保护了，你随便看好了。"

"哦。"于是方亚楠不再纠结，输入密码。入目是一片花花绿绿的应用软件图标，她几乎都没见过，但从名字隐约可以猜到它们的作用，无外乎年轻人爱用的点餐、视频、聊天和游戏软件。

有意思的是，她竟然看到了微信和QQ，没想到四十多年后还有这两个应用软件！或者说，没想到另一个世界也开发出了这两个应用软件。

此时她终于有了一丝丝"这个梦还不错"的感觉。作为电子产品爱好者，她衣食住行都不讲究，唯独喜欢研究电子产品，而这个梦让她看到了未来的电子产品。

"你们还用微信哪？"她下意识地点了上去。结果果然出现了隐私保护提示和二次密码的输入框，她便退了出来。

"是啊，"方鹗的声音听起来有点儿了无生气，他说，"大家都用啊。"

经过隐私保护的手机显得太干净了，方亚楠还发现一个受隐私保护的临时文件夹，看来这小子有些不想让别人看到的奇特收藏。

她又翻看了一会儿，觉得除了样子更高科技以外，手机跟原来的没什么两样。她点进一个叫"抖抖"的视频网站，想看看现在的视频是什么样子的。

她刚一点开,便出现一个选择界面——"兴趣""随机"和"选择"。

方亚楠产生一丝好奇心。

她先点开"兴趣",结果竟然弹出"隐私保护状态,请输入解锁密码"的提示。

敢情"兴趣"里就是小孙子平时爱看的内容!

好吧,她尊重他。男孩子这个年纪爱看什么东西,她还能不懂吗?

她又点开"随机",出现一排视频列表,社会、娱乐、动漫、运动,什么类型的视频都有,界面最上方是随机播放按钮。

那"类别"她就不需要看了,肯定是视频分类。

方亚楠点了一下随机播放,第一个视频就是新闻——陌生的主持人坐在那儿讲社会新闻,声情并茂,和过去没什么两样。但她还是看了起来,并且看完一个视频又点开了下一个视频。

"今日股市大跌,券所绿出一片天,网友戏称光污染再临……"

"第六次探月工程已启动近一个月,最新航天飞船'鹊桥'已抵达预定登月点,预计今明两天启动登陆程序……本次宇航员团队全员男性,平均年龄二十六岁,被称为'越来越溜男团'……"

"获得本次COL(COL,全息射击类电子竞技游戏VCS中国联赛名称。)年度冠军的DKL俱乐部将代表中国参加世界WCOL(WCOL,全息射击类电子竞技游戏VCS世界联赛名称。)总决赛。DKL黑马之姿不容置疑,被认为是去年的冠军的最大劲敌……"

"唱作新星包杜杜应邀加盟经典武侠剧《射雕英雄传》的第十次翻拍,据称将出演欧阳克一角,双栖之姿完全展露……"

"小鹗,奶奶又睡了?"

方亚楠身后突然传来江谣压低的声音。

"没呢,玩我的手机呢!"方鹗气鼓鼓的。

"啊?"江谣走过来,探头看了一眼,无奈道:"妈,你怎么跟小孩子似的,还抢孙子的手机玩?"

方亚楠此时完全像一个熬夜玩手机的宅女,侧躺在床上,做一个无情的看视频机器,冷漠地说道:"那我还能做什么呢?"

"唉……"江谣似乎接受了这个设定。她回头对方鹗说道:"奶奶的手机被存起来了,把你的借奶奶玩会儿。"

"哦。"方鹗闷闷地应了。

江谣拉开抽屉拿了个什么东西，又出去了。过了一会儿，她回到病房里。"妈？"她问，"你感觉好点儿没？"

方亚楠还在看视频："不知道。"

她感觉自己现在处于间歇性高位截瘫状态，身子一会儿发沉一会儿发疼，反正就没好的时候。也不知道是老年人都这样，还是她就是因为这样，才躺在病床上。

总之这个梦让她实实在在地体验了一回做老年人的感觉。

"那这样好不好？一会儿我陪你去做个检查，看看结果。如果可以的话呢，咱们就尽快出院，你到阿贤家里住。有多多在，她照顾你也方便。"

"啊？"方鹗下意识地发出一声不太情愿的疑问叹词，但很快反应过来，闭上了嘴。

方亚楠："多多是谁？"

"唉，"江谣再次叹气，"是阿贤的老婆，小鹗的妈妈，你的儿媳妇，姜多多。"

方亚楠的心情沉重到极点，以至她竟然有点儿想笑，不知道是因为她竟然有了一个四十多岁的儿媳妇，还是因为这个儿媳妇竟然有个姜多多这样让人想"哇"的名字。

她挺喜欢吃姜的，估计姜多多的爹妈和她是同道中人。

她没回答。

她能感觉到方鹗的第一反应是不乐意。她有点儿气闷。

"怎么样？"方近贤也来了，"手续我都办好了，要不你现在就去检查？"

"去吧。"江谣说道："来，小鹗让让，我们推奶奶出去。"

方鹗立刻振作起来："奶奶，手机给我，你要去检查了。"

这回轮到方亚楠捂着手机不放了："急什么？还没到地方呢！"

方鹗："……"

这四十多年，科技的发展不能说缓慢，但绝对没到翻天覆地的地步。

方亚楠平静地接受了一系列检查，回去后感觉身体不堪重负。就算方鹗自觉地把手机塞给她，她也玩不动了，自顾自地睡了。

一大早醒过来，刘阿姨依旧在忙进忙出，方亚楠先是空腹抽血，再验尿，然后吃了顿简单的早饭。过了一会儿，莫医生来查房了。

"方奶奶今天感觉怎么样？"他还是那副云淡风轻的样子，笑眯眯地走过来，手里拿着纸一样的平板电脑，看了她几眼，然后写下什么。

方亚楠此时其实还是郁闷的。又昏又睡的，这已经是第三回醒来了，她还没回到自己二十多岁的时候。每次她抱着希望醒来，再失望，心情根本不可能好。她勉强点头："还行。"

莫医生笑了笑，居然撩起白大褂的下摆，在她身边坐下，问："我是谁？"

方亚楠沉默片刻，终于还是配合地回答："莫西伦。"

"欸，方奶奶居然知道我的名字？"

方亚楠的视线落到他的胸牌上，上面一清二楚地写着他的大名。

等一下，她不是近视吗？

莫西伦顺着她的视线低头看了看，随即了然地笑起来："还有呢？"

"我的医生。"她回过神，猜想这大概不是她本来的身体。

"哟，记起来了，那回忆起多少了？"

方亚楠无精打采地耷拉着眼皮："我的记忆是从昨天开始的。"

莫西伦眨了眨眼，看起来有些困惑："哦，昨天的记忆很清晰吗？"

"对，"方亚楠咬牙补充，"刻骨铭心。"

"奶奶您真有趣。"莫西伦笑眯眯地问，"那您还记得什么？您说您之前还在熬夜打游戏？"

方亚楠话都放出来了，一把年纪也没什么可装的，点头："对，我记得我之前在熬夜打游戏。"

"那是什么时候的事情呀？"

方亚楠张嘴想说自己二十九岁那年，可对上莫西伦的眼神，忽然有些警惕。她含混地说道："反正……还挺年轻的。"

"哦，"莫西伦了然，"这个是正常的。方奶奶您别慌，你们这个年纪的人哪，记忆出现断片很常见。您出院后呀，让您的家人带您到熟悉的地方多转转，让他们多陪您交流交流，还可以想起来更多事情。"

方亚楠心情复杂，不确定自己想不想想起来——想不起来，她就还能认为自己是穿越过来的。她想起来了怎么办？她真七十五岁了？造孽啊！

方亚楠抿着嘴，非暴力不合作。

莫西伦见她这副样子，沉默片刻，忽然叹了一口气，干脆放下记录板，跷起二郎腿，换了个舒服的姿势，一副要长聊的架势："方奶奶……"

方亚楠叹了一口气，忍无可忍地提醒他："麻烦换个称呼。"

"嗯？"

"我有点儿……扛不住。"

17

"哦，为什么呢？"

"我叫你爷爷，你开心吗？"

莫西伦笑起来："开心哪。"

方亚楠："……"

她不再说话，只是看着他。

莫西伦笑了一下就收了，非常自然地给自己找了个台阶下："那怎么办呢，小姐姐？"

"哐！"

"好，好，好，阿姨？方阿姨？"

"嗯，说。"

"你不要紧张嘛，就是聊聊天。"

"说。"

莫西伦愣了一下，捂嘴笑："阿姨很帅气呢。"

"老了，说不动话。"

"那我问了啊。"他敲了敲自己的太阳穴，"医院的饭菜还合口味吗？"

"啊？"

他纠缠半天，就琢磨出这么个问题？

"说了是聊天嘛，随便说说。"

"难道规定我一天三餐只能吃菠菜味营养粥的不是你？"

"是我呀，那您喜不喜欢菠菜味营养粥？"

"我就把它当药吃，有什么好挑的？"

"阿姨不要这么冷酷嘛，如果不喜欢可以换其他味道的呀。"

"有火锅味的吗？"

"扑哧，"莫西伦笑了，"口味这么重吗？"

方亚楠嫌弃地转过头："未来也不怎么样嘛。"

"未来？对呀，对您来说，就像是穿越到了未来，您这样想也不错。"莫西伦猛地拍手，"到未来的感觉怎么样呀，方阿姨？"

"你觉得呢？"方亚楠很想扶额。但她此时虽然坐着，身体还是木木的，做不出这么潇洒的动作，只能用眼神表达不满："以前觉得这辈子都不可能近距离接触到的帅哥，现在坐在我身边笑眯眯地跟我聊天，而这时候我已经绝经了，你觉得我会开心吗？"

没错，她已经自暴自弃了。

莫西伦目瞪口呆了好一会儿，冷不丁地笑出声来："方阿姨，您可太有

· 18 ·

意思了。"他笑得停不下来,"哈哈哈——您别难过啊,我不介意忘年恋。"

"然后你可以继承我的贷款吗?"方亚楠还是冷着脸。

"难道阿姨的梦中情人不应该是个有钱的总裁吗?没关系呀,吃不到您的软饭我就只能回去继承千万家产了,到时候我养您哟。"

"给我买块风水好点儿的墓地就行了,别的我可以指望子孙孝敬。"

"真到那个时候,恐怕我都'人老珠黄'了,阿姨说不定还嫌弃我嫌弃到墓地都不让我买了呢。"

"没关系,可以预支。"方亚楠摊手的力气还是有的,"先从火锅味的粥开始。"

莫西伦假模假样地在她的手上拍了一下,方亚楠眼看着他修长骨感的手在她的"泡椒凤爪"上形成鲜明对比,心里又是一痛,不由得扭开头。

"行吧,看来您心情还不错,"莫西伦拿起记录板,"这样我就放心了。您再休息休息,确定身体没问题后,过两天就可以出院了。"

方亚楠有些意外,再一想到方鹗那不情不愿的样子,心情沉郁起来,闷闷地应了一声。

莫西伦看见她的神色,动作顿了顿,然后起身走了出去。没一会儿,只见刘阿姨捧着花瓶过来,花瓶里面插着好多盛开的百合花:"方阿姨,这是莫医生让我带过来的。"

方亚楠正在无聊地数窗外的房子,见状皱起眉头:"等等!"

"啊?"刘阿姨站在原地。

方亚楠有些头痛:"替我谢谢他,麻烦把花送回去,我对花粉过敏。"

刘阿姨好歹是医院的专业护工,闻言立刻表示明白,捧着花瓶跑了出去。过了一会儿,她又回来了,这次直接递给方亚楠一部手机:"莫医生帮你把手机要回来了。"

方亚楠这才感到心情回暖。她露出一点儿笑意,接过手机,发现果然是跟方鹗一个款式的。

她熟练地拿起手机对自己一照,手机二话不说地解锁了。

打开应用界面后,方亚楠却犹豫了一下,再次点了锁屏。她捂着摄像头,硬是无视了前面几种解锁方式,手机进入了密码解锁模式。

她看着屏幕上的九宫格键盘,有些紧张,输入了六个数字。

手机顺利解锁。

方亚楠放下手机,闭上眼,大大地叹了一口气。

密码是她的生日,也是她万年不变的六位数密码。

所以说，这个方亚楠跟她同年同月同日生，还用着同一个密码。这下她可能都不用担心取款密码是什么之类的问题了。

她真是高兴到想哭。

解锁手机后，方亚楠一时间有些不知所措。不像之前抢方鹗的手机玩时的感觉，此时真的可以开始摸索这个新世界了，她反而不知道该从何下手了。

她叹了一口气，打开"抖抖"，点进自己的兴趣页面。

好家伙，一水儿的养生类视频里夹杂着几个搞笑宠物类视频以及影视剧吐槽视频和旅游视频。

这兴趣爱好不能算广泛，但勉强契合她的口味。

方亚楠往下翻着翻着，突然哭了起来。

哭声逐渐变大，到最后她几乎声嘶力竭地号啕大哭起来。

"呜哇哇哇——"

刘阿姨不知道什么时候出去了，门微微开着，外面路过一个不长眼的人，把头探了进来，一脸好奇表情："谁死……走了？"

方亚楠抓起一旁的水杯扔了过去："你才死了呢！"

那人咋舌，一溜烟跑了。

没一会儿，刘阿姨手里拎着一个盒子，急匆匆地跑过来："哎哟，方阿姨，你这是怎么啦？"

"啊啊啊！"方亚楠还是大哭，那叫一个老泪纵横，几乎快喘不上来气了。

刘阿姨见状，放下盒子跑了出去。很快，一阵"嗒嗒嗒"的脚步声传来，莫西伦率先跑进来，一脸惊讶的表情："怎么就哭了呢？刚才还好好的。"

他身后竟然还跟着方近贤和方鹗父子俩——两个人都是一副不知所措的样子。

方近贤越过莫西伦冲过来，站在方亚楠身边束手无策："妈，妈你怎么了，怎么突然哭了？"

方鹗站在他身后更加茫然，目光都不知道往哪里放。

方亚楠看见方近贤，丝毫没有什么母爱泛滥的感觉，反而有说不出的心烦感觉："你出去！你们出去！嚼！我不要看见你们，出去！滚！"

"妈！"

"别叫我妈！"

"可你就是我妈啊！"

"我才不是你妈！滚！"

"快，快，快，快出去，"莫西伦拦着方近贤，把他往外带，还叮嘱方鹗："把你爸带出去，你奶奶现在精神状态不稳定。"

方鹗忙不迭地点头，拉起他爸的衣袖就往外扯。别看他长得瘦，个子快赶上他爸了。

方近贤表情担忧加不甘地被方鹗拉了出去。才这么一会儿，方亚楠已经哭不动了，开始抽抽搭搭的。

莫西伦叹了一口气，摘下眼镜揉了揉鼻梁："阿姨啊，您怎么了？手机再不好玩，也不至于哭啊。"

方亚楠想抱膝缩起来，无奈手脚僵硬，看起来像是原地抽搐了一下。她摸了摸自己的大腿根，想揉掉那股酸麻的感觉，心思一发散，痛苦似乎也少了点儿。

她打量了一下莫西伦，欲言又止。

莫西伦坐到她身边："我说过哟，我有心理咨询证，您有什么想法，可以和我说哟。"

"我的想法听起来有病也行？"

"您就是病人嘛，"莫西伦笑开，手指在唇上一竖，轻声说道，"放心，反正绝对保密，我可能能力不够，但至少有职业道德。"

绝对保密这句话果然很有用，方亚楠心里一松，又有要哭的意思："我刚想到……"

"什么？"

"我没爸妈了——我成孤儿了！"

莫西伦："……"

方亚楠说完，再次悲从中来，号啕大哭。

莫西伦闻言愣了一下，眼神忽地柔软了，笑容也收了收。他柔声说道："这是人生必经的过程，谁都不能避免的。"

"还有我的猫，"方亚楠更伤心了，"千岁、狗子，呜呜！"

"这……也是'猫生'的必经过程。"

"我感觉我昨天还和他们在一块儿！"方亚楠哭得眼前发黑，"我妈做了红烧猪蹄，还从她的食堂里带了……带了水煮肉片；我爸炒了一盘青菜，把盐当成糖，我和老妈一边……嗝……一边骂他，一边拼命吃。然后……然后……我都没跟他们多说几句话，就……就去打游戏了，他们还让我……让我早点儿睡,结果……结果我一觉醒来,啊啊啊!晚上的时候,千岁还欺负狗子,我把千岁关在门外,让……让狗子睡我的床。结果我一摸它,它就跑,我……我还骂它!谁能想到一觉醒来,没了,全没了!啊啊啊!"

方亚楠已经没了眼泪,只能干号。

她的袖子忽然被扯了扯。

少年干涩地低声说:"奶奶,别哭了。"

方鹗不知道什么时候过来的,表情为难地拉着她的袖口,眼神飘忽,眉头紧皱:"奶奶,别哭,没……没事的。"

我妈都没了!怎么可能没事?!

方亚楠满腔怨言,却在少年窘迫的眼神下什么都说不出来。在她看来,这就是个陌生人,此时,他的行为让她觉得既像多管闲事,又莫名其妙地透着一股暖意,让她一时间什么毒液都喷不出来。

她也确实没力气哭了,只能垂头抽噎。

见她配合,方鹗也放松不少,犹犹豫豫地抬手,小心翼翼地摸了摸她的头,一副哄孩子的语气:"奶奶乖,不哭,那个……手机给你玩?"

方亚楠晃了晃自己的手机。

"啊,"方鹗尴尬,"那……那吃点儿好吃的东西?我……我……我……"

"我七十五岁了,不是五岁。"方亚楠语气颇为冷酷。

"哦。"方鹗真的没辙了,连摸她的头的那只手都绷成一个手刀的样子,"那奶……奶奶,你……你……"

他憋了半天,憋出一句:"你想哭就哭吧,哭出来痛快。"

"扑哧!"旁边的莫西伦忍不住笑出来,看看方亚楠,强行憋住了。他拍拍方鹗的后腰:"小鹗关心您嘛,您不要这么凶。"

"我凶吗?"方亚楠垮着脸,"我那么悲伤。"

"哎,阿姨啊,我也知道您难受,所以方鹗说得对,您想哭就哭吧,不过……要量力而行。"

"我现在连哭都哭不动!"方亚楠脸更垮了,"医生,你修得最好的心理咨询课程是不是'扎心'?"

莫西伦连连摆手:"不是,不是,但是您现在血压和心率太高了,我怕您再昏过去!"

"昏过去的话,我能回去吗?"方亚楠绝望地问。

莫西伦摇了摇头:"您可不要轻易尝试,万一反而想起不好的事了呢?"

所以话题回来了,她现在还坚信自己是穿越者,可万一一觉醒来,找回之前的记忆，发现她真的是七老八十的人做了场还童的梦，那可太惨了！

方亚楠抚了抚自己的胸，抬手推开方鹗僵硬的手："好了，我好久没洗头了，你去洗洗手吧。"

"啊，没……没事，没事。"方鹗明明是嫌弃的，脸色都变了，但还是背过手，强忍着站在旁边，扭头朝门口叫道："爸，奶奶好了！"

方近贤这个儿子一直站在门口观察，等他走近，方亚楠能看到他的眼眶红红的。

"妈，我也想外公、外婆。"

谁生的崽儿啊？这人哪壶不开提哪壶！

不等方亚楠变色，方鹗赶忙推着他爹往外走："爸，你还是出去吧。"

"哎，干吗？干吗赶我？"方近贤还没搞清楚情况，满脸委屈的表情。

莫西伦转头对方亚楠耸了耸肩："看，这么好的家里人。"

"我跟他们还没跟你熟。"方亚楠低头说道。

"那我挺荣幸哪，是方奶……阿姨人生新阶段中的第一个朋友。"

"如果你刚才没口误的话，我勉强可以承认。"

"哈哈，"莫西伦笑了一声，站起来，"手机给我吧。"

"啊？"

"您该睡觉了，阿姨，手机可以给我了。"

"哎，不是，"方亚楠护住手机，"为什么给我的东西还要收回去啊？"

"您看一会儿手机号一会儿，我们不是要累死了？本来也不建议您太早接触外部信息。"莫西伦这次不笑了，严肃着脸，表情还挺冷酷，"给我吧，配合工作哟，阿姨。"

"我现在已经冷静了！"

"阿、姨——"

"求求你。"

"方亚楠同志。"

"唉。"方亚楠没办法，只好依依不舍地交出手机，"那我什么时候能拿回手机啊？"

莫西伦如愿地拿走手机，再次展开笑颜："看你的表现咯。"

他一走，方近贤和方鹗就又进来了。大概是得了儿子的叮嘱，方近贤走到她床边坐下时，支支吾吾的，没再提"外公、外婆"。方鹗也挺不自然，大概是想到自己刚才安慰方亚楠时的窘状，一言不发。

方亚楠更不知道该跟他们说什么了，只能闭眼靠坐在床上。

"妈。"方近贤终于开口了。

方亚楠几乎是从鼻子里哼出个"嗯"字。

"那个,多多做了点儿咖喱土豆饭,你要不要来点儿?"

哟,这是她喜欢吃的东西,这儿媳妇真不错!

方亚楠一点儿也不客气:"要。"

"哦,那等会儿……嗯?要啊?哦哦,好,我把饭给你盛出来,还是热的!"方近贤拿出一个白色的保温盒,打开来,里面的东西热腾腾的。他从盖子上抠下来一个勺子,舀了一勺饭,看样子竟然想喂她!

昨天的方亚楠可能没有能力自己吃东西,但是今天的她连手机都能玩,当然不会乖乖张口。她立刻抬手:"我自己来。"

"欸?没关系的,我可以。"

"我有关系!"

"哦哦,好吧。"方近贤只能把碗和勺交给方亚楠,看着她吃。

方亚楠连吃了几顿菠菜米糊,陡然吃上咖喱土豆,心情立刻好了不少。再抬头见爷儿俩眼巴巴地看着自己,她大发慈悲地问:"你们今天都有空?"

今天是星期三,应该是工作日吧。

"我一会儿还要去工作,是顺路过来,他……"方近贤看看方鹗,方鹗靠着墙,把头别了过去。

"小鹗今天请假了。"方近贤只好自己补充。

"请假?"方亚楠瞥了方鹗一眼,"身体不舒服?"

"心情不好。"方鹗回道。

方亚楠:"……"

现在的孩子请假理由可以这么任性?

方鹗说完被方近贤瞪了一眼。他板着脸不看方近贤,但有些紧张地观察着方亚楠的反应。

方亚楠:"哦。"

父子俩都一脸惊讶的样子。

咋了,难道方近贤指望她教训孙子?她自己前两天还被亲妈训得跟孙子一样呢!

她一个"哦"字掐死了对话,方家三口陷入沉默状态。

方亚楠吃了几口沙拉就吃不动了,这食量大概只有过去的十分之一。她叹了一口气,放下碗,满心郁闷情绪。

方近贤见状很是懂事地收拾了保温盒,迟疑了一下,开口:"妈,你真的一点儿都不记得我了？"

方亚楠看着他。这个儿子已经到中年了，眼里并没有很明确的悲伤之色，但难过是一定的。他这么一问，搞得场面很沉重，她想打太极的话都说不出口了。

她点了点头。

"唉，"方近贤叹了一口气，"那你肯定也不记得多多了。"

方亚楠默认。

方近贤无可奈何地说："只能等你身体好点儿，带你四处逛逛了，说不定你能想起什么来。"

方亚楠很想说自己并不想想起什么，但看着对方的眼神，只能善良地保持沉默。

"对你们两个，奶奶有什么可想起来的？"

突然冒出的一句话，惊得方亚楠和方近贤都看了过去。

方鹗还靠在墙上，一脸冷漠的表情，仿佛刚才说话的人不是他。

方亚楠也不敢相信这是刚才那个说"奶奶乖，不哭"的男孩子嘴里说出来的话。

她目瞪口呆，傻乎乎地看着他。

"小鹗，说什么呢？"方近贤斥道。

方鹗不再说话了。

方亚楠转向方近贤："我和你以前有仇？"

被亲妈这么当面质问，不管哪个年龄段的人都会汗颜。方近贤擦汗："妈，怎么可能呢？你别听小鹗瞎说。"

方亚楠一点儿也不知道以前的方亚楠是什么样，只觉得按照自己的个性，她不太可能养出一个和自己反目成仇的儿子。她转头看向方鹗："那……那什么，喀，孙儿啊，我把你们怎么了吗？"

"没怎么。"方鹗声音闷闷的。

"那……"方亚楠狐疑地看向方近贤，"我是不是不方便去你们家住？"

方近贤愣了愣，连连摇头："没有，没有，真的可以的，你放心。"

方亚楠心里莫名其妙地有些憋气，干脆不理他，问方鹗："小鹗，我是不是不方便去你家？"

"没有。"方鹗还是那副死气沉沉的样子。

"哎，"方亚楠捂头，"你们再这样，我都要怀疑我不是摔了一跤，而是被你们打成脑震荡才失忆的了。"

"怎么可能？"方近贤彻底慌乱了，气急败坏地起身，抬手就要往方鹗的头上拍："让你乱讲！"

方鹗下意识地躲，头上那只手却没落下来。

方近贤腮帮子紧绷，保持着将拍未拍的姿势，回头偷看方亚楠。

方鹗也瞟着方亚楠。

方亚楠正瞪大眼看着他们，一副津津有味的样子，和他们的视线对上以后，比他们还迷惑："欸，不打了？"

方家父子："……"

方亚楠眨了眨眼，无辜地问道："啊？我要阻止吗？"

方家父子的脸上都是一言难尽的表情。

见状，方亚楠不情不愿地表示："那你们……大庭广众的，悠着点儿。"

方近贤早已气势全无，尴尬地放下手，狠狠瞪了一眼方鹗："回去再给你好看！"

这时候他还放这种狠话有啥意思哟？

方亚楠算是看出来了，方近贤就是个纸老虎，在家里估计没啥地位。

方鹗无限鄙夷地哼了一声。

其实方亚楠挺好奇的。

她既然有一儿一女，为什么会被安排到似乎不怎么欢迎她的儿子家去，女儿家提都没提？妈妈住女儿家不是更方便吗？

是不是因为女婿在家，不方便？

话说至今没人提过女婿啊。

方近贤来伺候方亚楠吃了顿饭，就赶着去上班了。而方鹗一个逃学少年，明明都自由了，竟然还蹲在这儿陪她这个老太婆。

他看起来和自己也不是很熟。

算了，随便吧。

"你怎么不出去玩？"方亚楠打着盐水吊瓶，看向一旁正捧着手机打游戏的方鹗，"你心情不好，在这儿就能好？"

方鹗头也不抬地说："外边没意思，回家的话，也是打游戏。"

"外边怎么没意思了？"方亚楠惊讶，"现在外边成什么样子了，以至你们年轻人都无聊到来给老人家陪床了？"

"没钱、没身份证能做什么？"方鹗面无表情地说。

"哦，未成年。"方亚楠一语中的。

方鹗表情诡异地看了她一眼，继续低头玩游戏。

方亚楠觉得挺有趣——这孩子好像人前人后两个样子，有时候挺叛逆，有时候又挺乖的。不知道哪个才是他的真性情，或者两个都不是？

"奶奶，你没什么问题想问的吗？"方鹗突然说道。

"有啊，"方亚楠叹气，"太多了，问不过来。"

"你都要住到我家去了，总不能真的两眼一黑地去吧？"

这是要她拜山头吗？这话说得很不客气，但方亚楠没往心里去。她早就看出方鹗不欢迎自己这个奶奶，但自己这个"小奶奶"也没打算接受他们呀。

"兵来将挡，水来土掩呗，奶奶我现在哪里顾得上那么多？"

方鹗玩手机的动作顿了顿，神色一瞬间有些无措，但他紧接着就继续镇定自若地在手机上操作起来。

方亚楠继续没心没肺地躺着，但一静下来，就忍不住想起自己逝去的爸妈和年华，心情再一次郁闷起来。

她好想回家啊，哪怕是做梦梦见也行哪。

"奶奶。"

"奶奶？"

"奶奶！"

"干吗？"方亚楠不耐烦地问。

"你要是真的没问题，那我走了。"

"你就是来找我要问题的吗？"方亚楠一脸疑惑，"特地逃学来给我解答？"

方鹗张口结舌，许久，哼了一声："那我假都请了，来都来了，总不能白来一趟吧？"

"怎么感觉你是带着任务来的？"方亚楠狐疑地看着他。

方鹗绷着脸，低头快速操作手机："那随你，打完这局游戏我就走。"

"唉，成吧。"方亚楠叹了一口气，"我有问题要问。"

"哦，说。"

这是他对奶奶的态度吗？

"那你能别玩手机了吗？"

方鹗居然"啧"了一声，仰头深吸一口气，一脸厌烦的表情："果然，就不能说点儿别的问题吗？"

"帮我查一下《全职猎人》完结了没有。"

方鹗顿住，半晌，缓缓低下头，木然地问："什么？"

方亚楠期待地问："《全职猎人》啊——对你们来说大概是老古董了——完结了没？"

方鹗呆呆地看着她："奶……奶奶……"

"嗯，什么，乖孙子？"方亚楠挑眉。

"你……您，咯，算了。"他还真的低下头，翻动起手指，随后面无表情地抬起头，把手机递过去，"我也不知道这算不算完结了。"

"我瞅瞅！"方亚楠忙不迭地接过手机看了一眼，随即"啐"了一声，"您可真会安慰人，这不就是没完结吗？"

"但评论里都说这是很好的结束啊。"

"我觉得，这意味着作者死了。"方亚楠一脸冷漠，"老贼。"

她嘴上骂着，眼泪却流了下来。

方鹗一把抢回手机，表情惊恐："奶奶你怎么又哭了？！"

方亚楠摇摇头，抹了抹眼角："没什么，就是'爷青结'了。"

"啊？"

"唉，已经不流行这个说法了吗？就是'爷的青春结束了'。"

方鹗没忍住，笑了出来。

"我知道顶着张老脸说这话很奇怪，但是……"

"没，没，没，挺有意思的。"

"唉……"方亚楠又发出一声叹息声，"再给我看看手机吧，我追的那些动漫不知道有几部有善终。"

方鹗下意识地想把手机递过去，转念一想不对，又把手缩了回来，警惕地说道："不如你报名字，我先帮你看看。"

方亚楠瞥了他一眼，阴阳怪气地说："哟，会心疼奶奶啦？"

方鹗："要是我陪床期间你哭了，再晕过去什么的，我怎么办？以死谢罪？"

"哎，说起这个，你爸真的打过你吗？"

方鹗一脸无所谓地说："啊，打啊。"

"真打啊？"

"真打。"

"为什么啊？"

"我比他帅，他忌妒呗。"

方亚楠点头："我信了。"

方鹗又笑:"奶奶你真有意思。"

方亚楠面无表情地问:"被孙子说有意思,我该开心吗?"

方鹗拿起手机,做出打字的姿势:"奶奶你说吧,要看什么漫画?"

"你确定要这样对我吗?"方亚楠问。

"这是关心你!"

"那好吧,我报名字,你帮我搜索,"方亚楠清了清嗓子,朗声说道,《穿越异世之凶暴王妃你别跑》。"

方鹗:"你自己搜吧。"

方亚楠得意地笑了笑,乐呵呵地接过手机,一边有一下没一下地搜索着,一边随口问道:"那你也顺便说说吧,咱家到底是什么情况?"

方鹗表情顿了顿:"你现在怎么又想听了?"

"你爱说不说咯。"

"不是,我……"方鹗挠了挠头,居然苦恼起来,"我现在都不知道该怎么说了。"

"我不想听,是觉得你们好像有点儿嫌弃我。"方亚楠半真半假地说道。

方鹗低头嘀咕:"没嫌弃你。"

"行了,你们那点儿小动作,我还是看得明白的。不是嫌弃,那……就是我跟你妈妈的婆媳关系处得不好?"方亚楠说完,心又揪了一下——媳妇还没当过,她醒来已经是婆婆了。

人说媳妇熬成婆,她还没熬就成婆了,这算福利吗?算吗?

"唉……"方鹗抬头看了看门外,确定没人后才再次低下头,低声说道,"我还是从头跟你说吧。"

"等等,哪个头?"方亚楠警觉起来。她非常怕他以为自己完全失忆,从她小时候开始讲。万一他讲的事和她小时候的记忆真的对上了,那她岂不是真的是一个忘了四十五年岁月、自以为是二十多岁的小姑娘的老太太方亚楠?

"你……婚后?"

"啊,那行。"方亚楠立刻放心了。

方鹗被她的态度弄得一头雾水,但还是继续说道:"其实,我也不是很清楚,都是听爸爸说的……"

方亚楠微张着嘴听方鹗说完事情的来龙去脉,感觉相当混乱。

这个方亚楠,还真是有点儿……厉害。

她跟一个叫江岩的男人结婚后,生了江谣和方近贤。原本两个人结婚时说好,第一个孩子跟父姓,第二个孩子跟母姓,结果第一胎是个女孩,第二胎是男孩,男方的爸妈就不乐意了,想要男孩也姓江。偏偏方亚楠是强势的性子,死活不同意。江岩夹在父母和妻子之间很痛苦,没过两年,两个人就离婚了。江谣跟了爸爸,方近贤还小,跟了妈妈。

但方近贤毕竟也是江家的血脉,江家人对他还是很心疼和不舍的,隔三岔五地来探望他。方亚楠心也大,并不拦着,因此离婚后,她和江家人的关系反而缓和不少,方近贤并没有多么缺失父爱。

反过来说,方亚楠并不是母爱泛滥的人,照顾方近贤已经够累了,还要工作养家。江谣被分给江岩后,方亚楠没有经常上赶着去照顾,于是江谣像一个真正的单亲小孩一样长大。一直到江谣结婚生子,她和方亚楠的关系都淡淡的。

然而天有不测风云,江谣生下韩添仪没多久,江岩病逝。江谣本就有产后抑郁症,又逢丧父,精神状态很不稳定,和丈夫韩正君闹到了离婚的地步。孩子还没断奶,她就成了单亲妈妈——差不多是重复了方亚楠的路线。

此时江岩的父母也年老体衰,没有余力帮衬江谣。关键时刻,方亚楠出山,帮江谣打官司、带孩子,在江谣家一住就是十九年。

"现在韩添仪不是上大学了嘛,姑姑身体也不好,放眼望去,全家就我妈一个闲着的人,所以你去我家理所当然咯。"方鹦说得口干舌燥。

方亚楠脑内那个已经不堪重负的处理器疯狂运作,烧得她头顶冒烟:"所以你妈和你,其实根本没和我长时间相处过?"

"对啊。"方鹦耸了耸肩,"全家大概就我爸跟你熟,但你连我爸都不记得了。"

方亚楠简直不知道该说什么:"这……这么多年,我们也没多少联系吗?"

"那倒不是。逢年过节大家就一起吃顿饭,但平时都是各过各的……哦!"方鹦好像突然想起什么,但皱了皱眉,又不说了。

方亚楠看着他,语重心长地说:"小伙子,关键时候,该说的还是要说,奶奶我又不吃人。"

方鹦抿着嘴犹豫许久,才说道:"那个,奶奶,其实我本来……不是,就是我想说,你跟我妈的关系……确实一般般。"

"啊,真的假的?"方亚楠下意识地指了指自己,"我的问题?"

"不是……"方鹦有口难言,"我也不是很清楚,但是……好像是……我妈一直在家待着,你挺不满意的。然后有几次吃饭的时候,就……你会让我妈出去工作，所以……你俩之间，气氛不是很……好。"

"哦——"

儿媳是家庭主妇？方亚楠有些理解了。

"瞧，就是这个表情！"方鹗叫道。

方亚楠："……"

"其实你心疼老爸辛苦，我们理解，但是当时我妈辞职也是没有办法——总得有人照顾我。"

"不，"方亚楠斩钉截铁地说，"我如果表达了不满情绪，绝对不是因为心疼你爸。"

"啊？"

"我肯定是心疼你妈！"

方鹗满脸疑惑的表情。

"都这么多年了，难道女孩子还不理解，只有自己有钱、有工作，才会在家里有地位、有发言权？"

"啊？可是我妈在家里还挺有发言权的。"

"那是因为——"我养了个好儿子！方亚楠差点儿脱口说出后半句话，但立刻吞了回去——这话太像护短的婆婆了。

但她确实一直有这样的念头——如果她有小孩，她一定要教他学会看到别人的牺牲和付出。

看来方近贤是看到了。

"因为什么？"方鹗问。

方亚楠摇了摇头："我现在跟你们还不熟，说这些没用。"

"……"

"好啦，我明白的。"方亚楠拍了拍他的肩膀，但一看到自己的"泡椒凤爪"，赶紧缩回手。她此时才深刻意识到，自己刚才是顶着一张怎样的老脸说出《穿越异世之凶暴王妃你别跑》这样的书名的。她有些心有余悸地总结："总之，我到你们家后，肯定不会跟你妈过不去的。"

"什么你们家？"方鹗低头嘀咕，"是咱们家好吧。"

"好，好，好。"小伙子改口倒挺快，方亚楠笑起来，心里却明镜似的——看来这孩子原本是想给她一个下马威的。肯定是他在自己的妈妈那儿听见了点儿风声，怕自己这个老太太过去欺负他妈呢。

就是不知道这行为是他自己决定的，还是别人指点的。

算了，她想那么多做什么？

第二章
致老年:"女儿"的叮嘱

快吃晚饭的时候,方鹗准备回家了,临走前还在跟方亚楠激烈地讨论——

方鹗:"黑帮这么菜,还搞什么'十老头',有什么好跩的?随便来个猎人就能把他们全部干翻!"

"不是有'阴兽'吗?!"

"'阴兽'才几个人?十个!还是'十老头'共享的!连'旅团'都有十三个人!实力差距太大了,这漫画不科学!"

"你在漫画里找科学?现在的漫画很科学吗?!"

"至少讲逻辑啊!"

"那你说一本你觉得最讲逻辑的漫画,我听听!"

方鹗被噎了一下,随即叫嚣道:"我这就去找一本给你看!"

莫西伦在一旁听得津津有味,听完还装模作样地提醒方鹗:"小鹗啊,奶奶年纪大了,你带她看点儿内容温和的漫画。"

"你说什么呀?明明是她带我看的!"方鹗叫屈。

莫西伦愣怔了一下,然后忍不住笑出来:"方阿姨真人不露相哪。"

"再说了,我奶奶喜欢看温和的漫画吗?奶奶,你敢说你看的言情类漫画叫什么吗?"方鹗居心叵测地看过来。

想让老娘"社会性死亡"?你嫩了几十岁!方亚楠毫不羞愧,中气十足地说道："《穿越异世之凶暴王妃你别跑》！"

"哈哈哈！"

"我跟你说，可好看了！"方亚楠理直气壮地说。

"好的，好的，看来方阿姨精神不错啊。"莫西伦在记录本上写了两笔，"那您先休息吧，小伙子赶紧回家吃饭。"

方鹗"嗯"了一声，正要走，突然想起什么，回头语速极快地扔了一句："奶奶再见！"

说罢，他一溜烟地跑了。

方亚楠叹了一口气，她的好心情全被这一声"奶奶再见"打散了。

她靠推荐孙子看自己喜欢的漫画逃避现实一下午了，转头又被打回了原形。现在她在孙子的眼里，估计就是个疯疯癫癫的老顽童的形象——七老八十了，还对着漫画里的人物怪叫，真的是威严扫地。

刘阿姨来送饭，脸上笑嘻嘻的："方阿姨今天心情不错啊，有没有胃口？先吃饭。"

她并非方亚楠的专职护工，而是医院给病区配备的职业护工，平时哪儿有需要就去哪儿。今天方亚楠病情稳定，她便会去别的病人那儿帮忙，是以动不动就会消失。

方亚楠倒也乐得接受这样的照顾。今天的粥是排骨菌菇粥，排骨肉都被碾碎了，密密地混在粥里，看起来分量十足，一点儿都不像传说中简陋的医院餐。

她满意地吃上了今天的晚餐。

方亚楠吃完，护士过来例行查房，问她想不想出去透透气。方亚楠求之不得，等刘阿姨去推轮椅的时候，自己先挣扎着下了床。

她的双脚果然也是皱皱巴巴的样子。岁月无情得很彻底，上下里外都给她改造过，她整个人透着一股垂暮的气息。

她一脚踩在地上，感觉像是踩在一坨棉花上，整条小腿都是软的，好不容易站稳，力气也用得差不多了。她双手撑在床上，大口地喘着气，累得眼前发黑，唯恐刘阿姨还没来，自己先晕过去。

这身体真的太弱了，她到底是来干吗的？

就在这时，门口突然传来一个惊讶的声音——

"妈？！"

江谣来了。她跑过来一把扶住方亚楠："你怎么起来了？要上厕所吗？"

方亚楠获救一般喘着粗气，哆嗦着声音说道："没，就是打算出去转转。"

"刘阿姨呢，怎么不在？"

"她拿轮椅去了。"

"哎，"江谣皱眉，"那你急什么？等她来了再说呀。"

"我先试试，试试。"

两个人正说着话，刘阿姨推着轮椅小步跑了过来，见状果然也埋怨道："哎哟，方阿姨，你急什么？我会扶你下来的呀！快，快，快，坐上去！"

刘阿姨和江谣一左一右地把方亚楠扶到了轮椅上，还给她系上安全带，才一起松了一口气。

江谣握住轮椅的扶手，说道："刘阿姨，你忙你的去吧，我带我妈转转。"

"哦，哦，好，外头冷，去楼下恒温公园吧。"

"是这个打算。"

江谣推着方亚楠出了病房。

这是方亚楠来到这个世界以来第一次离开那个小病房，几乎有些激动起来。然而四十多年后的医院看起来和过去并没有太大区别——明亮的走廊和宽敞的大厅，病人、家属、医生和护士来来往往，病房里溢出一股股饭香，偶尔还传出来几声争吵或说笑声。两个人一路下楼，到达了刘阿姨所说的恒温公园。

那是一个被透明玻璃罩起来的大公园，像个巨大的温室，里面错落种植着各种绿植，空气很是清新，几乎带着甜味，简直像一个秘密花园。

不少人在里面活动，但大多身影一闪，就会消失在某个拐角处，整个公园显得幽静而隐秘。

江谣推着方亚楠漫无目的地走着，两个人都没说话。直到走到一个喷泉边，江谣突然问道："妈，你……想看看照片吗？"

"嗯？什么照片？"

"就是以前……嗯……我们和你的一些照片。"江谣好像有点儿窘迫，"我上班的时候，抽空整理了一部分，不知道你看了有没有用。"

哦，她这还是把自己当老年痴呆看。

行吧，这无可厚非。

但是，看以前的照片……

万一她看到自己怎么办？

如果长得和二十九岁的她一模一样的自己出现在相册里，这岂不是可能说明这一切都是真实的，她真的是个老年人了？

这简直像是一场严峻的试炼，她连答应的勇气都没有。

"妈？妈！"江谣当然不明白她的顾虑，还以为她睡着了，连喊了两声。

方亚楠没好气地答道："听到了！"

"那你要不要看哪？"

"算了。"

"啊，不要？"这对江谣来说是出乎意料的答案，她说，"那你……"

"以后再说吧。"方亚楠做出一副疲惫的样子，"我现在动不动就心里难受，照片还是下次再看吧。"

"好。"江谣闻言当然没意见，于是继续推着她往前走。

"妈，不好意思呀。"走了一会儿，江谣忽然开口道。

"嗯？"

"我太忙了，添添又不在，家里实在没人能照顾你。"

"哦，这件事呀，"方亚楠自然无所谓，对她来说去哪儿都一样，"没事。"

"多多还是挺好的，听说要照顾你，也没有二话。你有什么需要，可以跟我说，我会帮你安排的。"

这话有点儿微妙啊，难道她被儿媳妇照顾着，想吃颗糖，还得找女儿去买？

家庭氛围那么僵硬吗？

方亚楠一时间有点儿摸不清状况，只能说道："也用不着你。我一把年纪了，总还有点儿积蓄，需要什么东西自己买好了。"

"你住在自己孩子家里，却什么都自己买，这说出去不好听的呀。你要什么东西跟我说，我就以慰问品的名义给你送过去，大家面上也好看嘛。"

江谣这心思也太缜密了，话里的意思是让她尽量少花儿子家的钱？

活得这么小心翼翼，她住过去有什么意思？

这女儿是在教亲妈做事？教的还是怎么和儿女相处？

方亚楠扪心自问，她做人应该没失败到这个地步吧？还是说人家真的把她当老年痴呆症患者看了？

她沉默地听着江谣絮絮叨叨，什么"人家那儿不是龙潭虎穴"啊，"有些小摩擦不要太在意"啦，"等磨合好了，就是一家人了"啊……

"停！"

江谣猛地停住，看向方亚楠："妈？"

方亚楠头痛，语气都忍不住老气横秋起来："我真的那么不会做人，还能活到这个岁数?"

江谣愣了一下,随即忍不住笑起来:"你啊,就是越老越孩子气。添添都担心你出去跟别人一言不合打起来,你这话跟添添说去,我不多说了。"

她有那么欠揍吗?小伙伴都说她是五讲四美的好青年呢!

等等,此她非彼她,她可不是这个"越老越孩子气"的方亚楠!

两个人又溜达了一圈便回病房了,方亚楠简单洗漱了一下,躺回床上的时候,已经困得眼睛都睁不开了。

可她一看时间,八点都没到。

这要是之前,夜生活刚开始!

她现在却只想睡觉!

这日子可怎么过啊?她根本还没做好过老年生活的心理准备!以后早上起床不上班的话,她还能干吗?去打太极吗?!

方亚楠忍不住哭了起来。

刘阿姨进来关灯,见状"哎哟"一声:"方阿姨你怎么又哭了啊?"

方亚楠:"我想过夜生活!"

刘阿姨有点儿无语,没接话茬,径直说道:"熄灯了啊。"

"啪——"屋子里顿时一片漆黑。

寂静的房间里缓缓响起"潺潺"的流水声、树叶被风吹动的"沙沙"声,还有草丛中的虫鸣声、枝头上的鸟叫声。

方亚楠闭上眼,仿佛置身森林中、星空下、草地上。

真好啊,这居然还不是高级病房,未来的医疗环境还真的不错。

方亚楠终于满心不甘地睡了过去。

第二天一大早,方亚楠自己就醒了。

此时天都没亮,她一看时间,才五点多。

她低低地哀号了一声,想翻个身继续睡,脑子却已经清醒了。她硬是多躺了一会儿,就开始腰酸背痛,只能缓缓坐起来,又小心翼翼地站起来,蹒跚地走到窗边,拉开了窗帘。

天色微亮,楼宇间隐约有光芒闪烁,是太阳正在往高楼顶攀爬。

她以前上班的时候,每次都紧赶慢赶,很少有机会正儿八经地在城市里看日出。此时她静下心来,看着天空一点点变得明亮澄净,高楼大厦相互反射着金光。

她发现这里很眼熟。

虽然有些许变化，但以几栋虽然老旧却很有特色的建筑来看，这儿似乎是城北。在她二十几岁的记忆里，这里刚刚建造了全国最大物流公司的总部园区。园区内的大楼外表全部是全玻璃设计，远处看去像层叠的玻璃块，十分高级。

那片大楼就在不远处，不高，但很显眼，上面还有那个物流公司的招牌。

方亚楠难过地闭了闭眼，痛苦地拉上了窗帘——这片楼的存在说明她穿越的可能性又小了一分。

这时候，刘阿姨来上班了。她一进门就看到站在窗边的方亚楠，"哎哟"了一声："方阿姨，你怎么自己下地了？小心摔着！"

"没事儿，躺着更累。"

"唉，我也是，年纪大了，躺多了腰酸。"刘阿姨深感认同地走过来，"来，那干脆走动走动。洗漱了没？我去给你叫早饭。"

"我这就去洗漱。"方亚楠乐得走动，自己慢吞吞地走进厕所刷牙洗脸。她已经注意到自己现在满嘴假牙，但套了牙套后，牙齿看起来反而比以前的还整齐好看。

她洗漱完，又对着大镜子适应了一下自己的老脸，努力地在脸上找自己过去的痕迹，然后发现，还真的能找到不少——

原来的大眼睛下挂着眼袋，周围的皮肤也皱了不少，人一看就气色不好；法令纹很深，幸好她有着祖传的小脸，两边脸颊上的肉掉得还不算厉害，隐约为她挽回了一点儿颜值。

原来自己老了以后长这样吗？以前总有人说她长得凶，怎么她老了以后看着还挺慈祥的？

除了她笑起来一口整齐的白牙略显狰狞以外！

"方阿姨，早饭来了，现在吃吗？"

"哦，吃。"方亚楠回过神，出去吃早饭。没过多久，莫西伦来例行查房。

"方阿姨今天气色不错啊。"他进来后先打了声招呼，没等方亚楠回应，紧接着就是一句，"听说您昨晚又偷偷哭鼻子了？要不要给您换个枕头啊？"

方亚楠老脸微红。一旁的刘阿姨匆匆地走了出去，一时间方亚楠都不知道该怪谁，只好翻了一个白眼："给我找个擦眼泪的帅哥就好了。"

"您有这种需求，早点儿跟我讲嘛。"莫西伦探身去看挂在她的病床后方的身体数据，一边记录一边笑嘻嘻地说道，"一个电话的事情。"

"打给你？"

"楼下急诊区有一堆小帅哥呢，您要内科的还是外科的？神经科的也有哟！"

"……"

方亚楠白眼几乎翻到天上去，恶狠狠地喝了一口水。

"今天的尿怎么样啊？"

"黄的。"

"大便通畅吗？"

"憋着呢。"

"别憋着呀，憋坏了怎么办？"

"等你！"

"哦哦，"莫西伦居然放下记录板，"嘿嘿"笑着搓了搓手，"那就现在？"

方亚楠满脸震惊："你干到现在，从来没被投诉过吗？！"

莫西伦表情无辜："方阿姨，您提的是合理要求呀。"

病人提出这种要求居然都算合理吗？！

方亚楠疲惫地挥了挥手："算了，你给我一个自己努力的机会。"

"那您可别硬来哟，太用力的话，会昏过去的。"

"够了！"

莫西伦笑眯眯地拿回记录本："那等您大便完了跟我说一声吧，我到时候再来看看您的情况。"

方亚楠生无可恋地转头看向窗外。

莫西伦一边在记录本上写着什么，一边漫不经心地问："阿姨今天有没有想起什么呢？"

"没有。"

"家里人跟您说了一些以前的事情吧？"

"嗯。"

"好的。"他不再追问，点点头结束书写，又端详了一下方亚楠的气色，笑了笑，"说实话，阿姨您现在看起来比这个病区里的好多老人家有活力呢。"

老人家……

虽然被夸了，方亚楠还是感到受伤。她勉强地笑了笑："哦。"

即使她说过自己的记忆停留在二十九岁，但是在莫西伦眼里，她就是一个七十五岁的老人哪。

可是她现在真的是二十九岁的心态啊！

莫西伦问完情况便出去了。没一会儿,刘阿姨回来了,笑眯眯地问方亚楠:"方阿姨,你想看电视吗?"

"咦?对呀,病房里一般是有电视的!"方亚楠看着面前光溜溜的墙面,"在哪儿呢?"

刘阿姨走过来,拉开床头柜,拿出一个遥控器对着墙面按了一下。正对着床的一块墙面竟然突然变黑,彩色的图标挨个儿跳了出来,很是俏皮可爱。

"给,莫医生说你可以看电视了,"刘阿姨把遥控器塞给方亚楠,"但是注意用眼哪,不要看太久。"

这些人一会儿当她是老人家,一会儿又当她是小孩。但有电视看,方亚楠也不计较了,兴致勃勃地看起了电视。

虽然电视机的界面和操作方式都有变化,但是幸好她还能较快上手。快速浏览了一遍节目后,方亚楠发现如今电视里还是以千篇一律的电视剧、新闻、综艺节目和直播为主,除了……

"这都有?!"方亚楠猛地坐起来,腰椎痛得她当场倒吸一口凉气。等疼劲儿过去后,她迫不及待地看向屏幕,发现自己没看错——这竟然是登月直播!

而且这是免费直播,上面显示观看人数已经超过两亿,并且还在不断攀升。

此时,画面昏暗,隐约可以看见绿莹莹的东西在画面中抖动,偶尔还有白色的东西飞过镜头。画面外,一男一女两个主持人在对话——

"现在我们看到的是,登月舱正向月球表面缓缓推进。本次登月行动的第一飞行员是年仅二十五岁的空军中尉杨柯。他在训练中,以第一名的成绩获得了本次机会。"

"登月过程将持续一个小时。专家表示,因为本次探索的是月球背面,因此等到登陆过程完成,直播会在夜视状态下进行,画面可能会造成部分观众视觉上的不适感,请各位观众注意。"

"本次登月行动受到全世界关注,因为这是人类首次登陆月球背面。有网友开玩笑,问会不会派农业专家去研究土豆种植技术。专家表示,请全国人民放心,这次登月行动,我们不仅派出了农业专家,还带去了四十五年前袁教授带队研究出的新型旱稻种子。希望在不久的将来,我们能吃上月球稻米。"

"听说那位农业专家是袁教授的学生的后代?"

"是的，本次参与登月行动的农业专家蒋家宴教授，他的爷爷当年是袁教授的团队中的一员，为新型旱稻种子的研究做出了卓越的贡献。时隔四十五年，蒋教授接过这一使命，将当年的研究成果带上了月球。"

"如果能成功就太好了。"

"是啊。"

屏幕里画面还是影影绰绰的，方亚楠看不清楚，却激动万分，甚至再次流下老泪。

在她的记忆中，2000克月壤刚刚被带回地球，那时候还有网友开玩笑，说它不能种菜。没想到，如今《在希望的田野》终于还是在月球上唱响了。

这感觉真的太奇妙了。

方亚楠又哭又笑的时候，刘阿姨提着热水瓶又进来了，看见她的样子，差点儿跪下："哎，哎，哎，方阿姨，你……你……你怎么……"

方亚楠："对，我又哭了！"

"不是……怎么……唉，我都不知道该说什么了，全医院的眼泪都让你流了吧？哎，你不能激动啊！"

"我太高兴了！"

"高兴啥呀？"刘阿姨看了一眼屏幕，"黑黢黢的，恐怖片？"

"不是，你仔细看，是登月直播！"

"哦，登月啊。不都登好几回了，你每回看直播都哭啊？"

"我这是第一次看！"

"怎么会是第一次……哦对，你忘了。"刘阿姨拍了拍自己的嘴，"得，得，得，你看吧，一会儿医生来了你可别这样。他收你的遥控器，你信不？"

方亚楠胡乱地点点头，随手抽了一张纸巾擤擤鼻涕，刚一用力就头昏眼花，"哎哟哟"地往床上倒。刘阿姨过来一把接住她，很是崩溃："方阿姨啊，我怎么说你好啊。"

"啥也别说，你放下水壶走吧，就当什么都没看到。"

"哎……你自己行吗？不会又晕过去吧？"

"不会，不会，我得醒着看登月直播呢！"

"得，你看吧，我去给隔壁病人打水，去去就来啊。"刘阿姨走到门口，不放心地回头叮嘱，"方阿姨，你也老大不小了，自己上点儿心哪。"

"成，成，成。"方亚楠摆手赶她，继续死死地盯着屏幕。

这一看她就看入迷了。

方亚楠一直看到晚上,不仅看到宇航员登月的瞬间,还看到他一步踩上月球背面的画面。方亚楠特地把电视调成静音,对着窗外听了一下,发现街上并没有当年申奥成功时那种敲锣打鼓的架势。方亚楠心里有些感慨——敢情还真是自己少见多怪。

到了晚饭时间,她的兴致才下去一点儿。她正等着刘阿姨送晚饭来,莫西伦领着一个中年女人过来了。

那女人长得娇娇小小的,年纪不小,但风韵犹存,长得比她的大女儿江谣还好看一点儿。女人在门口看见方亚楠,僵硬地笑了笑,开口就是一句:"妈。"

方亚楠眼前一黑。

来人果不其然是她的儿媳妇姜多多。

姜多多提着一个保温盒,局促地站在门口,小心翼翼地观察着方亚楠的反应。

方亚楠挤出一个勉强的笑容:"哦,来啦。"

姜多多愣了一下,有点儿吃惊:"你……你记得我呀?!"

失忆老人一觉醒来,连亲儿子、亲女儿、亲孙子都不记得了,就记得儿媳妇,任谁听了这事都要吃惊。

方亚楠嘴角有些抽搐:"那你还能是谁?"

姜多多反应过来,尴尬地笑了笑,迈步走进来:"妈,我给你带了几个菜。"

"就等你这句话呢。"方亚楠笑起来,拍了拍面前的桌子,"来,来,来,有啥好吃的?"

她的热情反应显然让姜多多很不适应。姜多多身体僵硬地挪过来,打开保温盒,里面叠着三只精致的小碗,碗里装着热腾腾、香喷喷的饭菜。

"土豆牛腩、干煸四季豆和鲫鱼汤。"她把菜一碗碗拿出来,放在桌上。

方亚楠听完菜名的瞬间脸色就垮了,举着筷子僵在原地。

姜多多不安地问:"妈,怎么了?这些都是……"

"哎,都是我喜欢吃的,"方亚楠擦了一把脸,"怎么连口味都一样呢?"

"妈,如果没胃口……"

"没什么,没什么。"方亚楠吸了吸鼻子,"谢谢。"

她喝了口鱼汤,缓缓吃起菜来。

菜的味道还不错。她口味重,以前妈妈做菜都会重油重盐,但是现在,显然清淡一点儿的菜更适合她。姜多多不愧是做了多年家庭主妇的人,口味拿捏得刚刚好。

姜多多安静地看她吃完，随后像自家老公上次一样，默默地收拾着保温盒。方亚楠此时方觉得有些尴尬，想聊些什么，又不知道怎么开口——总不能对儿媳妇千恩万谢吧？

"妈，你的房间我们已经准备好了，就是床是新的，虽然是环保材料，但还是要散散味道。床单、被罩什么的也是新的，都洗过了。阿贤说你习惯睡自己的枕头，所以我就买了一条枕巾，到时候去阿姐家把枕头拿过来就行。"姜多多一边收拾，一边说道，"衣服什么的都托阿姐整理了，还有什么别的需要的话，你就列个单子，我让阿贤抽空过去拿。"

方亚楠犹豫了一下，提醒道："可我什么都不记得了呀。"

姜多多顿住，露出懊恼的表情："哎呀，我又忘了。"她赔着小心，说道，"那要不这样，让阿贤去阿姐家，然后同你视频，你看见什么需要的东西，就跟他说？"

虽然这个想法的初衷是好的，可是这感觉很像是让她在别人家里看到想要的东西就拿，这感觉……好像也不错？

方亚楠点了点头。

姜多多松了一口气，一副不负所托的样子，站起来说："那，你也该休息了，我先回去了啊。"

"行，那我就不送了。"方亚楠客气了一下，转念一想，又叫住她，"那个，多多？"

姜多多回过头来。

"我现在什么都不记得，不帮倒忙就很好了，如果有什么做得不合适的地方，可能还要麻烦你提点我。"

姜多多表情错愕，半响才点了点头："那……那肯定的。"

方亚楠笑了笑："提前谢谢你啊，菜很好吃，不过下次鲫鱼汤能不能多加点儿盐？"

"哦，可……哦，不行，我特地问了医生，你要少吃盐。"姜多多差点儿答应，转念一想不太对，坚持道，"我知道你喜欢吃辣的东西，已经买了花椒，等你病好后就做川菜给你吃，好不？"

"嘿，那敢情好！"方亚楠拍了一下大腿。

这动作以她这个年龄的人做出来，确实有点儿返老还童的意思，姜多多看得嘴角一弯："那你休息吧，我明天再来看你。"

"别太麻烦，我现在这样就挺好。"

姜多多离开后,方亚楠又看了一会儿登月直播。最初的激动情绪过去后,她很快感到有一点儿无聊,退出登月的直播视频,看了一眼直播菜单,发现一个叫CWOL的电子竞技联赛直播的热度已经超过登月直播,排在点播榜的第一位。方亚楠看了一眼预览,发现这好像是一个射击类的游戏。

她正要点开直播看,刘阿姨来了,一进门就嚷道:"哎哟,方奶奶,你怎么跟小孩子似的,都几点钟了还在看电视?停不下来了?睡了,睡了!"

"哎,我就看看……欸,怎么还要钱?"

刘阿姨看了一眼,笑了:"哎,不是要钱,是医院不让病人看这类视频——太刺激了,影响病人养病。"

"可是这里有付款渠道啊,只要我有手机,不就能付费观看了吗?"

"你有吗?"

方亚楠朝刘阿姨眨了眨眼。见刘阿姨一脸疑惑的表情,方亚楠露出一个谄媚的笑容:"你有啊。"

刘阿姨朗笑一声:"方阿姨,早点儿睡。"

随后她转身出门,临走前还不忘随手关了灯。

蟋蟀的叫声又响了起来。

又过了一天,中午的时候,姜多多带着方鹗来了。一进病房,方鹗就打开手机,一边和他爸视频一边跟方亚楠说话:"奶奶,我爸已经到姑姑家了,你快看有什么需要的,他拿好东西以后过来接我们!"

方鹗看样子很兴奋,大概很好奇一个七十五岁老人的生活吧,方亚楠郁闷地想。

方近贤果然已经拿着手机站在一个房间里,在视频那头问:"妈,我从衣柜开始啊,你看到什么东西需要的就跟我说。"

说罢他打开衣柜。方亚楠对着视频看了一眼,嘴角抽了抽。

好家伙,她之前还在琢磨什么时候穿她的撞色款风衣,为此还特地买了白色的阔腿裙裤和骑士靴。结果现在满柜子的中老年服装,虽然不像她在自己奶奶那里看到的那么朴素,可也还是中老年款式!

虽然她可能只配穿这些衣服了,可是让她现在挑出心仪的衣服,真的好难。

方亚楠:"要么都拿,要么一件也别拿了。"

"啊?可以都拿,但是家里衣柜的空间可能不够。"方近贤发愁。

视频那头传来江谣的声音,她说:"我就说我已经把妈常穿的衣服都收拾好了,你非要让她挑,你看看。"

43

"就按她说的办。"方亚楠说道,"拿几件常穿的衣服,够换洗就行。"

"那行,"方近贤无奈地说,"那鞋也这么来吧。其他的呢,其他的东西还有没有需要的?"

镜头带着方亚楠仔细地看了一圈她过去的房间。这间卧室生活气息浓郁,但是对方亚楠来说是完全陌生的,里面所有的生活痕迹都属于另一个人。

屋子里没有电脑椅,只有一把摇椅;台式电脑倒是有一台,但不知道为什么,本该是代表年轻和活力的电子设备,也有点儿暮气沉沉的味道;桌子上放着一堆保健品和几个记事本;床铺整理得干干净净,上面还有一张手工粗麻毯子。

视线落在那张毯子上,方亚楠眼睛一亮:"这张毯子!"

"哦,毯子。"

方近贤立马去拿毯子,身后的江谣却叫道:"哎,妈,你真要拿这个啊?他们家又没猫!"

对,这张毯子是她的好朋友亲手编织,送给她的猫的,是猫咪的宝贝。以前,狗子和千岁两只猫平时关系一般般,但是宁愿共享也要一起睡在这张毯子上!

天哪,这都多少年了?她竟然还在用这张毯子?

"我有猫?"方亚楠又激动又紧张。

"我还以为你把厂花忘了呢。"江谣出现在镜头里,用手抄起一只大猫,把它往镜头前凑。

好大一只虎斑缅因猫,长着两只大耳朵,耳朵尖上分别有一簇长长的猞猁毛。猫咪被江谣扯得四肢伸开,看起来好长一只,有半个人高。蓬松的大尾巴在两腿中间晃荡,令它看起来又凶又萌。突然被抱起来,猫咪也不挣扎,对着镜头软软地叫了一声。

"厂花,"方鹗打招呼,"厂花好像瘦了。"

方亚楠之前还为自己的两只猫咪肯定不在了而难受,现在有了新欢,立马忘了旧爱,激动得不行:"这是我的猫?怎么这么好看呀?!"

"妈,猫也要带过去吗?"江谣问,"这个得问问阿贤他们吧。厂花这么大,猫砂盆都有马桶大了。"

这个方亚楠还真的决定不了。她转头一看方鹗的表情就明白了,叹了一口气:"再说吧。"

"养!"方近贤说道:"小二,跟你妈说说,不就是只猫吗?"

44

"你又不是没来过，养猫折腾得很。你现在说起来很轻松，到时候还不是麻烦多多？"江谣训方近贤。

"我来，我来！"方鹗举手，"我负责铲屎！"

"你得了吧，还在上学的小屁孩，都不见得有机会和醒着的猫玩一会儿。"江谣转头朝方鹗开火。

"说什么呢？"姜多多刚才去给方亚楠办出院手续，这会儿回来，一脸迷茫的表情，"怎么了？"

"妈，厂花怎么办？"方鹗一把抓住方亚楠的胳膊，"奶奶说厂花才是她的亲孙子，没它不行的。"

我什么时候说过？

说过我也不记得啊！

方亚楠张口结舌，转头就见视频里姐弟俩在偷笑。她只好叹一口气，和孙子一起巴巴地望向姜多多。

姜多多神色变了变，最后还是叹了一口气，有点儿没好气地对方鹗说："养吧，养吧，你都嚷那么久了，就算厂花不来，你早晚也得磨着你爸让你养厂草什么的。"

"爸，带上厂花！"方鹗立刻对着镜头大吼，随后握住拳头，摆出一个胜利的姿势。

"快谢谢你妈。"方亚楠终于有了点儿成年人的自觉，拍了拍他的头。

方鹗立刻朝姜多多谄笑："嘿嘿，谢谢老妈！"

"谢谢你奶奶吧，"姜多多没好气，"你可算是圆了夙愿。"

"谢谢奶奶！"方鹗从善如流地道谢。

方亚楠干笑两声，觉得又尴尬又悲伤。

以前，养一只缅因猫是她的毕生夙愿，结果因为这种猫毛长、长得大，她一直没得到家里人的许可，甚至这被她妈拿来当催婚的理由，说什么等她当家做主，就可以想养啥养啥。

结果现在，她结婚了，子孙都有了，想养猫却要看儿媳妇的脸色。

这真是……讽刺啊。

方亚楠出院之前，莫西伦给方亚楠做了最后的检查——主要看了一下脑子——结果依然对她的失忆情况没什么头绪。

莫西伦在方亚楠的全家人的围观下沉默许久，然后抬了抬手："刘阿姨，你帮方阿姨再做一下按摩吧。方阿姨的家属都过来一下。"

方亚楠伸长脖子:"你们要背着我商量什么邪恶计划?"

莫西伦:"阿姨您怎么知道的呀?我要给您开的药太多了,得一堆人来搬呢!"

方亚楠翻了个白眼,在床上躺平了。

等他们一走,她突然坐起来,把刘阿姨吓了一跳。

"哎哟,方阿姨,你这是干吗?"

"刘阿姨呀,我叫了一个外卖,医院的保安不让送进来,你能不能去帮我拿一下?"

"啥?方阿姨哟,你一把年纪了,叫啥外卖啊?多不健康!"

看来不论过去多少年,人们对外卖的偏见都不会变。

最后刘阿姨还是妥协了,似乎对方亚楠的这种要求见怪不怪。等刘阿姨走远,方亚楠立刻蹑手蹑脚地出了病房,一路到了莫西伦的办公室外。门没有锁,开了一条缝。

莫西伦坐在椅子上,其他人围在一旁。显然,谈话也刚刚开始,莫西伦正点开一个显示屏,示意他们看。

"方奶奶的情况蛮特别的。"他说道,"一般患有阿尔茨海默病的老人,症状都是逐渐出现的。但根据你们之前说的情况,她的失忆症状来得很突然。"

"对啊,我妈之前也就是偶尔手抖一点儿、有些健忘,还有一些基础病——这对她这个年纪的老人来说,都是正常的。她怎么会摔了一跤就……我也觉得这不太正常。"江谣站在最前头,着急地说道。

"她也没撞到过头,所以除了阿尔茨海默病,暂时找不到别的原因。"莫西伦点了点屏幕里的头部CT片,"但如果真的是阿尔茨海默病的话,她一开始就在这个阶段,以后痊愈的可能性……不是很大,你们要有心理准备。"

"那她以后都记不起来以前的事了?"

"记不起来还是好的,"莫西伦说道,"反复忘才最可怕。"

"啊?"

"要不然呢?她现在虽然有很长一段时间的记忆不存在了,但好歹她醒来之后的记忆还是连贯的。如果以后她出现认为自己是十八岁的情况,或者每天早上醒来都要问一遍你们是谁,不用想你们是什么感受了,你们想想她前两天的表情吧。"

方鹗:"我已经开始崩溃了。"

方近贤一巴掌抽在他的头上,瞪了他一眼。

"但是没办法,"莫西伦又说道,"应对阿尔茨海默病患者,最好的药就是爱和耐心。以后不管家里有什么矛盾,你们都尽量别让老人过得太糟心。你们知不知道阿尔茨海默病有一个外号?"

"老年痴呆?"方鹗嘴快,又挨了他爹一掌。

莫西伦沉下了脸:"是漫长的告别!"

房内静了一瞬,忽然,一声啜泣声响起,江谣捂住脸低下了头。

"姐……"方近贤拍了拍她,表情沉重,"这是没办法的事。"

"莫医生,那我们就没别的可做的事了?"方近贤安慰了江谣两句,转头皱着眉问莫西伦。

"之前已经跟你们说了,你们可以多看看有关阿尔茨海默病的材料,心里有点儿数。到时候你们就会知道,患阿尔茨海默病的老人会产生记忆错乱的情况,很多时候是受感情影响的。他们心里有执念,虽然被理智压下去了,但情绪还是会受影响。所以当他们自控力变差的时候,这些执念就会冒出来,让他们一门心思地想做某件事,以至自我认知混淆,把自己整个人代入当时的场景中。"

众人:"……"

"我可以再推荐你们一本书,就是《演员的自我修养》。"

方鹗又忍不住犯贱:"周星驰那本书?"

莫西伦对方近贤微笑:"方先生,我这里不禁家暴。"

方近贤愣了一下,转手又给了方鹗一巴掌,怒目而视:"你可以闭嘴了!"

方鹗:"……"

"这本书的作者是一位叫斯坦尼斯拉夫斯基的戏剧大师。我推荐这本书给你们的意思是,方阿姨的症状很严重,她表现得简直不像一个阿尔茨海默病患者,而像小说里的'穿越者'。她的人格和住院以来的记忆非常稳定,这意味着她不是可以被随便糊弄过去的,你们得提高警觉。"

"这……"一旁的姜多多发愁了,"我也就是年轻的时候看过穿越小说,穿越的人有哪些表现,我早忘了,到时候应付不过来怎么办?"

"你忘了,你儿子肯定清楚。"莫西伦朝方鹗抬了抬下巴,"小孩子脑子灵活、反应快,反正现在方阿姨也跟小孩子一样,让你儿子带着她玩,最好不过。"

"啊?我要上学,还要上补习班,要做作业、练琴,现在还要照顾我奶奶?!"

方近贤猛地抬起手,方鹗下意识地缩头。方近贤在半空中停住手,重重地叹了一口气："唉，是我没教好你！"

姜多多双手搭在儿子的肩上，一脸无奈的表情："好了，好了，这时候说这种话做什么？不是还有我吗？"

"我目前能交代的事就这么多，方阿姨的症状我会继续研究研究，你们尽量每个星期都带方阿姨过来看看，这种事只能慢慢来。"莫西伦低头在平板电脑上写起来，"老人家年纪大了，还有什么想做的事，你们上点儿心吧。人无再少年，她现在这个状态，也是老天垂爱了，你们要珍惜。"

他语气平淡，但话音落下后，房中人都沉默了。

方亚楠心里一酸，竟然有想哭的感觉。她一直青春，不曾垂暮，至今都在这突然年老的打击中回不过神来，现在被莫西伦的话戳中心事，都不知道是自己想哭，还是另一个历尽千帆的方亚楠想哭。

"那谢谢莫医生。"方近贤道谢。

听了这话，方亚楠立刻反应迅速地脚底抹油，三步并作两步地回到自己的病房里。

她才走了这么几步，已经有体力不支的感觉了。病房里没有其他人，桌上放着一杯奶茶，估计是刘阿姨拿回外卖后还有别的事，先走了。

方亚楠整个人软绵绵地躺在床上，心思却十分活络。

虽然早就知道他们当她是阿尔茨海默病患者，可是这么正经的讨论场面，她还是头一回见到。看来自己这阿尔茨海默病的毛病是坐实了，人家莫西伦还贴心地给她加了一个"穿越一样的阿尔茨海默病患者"的标签。

那她真是可以为所欲为了。

她的家人们从莫西伦那儿回来的时候，神色都有些沉重，见到方亚楠，笑容也都挺勉强。

方亚楠"天真"地问："啥情况？我还有别的病？"

江谣连连摇头："妈，你想什么呢，有没有生病你自己没数吗？"

"我确实没数啊。"方亚楠理直气壮地说。

"妈，你真的没什么事！"

"好，好，好，"方亚楠本来就是开个玩笑，不想较真，"那我可以出院了吗？"

"可以了，可以了。"莫西伦在门口说道，"方阿姨这么急着离开我，真让人伤心。"

"谁喜欢一直住在医院里啊？"

"我对您不好吗？"

"收我的手机的仇不共戴天！"

"哼，网瘾这么大，感觉很快我们又要见面了。"

方亚楠望向江谣："出院的时候，不是都要填写《满意度调查问卷》吗？咱投诉他吧，我有八百字的坏话可以写。"

江谣有些无奈地说道："妈，你也不小了。"

跟莫西伦吵闹过一番后，方亚楠终于坐上了方近贤的车。姜多多坐在副驾驶座上，方亚楠和方鹗坐在后排座位上。

现在的车已经有自动驾驶功能，方近贤把车设定到自动驾驶模式后，就任由车自行上路了。他回头对方亚楠说道："妈，你精神还好的话，看看窗外，要是碰到让你有点儿印象的地方，我们就停车。"

方亚楠"哦"了一声，有点儿尴尬——她一出门就"有点儿印象"了。毕竟这个医院虽然改建过，但是很早之前就存在，医院外的景物也变化不大，她熟得很。

当年她还在这附近和小伙伴一起玩过剧本杀呢！

"奶奶，奶奶，"方鹗凑上来，"你猜我找到什么了？"

"什么？"

"《全职猎人》的动画片！虽然有点儿老，但是好好看！我已经看到友克鑫的剧情了，旅团太厉害了！"

方亚楠也忍不住激动起来："是吧？超级好看！"

"你最喜欢谁？"

"奇犽是我老公！"

"咳咳！"前方的方近贤开始咳嗽。

方亚楠眨了眨眼，想象了一下自己听老妈说"费翔是我老公"的感受，尴尬之余还有一点儿想笑。一旁的方鹗却丝毫没觉得她这样讲话有什么问题："我最喜欢团长！"

"团长？小伙子，你价值观有问题哟。"

"他长得帅还厉害啊！"

"你漫画看到哪里了？"

"我看到小杰他们去贪婪岛的情节了。"

"你看得好慢哪。"方亚楠语气嫌弃。

"我要上学的呀，奶奶。"

"喊。"

我当初为了看《全职猎人》，不仅翘课，还翘班，每次重温都要花上一个通宵！方亚楠强忍住没说这些话。毕竟前面还坐着人家的爸妈，她要是把这些话说出来，估计方近贤能车头一转，把她送进养老院里。

但方鹗还是察觉出来了，坏笑："奶奶……嘿嘿。"

"笑什么？我觉得你做得对，就是要劳逸结合。"

"喊，"方鹗突然想起什么，"对了，我还喜欢侠客！"

"哦，他……"

他被西索干掉了。方亚楠差点儿剧透。这一剧透，估计她还是得半路下车。

"他怎么了？"

"没事，他可厉害了，你往后面看就知道了。"

"喀喀，妈，"姜多多委婉提醒道，"那个……这个……"

"哦，不能让小孩子沉迷漫画，是吧？"

"妈，我又没耽误写作业！"方鹗居然顶撞他老妈。

方亚楠二话不说，一巴掌拍在方鹗的头上："怎么跟你妈说话呢？你爸教的？"

方近贤："啊？啥？"

姜多多："没事，没事，妈，我都习惯了。"

方亚楠又一巴掌拍在方鹗的头上："习惯了？你平时都这么说话吗？没大没小的，看什么《全职猎人》，你该去看……"

方鹗本来还捂着头瞪她，闻言眯起眼睛："看什么？"

"喀，《二十四孝》。"

"奶奶，你就能想起来这么一个正能量的书吧？"

"谁说的？你当初还说要给我找本有逻辑的漫画呢，找着了没？"

方鹗语塞："嗯……《悲惨世界》算不算？"

"啥？"方亚楠惊呆了，"现在的漫画都到这种层次了？"

"不是，就是……经典嘛……就……"

"那要说《悲惨世界》，当然是音乐剧版本最好看啦，"方亚楠随口问道，"看过没？"

方鹗："……"

方亚楠何许人也，看方鹗的表情就明白他的意思了，当即哼了一声："现在的年轻人哪，就是肤浅。"

"奶奶你不是都不记得我们了吗？怎么会知道我们年轻人是什么样子？"方鹗很快反击。

方亚楠果断认错："我确实不记得了，那你们现在都在看什么呀？"

方鹗："等我回去找给你看。"

姜多多回头："你可别带坏你奶奶。我前两天去看你奶奶的时候，她在看登月直播呢。你呢？你看吗？"

"啊？奶奶你还看那个啊？"

"登月直播怎么了？"方亚楠很骄傲，"我那个时候，宇航员从月球上带回来 2000 克月壤，都举国欢腾呢。"

"又来了。"方鹗叹了一口气，"我知道，那你知道后来第一次登月失败了吗？"

"第一次登月失败？！"方亚楠大惊，"什么时候的事？"

"小二！"姜多多忽然喊了一声，语气很是严厉。

方鹗正兴致勃勃地想说什么，闻声愣了愣，不甘地低下了头："没什么，都过去了。"

方亚楠有些疑惑："你们不是要帮我恢复记忆吗？为什么不让他说？"

"没什么，妈，你看窗外，那个奶茶是你很喜欢的。"方近贤忽然指着外面说道。

方亚楠看了一眼。车已经开过奶茶店了，而且她刚刚喝过一杯无糖奶茶，便有些兴致缺缺地"哦"了一声，没再说话。

车里的气氛冷下来一点儿。

方鹗感觉自己做错了事，本来蔫头耷脑的不说话，可没一会儿，忽然又支棱起来："爸，爸，开慢点儿！"

"干吗？"

"是 DKL！DKL！"

"什么 DKL？"

"哎呀，就是国内最厉害的电竞战队！好像有活动，不会是战队成员来了吧？"

方亚楠虽然一句话也没听明白，但还是顺着方鹗手指的方向看过去。车正减速经过一个广场，她可以清楚看见广场中央的横幅和聚集在广场上的青年男女，人群中不乏举着灯牌激动地挥舞的人。

"就知道战队，再'战'下去学也别上了！"姜多多有些没好气。

"都什么年头了，打游戏怎么了？再说了，这可是全息游戏，你们不懂！"方鹗顶嘴。

"我不懂？！你爸被你奶奶带着打游戏的时候，你还不知道在哪儿呢！"

"你们打的那也叫游戏……啊！"方鹗捂头，"奶奶你干吗又打我？！"

方亚楠面无表情地收回手："没什么，就是想打。"

"爸，你停下车，让我去看看！这阵仗，说不定有战队的人在！"

"你不帮你奶奶整理东西了？"

"不是有你们吗？"

"你这个人……说到的事情就要做到，什么战队，下次会有机会的。"

"啊……爸！"

"叫祖宗都没用。"

"叫祖宗还是有用的。"

旁边飘来一句话，一家三口全朝方亚楠看去，只见她也望着车窗外的场景，一副兴致盎然的样子。

"这是全息游戏的战队？看那条横幅上的图，不会是《反恐精英》的全息游戏版吧？"她问。

"对，对，对！"方鹗激动地喊，"就是《反恐精英》世纪大更新！DKL是最强战队！我前两天刚刚看过他们比赛的直播，这会儿他们肯定是比完赛回国了！"

"那还是可以看看的，一会儿他们会打游戏吗？"

"不知道。"

"阿贤哪，"方亚楠当机立断，"停车，我想看看。"

"啊？妈？你别开玩笑了！"

"不开玩笑。"

"你现在路都走不动了！"

"小二，给奶奶推轮椅？"

方鹗连连点头："好的！好的！"

"不行，真的不行，这儿这么乱，你现在这样子……"

"我一把年纪了，"方亚楠故意唉声叹气地说，"看一眼少一眼了。"

方近贤："……"

她这话谁能反驳？！

方近贤无奈地操控着车子在路边的停车点自动泊车："那我陪你们……"

"不用，我带着奶奶就好！"方鹗跃跃欲试，"不会有事的！"

"想都别想！"

"你们先回去收拾东西吧。"方亚楠扶着门框缓缓下车，"这活动估计要办挺长时间，可别耽误了你们的时间。"

"妈，你看这儿这么多人，万一等会儿有什么急事，我们赶不过来怎么办？"

"我要是真的出什么事，你们赶过来也没用啊，还不如小二直接把我送去医院。"

这话说完，方鹗都慌了："啊，奶奶，你别吓我。"

"不会有事的，放心。"方亚楠也知道和父母一起参加粉丝活动有多尴尬，既然已经要带上一个奶奶了，总不能让孙子更加束手束脚，"就是小二，你可别一激动丢下我跑了。奶奶这样子虽然没人要，可是不怕一万，就怕万一。"

"妈呀……"方近贤揉了揉鼻子，也不知道是在喊她还是在感慨，半晌才无奈道，"那这样，我和多多到旁边的超市去买点儿东西，你们参加完活动就跟我们说，行吧？"

这是很人性化的安排，方亚楠和方鹗自然没有异议。

于是方亚楠坐在轮椅上，方鹗推着她往人群缓缓走去。他们刚踏上广场，一阵惊天动地的欢呼声就响了起来，所有人都跟疯了一样往前挤，吓得方鹗按着轮椅不敢动。一老一少两个人刚进人群就被人流抛弃，瞬间落在了后面。

就在此时，广场正上方，一个巨大的屏幕亮起。伴随着震耳欲聋的游戏音乐声响起，五个穿着迷彩服、全副武装的人一个接一个地走进画面中。

人群炸开，粉丝们喊叫着："DKL！DKL！DKL！"

连方鹗都情不自禁地跟着喊："DKL！DKL！DKL！"

带头的那个人向前踏出一步，抬手摘下面罩，露出一张张扬帅气的脸。他朝下方人群挥手笑了笑，问道："我们是谁？"

"DKL！DKL！DKL！"

"我们是什么？"

"冠军！冠军！冠军！"

欢呼声震耳欲聋，有个女孩子干脆哭了起来。

这一刻，方亚楠仿佛回到了她刚毕业的时候——她跟自己的闺密俞悦一起在中国国际数码互动娱乐展览会现场看两个顶尖战队打《英雄联盟》的全国决赛。

那时候周围也都是年轻人，所有人喊叫着两支战队的名字，陪着那两支战队从默默无闻走到世界顶尖水平。电子竞技从不入流的行业到成为国际主流竞技的征途，既是辉煌的故事，也是她的青春。

"DKL！冠军！DKL！冠军！DKL！冠军！"

方亚楠根本没跟着喊，仅仅是在声浪中坐了一会儿就已经头昏眼花了。她抬头看着陌生的全息屏幕和熟悉的游戏界面，竟然也有种热泪盈眶的感觉。

她忽然想到方才偷听到的莫西伦的话——

人无再少年，她现在这个状态，也是老天垂爱了。

莫非冥冥之中，老天真的又给了她一次机会，让她以这枯槁之躯重温一回年少轻狂的滋味？

若她还年轻，多好。

哦不，她确实还年轻着呢！

很显然，这个叫VCS的游戏就是方亚楠"穿越"前在熬夜打的射击类电子竞技游戏的升级版。没想到时隔这么多年，科技才从VR眼镜升级到虚拟神经传感头盔——戴上头盔的人可以通过神经传导装置将意识完全放入游戏里，在里面尽情游玩。

而最先兴起的，便是对场景要求相对较低的射击类游戏。又因其本就有广泛的粉丝基础，虚拟现实电子竞技迅速占领全球电子竞技市场，成为全世界最火爆的电子竞技游戏。

而站在这个电子竞技游戏顶端的职业选手，自然也成了当之无愧的偶像。

"陆刃！陆刃！是陆刃啊啊啊！"旁边的妹子尖叫。

领头的那个张扬帅气的男孩子二十出头，一头亚麻色的短发，其中有几绺还挑染成了银灰色。他一手持枪，另一只戴着半指手套的手朝众人挥了挥。

又是一阵尖叫声响起。

推着轮椅的方鹗虽然不再叫了，但也激动得上气不接下气，双眼紧紧盯着头顶的全息屏幕。

此时，屏幕里又出现一个打扮得花里胡哨的人，一看这人就是扮成了游戏里的角色——顶着一头鸡毛掸子一样的头发，穿了一身明黄色的西装，脸上戴着一副巨大的红色墨镜，看着不像主持人，倒像是个在夜店打碟的人。

方亚楠饶有兴致地看着这个像极了真正舞台的游戏画面。要知道，过去的游戏登录界面里可是只有玩家，不会有半路上来一个主持人这种情况。

看来全息游戏的自由度确实高啊。

"大家好！"主持人和DKL战队的人挨个儿击掌后，在浪潮一般的尖叫声中举起话筒大叫,"观众朋友们好!欢迎大家来到由 DKL 电竞俱乐部主办、万方'开启新纪元'全息家用游戏头盔研发工作室赞助的 WCOL 世界虚拟真实电子竞技游戏 VCS 线下表演赛的现场!"

"啊啊啊!"观众已经成为无情的"啊啊啊"机器。

"本次表演赛,我们邀请到了来自美国的 UNQ 战队,欢迎他们!"

欢呼声再次响起。众人头顶屏幕上的画面一变,几个人高马大的队员走了上来,一水儿的欧美帅哥,气势丝毫不亚于 DKL 战队,看起来也很是强悍自信。

"UNQ 也来了!"方鹗兴奋道,"这就是当东道主的福利吗?啊啊啊!"

"他们很厉害吗?"方亚楠问。

"世界排名前五吧。"方鹗回答,"他们的风格很特别。我们主要是讲配合,但他们不一样,个人实力很强。看他们比赛,有时候比看那些所谓的顶级比赛还要有意思。"

"也对,欧美战队花样多,以前就喜欢乱来,现在估计变本加厉了。"方亚楠深感认同。

"咦,奶奶,你也看游戏啊,这都知道?"

"何止,我以前还玩呢!"

"哦,这个你说过,还说打游戏耽误你学习,害你一路保送,没机会考更好的大学,让我不要学你呢。"方鹗面无表情地说。

方亚楠:"……"

虽然她说的是事实,但是……因果关系不太对啊。

"我真的这么说过?!"

"难道这话会是我编的吗?"方鹗此时估计在翻白眼。

"肯定是我为了让你好好学习才这么说的。你小子是不是沉迷游戏不能自拔,耽误学习了?!"

"怎么可能?我哪里有空玩游戏?我连头盔都没有!"

"没头盔可以玩键盘和鼠标操控的啊!"

"键盘和鼠标操控的有什么好玩的?奶奶你自己都说玩起来眼睛累、手累的!"

"嘿,键盘和鼠标陪伴我们快一个世纪了,有了头盔就嫌弃人家了?做人不能这么喜新厌旧,尤其是做男人!"

"可头盔就是好玩哪,奶奶你玩过就知道了!"

"哼,奶奶我可是长情的人,才不会做这种喜新厌旧的事。"

"长情的人会连自己的老公都想不起来?"

"啊?"方亚楠还没反应过来,方鹗却意识到自己说错话了。身体僵硬了一下后,他突然抬手一指:"啊,比赛开始了!"

这时候,方亚楠反而反应过来了,对方鹗横眉怒目:"你怎么说话的……咦?哇!"

比赛开始了!

一个密闭的透明小屋从人群中升起,恰好停在全息屏幕下方。小屋里面对坐着两排人,正是 DKL 和 UNQ 战队的成员——原来他们早就在备战区准备好了。

方亚楠此刻终于得以亲眼见识一下这个以前只在网络小说中出现的全息传感头盔。

那是一个包住整个头的头盔,设计得相当帅气和有科技感。观众透过半透明的面罩,隐约可以看见一双双紧闭的眼睛。头盔后部连接着手腕粗的集线器,线一直延伸到墙角。选手面前放着一排机箱,机箱上也有长长的数据线,数据线连接到头盔的两侧。椅子似乎是特制的,有一对液体内核的柱状把手,刚好能让人双手握住,还能随着力道改变形状。

"哇,这应该是最新装备。"方鹗羡慕得两眼发直,"还是液态电竞椅,我就说'万方'肯定不会错过这门生意的。"

"这椅子有什么好处吗?"方亚楠好奇,"防痔疮?"

方鹗差点儿被自己的口水呛住:"什么呀,奶奶你脑子里都是什么?戴头盔的时候,人一紧张就会做出一些本能动作,这种椅子能稳住人的身体,让手脚有地方放,还能降温,防止人玩着玩着太激动了晕过去。"

"哦,这样啊。"方亚楠虚心受教,和孙子一起用羡慕的眼神看过去。

四十多年过去了,游戏画面跟真的一样,让人几乎能感觉到场景中那些道具的质感。在队长陆刃的第一视角中,硝烟扑面、沙尘糊脸,观众甚至能听到脚步踏在碎石上发出的声音,以及压抑的呼吸和心跳声。

两队选手遭遇时,突然响起的枪声让所有观众呼吸一窒!

游戏场景太真实了,子弹从耳边呼啸而过,让人半边脸隐隐发麻;子弹打入身体时,那种五脏六腑被穿透的感觉,即使不会真的让人感觉到疼,还是让方亚楠四肢一紧。

这游戏绝对要分级吧,小孩子玩不利于身心健康!

方亚楠像一个真实的老年人一样,操心起祖国的花朵来。

两队选手在近乎与现实没有差别的建筑物中闪转腾挪,相互配合着队友,为了完成任务而不断厮杀。

队员之间的交流声通过直播传进广场上每个人的耳朵里,在队长陆刃的指挥下,DKL战队的成员们配合得天衣无缝。广场上所有人都在为队员每一次击杀或阵亡而惊叫,又为每一次胜利或失败而呐喊。场面之恢宏,比当年的歌星演唱会有过之而无不及。方亚楠做梦都没想过,有朝一日她会有这样的体验,激动得心潮澎湃。

随着战术不断调整和跟进,整个团队像一个精密的仪器一样疯狂运转着,应对对方层出不穷的偷袭和强攻动作。双方打得难舍难分,到了后期,比赛进入胶着状态,所有人都吊起一颗心,看得聚精会神,连呐喊声都少了。

方亚楠仰头看得脖子酸疼,虽然舍不得,还是不得不低下头,抬手揉了揉脖颈。

"奶奶,你看得明白吗?"方鹗却误会了,低头问,"要我给你解说吗?"

"不用。"方亚楠一口回绝,"规则一点儿都没变嘛,地图也差不多。"

"真的啊?"

"不就是一个地图上有A、B两个点,警守、匪攻吗?想要结束比赛,有三种方法,一是其中一方把另一方杀光,二是匪攻入任意一个点,引爆炸弹,三是警拖延时间直至游戏结束,或者拆掉匪的炸弹,没错吧?"

"确实没错,可是怎么听你说起来这么简单?"

"我觉得UNQ已经完全放弃A点了,肯定把全部希望押在B点上了。如果DKL还在A点留人会很危险。"

"这只是你的猜测吧?"

"与其说是猜测,不如说是直觉。"方亚楠随口说道,"你奶奶我好歹有过打五千个回合游戏的经历。"

"什么,多少?!"

方亚楠愣了愣,忽然意识到自己跟孙子炫耀游戏经历好像并非一个长辈该做的表率。她迟疑了一下,却还是忍不住炫耀:"五千。"

"奶奶,我爸知道你这么厉害吗?!"

"咯,他不知道。"

"是他不知道你这么厉害,还是你不知道他知不知道你这么厉害?!"

"第二个。"

方鹗"嘿嘿"一笑:"好的,我知道了。"

"你要干吗?"方亚楠警惕地看着他。

"嘿嘿嘿！"

"你不会以为你能拿这个威胁我，让我去说服你爸同意你打游戏吧？"

"我觉得有这个可能性。"

"你想太多了，你奶奶我可是打着游戏，一路被保送……"

"我知道，我知道，而且如果少打游戏，老实去考试，你说不定能考个更好的大学呢！"

"哎，你这孩子可真讨厌！"

就在这时，主播突然切画面，放出了战场全景给观众看双方战队的位置——为了防止作弊，画面中的场景会比实际作战场景在时间上有所延迟，此时放出来的就是方才陆刃派人去守 A 点的场景。

方鹗看了一会儿，"咦"了一声。

方亚楠当然也看到了，冷笑了一声。

"UNQ 真的溜去 B 点了！"方鹗惊呼，"奶奶你神了，UNQ 真的早就放弃 A 点了！"

"哼。"

"真的是直觉吗？"

"你还不明白吗？这叫经验！"

也不知道是不是为了活动效果，现场活动居然打到了"五局三胜"的情况。虽然说现在随便拎个少年出来都能打一晚上，但职业赛所耗费的体力和脑力不是普通游戏比赛能比的。双方队员摘下头盔时，脸色宛如做了一晚上水泥工。

最终，DKL 如现场观众所愿，以 3∶2 的比分获胜。队员们笑容灿烂地与 UNQ 的队员们友好握手。

"没意思。"方亚楠咂嘴。

"什么？"欢呼声太大，方鹗不知道是没听到，还是没听明白。

"我说没意思！"方亚楠抬高声音。

"啊？你不是看得挺开心的吗？而且，我们赢了不好吗？"

"算了吧，双方都认真比的话，结果真不一定呢。"

"不会吧？"

"你看了半天都看什么了？还是不是我亲孙子了？"方亚楠一脸嫌弃。

"我看着挺好啊。你看大家都这么开心，就你唉声叹气的，是奶奶你有问题吧？"

"算了，回去再跟你说。"周围吵吵嚷嚷的，方亚楠觉得心浮气躁，懒得再和孙子解释。

"等一下，奶奶等一下，还有抽奖活动呢！"方鹗翘首以待，"送头盔！"

"你报名了吗？咱们不是临时来的吗？"

方鹗反应过来，失望地说道："那走吧。"

方近贤接到电话很快就过来了。姜多多和方鹗一起将方亚楠扶上车，方近贤则将轮椅叠起来放进了后备箱，然后坐进了驾驶座。

方鹗已经忍不住了，刚坐稳就催方亚楠："奶奶你快说！"

方亚楠闭着眼："说什么？"

"不是你说回来跟我说的吗？"

"唉，"方亚楠叹了一口气，"WCOL是世界联赛吧？"

"对。"

"DKL和UNQ都参加过，对吧？"

"对。"

"所以在这期间，每场比赛都是一次战斗，你明白吗？这次的活动，UNQ看似输了，但是他们第一局赢得很漂亮，后面又陪DKL演了几局，最后满足了观众想让自己国家的战队获胜的心理，既做足了节目效果，自己也不丢人，明白了吗？"

方鹗愣愣地看着她。

"你傻吗？还要我写篇八百字的论文给你吗？"方亚楠不信他还没明白。

"有点儿明白了……"方鹗小声说，"但是跟你讨论这个话题，我总觉得哪里不对劲。"

"我听着也很不对劲。"方近贤在前排插嘴，"妈，你都多久没玩过游戏了，忘了自己上次玩昏过去了？"

"忘了。"方亚楠理直气壮地答道。

"哦对，你失忆了。"方近贤有点儿尴尬，"好吧，你们继续聊。"

"阿贤。"姜多多提醒。

方近贤立刻反应过来，转头叮嘱方鹗："小二，自己注意分寸哪，你的成绩还在我的邮箱里呢。"

方鹗立刻蔫了，噘着嘴低低地哼了一声。

方亚楠看着有趣，小声问他："你的成绩到底怎么样啊？"

方鹗转头，用后脑勺对着她："关你什么事？"

这脸变得可真快！

"小二，你这是什么态度？给奶奶道歉！"方近贤又嚷起来。

"本来就是，奶奶不管失没失忆都没管过我学习，我说不说有关系吗？"方鹗梗着脖子。

"你！"

"瞧你这样，你是缺爱呀。"某位"奶奶"一点儿也没觉得受伤，反而饶有兴味地说，"那你到底是要我管还是不要我管呢？"

"不要你们管！"

"唉，"方亚楠叹了一口气，"我本来想，如果你成绩稳定，就抽空……"她没再说下去。

方鹗转过头，狐疑地看着她："抽空做什么？"

方亚楠嘴角噙着一丝诡异的笑。她意有所指地看看前排的人，掏出手机，飞快地在搜索栏输入"全息头盔多少钱"，然后靠在椅背上懒散地说："关你什么事？哼。"

方鹗瞥见她的手机页面，差点儿笑出声来，又反应迅速地忍住，别扭至极地陪着方亚楠演戏："哼，不说就不说。"

方鹗嘴上说一套，手却神不知鬼不觉地抱住了方亚楠的胳膊。

方亚楠心里冷笑：年轻人，跟她斗？

她低头看了一眼手机上的搜索结果，然后笑容僵住了。

好家伙，最低配置的头盔都要五万元一套！

方亚楠哪方亚楠，这下栽了吧？

她看了看方鹗，少年干脆连头都靠在她的肩膀上了，一副小鸟依人的姿态！

难怪他这么能屈能伸，毕竟她给的实在太多了！

大概是怕半路再出什么幺蛾子，车一路狂飙，半个多小时他们就到家了。

看到这个地理位置，方亚楠愣了一下。

方近贤一家竟然住在过去炙手可热的高新区——这个地段的房子在四十多年前，方亚楠家砸锅卖铁都买不起，也不知道方近贤是怎么买的房子。

难不成她嫁了个有钱人？

不会吧，就她过去那副德行？

她终于对自己的老公好奇起来。

方近贤一路把车开进车库，里面停的都是豪车。一家人从车里出来，只见这房子还是"一梯一户"的户型，上了楼打开门，入目就是江景。

方鹗第一时间往里看:"爸,厂花呢?"

"被关在书房里呢。猫搬了新家,要给它们时间适应。"姜多多拖着行李箱往里走,"快推你奶奶进去。"

方鹗有些失望,径直把方亚楠推进了客厅。

"哇,"方亚楠毫不掩饰赞叹之意,"豪宅啊。"

"妈……这房子你好歹也住了二十多年,不要这么大惊小怪,好吗?"方近贤刚帮她放下一包行李,闻言很尴尬。

"可我不记得了呀。孙子,带我去窗边看看!"方亚楠指挥方鹗。

方鹗无奈地把她推到了落地窗边。外面水天一色,不远处的跨江大桥上车辆川流不息,对面的青山半隐在云层间。

"好地方!我们家这么有钱?"

"这房子是你和爸离婚时分的,"方近贤蹲到她身边,"是爸爸的婚前房产。"

"婚前房产他都能分给我?我和他结婚不会是图房子吧?"方亚楠惊呆了,"我自己不是也有一套学区房吗?我会图他的房子?"

"姐把那套房租出去了,连着以前外公、外婆的房子,租金一起打到你的账户上。"

"那你姐呢?"

"爸在这个区还有一套房子,给姐了。"

方亚楠沉默了一会儿,还是忍不住说:"你爸这么有钱,怎么会看上我?"

方近贤简直不知道说什么好:"这我怎么知道?你们离婚的时候我才多大?"

"我……我……我就一点儿也没提过?等等,这个男人激起了我的好奇心,有照片吗?"

"有,你现在要看?"方近贤有些迟疑,"姐之前还说你不想看照片来着。"

"我想知道这个胆敢娶我的'壮士'是何方神圣。"

方近贤无奈,指挥方鹗:"把网盘里你爷爷的照片找出来。"

方鹗:"啊?这怎么找?我也不知道爷爷长什么样啊。"

"不是有时间轴吗?你按时间轴去找四十五年前的照片!"

方鹗:"……"

方鹗找照片的时候,方近贤说道:"不过,妈,你的手机里没有我爸的照片吗？按理说，虽然你换过手机，但是照片应该都是可以随机迁移的。"

方亚楠掏出手机晃了晃："别提了，我看了一眼，全是猫的照片。我到底养了多少猫？"

"不多，十几只吧。"

"十几只？！结果你就带来一只厂花？！"

"不是，是断断续续养了好几代。猫才能活几年哪？这都多少年了。"

说到这个，方亚楠心里一酸，有些哽咽："千岁、狗子！"

方近贤不知道说什么好："就这两只我没什么印象。当初你嫁给爸爸的时候，它俩留下陪外公、外婆了。"

方亚楠更加悲从中来："老爸、老妈！"

方近贤这才意识到自己正在往亲妈的心上扎刀，顿时有些手足无措："啊，妈，你要喝茶不？"

"咖啡。"

"咖啡太刺激了，你不能喝！"

"我都这岁数了，喝一杯少一杯……"

"多多，打杯咖啡吧。"方近贤只好改口，"行李我去收拾。"

姜多多正在一旁泡茶，闻言无奈地说道："那我少加点儿咖啡液，多加点儿奶好了。"

"爸，照片找到了！"方鹗走过来，打开电视，手机对准电视按下去，投屏上立刻出现了一个男人的脸："奶奶你看，这是爷爷。"

方亚楠看向电视。

家里忽然安静了，所有人屏息凝神，观察着她的反应。

许久，方亚楠"喃喃"道："厉害啊。"

"妈？"方近贤看看照片，又看看方亚楠，一脸紧张的表情，"怎……怎……怎么了？什么厉害？"

"我单身二十九年……"方亚楠盯着电视里的人，表情震惊，"怎么做到在一年内突然跟一个之前完全不认识的男的完成'结婚生子一条龙'任务的？"

"这我们就不……"

"是我突然开窍了？不，说不定不是开窍，"方亚楠眼睛越瞪越大，"对那时候的我来说，这个效率……根本就是鬼上身哪！"

方亚楠的老公江岩，从照片来看，是个高个子、长相温和的男人。照片中，他靠在一辆黑色的 SUV 旁，车标没露出来，看车型是保时捷卡宴。他拎着一副墨镜，眉眼带笑、嘴唇微张地看着镜头，好像正要说什么。

看来照片是被抓拍的。

方亚楠研究着这个人。

他穿着一件灰色的 polo 衫（原本称作网球衫，是贵族打马球的时候所穿的服装，后来演变成一般的休闲服装），下面配着银灰色的西装裤，穿搭的配色很舒服。皮带勒着挺细的腰，裤腿刚好到脚踝，他踏着双皮鞋，看起来像一个商务精英，还是挺有品位的那种，怎么看都跟她不是一个世界的人。

何况就冲这身穿搭，虽然好看，但也不符合她的口味啊！

方亚楠狐疑地看向方鹗："你确定没放错照片？"

方鹗也被她的反应搞蒙了："会吗？我放错了，爸？"

方近贤比他更蒙："没……没放错。"

方鹗有点儿语无伦次："所以说，奶奶，你……你看了照片，还是一点儿印象也没有？"

"没有，"方亚楠摇头，"不仅没印象，我还产生了自我怀疑。"

她满脸无助："怎么会这么突然呢？"

她再一次看向方近贤："我跟你爸是怎么认识的呀？"

刚问完她就愣了。等一下，她这么问不是等于默认这个"老方亚楠"就是未来的自己了吗？

方亚楠心里一慌，下意识地想阻止方近贤回答，却听方近贤已经开了口："我也不是很清楚，你们离婚的时候我还小，后来你不怎么说，我也不方便问。"

"你这个儿子当的，爸妈的事情一问三不知。"姜多多都听不下去了，过来把咖啡塞到方亚楠手里："妈，小心烫。"

"我怎么知道会有今天哪？"方近贤叫屈，"而且爸妈离婚后关系挺好，我就更没机会问了。"

这点倒像是她的作风，她做人往往留一线。除非对方道德上有大问题，否则她很能屈能伸，最后总能挽回关系。

"那，奶奶你要不要再看几张？"方鹗在一旁很彷徨，"爷爷的照片好像也没几张。"

"唉，找都找了，看吧。"方亚楠一点儿没掩饰自己的不情愿样子。

方鹗便操作着手机往下翻照片。

这个江岩一看就是挺有魅力的人，即使穿着方亚楠认为很难穿好看的

polo 衫，依然显得器宇轩昂、温润如玉。

在其中一张照片里，他拿着烤肉夹站在户外的烤炉边，一边翻着肉，一边有些惊讶地看着镜头。

书房里，他站在书架前，一只手端着咖啡递过来，另一只手指着一本书，低头问着镜头后的人什么。

客厅里，一只大布偶猫正四脚朝天地躺在地上，他拿着毛刷一边给"猫祖宗"刷毛，一边抬头朝镜头露出无奈的笑。

车里，他专心地把着方向盘，眼神专注地看着前方，似乎正在听什么有意思的事，满脸笑意。

还有一张他抱着婴儿、一脸高兴表情的照片。

方亚楠迷惑了。

她单身那么久不是没有理由的——她又不是特别优秀，性格也很差，甚至有点儿自私和自负；家庭虽然幸福和睦，但家境算不上富足；更别提她的长相了，浓眉大眼对一个女孩来说，其实并不能构成容貌的有利因素，至少不少小伙伴表示过，初见她时觉得她有点儿凶。

光看照片，她就觉得这不是当年的自己能嫁到的男人。

甚至两个人连交友圈都不可能有交集。

那到底为什么，在单身了近三十年后，她能和这么一个人……结婚生子？

照片一张张翻过去，都是江岩三十来岁时的样子。方鹗似乎特地挑选过，放的全是江岩的单人照。即便如此，这些照片也已经逐渐勾勒出镜头的主人和他日常生活的画面——温馨、幸福，甚至有点儿甜蜜。

方亚楠万万没想到过了古稀之年会被过去的自己秀恩爱，心里那叫一个五味杂陈。她盯着屏幕，看照片一张张过去，突然听到方鹗慌张地叫了一声，手忙脚乱地去按手机。

但下一张照片已经出来了。

方亚楠倒吸一口凉气，下意识地也惊叫了一声。

照片上的江岩端端正正地看着镜头，这不是遗照是什么？！

这冲击力太大了，方亚楠差点儿一头从轮椅上栽下来。

"关掉，关掉！"方近贤大叫，对着方鹗的头就是一巴掌，"你都不提前看一眼？什么都往上放？"

"是系统自带的智能相册，我哪里知道还有这张照片哪？"方鹗这一巴掌挨得服气，难得没瞪他老爸。

"妈，妈？"方近贤担忧地看着方亚楠，"你还好吧？"

方亚楠眨了眨眼,那股冲击感还没过去,她胸腔里的心脏还在"怦怦"乱跳,震得她眼前一片片地冒金星。

"没……没事,"她勉强回道,"没事,还好。"

"那……你还是没想起来什么?"方近贤试探着问,端详着她的神色。

方亚楠下意识地摇了摇头,做了几次深呼吸,略微平静下来。看着已经被关掉的电视屏幕上反射出的自己苍老的样子,她的心情陡然沧桑了起来。

他走了,她也快了。

这有什么好大惊小怪的呢?

她苦笑一声,拍了拍轮椅:"这个时候,我记不起他反而是好事吧?"

方近贤愣了愣,随即也叹了一口气:"那你先休息吧。"

说完,他转身把她往卧室推去。

这栋房子很大,有四室两厅,两个朝向都能看到江景。按照方亚楠以前对房子的概念,这是正儿八经的豪宅。

方近贤把朝北的客房里的床搬到了朝南的书房里,又稍微调整了一下房间内的布局,这就是她的新卧室了。

原本的落地书架没有动,方亚楠进门的时候,满眼都是书。一张小床被书包围着,一张大书桌可怜兮兮地贴着墙。阳光穿过落地窗洒进来,整个房间虽然面积不大,但是暖暖的。

她对这个房间很满意,尤其是这满架子的书。

"这个房间当年重新装修过,还是你设计的。"方近贤帮她整理着房间,见她盯着书架,便说道,"我想你就算不记得,至少肯定会喜欢。"

"是啊,跟我原来的家差不多一样。"方亚楠有些恍惚。她来这里之前,刚刚和父母一起搬进新家。新家的书房从地板到柜门,全是她亲自挑选的材料,样式也是她亲自设计的,出来的效果极好,老妈每次进去都要夸奖她一番。

她越来越无法说服自己此方亚楠非彼方亚楠了。

"对,跟城西的那套一样。"方近贤自然知道她指的是哪套房子,"现在住在那套房子里的那家人当初就是看上了书房才租的。上次他们发照片给我的时候,我看书架已经快被填满了。"

"那套房子也租出去了啊?"

"对,你不是舍不得卖嘛,放着也是放着。"

"对……"方亚楠顿了一下。从刚才开始,她就莫名其妙地有一股压迫感,压得她笑都笑不出来。此时进了这个房间,她好像终于到了一个熟悉的地方，感到放松的同时却也越发难受，一时间都没什么心情理会方近贤，只是坐在床上发呆。

方近贤见状不再说什么，轻手轻脚地摆好行李后，关上门出去了。

方鹗见他出来，便往里走，被方近贤拦住了。

"你干吗？"

方鹗："找奶奶玩哪。"

"找奶奶玩个屁，让她休息一下！"

"奶奶比你好玩！"

"啪！"

方鹗安静了。

房间内的方亚楠忍不住翘了翘嘴角，想笑出来，又有些累，干脆躺在床上，看着天花板出神。

方才看见江岩的照片的刹那，她那个感觉再次清晰地浮现出来——失望。

"不是他啊。"她忍不住说。

明明她早就从姓氏上判断出孩子他爹不是某人，但知道真相后，心还是沉了下去。

方亚楠露出一丝苦笑。

她有暗恋的人，那人当然不是江岩。

临近三十岁，她第一次知道什么是喜欢。这感觉很新奇，她却也因此感到畏惧。她压抑着感情，完美诠释了什么叫作畏缩不前，连一次小小的试探行为都不敢有。

所以……她终究是错过了啊。

这就是她之前拒绝知道自己的丈夫是谁的原因——她怕与那个人错过。

只是结果终究没有出乎意料。

"方亚楠，你就是个傻子。"她低声骂自己。

错过就错过了，她当初也没期待过会有什么好结果！可是她这样的人，肯定不会在短短一年时间里和一个突然冒出来的人相爱并结婚。对爸妈催婚的事她早就应对自如了，又怎么会在心里有人的时候嫁给另一个人？

就算她后来真的脑子发昏去表白并且被拒绝了，最坏的情况也不过是失去一个朋友，绝不至于急着结婚。

这不是耽误人吗？

"方亚楠，你就是个人渣啊！"她捶床。

第三章

再少年：回到二十九岁

"楠楠，楠楠！"

熟悉的叫声冲入脑海，方亚楠迷迷糊糊地睁开眼，然后猛地瞪大了眼睛。

这熟悉的34寸显示器……

这是她的房间？！

门外的人喊了两声，没等到回应，"啪"地打开了门。方亚楠从门缝里看去，老妈的脸格外狰狞。

"昨天晚上几点钟睡的？！"

外面的老爸接茬："你该问她今早几点睡的。"

老妈二话不说地推开门："你还上不上班了？！"

方亚楠呆呆地坐在电脑桌边，耳朵里全是自己的心跳的声音。

她是谁？她在哪儿？她要做什么？

她小心翼翼地抚摸着书桌，触感冰凉温润，散发着淡淡的木头香气。空气中弥漫着一股生活的气息——早餐的油烟味、身上衣服的洗衣粉味，还有她的杯子里没喝完的黑咖啡的味道……

每一种味道她都熟悉到骨子里，让她觉得自己像一个活人。

这是梦吗？不，绝对不可能，至少她的记忆是连贯的。她记得昨天发生了什么事，什么都没忘。

但是……七十五岁的自己是假的吗？那些人、那些事，还有那些心情……她怎么想想还觉得有些不舍呢？

她什么时候能再梦见自……那个七十五岁的方亚楠？

老妈见她大清早坐在电脑前发呆，神色越发凶悍："你一晚上都没睡觉？！"

"我……"方亚楠害怕之余还有一些茫然，"我睡……没睡？"

"你睡没睡问你自己！几点钟了？你要玩到什么时候？"老妈气得不行，"你还上不上班了？"

"上……上的……"方亚楠的回答纯属出于本能，她说，"上……"

"上班你还熬夜？你不要命了是不是？"

"要……要……要的……"

"那你现在在干吗？！"

方亚楠依然有些呆滞："我在做梦？"

"我看你这辈子都在梦里！"老妈"砰"地关上了门。

"好了，好了，不要生气了。"老爸意识到问题的严重性，赶紧过来安慰老妈。

"她太不懂事了！"老妈怒吼，走路走得"啪啪"响，"她都几岁了？太不懂事了！"

老爸打开门，看到她还坐在电脑桌前，神色也不对了："楠楠啊，你确实过分了，怎么还熬夜了？你还要上班的呀。"

方亚楠看到老爸熟悉的面容和他脚后探头探脑的大橘猫千岁，突然"嗷"的一声哭了起来："啊啊啊，爸！"

老爸被吓了一跳："你干吗？你都几岁了？"

"我做噩梦了！"方亚楠哭得停不下来，"我梦见我七十多岁了，子孙满堂！"

老爸："这叫噩梦？"

"可没有你们啦！"

"那我们肯定活不到你七十多岁的时候啊！"

"老爸你到底懂不懂我在说什么啊？"

"你再不上班，三十岁都别想活过去！"老妈的怒吼声从餐厅传来，她喊着，"快点儿洗脸刷牙，然后滚出去！"

方亚楠："……"

一直到坐在办公室里，她还是魂不守舍的。

"梦里"那段生活太逼真了,以至她至今都缓不过来,仿佛现在的自己才是从未来穿越回来的人。

电脑屏幕这么小,办公桌的款式这么土,灯光这么刺眼……

"各位,"主编于文出现在门口,"开选题会了。"

方亚楠如梦初醒,意识到今天要开每周二开一次的选题会。她傻坐了一会儿,一时间竟然想不起来自己的工作内容了。直到静下心来,强迫自己看了一遍电脑桌面上的文件夹,她才勉强找回自己过去的工作习惯。

常用的文件和软件都被放在专门的文件夹里,以确保自己能以最快的速度找到它们——现在,正是这个习惯帮到了她。她点开"日常工作"文件夹,在里面找到最近的日期,打开日志,寻找到自己最新的工作进度,匆匆看了一遍,抱起工作笔记就冲进了会议室。

进去的时候还早,她又发了会儿呆,等到同事陆续进来,才发现自己忘了带茶杯。选题会动辄开一上午,茶杯是必备的东西。她真是鬼迷心窍了,这么要紧的事情都能忘,看来等会儿还得抽空溜出去一趟。

于主编来得不早不晚,话题进入得也极快:"老样子,下周的选题要定一定了。先说一下上周的封面故事,徐哲和丁丁的《准一线城市城郊拆迁》话题度不错,线上点击量过了二十万,值得表扬,再接再厉。"

被表扬的两个人正坐在方亚楠对面——徐哲顶着鸡窝头,丁丁歪戴着眼镜,两个人都是一副被工作虐待惨了的样子,被表扬了,笑都笑不出来。

场面肃穆得宛如开追悼会。方亚楠身临其境,终于开始进入状态,想起每周一次的选题会有多难熬。

她在一个国内知名的杂志社做编辑,杂志名叫《维度》,是本周刊,内容以社会、经济、文化、生活类选题为主。编辑部每周都要准备一个大选题做封面故事,除此之外,还要准备八到十个小选题,内容务必包含社会、经济和文化三个方面。

在当下这个纸媒衰微、无线崛起的年代,为了与众多时尚和经济类杂志在书店争夺那一方可怜的柜台,杂志的封面话题和图片尤为重要——要有格调又不显得媚俗,又要足够精彩,能吸引人花钱。这样的考验每周来一次,是个人都会身心俱疲。

"你们前两天提交的选题我都看了,还不错。封面故事还要考虑一下——我觉得燕子的《独居女性故事》和吉吉的《世界 5G 大战》都可以。但是独居女性这个话题已经有点儿被过度讨论了,相比起来,《世界 5G 大战》的时效性更强,而且算高端热点——就是这个选题的图片素材可能不会很吸引人。你们可以说说自己的看法。"

主编于文说完，跷起二郎腿，开始扫视全场。

"又要跟住热点，又要图文素材吸引人，那我觉得康康的《导演之战》不错——对比探讨《正义联盟》的扎克·施奈德剪辑版本和乔斯·韦登剪辑版，题材又热又辣啊。"有人发言了。

于文面无表情地说："阿肖，说多少遍了，不要跟隔壁《电影世界》抢生意——你又打不过。"

"哦。"阿肖老实地低头喝茶。

众人暗笑。

"不过你可以打听打听他们打算怎么做这个选题。如果我们有不同角度，可以放进这一期的文化栏目里。"

"啊？"阿肖愣了，"老总，这是康康提的选题。"

于文低头看文件："那你帮康康做这个吧。"

幸灾乐祸的憋笑声此起彼伏地响起。

阿肖面色铁青地垂死挣扎："那我的选题……"

"你这个关于青年企业家的选题太小儿科了，像十年前的新闻。"

"啊？但我关注的是科技创新类的年轻企业啊。"

于文不理他，继续之前的话题："还是放《世界5G大战》吧，独居女性的选题可以下次做。吉吉你来负责这个选题。大伸，你看看图片方面有没有什么可操作性。"

图片总监罗大伸坐在下首，闻言皱了皱眉："这个选题要找让人耳目一新的配图有点儿难。我看选题的时候就考虑过了，就连昆仑山上的信号站都是老图了，放在隔壁《国家地理》，连初审都过不了，我们肯定不能炒这个冷饭。我建议换一个，它做封面选题不太够格。"

"嗯。"于文听进去了，皱眉沉思着。

方亚楠坐在边上，翻看着选题材料——她来之前就知道自己的选题被毙了，现在只能看别人的。她翻了几页，手顿了顿，脱口而出："老大。"

"啊？"于文看过来。

"我觉得……"不管多少次，在会议上发言总让方亚楠很局促，她故作镇定地说道，"我觉得李娅这个选题可以呀。"

"李娅？"于文想了想，"哦"了一声，"《天上天下》？登月那个？"

"对。"方亚楠说完有些后悔，硬着头皮点头。

周围响起一片"哗啦啦"的声音，大家都二话不说地去翻选题材料里李娅的选题。

"原来是做到社会栏目里了啊,"有人说道,"我乍一看还以为是科技类选题,之前都没细看。"

于文没说话,默默地看着材料,看起来似乎也犯了这个常识性错误。

"对,我就是觉得李娅这个把登月话题做成社会热点的想法很不错,"方亚楠此时也找到感觉了。李娅是个新人,主要工作是跟着几个资深采编跑现场,现在不在公司里,方亚楠只能自己来:"看似遥不可及的天上事和柴米油盐的人间事,两者结合起来还是很有吸引力的。如果这个选题能做好,是完全具备人文参考价值的,属于酒一样的选题,越陈越香,几十年后都可以看。"

"而且配图也可以很好看。"图片总监罗大伸居然也附和,看起来对这个选题很感兴趣,"我的脑子里已经有画面了。"

大家似乎都很振奋,全看向于文。

半晌,于文呼了一口气:"也行,李娅现在跟着谁?"

"她现在在医院里跟产后抑郁那条新闻。"

"燕子你让她有空联系我一下,跟她说说这个选题。哦⋯⋯她现在独立做封面还有点儿难,那这样,燕子你带她做这个吧。"

燕子是采编的同时也是主编助理。反正她的独居女性选题被搁置了,她此时利落地应了一声,抬手就拿起手机联系李娅,效率极高。

"亚楠,我要表扬你一下。"于文又说道,"敢想敢说、有理有据,很好。阿肖你要多学学人家,再咋咋呼呼的,比你晚来两年的亚楠都可以踩你的脸了。"

"老大!"笑声中,阿肖嚷嚷起来。

方亚楠笑得很勉强,笑完呼了一口气,心里有些发虚,但脑子里第六次登月直播的画面挥之不去。

她现在有点儿在作弊的感觉。

"好了,下一个。"于文将节奏把握得极好,又挨个儿栏目问了一遍,突然愣了一下,"等一下,经济栏目用什么文章?谁提过选题?"

《维度》的经济栏目一向是弱项,属于为了体现杂志内容的全面性硬加的一个版块。每次大家提交选题,八九个选题里最多有一两个经济类选题。于文一问,大家都沉默了。

于文问归问,翻材料的手也没停:"就一个《青年企业家》?"

阿肖低头偷笑。

于文阴森森地看了他一眼，忽然问道："亚楠，你的选题是不是没过？"

方亚楠愣了一下，有些尴尬，也有些期待："嗯，我的选题是关于电子竞技的。"

"那个选题下次再说吧，你和阿肖一起做《青年企业家》这个选题。"

"咦？"方亚楠无助地看了一眼阿肖，"这个选题我不是很懂啊。"

"你都懂的话，就是青年企业家，不是采编了。阿肖会帮你一起做。"

阿肖快哭了："老大，我是个工具人吗？我不仅要帮别人做他的选题，还要帮别人做我自己的选题？"

于文不搭理他："就这样说定了，记得按时交稿。"

选题会开完，又过了午饭时间，大家腰酸背痛地出来时，方亚楠才意识到自己连口水都没喝上。

这个时间，楼下的食堂里大概也不剩什么菜了，大家习以为常地各自默默点外卖。方亚楠刚下完单，阿肖走了过来，在她身边的空位上一屁股坐了下来，长叹一声："命苦啊！"

方亚楠白拿他一个选题，本来还挺不好意思的，见他这样又觉得好笑："能者多劳，能者多劳。"

阿肖疲惫地微闭着眼，往后靠在椅背上，说道："我一会儿建一个聊天群，相关人员都在群里面，你帮我沟通一下吧。我还得去对付《电影世界》那帮家伙。"

"你们倒是不打不相识啊。"方亚楠掏出手机，发现微信里多了一排新消息。

"算了吧，老总一句话，我命都没半条。《电影世界》那群人又不傻，我一问，人家就知道我也要做这个选题了。我想打听消息，他们至少得讹我一顿饭。"

"要不然那边让康康顶上，我把你的选题还给你？"方亚楠出主意。

"不成，《青年企业家》这个选题还真要你出力才行。帮我牵线的朋友很看重这次宣传，是诚心跟咱们合作，咱们也得拿出十二分的诚意来。"

这话也对，对外界来说，能接受《维度》采访是很有意义的事情，代表了一定的业内地位。何况杂志的销量摆在那里，一般人无法拒绝这种诱惑。

"那你打算咋办？"方亚楠看了看手机，发现送餐员刚刚抵达饭店，失望地喝了一口水。

"你明天带上家伙，我跟对方约好时间，咱俩一起上门，按封面选题的规格做一个专题。"

"这么高规格的待遇？"方亚楠有些惊讶，"现在可以说了吧，对面是谁啊？"

选题通过之前，编辑是可以隐藏关键信息的。不过她既然已经参与进来，确实可以问得更清楚了。

"前阵子，天庆广场上那个公益活动的全息投影你还记得不？就是站在那里就能逛水族馆的全息投影，这话题还上了本地热搜榜的。"

"记得啊。"方亚楠有点儿恍惚，脑子里没有什么水族馆，只有一个逼真的游戏世界——十个全副武装的选手在枪林弹雨中闪转腾挪……

"亚楠？方亚楠？楠楠？"

方亚楠回过神："啊……啊？"

"你发什么呆呢，怎么好像挺回味无穷的？"

阿肖不愧是记者出身，眼睛就是毒。方亚楠尴尬地说道："你继续，你继续，那个全息投影怎么了？"

"咱们要采访的就是那家全息投影公司的老总——江岩。"

"啪——"

"啊！"阿肖跳了起来，又立刻蹲下去，捡起方亚楠的手机，"还好有地毯！你干吗？认识他？"

"不……不是……"方亚楠身体发冷、呼吸变粗。

何止认识，不出意外，她还会跟他结婚生子好吗？！

方亚楠一下午都魂不守舍。

她万万没想到事情会这么发展。

没错，她做了一个漫长的梦，梦里她七十五岁了，有儿有女，甚至有孙子孙女。儿女的爸爸，就是一个叫江岩的男人。

她看到过他的模样、他的生活，甚至看到过他的遗照！

她还在怀疑那个方亚楠和自己是不是同一个人，活的江岩就要出现了？！

她见过江岩的照片，他也不是什么天仙似的人物，怎么会让她在一年时间里就赶着完成了人生大事？

那个谁呢？她暗恋的那个谁呢？

她赶紧掏出手机，翻出自己和某人的聊天界面，看到两天前，也就是周日，两个人最近的一次聊天记录是玩完游戏互道晚安。

方亚楠脑子里的想法乱成一团。心潮澎湃之下，她抖着手给那人发了条消息。

方宅宅:"活着没?"

那人没回。

这是常态——他经常忙到不看手机。

方亚楠盯着聊天界面许久,然后惊觉自己这条信息发得莫名其妙,想要撤回,却已经过时限了。她捂着头呻吟一声,放下了手机。

阿肖见她不在状态,便径自拟好选题方案,并和对方约好采访时间。

"楠楠,明天上午十点,我们在他们的公司门口集合。地址我发群里了,导航软件里可以搜到。你负责带相机和镜头,其他器材我带,成不?"

"哦。"

"还要拍人物肖像的,你跟人家对接好工作流程,时间上别撞了。"

"哦。"

"楠楠?"阿肖在她眼前晃了晃手,"你怎么了?我看你一下午都不对劲,失恋了?"

方亚楠嘴角抽搐:"你还不如说我是碰上老情人了呢。"

"什么,哪个?"阿肖大叫,"在群里?不对啊,咱俩在群里好像没有共同好友……哦,是拉黑了?到底是哪个?"

"哪个都不是……哎,我蒙你呢,你这都信?"

"也对,"阿肖憋笑,"不是说你一直单身吗?"

方亚楠瞪着他。阿肖作势要逃,走了两步突然回过头:"对了,记得我说的啊。他们搞的这个东西很有前景,你最好准备得充足一点儿。"

"我只是你的助手啊。"

"摄影乃报道之魂!拿出你的本事来,务必让江老板原地出道!"

方亚楠:"……"

不可能的,他没出道。

刚想完她就愣了。等会儿,虽然看过几张江岩"生前"的照片,对他这个人也听说过只言片语,可她并不知道他到底有没有出道。

那长相,那身材,他还真的有可能在他们行业里靠脸打出一片天。

她沉默了,觉得现实变得更离谱了。

方亚楠拍了拍脑袋,疲惫地关上电脑,拿起包走出办公室。

刚走出办公楼,方亚楠就收到一条新消息。她看了消息一眼,心里一紧。

那人发了三个问号过来。

他回复消息的速度竟然比过去快了。

方亚楠有些激动,更多的是紧张。她叹了一口气,再次拍了拍自己的脑袋,抬手回复消息:"发错了!"

陆晓1223:"发给谁啊,这么大仇?"

方宅宅:"你这么闲?晚上一起打游戏?"

陆晓1223:"不行哪,我们公司游戏的新版本上线在即。"

方宅宅:"再见!"

陆晓1223:"你在群里问问。老冯今天下班早,晚上应该会带妙妙上线。"

方宅宅:"好的。"

方亚楠回完消息,平静按灭手机屏幕。她知道对话进行到这里,陆晓就不会再回复她了,她也不会上赶着找话题。

地铁一如既往地挤,她一只手拉着吊环,在行尸走肉般的人潮中晃动,另一只手握着手机。

方亚楠犹豫了许久,还是在搜索栏输入了"江岩"二字。

叫这个名字的人很多。

她根据阿肖提供的信息,一点点缩小搜索范围,最后只得到零星的消息——江岩获得过什么科技创新奖,当选过什么杰出青年,还是什么创业基金会的重点扶持对象……

他的事业刚刚开始。这样的人方亚楠见得多了,她很快得出结论——现在的江岩就是一颗原石。

做媒体的人,最喜欢的就是打磨原石。

现在各行各业突然流行起"孵化"这个词,动辄IP(所有成名文创例如文学、影视、动漫、游戏等作品的统称)孵化、产业孵化,还有一些产业园大大咧咧地挂上了"某某孵化产业园"这样的招牌,丝毫不介意让别人知道里面都是些还没出头的小企业。

但对媒体人来说,孵化这个概念早就根深蒂固了,甚至是他们的生存之道。如同星探会在街上寻找明星坯子,记者的工作也不仅仅是抓新闻热点,更重要的是发现有新闻潜力的人和事,并通过报道让其影响力发酵,被更多的人关注到。

从某方面来讲,他们和经纪人在做一样的工作。

江岩此时在业界虽然不到默默无闻的程度,但显然也并没有得到足够关注,关于他本人的新闻还不如他创立的"九思科技公司"多。网上甚至查不到他本人的照片——这对一个已经被《维度》这种级别的刊物关注到的人来说并不算正常，可见他对自我信息的保护很严密。

但这对方亚楠来说不是好事。

她打开阿肖临时建立的九思联络群。群里一共有四个人，都已经更改了群昵称。除了她和阿肖，剩下的两个人，一个是"九思助理席安"，还有一个就是"九思江岩"了。

她向"九思助理席安"发送了好友申请，很快对方就通过验证了。

九思助理席安："方老师好！"

维度编辑方亚楠："席老师好，肖老师应该跟您介绍过了，明天由我负责拍摄这次选题的照片。不知道您手头有没有已经公开发表过的宣传照？如果有的话，可以发给我参考一下，避免素材重复。"

九思助理席安："有的，我把照片打包，发到您的邮箱里好吗？"

维度编辑方亚楠："可以，我的邮箱地址在备注里可以看到。哦，对了，还有您的老板的肖像照，也请一同发给我。"

九思助理席安："我手头没有江总的高清肖像照呀，公司官网上那张也是他的生活照截图。我们一直想帮他预约一个专业的摄影师拍摄肖像照，但一直没时间。"

维度编辑方亚楠："这样啊……那好，麻烦通知一下江总，明天多准备几套可以展现他理想中公众形象的衣服，我们会带专业设备去拍。"

九思助理席安："好的，我会传达的，谢谢。"

方亚楠和他沟通完正事，又互发了一轮表情包才结束对话。其实以江岩现在的身份地位，她即便直接上去加他好友也不算过分。可是方亚楠心里硌硬着，就是不想加他好友。

又在网上搜罗了一会儿九思的信息后，她隐约明白了阿肖那么看重江岩的原因——江岩的公司创建不到一年，已经揽下了好几场重要活动的单子，其中不乏一些长期被欧美科技龙头企业垄断的活动，比如说天庆广场上那次海洋公益宣传活动。

再加上这么短的时间内，江岩及公司就获得了不少大大小小的荣誉，可见他不仅是个会搞科技的理工男，脑子也很活络，前途不可限量。

于是方亚楠对未来感到更迷惑了。

她虽然大部分时间很好相处，但其实骨子里有点儿清高，虽然不至于看不起会钻营的人，但肯定也不会主动凑上去。

像陆晓，虽然有点儿狡黠和嘴尖，但其实是个老实人，工作中只会埋头

· 76 ·

苦干、默默加班，连涨薪的要求都不会提，要不是脑袋聪明、技术过硬，他的上司恐怕都想不起他来。

江岩的做法她是很理解的，可这种机灵和活络特质，以择偶的标准来看，在她心里算是减分项。方亚楠越想越觉得自己不可能和他在一起。

她和其他朋友发着消息，目光时不时地扫过九思联络的群，心里像压着一块大石头，神经紧绷到气都喘不匀了——她当年去边境拍有一定危险性的专题，都没现在这么紧张。

方亚楠正打算约陆晓提到过的老冯小两口晚上一起打游戏，突然看到一条好友申请提示："九思江岩通过'九思联络'群申请加你好友。"

附言："方老师好，咨询一下肖像拍摄的问题。"

方亚楠："……"

她怕什么来什么。

她能不加吗？可她还要吃饭的啊！

她悲愤地咬咬牙，按下了通过键。

比起方亚楠的紧张心情，江岩的态度自然到可恨。

他加她的理由正当到让方亚楠无法拒绝，他发过来的消息自然也正经到让她不得不回复。

九思江岩："方老师，打扰了，不知道肖像照在着装上有没有特别要求？"

维度编辑方亚楠："穿你喜欢的就行，肖像照主要是为了展示你想对外展示的形象。另外，可以再备一套正装。"

九思江岩："深色系？浅色系？条纹？"

他挺懂的嘛。

维度编辑方亚楠："您不用迁就我们，船到桥头自然直，关键是您满意。"

瞧啊，她都被吓到用敬语了。

九思江岩："我在穿搭上没什么研究。如果没有明确指示，我可能会不得不把衣柜搬过来。"

这还是位有选择障碍症的"病友"。方亚楠太理解了，于是叹了一口气，琢磨了一下，然后回复："那麻烦您发几张您个人比较满意的照片，我参考一下？"

江岩那边沉默了一会儿，在方亚楠到站下地铁后，才发过来一张照片。

方亚楠点开一看，手一抖，差点儿又把手机扔了。

男人高个子，长相温和，靠在一辆黑色的SUV旁，车标没露出来，看车型是保时捷卡宴。他拎着一副墨镜，眉眼带笑、嘴唇微张地看着镜头，好像正要说什么。

这不就是四十五年后，七十五岁的她看到的第一张他的照片吗？！

方亚楠感觉自己忽然之间被什么东西捆住了，从四肢捆到脑袋。她连动动手指打字仿佛都做不到。

她忍不住抬起头，却只看到地铁站高高的天花板。周围人流来去，像曝光过度的光影一样，星星点点的，让她头晕眼花。

这到底是怎么回事？

她真的穿越到四十五年以后，被提前透露剧情，然后又回来了？

那现在算什么，她在演戏吗？剧本一个，细节自理？她需要改变什么吗？比如干掉江岩，或者推掉这份工作？

可是凭什么？就算四十多年后她以一个局外人的视角回顾方亚楠的过去，那也只是普通女人的一生哪。她目前为止听到的方亚楠的每一个选择都合情合理，就算离婚，也是和平离婚，和江岩成为一对友好的前夫妻——这已经是很不错的结局了吧？

所以她现在要为了拥有一段长久的婚姻，去做什么吗？

可是就算她不嫁给江岩，嫁给陆晓……也不见得就会幸福啊！

方亚楠头都痛了。

她许久没回复消息，江岩发来一个表示疑惑的动漫表情包。

方亚楠舒了一口气，回道："我大概有数了，您备一套合身的浅色西装吧。另外，可以带一件偏日常的休闲装。"

九思江岩："为什么我感觉其实你并没有给我答案？"

难道她还要写个列表给他才行吗？

方亚楠本来就心情复杂，见这人还敢有意见，直接对着手机狰狞地笑了，用力打下一行字："其实不穿也可以的。"

九思江岩："看来方老师很会透过现象看本质啊。"

方亚楠瑟缩了一下，方觉得自己的话有些唐突，连忙补救："哈哈，其实我不是很擅长给这方面的建议，只会随机应变。"

九思江岩："那明天就辛苦方老师了。"

虽然他们这个圈子的人习惯对人称呼老师，但一般情况下，如果双方都是年轻人，是不会让对方一直以老师称呼自己的。

但方亚楠此时故意没有纠正江岩，硬着头皮承受着他一遍又一遍的"方老师"的称呼。

但愿他真的尊师重道，不会对她下手。

因为她绝对、绝对会很规矩。

回到家的时候，她还有些不真实感。

虽然疲惫感很真实，爸妈摆在桌上的饭菜很真实，就连在门口迎接她的千岁和狗子都很真实，可是"回来"一天了，她还是有些恍惚，像被本能驱使着去放包、逗猫、洗手、吃饭。

吃饭时，爸妈争论起房贷的还法和房子的升值空间，还讨论起新学区的划分政策和学校的优劣。

自从江州买房需要摇号，这就成了很多家庭茶余饭后永恒的话题。方亚楠是土生土长的江州人，爸妈工作努力，她自己也还算争气，有一些积蓄，自然也加入了摇号大军。

幸运的是，她很快就摇到了一套好房子——周边有学校、有地铁，还在市新区。方亚楠成了朋友眼中的幸运儿。

但从没有人问过她这个幸运儿还房贷的压力大不大。

"楠楠的公积金，加上咱们的，还房贷应该没问题。"老妈下了决定，"楠楠，工资你自己收好，留着以后给房子装修吧。"

"装修我来好了。"老爸说道，"她懂什么？她肯定会跟现在的小年轻一样，找个什么设计师乱来一通，白白浪费钱。"

"那也可以。"老妈没意见。

"这些我都可以自己负担。"方亚楠不同意，"房子是我的，我又不是还不起房贷，装修的钱我也有，干吗要你们出钱？"

"哎呀，是我们一定要你买房，不然你现在一点儿压力都不会有。既然如此，我们肯定要帮你分担一下压力的，你别管。"

"我的房子我不管？你们的钱留着以后出去玩不好吗，砸在我身上干吗？我又不是没钱。"

"好了，好了，我们出去玩能花多少钱？我们攒着不花，那以后不还是你的？这事就这么定了。"

"别呀，"方亚楠没想到自己出钱竟然这么难，"我也没什么能花钱的地方。"

"你以后有的是花钱的地方呢！"老妈瞪她，"结婚不要钱？养孩子不要钱？你养猫每个月都要花至少两千块钱，这不是钱？"

来了来了，催婚警报响起！

方亚楠警惕地低下头，加快了吃饭的速度，但老妈果然还是拐到那个话题上去了："你别低头！你以为我不知道？多大个人了，还成天打游戏，你能打到死吗？男朋友也没有，恋爱也不谈，你建梅阿姨前两天都抱孙子了——人家的儿子年纪比你还小！我都没脸给她的朋友圈点赞！"

"对不起，对不起！"方亚楠认错认得飞快。

"你不要说对不起。你现在不听我的话，对不起的是你自己！"

"好了，好了，"老爸听不下去了，"你别烦她了，还让不让她吃饭了？"

"哼，"老妈冷哼一声，给方亚楠夹了一筷子青菜，"吃完找对象去！"

"哦。"方亚楠卑微地夹起碗里的青菜，就着饭三两口吃完，起身蹿进了小房间。

身后，老爸斗胆教训起老妈："就你话多。"

"你不催，我不催，她什么时候能自觉？"

"她除了这个，还有什么事是不自觉的？你也不要逼得太过了。"

方亚楠听两句就知道接下来的对话内容了，疲惫地叹了一口气，躲回自己的房间，在床前呆坐了一会儿，最后还是打开电脑登录了游戏。

小伙伴都在等着，看见她来，欢呼雀跃。

"小喵总你终于来了！"妙妙声音最响亮。

她老公老冯的声音也从耳机里传来——

"你小点儿声，小 boss（游戏术语中的关卡首领）在睡觉。"

小 boss 是他们俩的女儿，已经三岁了。

他们俩就是老妈向往的那种年少有娃的夫妻，而且关系和美。因为他们俩都爱玩游戏，被称为"网瘾夫妇"。

方亚楠非常羡慕。

"走，走，走，"她激动起来，"今天打什么？"

"啊，不等老陆啊？"妙妙问。

"老陆今天加班，不是跟你说过啦？"老冯在一旁幸灾乐祸地说。

"啊？那就你和喵总带我啦？"妙妙毫不掩饰她的嫌弃之意。

"不，不，不，我打得也不好啊，妙妙你再乱说我下线了啊！"方亚楠很慌。

"别呀喵总，你那么厉害！"

方亚楠老脸微红。

她和陆晓曾经是同事，而老冯是陆晓的大学同学，因为这层关系，几个人得以结识。老冯和妙妙一开始都是从陆晓嘴里知道她的经历的，老冯还好，妙妙却对她有些盲目崇拜。

她以前做摄影记者的时候，有过一些比较独特的经历——这和她的游戏技术毫无关系，可是就算她在他们之中战绩垫底，妙妙也能吹捧她半天。

"对了喵总，你什么时候来给我们家小 boss 拍写真哪？"老冯调侃，"到时候让妙妙给你们做一桌菜，不让你白干。"

"对啊，对啊，"妙妙很兴奋，"小 boss 现在长开了，好看很多！"

"不请客也要拍啊，我时刻准备着呢。"方亚楠被提醒，趁登录游戏的工夫，给自己的相机和电池充上电，然后跑回电脑前，"就在你们家拍吗？咱们约个时间好了，最好是老冯有空的时间，这样可以给你们拍一组家庭片。"

"好哇，好哇……哦不，老冯太丑了，不要他参加！"

"喊，你多好看似的。"

"小 boss 像我，长得多好看！"

"女儿像爹，你懂不懂？"

"我不管，小 boss 就是长得像我，像你不是完蛋啦？"

"好，好，好，你说什么就是什么。"

小两口吵吵嚷嚷地加入了游戏队伍。

"对了，阿大不来吗？"眼看五人队伍还有空位，妙妙问，"好久没看到你徒弟啦，喵总。"

"别提他了，"方亚楠有气无力地说，"《怪物猎人》出新版本了，他在玩那个呢。"

"好吧，那咱们快开始吧！"

方亚楠看着熟悉的界面，脑子里闪过那个被全息投影笼罩的广场，刚要心潮澎湃，陡然想起某个靠在车上的男人，心里又一凉。

她摇摇头，苦笑一声，点了开始键。

《反恐精英》这种游戏，光老冯一个主力果然是不行的。

三个人一起随机匹配队伍后进入游戏，完全是滥竽充数，去哪儿哪儿输，但还是打得兴高采烈。

方亚楠其实还是有点儿失落的——对面的队伍打算做什么，她有时候能察觉到，但是由于随机匹配的队伍就像一盘散沙，导致她总是在敌方大部队来袭时孤军奋战。好几次，她一看情况不对，一溜烟地冲去某个防守薄弱的地点，顶着路人队友的骂声孤孤单单地蹲在那儿——结果敌人真的就打过来了。

剧情如此循环，打到最后，她心里只剩下一句：累了，都去"死"吧。

"哎呀，都怪老冯！"妙妙骂老冯那是张嘴就来的，"你傻不傻呀？每次都不知道跟着喵总冲。"

"你怎么不跟着她啊？"老冯不忿。

"我菜啊，跟上去也没用。你不一样！你要帮帮喵总啊！"妙妙说得理直气壮。

"好了，好了，怪我，怪我。我一发现情况不对，就该用队伍语音叫人的。"方亚楠连忙揽责任。

没办法，她总不可能真怪老冯不跟着她冲。毕竟就算老冯和妙妙吵吵嚷嚷了一路，可是从头至尾，老冯都在若即若离地保护着妙妙。游戏而已，她可不想喊人家老公跟着自己跑。

这一玩又过了十二点，大家默契地打完最后一把便退出游戏界面。老冯是名程序员，每天陪完甲方陪妙妙，体力透支得厉害，退出游戏后立刻就去睡了。妙妙却意犹未尽——她的工作很轻松，甚至不用上下班打卡，自然不用睡那么早。老冯走后，妙妙继续通过语音和方亚楠有一搭没一搭地聊天。

"对了喵总，你最远去过哪儿啊？"妙妙突然问。

她很喜欢问方亚楠一些以前工作的事情，而且非常捧场，方亚楠也乐意讲。

"我想想，最远应该是南极吧。"

"哇，你去过南极啊？！太厉害了，去那儿很贵吧？"

"如果自己掏钱的话确实要好几万，"方亚楠老实地说，"但我是带着任务去的，甲方出钱。"

"天哪，公费？太羡慕了！"

"怎么说呢？"方亚楠咂了咂嘴，"因为身上有跟拍任务，其实我并没怎么玩，而且加钱也不给升舱，我睡的是大通铺，感觉……一般般吧。"

"那也很好了，别人想去还没的去呢！"

"这么说也没错，"方亚楠挠了挠脸，"而且我以后应该也不会再去了，所以那算是人生中唯一一次体验，回头想想还是有点儿遗憾的。"

"别呀，为什么不去了？下次让老陆带你去！"

方亚楠心里"咯噔"了一下："啊？他？"

"就是啊，让老陆带你去，他有钱，还不爱花钱，攒钱不就是留给你享受的吗？"

方亚楠哭笑不得："你说什么呢？"

难不成她喜欢陆晓的事，大家都知道了？

"别害羞啊喵总，老陆这样的男人现在可不多，要不是老冯这个臭不要脸的家伙对我下手了，我肯定会对老陆出手的！"

方亚楠一时不知道说什么好。她觉得自己隐藏得挺好的，毕竟她身边大多数玩伴是男的，她对他们一视同仁，好像没在态度上露过馅儿。她只能硬撑："你这话题转得有点儿快啊，我都不知道怎么回了。"

"哎，我跟你说，反正我和老冯都觉得老陆跟你很合适，你们俩玩也玩得到一起，聊也聊得到一块儿，简直是天造地设的一对呀！"

方亚楠："哦……那我看情况。"

"你别看情况了，该出手时就出手，别便宜了外面的其他女人！"

"我说你激动啥呀？"方亚楠更尴尬了，只能做个无情的"捧哏机器"，"你是不是连我跟老陆的孩子叫啥名字都想好了？"

"哎，你怎么知道？男的叫陆汪汪，女的叫陆喵喵！"

"为什么孩子不能跟我姓方？"

"也对，喵总你真是我们当代女性的榜样！"

"你再吹捧我，我只能反过来吹你了……"

"别，别，别，哈哈哈，反正你懂的，不能错过老陆！"

妙妙这么谆谆教诲，方亚楠内心受用是没错，可是也越发纠结。

她跟陆晓认识那么多年了，她知道他是个公认的好男人。但问题是，他对谁都好，堪称"端水大师"，谁也看不出他对谁更特殊。方亚楠也一样，毕竟离职后，她和他只有在打游戏和偶尔的朋友聚会上有交集，平时在微信上，可能半个月都不聊一次天。

老冯和妙妙经常拿他俩开玩笑，他俩都会很默契地打哈哈，把话题带过去。方亚楠自己虽然小心脏乱蹦，但并不知道陆晓是什么感受。尤其是她现在知道自己未来的生命中会出现一个"孩子他爸"，而这个人不是老陆，前路就变得更加难料了。

她得好好想想。

时间不早了，妙妙毕竟是当妈的人，熬夜能力大不如从前，虽然不甘心，但还是去睡了。

方亚楠的爸妈来她的房间下了几次晚睡警告，但她还是坚持没睡，打开修图软件，掏出内存卡，导出旧图修起图来。

这本来应该是最容易让她平心静气的事情，她却干着干着就开始分神，总是想到医院、江岩、陆晓和儿孙……

方亚楠感到心浮气躁,又担心第二天起不来床,于是吞了一颗安眠药,倒在床上睡了。

如果这一觉又睡到四十多年后的话,她就死心了。

然而没有,一觉醒来,方亚楠迷迷糊糊地穿衣服、整理拍摄装备。她觉得今天比昨天更像做梦——还是噩梦。

太吓人了——大前天,她还是个快乐的单身女青年;前天,她成了儿孙满堂的老太婆;昨天,她变成了忧郁的单身女青年;今天,她要去见她那个"已经死了二十年"的老公。

她想想就觉得身心俱疲。

约定的时间比较晚,方亚楠在家里安然享受了早饭后才优哉游哉地出门。早高峰已经过去,她没有开车,而是去坐了地铁。没想到地铁上没有空座,她站了一会儿就后悔了。虽然阿肖自告奋勇地带了大部分摄影器材,可她的两台相机加三个镜头也有十斤左右。她长久不锻炼,被摄影包压得肩膀疼,连带着头也隐隐作痛。

但此时已经骑虎难下,方亚楠背着摄影包、喘着粗气,一路跑到九思科技所在的写字楼外时,已经面无人色了。

"阿肖!"她老远就看到阿肖正拉着一个行李箱在门口低头玩手机。

阿肖抬头看到她,了然一笑,拍了拍身边的拉杆箱。

"救救我!"方亚楠步履蹒跚。

阿肖握紧拳头:"楠楠,站起来!"

方亚楠暗骂一声,咬牙跑到他身边,卸下摄影包放在拉杆箱上,长长地舒了一口气。她瞪着阿肖:"绅士精神呢?!"

阿肖:"我帮了你,说我们男人瞧不起女人;不帮你,说我们没有绅士精神——你们女人真坏!"

方亚楠气乐了:"你这心眼绝了,记了一晚上?你敢跟你老婆这样吗?"

"不敢。"

"我输了。"

"嘿嘿,"阿肖得意地竖起一根手指,"为师跟你讲,干咱们这行的人,多干一天就多一层脸……欸,来了!"

方亚楠正对他的话嗤之以鼻,想着怎么驳斥他,听到最后,下意识地顺着他的眼神往大门一看,顿时头皮一紧。

江岩来了。

他居然亲自出来接他们。

真人带给方亚楠的冲击力比照片还大。江岩身材匀称修长，一头短发利落帅气，笑容和煦，穿着一件纯黑色的中领套头衫，搭浅蓝色牛仔裤，再配合身后高新区最高端的商务写字楼，整个人看起来非常具有精英气和养眼，让人很难挪开视线。

方亚楠心存警惕，看了他一眼就强行转过头，提醒阿肖："阿肖。"

阿肖正冲着江岩的方向微笑，闻言竟然飞快地回了一句："我懂，一会儿说。"

阿肖不愧是和她搭档了两年的老同事，方亚楠确信，虽然她还没有说出口，但阿肖已经明白她的意思了。

江岩犯了一个很多科技类人才会犯的错误。

严格来说，这也不算错误，就是……

他太小瞧乔布斯造型在科技圈的风靡程度了。

虽然以他的形象，没到东施效颦的程度，甚至可以说是青出于蓝，但是……他还是像个跟风学乔布斯的穿搭的宅男。

方亚楠已经记不清给多少程序员拍过类似穿搭的肖像照了，但那些都是私活儿，江岩要上《维度》杂志，这个形象绝对不行，不是封面照也不行！

那么问题来了，她怎么劝？换一个人，她还可以大大咧咧地嘲笑一下，顺便要求他改形象，可是江岩……她觉得自己现在跟他正常对话都困难！

她只能指望阿肖了。

"江总，"等江岩到了面前，阿肖率先伸出手，"幸会，幸会。"

江岩伸手和他握了握，又对方亚楠点头微笑了一下，然后开口就是一句："肖老师、方老师，我这一身衣服是不是不太合适？"

阿肖："……"

方亚楠："……"

他俩全程不仅没有深入交流，连眼神对视都没有，江岩是怎么注意到的？

难道是自己的眼神露馅儿了？不会啊，她真的只是不带任何感情色彩地看了他一眼而已！

所以说这个人是有多敏感，哦不，敏锐啊？

方亚楠感觉自己更害怕了。

江岩能自己提出这个问题，那自然皆大欢喜。

只是没想到阿肖竟然打了个哈哈，指向方亚楠："我这位同事负责摄影，还是你们来沟通吧。"

江岩微笑着把手伸向方亚楠："方老师。"

被他当面喊方老师，方亚楠感觉非常不自在。她硬挤出一个微笑，和他飞快地握了握手，然后立刻缩回手，简直像怕被传染什么病似的。

江岩空着的手停滞了一瞬，然后他若无其事地把手收回来，指了指自己身后一个西装革履、戴着眼镜的小帅哥："这是我的助理——席安。"

方亚楠和阿肖这才注意到他身后还有一个被江岩的光芒掩盖住存在感的小帅哥。双方客套地握了握手，然后一起往写字楼走去。

这栋写字楼位于高新区，楼内有好几家全国闻名的大公司，也有很多低调但有实力的小公司。江岩能把九思科技开在这里，足以彰显其实力有多强。

写字楼从入门到进电梯，一共要经过三道门禁，没人带的话，外人根本别想进去。

电梯上行，四个人站在里面，有些尴尬。

方亚楠站在江岩后面，只能看到他的背部，猜想他的身高大概在一米八以上。

以她的水平，她想找个四舍五入一米七的好男人都难，居然有本事嫁给江岩？她都要怀疑那个老方亚楠年轻的时候是不是学过怎么给人下降头了。

"喀，方老师……"她身边的席安突然开口，吓了方亚楠一跳。她转头看过去，席安正要接着说话，被阿肖打断："怎么现在还叫她方老师？叫我阿肖，叫她小方就行。"

"去你的小方！"方亚楠怒骂，感觉自己的肩头突然垂了两根"粗又长"的麻花辫。

"好吧，好吧，那就楠楠，你的笔名咯。"

方亚楠皱了皱眉，想象了一下江岩笑着叫她"楠楠"的样子，顿时头皮发麻。

不行，这太亲昵了！

她僵硬地笑了笑："这个……要不，还是小……"

"叮——"电梯到了。

方亚楠心里的脏话成群结队地飞奔而过。

江岩率先走了出去，一手微抬地挡住电梯门，一手朝旁边指："这边请，阿肖……"他看向方亚楠，微微一笑："楠楠。"

方亚楠整个人往后一仰，强忍着没露出嫌弃的表情，咬牙跟了出去。

"亚楠你今天是不是不舒服？"走廊上，阿肖小声问。

"没。"方亚楠低着头。

"是吗？"阿肖明显不信。

"那你说说我哪里不舒服。"

"昨天你又通宵打游戏了？"

方亚楠很想承认，但是一想到承认意味着她没认真对待今天的工作，便还是摇了摇头："怎么可能？"

"那怪了。"阿肖没再追问，跟着江岩抬脚迈入九思科技的玻璃大门。

这是大楼的第二十六层，在整栋大楼中，处于中间偏高的位置，视野和光线都很好，开放式的办公区很亮堂。放眼望去，办公区有近百个工位，每个工位上都有三台显示器。整个办公室给人的感觉相当有实力。

整个楼层都很安静，只有鼠标和键盘的敲击声，以及偶尔有人走来走去或低声交谈发出的声音。

一行人一路走到江岩的办公室外。

江岩一边让席安去给他们泡咖啡，一边开门示意："请进。"

方亚楠和阿肖跟了进去。

大空间、落地窗、设计别致的办公桌、几台正在全息投影的机器，还有围成一圈的懒人沙发……如果总裁有标配，这大概就是了吧。

阿肖进去的时候吹了声口哨，毫不掩饰艳羡之情。他走到落地窗边，向外指了指："亚楠，你看我们集团大楼像个炷子！"

他们集团大楼在江对岸，距离又远，建筑又旧，不像炷子还能像什么？

方亚楠翻了个白眼，自顾自地打开摄影包，拿出相机和镜头，然后看向江岩："江总，有没有什么地方不方便拍？请事先告诉我。"

江岩手插在兜里，站在一旁，闻言歪头想了想："不能拍的地方，我应该也不会带你们过去，放心吧。"

很好，他很直白。

方亚楠低头装着镜头，想到什么，又抬头看了看江岩的着装，欲言又止。

江岩低头看了看，有些无奈："我其实平时也会这么穿，不是在模仿乔布斯。"

果然，他心里有数。

"给我看看你的备用服装吧。"方亚楠冷漠地说道，"你外形条件摆在这儿，穿什么衣服都好看。"

"你的表情不像是在夸我啊。"

方亚楠咧嘴笑了一下。

江岩："算了，楠楠你不要勉强自己。"

阿肖"扑哧"笑了一声。

方亚楠瞪向阿肖，咬牙说道："请叫我亚楠，不然就叫方老师，谢谢！"

"好的，亚楠。"江岩眨眨眼，又指了指自己，"不好意思，亚楠，我只有这一身衣服。"

"啊？当初谁说要把衣柜搬来的？！"

"对不起，是我食言了，我没想到你会当真。"

他这不是在讽刺她天真吗？

她怎么可能嫁给这种人？！

方亚楠气不打一处来，但再怎么说，江岩也是她本次的工作对象，她只好忍住还嘴的冲动，忍气吞声地提议道："那……要不我明天再来拍肖像照？"

你可以直接去隔壁商场买一身衣服，反正你有钱！或者你可以问你的同事借一身，反正刚才她一眼看过去，穿什么衣服的人都有！

等等，借？

方亚楠没等江岩回答，直接掏出手机："稍等，我记得上次采访过一个服装设计工作室的设计师，好像就在这附近。他们说不定有合适的衣服，我问问他们能不能借我们一套。"

"这个可以，"阿肖立刻表示支持，过来亲热地拍了拍方亚楠的肩膀，"不愧是我徒弟，人脉就是广！"

方亚楠翻了个白眼，手速飞快地在通讯录里寻找那个服装设计师的名字。

江岩抱着手臂，靠着自己的办公桌沉思片刻，开口道："如果可以的话……"

"找到了，就是他！"

"去我家吧。"

"啊？"方亚楠和阿肖同时满脸呆滞地抬起头来。

江岩往窗外指去："我家就在附近，如果可以的话，你跟我去一趟，直接在我的衣柜里挑服装，至少肯定合身。"

方亚楠："……"

好的，梦醒第二天，她就要去刚认识的老公家里了。

她大概明白自己为什么能和他关系发展得那么快了。

方亚楠嘴角抽搐着笑了两声，看起来像个精神病患者。

江岩挑眉："亚楠老师是不是不舒服？"

他又叫上老师了！

"江总你想多了，"阿肖捏了捏方亚楠的肩膀，笑道，"我们亚楠是个老实孩子。"

"哦，难道是亚楠老师想多了？"江岩笑了笑。

"都怪你太帅，"阿肖继续打哈哈，"瞧把我们楠楠吓得。"

江岩叹了一口气："我觉得以亚楠的工作经验，她应该不会觉得这请求很冒犯。要不这样，如果阿肖你能做主，那你跟我去也行。我家离公司很近的，来回车程不到半个小时。"

阿肖愣了愣，看了看方亚楠。

其实摄影师陪同客户上门挑衣服，确实是常见情形。方亚楠失态，纯粹是她那难以启齿的个人原因，如果真的拒绝江岩，未免太矫情了。

方亚楠在心里叹了一口气，定了定神，张口道："还是我去吧，江总你相信我，阿肖比我危险多了。"

"什么？我这么护着你，你的良心呢？"阿肖喊冤。

"嘿嘿，"方亚楠拍了拍他的肩膀，"走了，走了，速战速决。"

"成，成，成，那你们赶快吧，我去周围踩踩点。"阿肖推她。

江岩随手拿起一件纯黑色的夹克就往外走，并对端着咖啡走过来的席安说道："你陪肖老师到处逛逛，我回趟家拿衣服。"

"哦，好！"席安应道。

方亚楠跟着江岩一路走到地下车库，亲眼看到了他的保时捷卡宴，忍不住暗中咬牙。

江岩见她看着车，苦笑了一下："年少轻狂时买的，不好意思。"

"啊？"

"你不是在想这车这么浮夸，会不会车如其人？"

"啊？"方亚楠坐进副驾驶座，挠了挠脸，"江总你是不是有点儿敏感？"

江岩愣了一下，笑着转动方向盘："我以为摄影师会比较想了解拍摄对象的内在。"

"嗯……"方亚楠食指轻抚嘴唇，认真打量他，"这确实是个好方向，不过敏感这种特质很有可能会被拍成神经质，不太好把握。"

"我很相信你的，"江岩看着前方，"你肯定可以拍好我。"

方亚楠皱了皱眉，有些莫名其妙。她不再搭理他，转头看着车窗外的景致，很快，身体变得僵硬起来——街景越来越眼熟，不久后，车子驶进了一个熟悉的小区……

这不就是"她儿子"住的那套房子吗？！

她记得那是她和江岩离婚后，江岩给她的房子。她和方近贤一直住在那套房子里，直到江岩死后，她去照顾刚生产完的女儿江谣。

换句话说，过不了几年，这就是她的房子了。

这小区开盘和交房时都引起好大一番风浪，以她的家底她根本买不起。她在做七十五岁的方亚楠的时候，心情太混乱，没有深思过，现在想来，她不仅傍了一个大款，甚至因为江岩去得早，吃了大绝户？

当年的她肯定不是故意这么做的，现在的她更加下不去手！

不出所料，江岩住的就是方近贤带老方亚楠去过的那个家。

入目就是大落地窗和一览无余的江景，四室两厅，哪儿都亮堂。装修风格是现在流行的冷淡北欧风格，房屋内的摆设非常个性化——落地窗前是一张大书桌，上面摆着双屏电脑和一些办公用品，客厅的另一边摆着跑步机和一个多功能健身架，还有一张按摩沙发摆在客厅的角落里。

一个人住就是任性。

门厅处有一幅巨大的画，是莫奈的《睡莲》仿品，看起来很是静谧宜人。

江岩给她拿了一双一次性拖鞋后就进卧室了，方亚楠在客厅里瞎看了一会儿。他从卧室里探出头，身上已经换成一件白色的衬衫，微敞着领口："来？"

方亚楠答应了一声，跟进去，发现他把卧室和旁边的小房间打通了，做成了一个步入式衣帽间。江岩正站在其中，抬头看着自己的衣柜。

"要不是这次拍照，我都不知道我的衣服这么多。"他笑道，"你看哪套可以？"

方亚楠却没说话，站在门口看了他一会儿，抬手就用相机照了一张照片。

"欸？"江岩愕然。

"不好意思，我知道这里属于个人的隐私空间。我把照片留给你做纪念好了。"方亚楠低头看着相机里的照片，"你这个衣帽间的光影感太好了，我没忍住。"

"是吗？"他走过来站在她身边，低头看向相机，有些惊讶地说道，"还真是，你不说我都没注意过，不愧是专业人士。"

"我可以再看看吗？"方亚楠一碰到好场景和好光线就手痒，此时也无暇顾及自己是不是在未来老公的卧室里了，直接提出请求。

"随意，"江岩笑道，"别打开那排抽屉就行，那里面都是我的内衣。"

"没问题，"方亚楠有点儿窘迫，"你先自己挑几套衣服吧，随意点儿，我看看能不能在这儿拍几张能用的照片。"

"好。"

江岩果真手掐着下巴认真思考起来，时不时地从衣柜中拿出一两套衣服，在全身镜前比画一下，偶尔还会问问她的意见。

"这件会不会太厚了？"

"我就这么两件大衣……"

"风衣不太行吧？"

"帽子和围巾是不是太正式了？"

"这是我的第一套西服，好像有点儿小了。"

"这套是定制的，不过我个人不太喜欢——穿上像是随时要去参加宴会。"

"我能穿白色的裤子吗？会不会显得像衣冠禽兽？"

"别误会，这副眼镜是防蓝光的，不是装饰。"

…………

方亚楠有时候回答，有时候不理会，拿着相机在一旁"咔嚓咔嚓"地拍，偶尔低头调节一下相机设置。

等她觉得差不多时，江岩的床上已经堆了一堆各种风格的衣服。

"差不多了吧？"他几乎有些无奈，"在衣帽间里拍了那么多照片，也不能用。"

方亚楠浏览着照片，头也不抬地说道："你可以原地出道了。"

"这么好？"

"你的室内设计师挺厉害的，灯光安排得真不错。"

"哈哈，室内设计师是我的一个朋友，他若是听到你的赞美肯定会很感动的，毕竟装修完，我很认真地问过他有没有中饱私囊。"

方亚楠点了点头，研究了一下他堆在床上的衣服，转身走进衣帽间，又拿出一套："先换这身。"

"啊？"江岩愣怔，"这是家居服。"

"坐到你的电脑桌前，开机干会儿活儿吧。"方亚楠言简意赅道，"你这家，不用浪费了。"

江岩接过家居服，不置可否："我以为这次主要拍我的公司。"

"先让我拍爽了吧，谢谢。"方亚楠笑容客气，语气一点儿也不客气，"首先，怪你家的条件太好；其次，我也不是谁都请得动的；最后……"

她狡黠地笑了笑："免费哟！"

江岩笑了，转身走进衣帽间，没有关门，声音从里面传了出来："我这算不算引狼入室？"

呸，你才是狼！换衣服都不关门，你勾引谁呢？

"我可以去其他房间看看吗？当然，如果你真的不打算多拍两张照片做纪念的话，也可以拒绝我。"

"看吧，"江岩答，"感觉不让你拍的话，你会比我还遗憾。"

"我要声明一下：在你家，不经过你同意，我不会拍；拍完的照片，不经过你同意，我不会公开，请你放心。"

"我明白的，"江岩说道，"你刚才进门以后，不是一直待在客厅里，一动都不动吗？"

他果然是明白人。

方亚楠放心了，迈步往外走去。

江岩对房子花的心思不少。南面的两个房间被他打通了；北面的两个房间，一个做成了影音室，另一个放了一整面墙的书，完全体现了房子主人的喜好和品位。

方亚楠羡慕地看了一圈他的环绕音箱和设计精巧的移动书柜，恋恋不舍地回到客厅里。江岩已经在办公桌旁等着了，穿着一身优衣库风格的半高领花白卫衣和一条咖啡色卫裤，显得优雅简单。

"怎么样？"他问。

"两个字——羡慕。"方亚楠毫不掩饰，"好了，坐下吧。你随便找点儿事做，我不会要求你摆姿势的。"

"行。"他听话地坐下，开机。电脑启动的时候，他随意地望向窗外。

侧脸不错，状态也很好，这男人不出道可惜了。

方亚楠拿起相机，在一旁默默地找角度拍照，偶尔拉动一下窗帘或开关一下灯，寻找合适的光影搭配。

"不一定非要坐着，你可以起身倒杯水，或者去沙发上看杂志。"她轻声提醒，顺便看了看时间，"十五分钟，你用十五分钟的时间完成一次从下班到上床的小演练吧，怎么样？"

江岩轻笑了一声："你是让我快进？"

快进？

方亚楠愣了愣，突然想到她的人生不也是突然被按下了快进键吗？

江岩没等她回答，轻叹了一声，自顾自地站起来，双手插兜，看向窗外，轻声说道："平时下班回来，可看不到白天的江景。"

很好，他表现得很自然。

方亚楠抬手拍了几张他的背影，然后跟着他进了厨房，看着他拿着锅铲比画了几下，倒了杯水走出来，放在跑步机的置物架上。江岩在跑步机上意思意思地跑了两步，随后又进了影音室打开电视，舒适地靠在屋内的懒人沙发上，拿着遥控器换了几个台。

方亚楠又拍了几张照片，有些纠结——影音室是暗室，拍摄效果她并不是很满意，偏偏江岩的这几张照片完全舒展的姿势很不错。她正低头对着相机琢磨，就听江岩说道："亚楠老师，再不回去，阿肖老师真要过来救你了。"

"没事，他懂的。"方亚楠早就在微信上和阿肖打过招呼了，不过也觉得拍得差不多了，便抬头说道，"行了，衣服换回来，我们出发吧。"

"那么问题又回来了，"江岩如蒙大赦一般起身往外走，"穿哪套？"

方亚楠没作声，跟着他进了卧室，从床上那堆衣服中利落地挑出三套，又走进衣帽间，从展示柜上拿出一对袖扣和两条领带，递给江岩："就这些。"

江岩有些发愣地接过袖扣和领带："我还以为你没注意到这些……"

"我——职业的。"方亚楠晃了晃手指，转身往外走，"先穿那件黑色衬衫。"

江岩："哦。"

两个人再次回到公司，已经是一个小时后了。阿肖出来迎接的样子仿佛是等待拯救的公主："楠楠哪，你总算回来了！我还以为，我还以为……"

"以为什么？"方亚楠笑得慈祥。

"没什么，怎么这么快？江总你不行哪。"阿肖转头嗔怪江岩。

"肖铎！"方亚楠厉喝，"你这可算是职场骚扰了！"

阿肖愣了愣。换作平时，他肯定会一边道歉一边嬉皮笑脸地说她想歪了，但此刻方亚楠的神色太严肃了，严肃到他开不了玩笑。他只能讷讷道："哦……对不起，我耍嘴皮子耍惯了，你……你不要生气啊。"

"哼。"方亚楠给了他一个白眼，转头说道："要不江总你先休息一下，让席安带我们先去拍一下公司？"

江岩手插在兜里站在一旁，神色有些莫测，闻言点头："好，那我先去处理一些事。席安，你招待他们。"

"好的，江总。"

三个人目送江岩回办公室后，席安小小地松了一口气，转头对方亚楠说道："方老师到现在连口水都没喝吧，要不要先来杯咖啡？"

她哪里还有手端杯子？方亚楠想到方才席安用餐盘端上来的水晶咖啡杯，刚要摇头，就听席安补充道："我订了几杯星巴克，拿着方便。"

方亚楠犹豫了一下，应道："好。"

江岩的手下还挺能干的。

方亚楠拿到咖啡后，心情放松了不少。阿肖明显已经对公司有了不少了解，三个人很快便在几个有特色的地方拍好了照片。

此时正值深秋，又是白天，光线不强不弱，阿肖带来的补光灯和弱光灯都没派上用场，气得他捶胸顿足。

"现在中景、近景、信息都有了，"方亚楠才不管他气顺不顺，在电脑上给阿肖看照片，"该老板出场拍人物关系和肖像照了。"

一说起工作，阿肖神色就严肃起来。他弯腰凑在显示屏前，把每张照片都看了一遍才点头道："那我去找江岩。"

一旁的席安低头看了一眼手机，说道："已经到午饭时间了，江总想请你们吃个便饭，吃完再拍吧。二位忙了一上午，辛苦了。"

方亚楠这才意识到早就过中午十二点了。她今天除了出门前吃的早饭，只喝了一杯咖啡，还真有点儿饿了。

但是，和江岩一起吃饭，她很慌怎么办？！

虽然目前所有事情都是按照正常逻辑发生的，但是从她的角度看，她就是觉得哪儿都不对！

她和江岩又同车，又去他家，还要一起吃饭，这一切事件发生就用了一个上午的时间！天知道，她认识陆晓一年了才跟"网瘾夫妇"一起去他家，而且只逗留了一会儿就一起出发去吃烧烤了。

她和江岩的进展快得让人害怕！

她叫个外卖行不行？

半个小时后，他们坐进了隔壁商场内的某家港式茶餐厅中。四个人刚好坐满一桌，菜已经上了半桌。

阿肖还在表达不满情绪："江总，我真的不是开玩笑，我们社有纪律，出任务的时候，你们平时吃什么，我们就吃什么。我都打听过了，你们办公大楼三楼就有一个大食堂。"

江岩笑而不语，一旁的席安说道："肖老师，这么讲的话，那你们就吃不上饭了。"

"欸，江总不吃饭？"

"江总平时都自己带饭。"

方亚楠本来低着头，闻言和阿肖一起震惊地看向江岩："自己带饭？"

"江总厨艺很好的，而且很养生。"席安与有荣焉似的说，"我们很多同事被他带得现在也自己带饭了，前两天，我司还办了一个便当摆盘大赛呢。"

"这个很好啊，"阿肖说道，"有当时的照片吗？发给亚楠吧。"

"有，有，有。"席安掏出手机翻找了一下，突然有点儿犹豫，"但是手机的效果会不会不够好？"

他瞟了一眼方亚楠手边的单反相机。

方亚楠刚掏出手机准备接收图片，闻言愣了愣："我不嫌弃的。"

"亚楠以前还接过手机品牌的单子，出国给人家拍宣传照呢，当时拍照用的就是手机。"阿肖又开始给她打广告，"咱不歧视手机照片。"

"哦？哪个品牌？"江岩突然问。

阿肖报了个名字，江岩眨了眨眼，笑起来："是那幅以雪山为背景的欧洲古城照？"

"咦，你怎么知道？"

江岩拿出自己的手机——正是刚才提到的那个品牌的——摆在桌上："我是看到那张宣传照才买的这款手机。"

"咦，居然是这个原因？"席安居然也一脸惊讶，"我还以为是我们推荐成功了呢。"

"都有吧。"江岩把手机收回去，看着方亚楠："没想到那张照片也是你拍的。"

方亚楠此时非常敏感，闻言眯起眼睛："也？"

"你以前是不是在《风物》做过摄影师？"江岩问。

方亚楠愣了愣："我那时候是兼职，只是接过一些外包的摄影工作而已。"

"那没错了，我看过一个黑水古城的系列照片，印象很深，那时候特别想去玩一玩。"

方亚楠咬了咬牙，说不上心里是什么感觉，勉强笑着承认："啊，那个系列确实是我和朋友一起拍的。"

"你连这都记得住？"阿肖惊讶，大力拍着方亚楠的肩膀："亚楠，不错啊，都有粉丝了！"

方亚楠快被吓死了："胡说八道！"她瞪向江岩："肯定是凑巧，对吧？"

"我看过那组照片后确实去查了一下你的名字，"江岩居然说道，"然后发现你的很多作品我居然都看过。"

他冲着方亚楠微笑："所以说，很荣幸见到你，这顿饭我一定要请。"

方亚楠："……"

她感到如坐针毡。

她觉得自己有点儿明白为什么"当年"的方亚楠会"缴械投降"得那么快了。

但也不太对劲——她并非郁郁不得志的人，不至于遇到一个夸自己两句的帅哥就沦陷，这也太没志气了！

大概他还有后招吧。

以后她还是要躲着他点儿。

"先吃吧，"江岩拿起筷子，"不用等菜上齐，否则菜都凉了。"

老板发话，其他人自然恭敬不如从命。方亚楠拿起筷子，却觉得哽得慌。明明刚才还很饿，和江岩说了几句话，她现在却毫无胃口，只能逼着自己夹了几筷子菜，慢吞吞地吃着。

没想到，这桌只有阿肖一个胃口好的人。席安是江岩的助理，本来就是跟着江岩来招待客人的，不好放开吃；江岩呢，夹一筷子虾仁，能分成三口吃，细嚼慢咽得跟个大家闺秀似的。

江岩总不会是不饿吧？毕竟大家都熬了一上午了。席安说他每天自己带饭，估计他是不喜欢吃外面的菜。

那问题来了，他的手艺能比餐厅大厨还好？

她忽然想起孙子方鹦给她看的照片中，有一张是江岩任劳任怨地给大家烤肉的。

那些照片难道都是她拍的？

那他们的婚后生活应该很幸福吧？

江岩，一个会做菜、会赚钱的大帅哥，并且很欣赏她的才华。

她上辈子拯救了什么了不得的东西，才会撞上这样的大运？

如果这个江岩还能像陆晓一样尽心尽力地带她在游戏中赢得比赛，那她真的可以当场嫁给他了！

冷静，方亚楠，冷静，你还有理智！

现在江岩跟你可不熟！

"亚楠老师，菜不合胃口？"江岩忽然问她。

方亚楠愣了愣，一时间竟然想不出该怎么回答。一旁的阿肖一边伸筷子，一边说道："她啊，无辣不欢。"

方亚楠："……"

她确实一有机会就用老干妈拌各种食物吃，但只是口味重，并不是无辣不欢哪。

方亚楠只好解释："不是，不是，我什么都吃的，刚才就是在想能不能来碗饭，感觉光吃菜吃不饱。"

江岩闻言笑了："你也太客气了，这都要纠结半天。"

席安已经很有眼力见儿地招来了服务员，要了四碗饭。

方亚楠捧着饭碗，食不知味地逼着自己大口吃饭，硬是吃出一股迫不及待的感觉。

她觉得再不完成这项工作，她要疯了。

好不容易吃完饭，四个人散步回到办公楼里。江岩去自己的办公室换拍肖像照需要穿的衣服，席安去处理点儿事，阿肖则把方亚楠拉去了茶水间。

"你今天怎么回事？"阿肖果然已经察觉到不对劲，"魂不守舍的？"

方亚楠干笑了一下："你就当我是熬夜打游戏了。"

"你哪天不熬夜打游戏？我也从来没见过你这么不在状态啊。"阿肖压低声音问，"江岩真的不是你的前男友？"

方亚楠身体一僵："你看像吗？"

"不像。"

"所以跟他没关系。"

"肯定有关系！"

"真没有，"方亚楠感到一阵烦躁，信口胡诌，"我失恋了，行不？"

"啊？失恋？"阿肖不由自主地提高声音，满脸惊讶的表情，"你恋爱过吗？！"

"你瞧不起谁呢？！"

"不是，"阿肖脸上的表情很混乱，他问，"这和瞧不瞧得起有什么关系？

你之前看上去也不像在谈恋爱啊。"

"我暗恋,行不?"

阿肖愣了一下,立刻变得小心翼翼起来:"表白了?"

方亚楠沉默。

"唉,"阿肖自以为懂了,拍了拍她的肩膀,"你能走出这一步就是胜利,被拒绝一两次不代表你输了,没关系啊,没关系。"

拒绝个鬼,你这个乌鸦嘴,还一两次?方亚楠气闷。

"你看,天涯何处无芳草,"阿肖没得到回应,已经开始自我发挥,"虽然没了谁谁谁,但是今天不是立马就有更好的人选了嘛,我觉得这个江岩就不错。"

"你们已婚男女是不是都特别喜欢拉郎配啊?"方亚楠哭笑不得。阿肖这番话让她想到妙妙——两个人还不熟的时候,她只觉得对方是个可爱的少妇;等她们变熟以后,妙妙开始天天把她和陆晓凑成一对,她都怀疑自己喜欢陆晓是被妙妙洗脑的结果。

"那可不,结婚多好啊。哥幸福了,当然想让妹妹一样幸福!"

"哎,你得了吧!自从结婚,你抽的烟从'中华'变'利群',你也好意思说自己幸福。前阵子燕子结婚,你硬要包个红包去,还不是为了光明正大地蹭人家的'中华'抽?两千块钱的红包换四包中华,幸福?"

"哎,你这人!"阿肖哭笑不得,"你们背后都这么说我的啊?"

方亚楠举起双手:"背后没说,我就当着你的面才说。"

"你见了你嫂子可不能这么说啊,"阿肖紧张,"她对我真的挺好的。"

"知道,知道,我们还知道你再不戒烟她就不会对你好了。"

阿肖闻言心有戚戚焉,长长地叹了一口气,突然正色道:"不过亚楠,道理你都懂,感情的事情不能影响工作。平时我带你出去你多能干,人见人爱的,今天江岩他们都快看你的脸色做事了,不礼貌,知道吗?"

方亚楠呼出一口气,有些无精打采地说道:"我知道,对不起。"

"干吗跟我道歉?"阿肖猛地拍了一下她的背,粗声说道,"抬头、挺胸!"

方亚楠翻着白眼站直。

"跟我说,'我方亚楠人见人爱'。"

"啊?"

"快点儿!"

"我……我方亚楠……人见人爱。"

"敢拒绝老娘的人都是二百五！"

"敢……喂，别这样吧？唉，敢拒绝老娘的人都是二百五！"方亚楠闭着眼睛说完。

"这才对，好点儿没？"阿肖得意地问。

"这个……"

"我附议。"

门口忽然传来江岩的声音，他已经换好衣服了，黑色衬衫外面套了一件铅灰色的西装，同款西装裤衬得双腿笔直。他靠在门边，一副玉树临风的样子，正笑吟吟地看着他们。

方亚楠倒吸一口凉气，捂着头呻吟，羞耻地看向窗外。

"江总，你换好了？"阿肖简直是变脸专业户，立刻换上一脸憨笑的表情，"那咱们走吧，我们刚才看你们健身房的……"

"亚楠老师还好吗？"江岩却歪头望向方亚楠，"不好意思，我听到了一点儿你们的对话。"

"什……什么？"

"我很好奇，亚楠老师这么优秀的人，怎么会被拒绝？"

这不关你的事吧？

方亚楠和阿肖一同望向江岩，眼神中表达着同样的意思。

江岩笑了笑："不好意思，我只是不想装没听到，既然听到了，总不好没任何表示。"

"你不用表示什么。"方亚楠叹气，"都过去了。"

江岩点头："那就好，"他站直，"是健身房里那面镜子吗？"

"对的，对的。"

"听着挺有意思的，那走吧。"江岩带头转身走了出去。

阿肖见状赶紧跟上，方亚楠却不放过他，抬手对着他的背就是一拳。

"哎哟，"阿肖也知道是自己一手促成了方亚楠的这个尴尬场面，只能委屈地硬吃了这一记，"我知道错了！"

"我一会儿就跟嫂子说你今天抽了两包烟！"

"你这是要我死啊？"

"一起下地狱吧！"

方亚楠之前就发现江岩是个很专注的人。

这不仅是指他容易集中注意力，也说明他能很快进入状态，而且拥有极高的理解能力。

陆晓要是有江岩一半机灵,她和陆晓早就成了!

镜面肖像照一直属于肖像拍摄中的小众类别。这种拍摄手法对气氛、光线、角度和背景的要求都很高,主角既不能看上去很刻意,又要符合肖像照的主题。

方亚楠这样选择也是经过慎重考虑的。她发现江岩的镜头感是全方位的。打个比方,他闭眼休息的时候,如果她在他的背后举起相机,那一瞬间,即使他一动不动,他的后脑勺似乎也都突然有了镜头感。

很神奇,这人不出道可惜了。

健身房里的光线有些暗,阿肖终于用上了他辛苦扛来的器材。补光灯和柔光灯一打开,健身房立刻变影棚。

江岩被方亚楠指挥着转来转去。

"头,抬起来一点儿。"方亚楠随手一指,"往我这儿看,你还是做视觉科技的人呢,找光懂不懂?"

江岩委屈:"灯光刺眼。"

"柔光灯抽你,信不信?"方亚楠撇了撇嘴,"单手插兜吧,另一只手做一个在镜子前整理领口的姿势。"

"整理领口有点儿奇怪,我能戴领带吗?"

"如果你想老十岁的话,可以。"

江岩乖乖地扯了扯自己的领子。

"哎,像个刚办完事的少爷。"方亚楠按下快门,抬起头轻叹,"江总,你的气质真是多变。"

江岩失笑:"我一时间竟分不清你是在夸我,还是在骂我。"

"再来!"

江岩再次整理领口,这次不笑了,一脸冷漠的样子。

方亚楠看了看样片,转头指挥阿肖:"阿肖,雷达罩支一下,补个眼神光。"

江岩:"我眼里没光吗?"

方亚楠哼了一声:"何止没光,还没人!"

江岩望向刚走进来的席安:"席安,我平时真的给你们目中无人的感觉吗?"

席安不清楚情况,但求生欲极强,猛烈摇头:"不,不,不,老板您温文尔雅、亲切慈祥!"

"后面四个字可以不用说。"

席安吐了吐舌头,端着杯子走上前,说道:"江总,时间到了。"

方亚楠闻言愣了愣:"你们一会儿还有事吗?"

席安偷看江岩一眼,不敢说。江岩倒不以为意,解释道:"没事,是吃药时间。"

方亚楠更愣了:"你病了?"

江岩微笑了一下,从席安手里接过药和水,一口把药吞了下去,答道:"小毛病。"

不,这不是小毛病!

方亚楠心里警钟长鸣。

这很有可能是导致他短命的大毛病!帅哥,你这么不把生病当回事,会短命的啊!你短命的话,你的富婆前妻会压力很大啊!

方亚楠放下相机:"那你要不要休息一下?"

江岩刚把手插回兜里,闻言愣了愣:"啊?"

"我说,你要不要休息一下?"方亚楠有些紧张,甚至比画起来,"那个,毕竟你这一天都没休息过。"

江岩笑了:"谢谢你,亚楠。不过今天这个忙碌的程度,对我来说已经算是休假了。"

难怪他命短。

方亚楠无计可施,心里骂自己多管闲事,再次举起了相机。

"对了,江总,你对肖像照有没有什么要求?"方亚楠忽然问。

江岩微愣:"我以为这是由摄影师决定的。"

"不一定。"方亚楠低头看着样片,头也不抬地说道,"我昨晚问你要样片,是怕和其他摄影师照的肖像照撞风格。但是你之前没有拍过肖像照,所以在风格上,选择范围很大。如果你有特别喜欢的风格,我可以拍着试试,看看效果。"

"这样啊,"江岩抬头想了想,"说实话,我挺喜欢丘吉尔的肖像照风格。"

方亚楠抬头:"啊?"

"你应该知道那张照片吧?"江岩伸手去拿手机,"我还存了图。"

等等,丘吉尔的肖像照我当然知道!

方亚楠木然地看着江岩翻手机相册,又回头看了看阿肖,阿肖耸了耸肩。

她就不该多嘴问!

不等方亚楠反悔，江岩已经拿着手机走到她身侧，跃跃欲试地示意她看："就是这张。对了，默克尔的肖像照也很棒，还有……"

方亚楠："你连爱因斯坦吐舌头的照片都收藏了？你想吐舌头吗？"

江岩："我并不是很想对外界树立严肃的形象。"

方亚楠捂头："相信我，这取决于我们，不是你。"

她叹了一口气："江总，你选择的这些照片色调都太暗了。对照片中的那些大人物来说，这种色调搭配他们的社会地位和阅历，会令照片看起来很有历史感。经典的不仅是照片中的光影和构图，还有他们的实力……等等，这张可以。"

江岩本来正一边认真听方亚楠讲话，一边给她一张张翻看他收藏的世界经典肖像照，闻言动作一顿，停下了手指。

"过了，过了，"方亚楠伸出食指在他的手机上滑了一下，"这张伊戈尔·斯特拉文斯基的肖像照，可以。"

"嗯？"江岩苦笑，"我现在倒觉得这张不合适了，毕竟这张照片的特点太鲜明了，而你连乔布斯都不让我模仿。"

怪我了？方亚楠白他一眼，"心比天高"的下半句是什么，知不知道？

伊戈尔作为一名钢琴家，肖像照大多是单人的大头照，或是与钢琴平分画幅的照片。但是美国摄影师阿诺德·纽曼以独特的视角拍摄了一张举世闻名的经典肖像照。

照片中，三角钢琴占了五分之四的画面，而主角伊戈尔托腮靠在钢琴上，仅占了照片中一个小小的角落。然而就是这样的构图，极尽鲜明地表现出钢琴艺术的恢宏意境，以及伊戈尔的身份和行业地位。

作为黑白照，其构图、光影严谨又细致，非常大胆，非常出色。

可以说，现在凡是用这种构图去拍肖像照的人，都是在模仿这张经典照片。

在方亚楠看来，这张照片的构图，不仅能体现伊戈尔的身份，也表达出伊戈尔对钢琴的认知。

他并不认为自己在钢琴面前是主角。相反，这样的构图，显得他像一名钢琴的信徒。

他的身份和地位或许超越常人，但他依然对音乐心怀敬畏。

江岩或许可以尝试这样的构图方式。

"只要你有信心，"方亚楠琢磨了一会儿自己异常喜欢的这张肖像照，抬头看着江岩，"我就给你拍。"

江岩低头看着她,两个人离得那么近,几乎连呼吸都交织在一起。

方亚楠心里一紧,正想转过头,却见他蓦地笑了笑,双眼闪亮:"你是想让我给你保证吗?比如我以后一定会配得上这张肖像照?"

方亚楠耸了耸肩,点头:"是啊,毕竟本人也是担了风险的。"

"这样啊。"江岩低头看着手机里的照片,陷入沉思之中。

方亚楠小心翼翼地往旁边挪了挪,偷偷松了一口气。紧绷的身体一松弛下来,仿佛过电一般发麻。

"好吧。"江岩忽然说道。

"嗯?"

"给我拍。"

方亚楠眨了眨眼:"你确定?"

"这时候可别说你不行了,大摄影师。"

"我可不是什么大摄影师。"方亚楠早就对激将法免疫了,笑了一声,转身往外走,"我只不过是被你推上巨人肩膀的倒霉蛋而已。"

江岩跟了上来:"那照片的主体是什么?"

"这个你应该比我清楚吧,江总?"

江岩果然笑了,几步走上前,吩咐席安:"去研发室,让他们把机器开起来。"

席安也不笨,立刻明白江岩的意思,小跑着离开了。

"那我去换身衣服?"江岩说道,"研发室的风格不太适合这身衣服吧?"

方亚楠正在思考色调和构图,闻言只是点了点头。

阿肖追上来,小心翼翼地问:"喂,是不是玩大了?"

"不是你说按封面选题的规格来的吗?"

"可是那种风格的肖像照,拍不好的话,会被隔壁《风物》笑死吧?"

"《风物》有什么可笑的,《人物》才该笑,好吧?"

"哇,你自己说出来了!那不一样都是笑吗?"

"没事的,你放心。"方亚楠不动如山,"还没出片,效果不好的话,大不了不放这张照片。"

"不是,我忽然有种猜想。"阿肖沉声说道。

此时两个人已经走到研发室附近,席安率先刷卡进去安排场地,几个路过的员工好奇地看着他们。

江岩还没过来,两个人站在门口等待。

"什么?"方亚楠低头琢磨着自己的镜头。

"你是不是被下套了？"

"你怎么不说我是被下降头了？"

"不是啊，你想，他一开始给你看一堆什么丘吉尔、默克尔、爱因斯坦的照片，搞得我们都在想'妈呀，这大兄弟在想啥呀'。结果他接着就放出这张照片，在前面那堆照片的衬托下，你是不是一下子觉得，这张照片倒是可以？"

方亚楠愣了愣，脱口而出："还能这样？！"

阿肖无奈："是吧？我刚才就想提醒你的，结果你们俩三两句话就把这件事敲定了，我都插不上嘴。"

"他连这种事都对我用战术？！"

"还不是你先提的？对他来说，你这叫'正中下怀'，知道吗？你看他一直乖乖巧巧、予取予求的，其实他没少做功课。别说肖像照了……"阿肖顿了顿，左右看了一眼，压低声音说，"他不是连你都研究过吗？"

对啊，她虽然做了很长时间的摄影师，但一直都不过是个乙方，甲方怎么要求，她怎么拍，并没有鲜明的个人风格。如果不是刻意去查，他怎么可能注意到她的那些作品？

她还真信了阿肖的鬼话，以为自己有粉丝了！

方亚楠气不打一处来："都怪你瞎说，我还真以为他欣赏我！"

"场面话你也当真？"

"那现在怎么办，我还拍不拍？"方亚楠平生第一次在拍摄现场六神无主。

阿肖抬头看了看，苦笑一声："算了，人都来了，就是刑场你也得上了。"

方亚楠看着前方穿着一身白色研究员服、头上戴着特制眼镜、大步走过来的江岩。见方亚楠和阿肖在走廊尽头看向他，他还挥了挥手，一脸亲和的笑。

男人器宇轩昂、意气风发……心怀鬼胎。

方亚楠："我想回家。"

阿肖捂脸叹气："我想抽烟。"

照片拍完的时候，方亚楠感到身心俱疲。

阿肖正陪江岩在电脑上看样片，把看得上的都留下并分类，其中自然包括在江岩家拍的那些。阿肖看得啧啧称赞："江总，眼光真好，这房子当初买的时候每平方米才四万多吧。"

"是的。"江岩微笑。

"现在一套房没一千万拿不下了。"

"据说是的。"

"唉，曾经有一条千万大道摆在我的面前……"

"你却要为路虎攒钱。"方亚楠在一旁说风凉话，"现在你的路虎有没有五十万？"

"别骂了，别骂了，"阿肖惨叫，"我现在开车心情都不好了，看到它就烦！"

"买车就是这样，出厂时身价直接跌三成。阿肖老师肯定心里有数，没什么好心疼的。"江岩安慰道。

"还是江总你厚道，"阿肖假哭，"他们现在总拿我的车说事儿！"

"不至于吧，"江岩看向刚刚拿这车说过事儿的方亚楠，"这么无情？"

"如果他曾经有机会买这儿的房子呢？"方亚楠一点儿也不愧疚，"据说要额外花三十万买购房资格，他钱都准备好了，路虎出新款了……"

"啊，明白了，唉……"江岩虚伪地叹息了一声，"那就没有办法了。"

他再看向阿肖的眼神中满是同情之意。

买房需要摇号之前，房地产市场一片混乱——冷盘没人买，红盘抢翻天，那可真是八仙过海，各显神通，不少人花钱找黄牛买购房资格。像江岩那套房子，当初光一个买房资格都要花上三十到五十万元，换成别的楼盘，小半套房子的钱都有了。

不知道江岩是怎么得到的买房资格，反正阿肖当年被黄牛报价三十万元。结果他没珍惜，去买车了。一开始阿肖还能自我安慰——这房子单价不便宜，而且全是一百五十平方米以上面积的大平层，可以说随便哪套都要六百万元以上。干他们这行的人，收入虽然还行，但一下子掏出这么一大笔钱来也有些勉强，他真买的话，可以预见要长年节衣缩食了。

但谁料没过多久就有了摇号政策，这下，之前没买房的人全都傻眼了。

虽然说摇号和限价这两个举措稳定了房价，但是现在再想买新房的人，就要看运气了！

这时候，所有人都明白了一件事——能用钱解决的问题都不是问题；需要用运气解决的事，那可真是比登天都难。

阿肖和诸位同事自此开始一同加入摇号大军，至今已征战数十回，一无所获。

"对了，亚楠，"阿肖心疼自己半晌，忽然问道，"你啥时候让我请个客？"

方亚楠瘫在椅子上，闭着眼："随便咯，你想啥时候就啥时候，给我点份外卖也行。"

"那不成，必须请顿大的，我过两天要摇天御府的号了。"

"哦，那你赶紧的呗，安排好跟我说。"

"这是什么梗？"江岩一脸好奇。

"嘿嘿，没什么，"阿肖看了看方亚楠，神秘地说，"不过江总，你中午请亚楠吃了一顿饭，一会儿记得买彩票。"

江岩疑惑地眨了眨眼。

"别听他的，"方亚楠眼也不睁，"迷信思想要不得。"

不知道怎么回事，她这人逢摇号必中，车、房都靠运气先人一步摇到号。就连屡次摇号不中的人，请她吃顿饭后也能很快摇到号。久而久之，就总有人冷不丁地请她吃饭。

其实大家请她吃饭，也就是图个心理安慰。至于她，反正不吃白不吃。

江岩还要说什么，一直站在后面待命加偷看的席安突然笑了一声。

"怎么了？"江岩顺着他的目光看向屏幕，然后愣了一下。

屏幕上正放到一张方亚楠在江岩家拍的照片——他正要捂嘴打哈欠，嘴前面正好是过江大桥，那角度抓得异常精准，仿佛他正在夹着大桥往嘴里送。

单说照片的内容，其实这很像游客照——很多人喜欢和经典建筑进行类似的合影，比如假装推比萨斜塔，或者假装捏东方之珠。可是类似的照片由方亚楠的相机拍出来，硬生生多出一股高级感，非常别致。

江岩也笑了，掏出手机："亚楠，这张照片能不能发给我？我做微信头像。"

方亚楠发现他对她的称呼在"亚楠"和"亚楠老师"之间反复变换，这给她一种很奇妙的感觉。但此时她无暇多想，无所谓地说道："这些照片都是你的，你随便用。"

"我可以用于公司宣传吗？"

"请不要刊登在其他报纸、杂志上，会有版权问题；如果是放在公司官网或者你的私人页面上，是可以的。"

"那如果被转载了呢？"

"一般情况下，我们不会追究，不过最好还是要经过你同意。这样万一出现版权纠纷,我们也可以酌情处理。"

"这样啊。"江岩低头在手机上操作起来。

方亚楠有些惊讶于他的行动力,也拿出手机,想看看他是不是真的换了头像,却见微信的"游戏小伙伴"群里跳出一串未读消息。

陆晓居然也出现了。

好家伙,他白天很少看微信的!

方亚楠精神一振,很是紧张地点开微信群,发现是"网瘾夫妇"在组夜宵局。

原来老冯今天被借调到高新区干活儿,工作地点正好在陆晓公司的对面,两个人便相约一起吃饭。嫌人少,他们又在群里喊人。妙妙下班早,自然没问题,吃完饭还可以和老冯一起回家。

就剩方亚楠还没回应。

群里几个人正聊得欢。

老冯:"喵总肯定在忙,要不晚上和她打视频电话,让她看我们吃?"

陆晓:"可以,可以,再插两根烟。"

方亚楠:"那麻烦你们吃之前再朝我磕三个头。"

妙妙:"喵总来了!喵总,晚上一起吃夜宵啊!"

方亚楠其实有点儿累——今天实在过于刺激了。但是跟江岩相处了一天,她又有点儿想去见陆晓,坚定一下自己的信念。

她纠结了一下,别别扭扭地问:"你们不管家里的小 boss 了啊?"

妙妙:"哎呀,她有她外婆呢,我回去喂一下奶就能出来。"

好吧,你们赢了。

方亚楠叹了一口气,揉了揉太阳穴,心里想着自己吃完夜宵回去再熬夜修图的猝死概率,却见陆晓发了话:"喵总周三、周四都很忙的,要不周五吧?"

他知道!

方亚楠心里暗喜。

《维度》编辑部一般周二开选题会,周三、周四采风和搜集素材,周五成稿,周一出刊,如此循环往复。

她的工作和群里的小伙伴截然不同,大家平时也并不讨论工作上的事,只有一次妙妙问起她的时候,她说过。那时候其他人都没吱声,没想到陆晓居然记得。

唉,他不愧是她看上的好男人,就是细心。

方亚楠的想法坚定起来，她不想放弃这次见面的机会，回道："没事，没事，正好我也在这附近拍摄，到时候见吧。"

陆晓："那我们尽量早点儿吃好了，吃完早点儿回家。"

老冯："好！"

方亚楠也发了一个OK（好）的表情包，心满意足地放下手机，抬头却见旁边的三个男人都在看自己。

"干吗？"

阿肖表情诡异："我还想问你干吗呢，一脸傻笑的样子。"

方亚楠连忙抿嘴，生硬地转移话题："你们挑好没有？"

江岩眨了眨眼，不动声色地说："我觉得可以了，到时候阿肖老师如果在文章上有什么问题，联系我或者席安都可以。"

方亚楠利落地站起来，原地跳了跳："那行，我们整理一下东西，准备回去吧。"

"今天辛苦亚楠老师了，"江岩站起来，朝她伸出手，"你拍的肖像照，我可能会用很久。"

方亚楠大方地与他握了握手，从容地说道："那我可太荣幸了。苟富贵，勿相忘。"

江岩又和阿肖握了握手，嘱咐席安帮他们整理器材，然后便先行离开，去开会了。

席安今天忙前忙后的，也算厥功至伟，看起来兴致很高涨。他一边帮阿肖拆灯架、叠灯罩，一边问方亚楠："方老师你平时会帮人拍照吗？"

"会啊，"方亚楠举了一天的相机，此时心安理得地在一旁活动筋骨，"怎么，有单子呀，老板？"

他们搞摄影的人偶尔做做兼职很正常，同事们都睁一只眼，闭一只眼。阿肖埋头干活儿，装没听见。

席安有些腼腆："是这样的，我快结婚了。"

"哦，恭喜恭喜！不过……抱歉，不行。"

"啊？"

方亚楠苦笑："婚礼跟拍和拍婚纱照不是我这种'光杆司令'能搞定的。你有需求的话，我可以给你介绍靠谱的人。"

席安也苦笑："方老师，你别拒绝得这么快啊，其实我和我老婆要求不高的。"

"要求不高你找我？"方亚楠笑起来，"我一时间有些尴尬呢。"

席安听出她没恶意，笑容明朗起来："我和我老婆都不是很想在婚礼上大操大办，所以决定旅行结婚。但婚纱照还是要拍的，就是外面那些流水线产品一样的婚纱照又贵又没意思，所以我们想找个靠谱的摄影师，拍两张有纪念意义的照片就行。"

"这个嘛，"方亚楠犹豫起来，"但我没法提供服装、化妆这些东西。"

"我们会准备的。"席安说道，"到时候我们会顺便办一场简单的聚餐当作婚礼，所以需要哪些东西，我们可以一次性搞定。"

那这还是婚礼跟拍嘛！

方亚楠不怕累，但是怕麻烦。她歪头沉思了一会儿。

席安见状立刻说道："方老师如果不方便的话，可以直说，不用跟我客气。"

"方老师要拒绝早就拒绝了，你刚才不是体验过嘛。"阿肖在一旁喘着粗气，"小老弟，帮我扶一下雷达罩，给她时间考虑一下。"

"哦，好的。"

方亚楠却已经快速做好了决定，开口问道："婚礼什么时候举办？"

"还有半个月。"

"把你的方案发给我，我看情况再给你答复。"

席安开心不已："好的，好的。"

方亚楠看了他一会儿，忽然问："话说你贵庚？"

席安愣了愣："二十六岁。"

方亚楠眨了眨眼："好小啊。"

"哪有，"席安羞涩，"我老婆比我还小。"

方亚楠笑容一僵，心里一酸。

陆晓二十八岁。

他比她小一岁，整日还是一副无忧无虑的样子。瞧人家席安，都开始操办婚礼了！

约夜宵是方亚楠这个游戏群里的小伙伴的常规操作。原因无他，这个群里一半的成员太忙了。

陆晓是市里一家大型游戏公司的策划。这个职业属于全能职业，上要编程设计关卡，下要写剧本设计任务，后台里永远有做不完的单子。他对这份工作也是发自肺腑地热爱，经常做到半夜十一二点才舍得下班。

方亚楠之前就是因为吃不消这个轮轴转的节奏才辞职的，从那家公司出来以后,感觉海阔天空。她在那家公司唯一的收获,大概就是认识了陆晓。

而老冯是市里一家大公司的程序员,不光要负责做系统,还要负责维护用户,而且时不时地就会被派去其他公司处理系统问题。不仅要在自家公司"996",到了人家的地盘,还要遵守人家的"996"制度,反正就没有准时下班的时候。

他若想出去和朋友一起吃晚饭,除非是不想混了。

这时候,时间相对自由的妙妙和方亚楠就只能迁就他们。夜宵就夜宵呗,年轻人不吃夜宵吃啥,吃脑白金吗?

她仔细一想,大家天天线上聊得频繁,其实也有半个月没聚了,是该碰一下面了。

这么一想,方亚楠整个人都舒畅了。

她跟爸妈说过以后,随便找了一家猫咪咖啡馆,一边修图一边玩猫,消磨到晚上,然后带着一肚子点心去了约好的烧烤吧。

妙妙还没到,陆晓和老冯已经开始点餐了。两个人一人面前放着一瓶啤酒,见到她纷纷招呼起来。

陆晓:"哟,喵总!"

老冯却叫道:"哎哟,大贵人!"

方亚楠看到陆晓,脚步下意识地顿了顿,然后露出笑容走了过去。

白天刚见过江岩,这时候看到陆晓,她莫名其妙地有种心虚感,但更多的是确定——她果然还是更喜欢陆晓的长相。

陆晓长得很帅,而且是帅而不自知的那种。方亚楠第一次见他,就觉得他长得像年轻版的阿部宽,只不过比阿部宽白,眉毛也没那么粗,显得更清秀一点儿。他的身高和阿部宽一样,接近一米九,整个人看上去长手长腿的,站人群中特别引人注目。他笑起来的时候阳光又可爱,再加上他不近视,看人的时候很专注,总给人一种很温暖的感觉。

方亚楠每次看到他都会想,这人怎么还没女朋友——难道是她的审美出问题了?

他要是找到女朋友,她也可以死心了!

有这样的想法,方亚楠自己都觉得自己变态。

她乐呵呵地走过去,很自然地坐在了陆晓旁边——没得挑,老冯身边的座位肯定是留给妙妙的。

"服务员,来瓶啤酒。"她抬手招呼服务员。

"妙啊,喵总居然要酒了。"老冯说道。他其实长得也有点儿帅,个子也高,有时会戴无框眼镜,很会活跃气氛。奈何方亚楠和他处久以后,发现这人表面上对妙妙言听计从,实际上把妙妙吃得死死的,偏偏还给妙妙一种她占了上风的错觉,这让方亚楠觉得他非常讨嫌,经常帮妙妙一起对抗老冯。两个人明明关系最远,却经常斗得陆晓和妙妙都要出来打圆场。

"我没说过我不喝酒吧?"方亚楠利落地打开自己的啤酒,"今天没开车而已。"

"那今天一定要不醉不归了。"老冯举起酒瓶。

方亚楠和他碰了一下酒瓶,一旁的陆晓也自觉地举起酒瓶和她轻轻碰了一下,三个人自然地来了口见面酒。

"对了,你喝了酒,一会儿怎么开车?"方亚楠放下瓶子问老冯。

"有代驾嘛。"老冯无所谓地说道,"以前就跟你说过,放心喝,有代驾。"

"唉,我就是觉得代驾太辛苦了。"方亚楠绝不承认自己是心疼钱。

"那你不叫、我不叫,他们上哪儿赚钱去?"

"好好学习,跟你们一样做脑力工作啊。"

"那我们都做脑力工作,谁来干力气活儿啊?"

眼看两个人又要吵起来,陆晓非常熟练地出来打圆场,举起瓶子对老冯扬了扬:"来,喝酒。"

老冯笑而不语,喝酒的时候还冲方亚楠挑了挑眉,一副挑衅的姿态。

方亚楠翻了个白眼,向外张望:"妙妙怎么还没来?"

"我说让她坐地铁,她偏要打车,被堵在路上了呗。"烤串上来了,老冯拿了一串吃起来,口齿不清地说道,"别管她了,我们先吃,反正她也吃不了多少。"

"是还在喂奶的缘故?"

"对啊,我让她别来了,她非要来。那就来呗,她看我们吃。"

方亚楠放眼一望,果然大部分烤串的数量是三的倍数,不是六串就是九串,还真没把妙妙算在内。

她叹了一口气:"感觉有点儿残忍……"

"心疼她你就陪……"

"我们赶紧多吃点儿,省得一会儿她看到心理不平衡!"

老冯笑了起来。

"对了,喵总,今天怎么在这儿采风?我差点儿以为你要来我们公司呢。"陆晓边吃边问。

说到这个,方亚楠就有些不是滋味了。她尽量用平常的口气说道:"哦,

111

去了一家小企业。我们领导看人家老板挺有潜力的，让我们过来弄点儿素材。"

"能在这儿立足的可不会是小企业，"老冯说道，"我也以为我要在公司里看到喵总了。你们杂志写的东西都太高级了，我都担心哪天会在登月栏目上看到你的名字。"

"咦，你在看我们的杂志啊？"方亚楠问。

老冯："刚才和老陆在超市看到你们的杂志，就翻了两页。"

方亚楠立刻抓住重点："等一下，我们的杂志是有塑封的吧，你们怎么翻的？"

不会吧，不会吧，他们把塑封拆了但是没有买？

老冯愣了一下，陆晓连忙说道："所以我们就把它买下来了。"

"啊？"方亚楠觉得有些有趣，决定打破砂锅问到底，"为了随便翻翻，就把它买了？老板，你能不能每周都去翻一下我们的杂志？"

"也行哪，反正也不贵。"陆晓应道。

老冯却嗤笑了一声："想得太美了吧，喵总。"

方亚楠猛拍陆晓的肩膀："还是你仗义！"

然后她又睥睨老冯："学学人家！"

老冯啃着鸡腿："学他？没老婆？"

陆晓笑眯眯地反击："有老婆也不能像你一样欺负妙妙。"

老冯："哇，喵总，你看他顶着一张纯真的脸，却说出这么绝情的话！"

方亚楠："可我觉得他说得对啊，你啥时候能不欺负妙妙？"

老冯喊冤："我欺负她？你们是没看到，我每次在游戏里帮她杀人都会被她拧大腿！"

"还不是因为你这样做会抢她的成绩？"

"她自己要是打得'死'，我也不用上去补枪啊！"

"你还有理了？"

陆晓再次举起酒瓶："来，来，来，喝酒，喝酒。"

一轮碰杯过后，风浪再次平息。方亚楠忽然觉得自己直接拿着酒瓶喝显得太豪爽了，于是拿了一个塑料杯给自己倒酒，一边倒一边问："对了，老冯，你刚才怎么还给我升级了？"

"啥？"老冯眼睛一转，"哦，大贵人？"

"对啊。"

老冯"嘿嘿"一笑，掏出手机给他们展示。方亚楠和陆晓凑过去一看，手机上是一个车牌中标的通知。

方亚楠震惊:"这就摇到号了?上次还听你说摇了三年都没摇到号呢。"

"然后我就请你喝了一杯奶茶,第二个月就摇到号了,哈哈哈!"老冯笑得牙龈都露出来了。

陆晓在一旁附和:"厉害,厉害,还是喵总厉害。"

说到这个,老冯手速飞快地又开了一瓶酒,举起酒瓶:"来,来,来,喵总,继摇到房后,我又摇到车牌,全靠你保佑。我干了,你随意!"

"别,干了这瓶酒,你还想不想吃东西了?"方亚楠随意地喝了一口酒,问,"白天那会儿怎么没听你说啊,老陆也不知道?"

"刚收到短信!今天不是公布摇号结果嘛,我收到短信时还以为是垃圾短信呢,打开一看,都惊呆了。喵总,我一会儿就去买刮刮乐,你给我吹一口仙气呗?"

方亚楠毅然摇头:"发横财的事我就不保佑你了,还不如把运气留给老陆。老陆,你什么时候摇号?记得请我吃饭。"

陆晓愣了愣,连连摇头:"我还早得很。"

"早什么啊,我女儿都有了,你还早?"老冯白了他一眼。

陆晓夸张地叹气:"没办法,穷。"

"你还穷?全国的游戏玩家至少有一半为你们游戏充值,你好意思说自己穷?"

陆晓:"他们充值跟我有什么关系?"

"你敢说你们业绩达标没奖金?"

"有是有,不过……"

"你们有业绩不达标的时候吗?"

"没有是没有,但是……"

"来,来,来,喵总,我们自己吃吧,别理他。"

方亚楠憋住笑:"好。"

陆晓无奈:"一个项目有那么多人,每个人才能分到多少奖金?我的主要收入还是固定工资,确实不高啊。"

"你这话也就能跟喵总说说,毕竟她的收入来源比较灵活。你跟我抱怨固定工资不高?好像我多敲几行代码,就能多拿钱似的。"

"唉,懒得跟你抬杠。"陆晓再次举起酒瓶,"喝,喝,喝。"

老冯嘴上不饶人,但还是乖乖地举起酒瓶和陆晓碰杯。一旁的方亚楠满脸开心,心里却有点儿发沉。

她忽然有点儿迷茫。

七十五岁的经历像梦一样，但是她丝毫没有忘记自己"穿越"回来时的想法——既然老天让她看到自己跟江岩过得并不完满，这次让她回来，是不是在给她机会？她是不是应该努力和陆晓在一起？

可是，她和陆晓一直没有任何进展，并不是她一个人的原因。

陆晓没有任何"定下来"的想法。他不买车、不买房，也没有任何类似的打算。只有出新游戏和新款主机的时候，他才会下手飞快，买起来眼睛都不眨……和她一模一样。

方亚楠时常觉得自己喜欢陆晓，是因为两个人很像。可是如果她和他在一起，两个人整日一起打游戏，日子还过不过了？

唉，方亚楠每次都不敢细想。因为一往下想，她就会产生一种"我怎么这么现实"的自我厌恶感。

她低头喝了一口酒。

"喵总，先别喝那么多，"陆晓凑上来，"来一勺饭？"

方亚楠表情自然地点了点头，心情却越发复杂了。

刚才叉烧饭被端上来，陆晓明明坐在靠里面的位置，却主动伸手接过整锅饭，拿起勺子拌了许久，把饭完全拌匀后，开始挨个儿分。

以前也是这样，每次聚会，他都任劳任怨，心甘情愿地做"工具人"。周围人对此都习惯了，连老冯都能心安理得地让自己的老婆被陆晓照顾。

怎么可以这样呢？请问她怎么追一台"中央空调"啊？

第四章

再少年:"人菜瘾大"的悲哀

妙妙到的时候,大家已经吃得差不多了。

老冯并不是真的狼心狗肺,给她要了一碗蟹黄粥。妙妙委委屈屈地吃着,边吃边跟方亚楠抱怨结婚生子不易。

"喵总哪,结婚一定要想好啊,婚后生活就是个无底洞!"

"那你还拼命把我和老陆往一起凑?"方亚楠刚笑起来,嘴角就突然僵住。她猛地收起笑,尴尬地望向一旁的陆晓。

陆晓的脸上一片空白。

老冯"扑哧"一声笑了出来。

妙妙还毫未察觉,激动地说道:"对啊,对啊,我现在觉得我错了。天下男人一般黑,老陆说不定也不是什么好东西。喵总,我们不要被他们拱到!"

方亚楠一时间不知道该哭还是该笑:"我怎么记得你已经被拱了啊?"

妙妙大哭:"对耶,我已经被拱了!我怎么这么惨哪?!"

老冯忍着笑,推给她一串烤馒头:"好了,好了,吃你的。"

说完,他又转头对方亚楠说道:"都说'一孕傻三年',我看她三年时间不够。"

"你什么意思,什么意思?"妙妙嚷嚷起来。她的手放在桌下,看老冯的神情,大概她正在拧他的大腿。

"你……你……你一点儿也不傻,我老婆最聪明,行了吧?最……最聪明!"老冯皱着脸讨饶。

陆晓:"老冯,你不要这么轻易地屈服在淫威之下。"

老冯大叫:"那你来尝尝这个滋味?"

陆晓伸出手:"好的,我来拧拧看。"

老冯一把拍开他的手,龇牙咧嘴地说:"好了,好了,老婆,差不多行了!"

"哼!"妙妙收回手,开始吃馒头。

方亚楠心里松了一口气,一时间不知道是轻松还是遗憾——如果自己刚才顺势说点儿什么,是不是就能多了解一些陆晓的想法了?

但是……算了,她两三年都过来了,还差这么几天吗?大概是江岩的出现让她有些着急了。

四个人又胡吃海塞了一会儿便散了。其实此时才十点多,但对他们来说,与其在外面瞎聊,不如回去线上相聚。得亏今天是工作日,如果赶上周末,估计他们现在已经勾肩搭背地去网吧了。

老冯和妙妙叫了代驾,上车走了;陆晓负责送方亚楠去地铁站。

周围很安静,方亚楠感到了史无前例的尴尬。

两个人作为前同事,又有很多共同爱好,其实能聊的话题很多,随便提一个话题都能聊一路。

可此时方亚楠一闭嘴,就忽然意识到,平时好像都是自己抛出话题,陆晓会顺着她的话题往下聊。

这时候她该怪自己这个受不了冷场的毛病吗?

如果她早一点儿意识到两个人之间的对话模式,是不是就能早一点儿明白,陆晓其实并不想聊天?

自己积极找话题,到底是强人所难,还是会让陆晓松一口气?

好难,人心怎么这么难揣测?

"对了,喵总。"

头顶突然飞过来一句话,方亚楠愣了愣,就听陆晓说道:"今天你在那附近的工作很早就结束了吧?"

"对啊,"方亚楠定了定神,努力恢复成平时的样子,笑道,"我真是硬生生地熬到吃夜宵的时间哪!"

陆晓摇头:"我之前想到了,想说如果你没地方去,可以去我那儿玩游戏。但是当时老总找我,过后我就忘说了。"

"咦，去你家吗？"方亚楠以为自己听错了。

陆晓却一脸平常地说："对啊，老冯之前等我下班吃夜宵的时候，也是直接去我家的。"

好吧，她跟老冯一个待遇，也算是……他重要的朋友了吧？

方亚楠心里苦笑，嘴上却插科打诨："你这太假了吧？这时候才跟我说，黄花菜都凉了。你赔我咖啡和点心的钱！"

陆晓"嘿嘿"一笑，还真的掏出手机："好啊，多少钱？我出一半。"

"为什么是一半？"

"还有一半让老冯出。他也知道可以这么操作，却没提。"

"人家有老婆的人，这么关心我干吗？！"

"那我也不是……"陆晓话音一顿，在气氛急转直下的时候反应极快地说道，"好吧，好吧，我全出了。"

方亚楠人生中第一次觉得跟陆晓说话这么难。之前别人抛出这个话题，他不接；现在他自己甩出这个话题，又自己急刹车。她觉得这人要么是脸皮太薄，要么就是真的对她没意思，所以一点儿机会也不给她。

她无语了，郁闷了，甚至有点儿生气了！

"算了，算了。"方亚楠摆手，"都进了我的肚子，我也没亏。"

"哦。"陆晓飞快地收起了手机。

她突然想打他怎么办？

烧烤吧离地铁站有点儿远，方亚楠已经有点儿想打车回去了。她怕和陆晓再走下去，不等她到地铁站，两个人就要互相拉黑了！

忍住，方亚楠，忍住。

两个人又无言地走了几步，方亚楠叹了一口气，终究妥协了。

"话说……"她还是受不了冷场的感觉，有些疲惫地开口道，"新版《怪物猎人》上线了，你玩不玩？"

"那个啊，"陆晓果然知道，立刻接上话题，"那款游戏只有NS（任天堂于2017年发布的游戏机）可玩。"

"哦对了，你是索尼的忠实用户……那你不玩？"

"玩的。"

"啊？你怎么玩？"

"我买了NS。"

"咦，为了《怪物猎人》？"

"差不多吧，不过总不能就玩这一款游戏，所以我上个月还买了《塞尔达传说》。"

方亚楠有些吃惊："你《塞尔达传说》玩到哪儿了？"

"打过两个神兽了。你也在玩？"

"《塞尔达传说》我买了快两年，连神兽的腿毛都没见到……"

"那是你不努力。"陆晓说道，"不过《塞尔达传说》只能一个人玩，以你的性格你大概会觉得无聊，玩不了多久。"

"对，对，对，"方亚楠疯狂点头，"我觉得控制着林克一个人在荒原上跑来跑去，实在是太孤独、太寂寥、太没激情了！"

陆晓脸上没什么赞同的表情，嘴上却说："对，我有时候也这么觉得……而且《塞尔达传说》的操作模式让人玩起来没激情，也就神庙解谜还不错。"

所以他不满的其实是操作模式不够爽呗？他不愧是高级玩家。方亚楠反而觉得这不是什么大问题。不过她对神庙解谜有同样的好感："对，我后来也就去打打神庙了。但那座海岛上的神庙我一直过不去。你记得不，那个'力之试炼·高阶'？"

陆晓立刻想了起来："记得，那个很好打的，你可以跳到台子上去躲避激光，等它放完激光，再冲下去疯狂打……"

陆晓一说起游戏就会滔滔不绝，方亚楠也乐意听。两个人一聊到这个话题就会进入一种亦师亦友的状态——陆晓是师父，方亚楠是徒弟。她每次和陆晓聊游戏，都觉得自己听得比上学时还认真，有些时候恨不得掏出笔记本来记一下。

"其实一级的防火衣就够了，可以多带两瓶冷饮上去，不行就喝一口，再多带点儿食材，一般要有二十颗心才会去那个地方……"

"那我先去找防火衣，防火衣去哪儿拿啊？"

"这个我也忘了……等一下。"他低头掏出手机查起来。

方亚楠打游戏的时候也很喜欢查资料，但是只要陆晓在，这种事情他都会抢先一步做，以至方亚楠在他面前就容易犯懒，经常心安理得地等他给结果。

陆晓查完了，很认真地说："你得先去双子旅馆做任务——多跟双子旅馆里养马的人聊天，他们会给你任务的。"

"好。"方亚楠记下。

"对了，等《怪物猎人》上线，你玩吗？"陆晓问。

方亚楠不假思索地回答："当然要玩，我本来就有 NS。"

"也对，那到时候一起啊？我还有几个同事也会玩，我们可以联机。"

"可是这版《怪物猎人》好像最多只能四个人联机啊，你那边有几个同事一起玩？不然我先自己攒攒装备？"

方亚楠这话说得很虚伪。她玩游戏的这些年，基本上没有自力更生过。不是她懒，实在是她水平太差，玩什么都会拖队友的后腿。

陆晓不以为意："不用，他们不会有那么多时间玩的，到时候人太多的话，我肯定带你。"

"就等你这句话呢。"方亚楠直言不讳，笑得很是无耻。不知不觉，两个人已经走到地铁口了。

"让你一个人玩，你肯定不玩了吧？"陆晓停下脚步，抬了抬下巴，"你不是最讨厌单机游戏吗？"

"嘿嘿嘿，被你发现了……对了，到时候你玩哪个武器？"方亚楠有些舍不得结束对话，又问道。

"不知道，可能还是太刀吧，你呢？"

"唉，我太菜了，只能玩玩笛子，否则一共三次机会，都被我用完了的话我多丢人。"

"这有什么？你想玩什么就玩什么，没人会说什么的。"陆晓站在路边，"回去吧，网上见。到家后在群里说一声。"

方亚楠跟他挥了挥手，转身进了地铁站，一时又想笑又觉得苦涩。

因为打游戏水平不行，所以她特别珍惜身边那些厉害的玩家。她发现自己喜欢陆晓又不敢出手的时候，安慰自己的理由就是怕失去这个游戏里的靠山——万一表白失败，靠山没了，她找谁哭去？

可是现在，她因为预知了未来，心里的不确定感加重了。

她喜欢陆晓对她的好，但又觉得陆晓其实是对谁都好，她并不是那个特别的人。以前她也并不奢望成为那个特别的人，可是现在怎么越想越不甘心了呢？

他们说是"网上见"，但等方亚楠修完图，天都快亮了。

只要她不是打游戏，爸妈都不会过来催她睡觉——毕竟赚钱比天大。

她打开游戏群，里面只有寥寥几句话。大家在这个时候是相当心意相通的，很快就猜出她消失是因为工作，于是这个说累了，那个说明天有单子要赶，然后纷纷消失了。

方亚楠有些惆怅。虽然这似乎表明她在这个群体里有些分量，但也提醒了她，他们的关系是多么脆弱。可能某天游戏不好玩了，或者大家好久没见，友情也就慢慢淡了吧？

这也很正常，不是吗？

她忽然有些好奇，在她七十五岁的时候，现在的朋友还剩下哪些，新的朋友又是因为什么和她走到一起的……

第二天，全社继续往日的工作。素材没集齐的人，继续出去搜集素材；集齐素材的，在社里埋头整理。方亚楠不是图片编辑，但是她拍的照片总不好让别人经手，所以这次的选题，阿肖负责文字，她负责图片。

"大纲差不多是这样，"阿肖看起来也熬夜了，顶着黑眼圈给她发完文件走过来，"你看看配图能不能搭上？"

方亚楠点开大纲看了一会儿，皱眉说道："关于视觉技术的讨论，篇幅有点儿大啊……图片分量可能不太够。"

"这个真的不好意思，"阿肖叹气，"毕竟涉及人家的关键技术。昨天我试探了几次，席安也不敢应承，我就不好再提了。"

"那怎么办，直接问江岩？"方亚楠很不想说出这话，可还是得硬着头皮说，"如果这篇文章真的要以视觉技术为主，那还是得找他多要些资料。"

"只能这样了。"阿肖说着就掏出手机，直接拨了一个语音电话过去。他转身晃到外面聊了几句，回来的时候打了一个响指："成了，他让你直接过去拍。"

"啊？又拍？！"方亚楠惊讶，"他们自己没有相关的资料照片吗？"

"我问了，江岩说那些资料照片不太适合用于宣传。我觉得也是，昨天他们走廊上挂的那些图片，都跟说明书上的示意图一样，不好看哪。"

"我觉得挺好看的！"

"他能让我们拍，我们就该谢天谢地了，你怎么还一副不乐意的样子？"

因为她又要见到江岩哪！

方亚楠无话可说，只好拿着包站起来："那我现在就去……你在后台给我申请一个相机吧。"

"成。"阿肖转身回到自己的座位上。方亚楠去一趟厕所、喝口水的工夫，阿肖就搞定了相机的事。等她回到座位上，阿肖给她比了一个OK的手势："赶紧出发，那边的人等着呢。"

方亚楠："你是周扒皮啊？！"

《维度》杂志社位于老城区，和江岩所在的九思科技隔江相望。她过去那边，最快的交通工具就是地铁。虽然公司会报销差旅费，但是因为报销流程过于烦琐,所以大家往往宁愿自掏腰包。

方亚楠上地铁后,开始在微信上和朋友聊天。职业的缘故,她能接触到很多人,微信通讯录里很多三教九流的朋友。今天绝大部分群很活跃,大家似乎在聊什么热搜话题。

其中一个汇聚了文艺、宣传类人员的群信息最多。

A:"看照片绝对是我们这里。"

B:"不会吧,那个综艺节目昨天才开机,今天就出事了?"

C:"那个女演员的粉丝和这个综艺节目的粉丝都得崩溃了吧?"

维度方亚楠:"出什么事了,我怎么看得这么蒙呢?"

A:"楠楠!"

B:"阿楠!"

C:"方老师!"

维度方亚楠:"'瓜',来。"

A:"前天《真实的我》第二季节目开机,靠第一季节目火起来的那个唐鲤被拍到和神秘男子约会——她之前对外可是一直树立已婚女强人的形象哪。"

方亚楠一向对娱乐圈的事不上心,小伙伴们心知肚明,故而说明的时候都特别详细。

维度方亚楠:"《真实的我》?在我们这儿拍的?"

B:"果然大家的重点都是这个……以前拍摄场地都是保密的,但是这次为了给城市做宣传,所以选择对外公开拍摄地点。"

C:"对了,方老师,你们搞摄影的人是不是会认识狗仔啊?他们也太厉害了,这种照片都能拍到。"

方亚楠哭笑不得:"摄影师和狗仔不是一种职业,狗仔不一定有专业的摄影技术。"

B:"那群人也太过分了,拿别人的隐私卖钱,太没有道德了!"

维度方亚楠:"据我所知,我周围是没有摄影师干这种事的……不过我也不能保证他们私下不会接这种活儿,毕竟就算他们接了,肯定也不会承认。"

A:"唉,都怪现代人的生活太枯燥了,好不容易出一个桃色新闻,当然人人追着看了。"

方亚楠也叹气。对这种事情她见得不少,久而久之,都懒得评价了。群里人还在"叽叽喳喳"地讨论,方亚楠已经到站了。她收起手机,专心地往江岩所在的写字楼走去。到了楼下，因为要刷门禁卡，她便联系了席安，然后在闸机边等待。

与此同时，她发现还有一个戴着墨镜和口罩的高个子女人，以及一个身材娇小的女孩，也在闸机边等待。女孩正小心谨慎地看着周围。直到女人瞪了她一眼，她才收回目光，低头站在了女人身后。

方亚楠收回目光，低头看向刚刚振动过的手机。

席安："方老师，不好意思，我在外面，现在被堵在路口了。我马上就到，你稍等一下！"

这已经是五分钟前的信息了。

紧接着，手机里又跳出一条消息，居然是江岩发来的。

江岩："稍等，我去接你。"

方亚楠嘴角抽搐了一下。江岩手下有上百人，人手一张门禁卡，他干吗非得亲自下来？这写字楼也真是的，外人想进去，非得要里面的员工亲自下来接，防贼跟什么似的！

方亚楠抱着手臂，不耐烦地等着。过了一会儿，电梯门打开，人群拥了出来，江岩和一个打扮时尚的年轻男子夹在其中颇为惹眼。两个人井水不犯河水地走过来，同时朝闸机方向打了声招呼。

江岩："亚楠，来。"

时尚男子闻声看了方亚楠一眼，身体微不可察地顿了一下。方亚楠没有注意到，只觉得江岩的称呼刺耳——又变成"亚楠"了，"老师"两个字被他吃了吗？！

她勉强地对江岩笑了笑，朝他走去。高个子女人也被那个时尚男子带进了闸口，小女生则好像完成了任务，转身走出了大楼。

方亚楠和那个女人下意识地对视了一眼。方亚楠注意到，女人似乎微微低头打量了一会儿自己肩上的相机。

方亚楠猜测这大概是一位同行。

方亚楠朝她微笑了一下，按住了镜头。四个人一起走进了电梯。

时尚男子跟在最后面，进门后先给自己按下十六楼的按键，然后回头看向江岩。

"二十八楼，谢谢。"江岩微笑着点头。

于是那男子再次按下二十八楼的按键，电梯开始缓缓上升。

方亚楠看着十六这个数字，忽然想起来这个时尚男子是谁了——当年，有位设计师爆红，以其独特的设计理念被很多明星追捧。方亚楠曾和一个时尚杂志的主编一起给这位设计师做过一个专访。她没记错的话，他的设计工作室就在这栋大楼的十六层，而面前的时尚男子正是那位设计师的助理。

昨天她还想联系设计师借衣服呢，今天居然就碰到他的助理了。好几年过去了，小伙子变化挺大的。不过他应该也记得自己，为什么装不认识？

方亚楠不打算多事，就是觉得场面有些尴尬——明明是互相认识的人，还共同处在一个逼仄的环境里，却连招呼都不打一个，这着实让她有些手足无措，连眼睛都不知道往哪儿看了。

她既不想去看江岩，又不好盯着另外两个人，只好转头去看电梯壁。谁料电梯壁是镜面的，她这一看，恰好和正微微低着头、从墨镜上方看自己的女人在镜子里对视了！

方亚楠："……"

她尴尬得头顶都要冒气了。

她再次露出客气的笑容，刚想转过头，却听那女人冷冷地问："你看什么？"

方亚楠："啊？"

时尚男茫然地看过来，不知道发生了什么事，但还是下意识地阻止："老师……"

他叫的是墨镜女。

墨镜女一甩手避开时尚男的拉扯，转过头瞪着方亚楠，扬声问道："你看什么看？"

方亚楠更迷茫了："我……"

一只手臂忽然挡在她面前。江岩上前一步，在狭小的空间里把方亚楠挡在身后。他微微皱眉："这位朋友，你是不是误会了？"

"对啊老师，你肯定误会了，她是……"

"是什么是？"墨镜女猛地摘掉眼镜，露出一双好看而凌厉的杏仁眼，对方亚楠大吼，"你以为我不知道你是什么东西？跟了我一路吧？如果不是被我发现，你早就开始拍了吧？！"

唐鲤？！

这可真是……说曹操，曹操到。

这下方亚楠立刻明白她误会什么了。但是唐鲤这反应着实过激了，方亚楠一时间都不知道该可怜她还是该骂回去。

方亚楠并不是个好脾气的人，但正因为了解自己的性格，反而习惯在爆发边缘压抑自己，为的就是避免局面变得一发不可收拾。所以往往场面越不可控，她越冷静，冷静到周围的人，包括对手都以为她好欺负。

她露出微笑："你……以为我是狗仔？"

唐鲤冷哼："难道你不是吗？"

方亚楠叹了一口气，平静地说道："这电梯里至少一半人知道我不是。"

"对啊，唐老师，你真的误会了，她是一个杂志社的编辑老师！"时尚男着急地解释。

没想到唐鲤的声音更高了，她道："杂志编辑？那不就是狗仔？！"

"所以在唐女士的认知里，世界上只有时尚杂志这一种杂志啊？"江岩依旧护在方亚楠前面，冷不丁地说道，"挺为你感到遗憾的。"

"你是谁啊，她的上司？"唐鲤冷声说道，"身上还有什么偷拍的东西？都给我交出来，否则我就报警了！"

江岩眯了眯眼睛："我知道你。"

不是吧，他现在才认出来？

唐鲤冷哼一声："所以你们该明白我为什么这样了吧？"

此时电梯已经抵达十六楼，小助理卑微地去拉唐鲤的袖子："唐老师，到了……"

"不去！"唐鲤站直了，"二十八楼，是吧？我倒要看看是什么杂志社。"

"唐老师，他们真的不是狗仔。"小助理急到跺脚，"哎，你怎么就不信呢？"

这真是无妄之灾。

"那你报警吧。"方亚楠突然开口道。

唐鲤愣了愣："什么？"

"报警，赶紧的。"方亚楠终于露出不耐烦的神色。她可以理解唐鲤现在很受刺激，所以才会这么冲动。本来她也想和对方好好说，解开误会，但是唐鲤一副要冲到江岩的公司搞事的架势，那她就不能忍了。

不管江岩是不是她未来老公，她都不想给他人招惹这样的麻烦。

"你们哪，就是闲的。"方亚楠一边说，一边低头打开镜头盖调试相机，"唐小姐，请你扪心自问，我一个手里拿相机的人见了你，拍你你会不高兴，一直不拍你，难道你就高兴了？"

唐鲤愣了愣："你是什么意思？"

"你们大概是我见过的最矛盾的职业群体了。"方亚楠平静地说道，"没热度的时候，你们恨不得被拍到裸照；有热度的时候，开始呼吁尊重隐私。

不干好事的时候，你们被拍到会恼羞成怒；你做好事的时候，怎么没被人拍到？话说，你做过好事吗？"

"你……"唐鲤怒道，"你知道什么？"

"咔嚓。"

电梯内的三个人都呆呆地看着方亚楠。只见她淡定地放下相机，低头翻看了一下，然后笑了一声。

她举起相机，将屏幕朝向唐鲤，平静地说道："看。"

唐鲤看了一眼，眼睛猛地瞪大。

一旁的时尚小助理忍不住也凑过去看了一眼，然后忍不住嘴角上扬，但又飞快地压了下去。

江岩在一旁站着，很是好奇，方亚楠便顺手也给他看了一眼。

照片很简单，就是唐鲤的一张特写照。正在放狠话的她眼睛里满是狠辣之色，嘴巴大张，显得面容扭曲，甚至有点儿狰狞。因为方亚楠事先调试过焦距，唐鲤整张脸清晰无比，连长长的假睫毛都能看得一清二楚。

唐鲤好歹是明星，在表情管理上算得上专业，虽然人在口出恶言时很难做到慈眉善目，但她的狰狞相也只是一瞬间的事情。谁料就这么一瞬间的样子，都让方亚楠抬手抓拍到了。

放在往日，说这是唐鲤扮演的某个女反派的剧照，估计都有人信，还会有人赞其演技好。但在这个风口浪尖的时候，这张照片如果流传出去，足以把唐鲤再往深渊中踩一踩了。

唐鲤面色发白，嘴唇剧烈地颤抖起来："你……你……"

方亚楠低头看着自己刚才拍的照片，叹了一口气："唐小姐，你真是不见棺材不落泪。你刚吃过狗仔的亏，现在还敢来主动招惹拿相机的人，是嫌自己麻烦不够多？如果我刚才录音或者录像了的话，你觉得自己左右得了舆论？"她抬起头微笑，"毕竟，我可是个光脚的。"

唐鲤绷着脸。此时，电梯已经快到二十八楼了，她急促地喘息着，决定再也不给方亚楠任何抓拍的机会。

方亚楠再次举起相机。唐鲤下意识地抬手挡脸，方亚楠却把屏幕举到她面前："来，你看。"

方亚楠手指熟练地在相机上按了两下，刚才那张唐鲤的照片就被删除了。

唐鲤神色变了变，然后铁青着脸戴上了口罩和墨镜。电梯门"叮"的一声打开了，她沉默地让到一旁，让方亚楠和江岩走出去。

"等一下，"江岩走到电梯门口，却不再前进，而是转身说道，"不道歉吗，素质呢？"

即使唐鲤现在整张脸都被遮着，他们也可以从她颤抖的身体上看出她的怒火。她咬着牙，生硬地吐出了一句话："对不起！"

"行了，行了。"方亚楠拍了拍江岩，转身往办公区走去。

电梯门缓缓关上，门缝里突然又冒出来一句话——

"但是这次我没错！"

方亚楠脚步一顿，有些莫名其妙地回头看了一眼，却见电梯门已经关紧了。

"看来她很憋屈啊，"江岩走到她身边，笑了一声，"看不出来亚楠你还挺不好惹的。"

方亚楠闻言却很是疲惫："干我这行的人，这种事太多了，全去硬碰硬的话，我怕是活不到今天。"

"哦？难道你还会遇到危及生命的事情？"

"小到街头械斗，大到灾区营救，哪个没危险？"

江岩收起笑："这些事你都经历过？"

这话要是妙妙问的，方亚楠早就打开话匣子开始滔滔不绝地说了。但由江岩问出来，她莫名其妙地不想多说。

她跟他显摆什么呢？显得自己像发情的孔雀似的。

尤其是他的神色，他与其说是好奇，不如说是……向往。

那些经历有什么可向往的？

她讳莫如深地笑了笑，指了指相机："还是先干活儿吧。"

江岩不再追问，再次将她带进研究室，自己则继续工作去了。

方亚楠拍照的时候，她的手机忽然连续振动起来。她本来不打算搭理，但手机振个不停，她只好放下相机去看手机，发现竟然是楼下那个设计师闫博给她发来的消息。

闫博算是设计界一颗冉冉升起的新星。他顶着新锐设计师的名头在国内外许多设计比赛上获得过奖项，创立工作室后更是邀约不断，现在已经到了很多一线明星要请他为自己定制服装的地步。

再加上他工作拼命，不断推出作品，设计的服装价高但物美，很快，他便成了国内年轻一代设计师中的翘楚。

唐鲤既然到了江州，来拜访闫博一点儿都不奇怪。

看来小助理回去跟闫博说了电梯里的事。这个大设计师也不知道怎了，竟然特地翻出她的微信解释起来。

闫博："方老师，真的不好意思。"

闫博："阿宽跟我说了。他说怕唐鲤找你的麻烦，所以一直不敢说你的身份，也不敢提你的杂志社的名字，没想到让误会越来越深。"

闫博："这个女的很早之前在我们这儿下的单。按理说，出了这种影响形象的消息，我们是可以拒绝接待她的，但她的合同是通过私人关系和我们签的，所以合同条款不够严谨，她要来试衣服，我们没法拒绝，实在是很抱歉！"

闫博："虽然看唐鲤现在没什么反应，但万一真出什么事，你千万记得来找我，我肯定站你这边！"

闫博："需不需要我去跟你们老总打个招呼啊？好让他有个心理准备。"

方亚楠哭笑不得，回了条微信："谢谢，真的没事。她泥菩萨过江，还有空找我的麻烦？而且我也没把她怎么着。"

闫博："话是这么说，但我的态度我总是要先表明的。你千万不要有负担，有什么事一定要跟我说！"

方亚楠："好的，好的，我有数了，谢谢。"

方亚楠回完消息，接着拍起了照片。拍完她去江岩的办公室找他告辞，结果敲门走进去，发现江岩端正地坐在电脑桌前，正表情严肃地看着手机。

方亚楠："江总，我拍完了。"

"嗯？哦……"江岩回过神，看到她，竟然皱起眉，"亚楠……"

"嗯？"

"要不，我送你回去吧？"

"啊？"

江岩说罢，不等她回答，就起身将手机塞进口袋，伸手拿起车钥匙："走，你是回社里吧？"

"等等，等等！"方亚楠一步没动，"我不需要你送，你为什么要送我？"

江岩皱了皱眉："我刚才看了一下娱乐新闻，那个女明星的风评好像不太好。"

敢情他刚才一副正儿八经的样子，是在看唐鲤的八卦新闻？！

想到这样一个男人在那儿研究已婚女明星的八卦新闻，方亚楠哭笑不得："不是，你也想太多了。风评再不好，她又不是黑社会，还能把我怎么着？"

"你在我这儿出的事，我总不能袖手旁观吧？"

好家伙,这写字楼里少说也有几十家公司,什么时候电梯成"你这儿"了?以后她在一楼大堂磕破点儿皮,是不是还能找他要医药费?

方亚楠连连后退:"别、别、别,你千万别这样。你这样我反而有压力。"

"没事,我正好要去市中医院配药,顺路送你而已。"

"你堂堂一个大老板,工作时间翘班去配药?"方亚楠也不傻,就差哀求了,"江总,我坐地铁很方便的,真的不用麻烦你。"

"那我跟你一起坐地铁?"江岩歪头。

"那还是你送我吧,"方亚楠无奈地妥协,"谢了。"

归根结底,江岩是在担心她——虽然这担心着实有些多余。

唐鲤的风评方亚楠也有所耳闻,唐鲤无非是要耍大牌、抢抢角色,偶尔在片场折腾一下后辈。要说这样一个人能做出什么对她造成实质性伤害的事情,方亚楠是不信的。但她实在懒得和江岩解释了,只能从善如流,上了江岩的车。

其实对生活在"堵城"的人来说,坐地铁有时候远比开车方便。

而且轿车内的氛围也远不如地铁里的来得轻松。

方亚楠是那种即使打网约车坐在后排座位上,都要为了松快气氛和司机搭两句话的人。

不是她话痨,也不是她爱管闲事,而是她潜意识里不希望被当成不礼貌或者冷漠的人。

如果两句话后,她发现司机没什么表达欲望,会立刻停止,并且松一口气。但是,如果对方果真有什么想说的话,她也会很自然地接住话题,权当采风。

但这次不同。

她觉得自己被采风了——蓄意采风。

一开始,江岩抛出黑水古城的话题时,她还以为他怕她尴尬,故意找话题,但是随着江岩不着痕迹地把话题越拉越远,她发现情况不太对了。

怎么红灯那么多?怎么路那么远?怎么堵车那么厉害?

她的从业经验都快被掏光了!

"所以现在真的会有淘宝店去胡杨林进行实景拍摄?"

江岩的问题又来了。

"何止,还有 cosplay(角色扮演)。那也是正儿八经的实景拍摄,有时有人还会选择在零下十摄氏度或者那种航拍器都飞不起来的大风天进行拍摄。"

"这么吃苦耐劳,你这算是为艺术献身了吧?"

"姜汤当水喝,板蓝根当饭吃。"

"这样就不会生病了?"

"绝大部分时候难逃一劫。"方亚楠叹气。

"这种单子收益很高吗?否则你何必跟着吃苦受罪?"江岩看了她一眼,"还是说,你也出镜?"

"我?哈!"方亚楠笑了一声,"我光买防寒装备都快把存款清空了。"

"看来你对摄影是真爱了。"

"不是,不是。"方亚楠果断摇头,"不是摄影。"

"哦,那是什么?"

方亚楠低下头,摩挲着腿上的相机:"我这人吧,好奇心比较重,什么都想看看、试试。"

"明白了,"江岩转动方向盘,"你选了一个好职业。"

"嘿嘿,都是运气。"

"不,你很厉害。"江岩诚恳地说道,"不是每个人都能凭爱好成功,而你几乎一直在做自己想做的事,而且清楚怎么做才会成功。"

"误打误撞而已,误打误撞。"方亚楠的谦虚发自肺腑,她说,"我要是真那么厉害,也不至于现在还在为房贷发愁。"

江岩笑了:"经济实力不是衡量人成功与否的标准。"

"我就是一个俗人,看的就是普世价值观。我觉得你才是成功人士。"

"一个只能通过别人的眼睛看世界的成功人士?"

方亚楠愣了愣,小心地看向江岩,仿佛此时才想起这个男人的结局……或许他并不知道自己命短,可她知道。

他的身体到底哪里不好?他这么有钱都治不好的话,应该很严重啊,可是他看起来明明和常人没什么两样。方亚楠并不觉得自己此时有问这些问题的资格,只能努力思索此情此景下,自己做什么反应比较正常:"我其实觉得,适当放下工作到处走走看看,也是个不错的调节方式……当然,你要养活手下那么多人,走不开也很正常。"

江岩淡淡地笑了笑,神色有些茫然。

方亚楠心虚,一句话都不敢多说。

车里气氛诡异地沉寂下来。

"你接下来还有什么想去的地方吗?"江岩再次主动打破沉默气氛,"或者有什么想尝试的东西吗?"

方亚楠如释重负,不忍心敷衍他,认真思考了一下,选择了一个对身体条件要求不那么高、不会刺激到"病人"的地方:"美国吧。"

"你之前不是去过了?"江岩记性很好,"你还说不推荐去来着。"

"美国东部那种只能走马观花的地方我当然不推荐了。"方亚楠忍不住又滔滔不绝起来,"现在年轻人都不喜欢跟团游,不就是因为'上车睡觉、下车拍照'吗?美国东部的那几个大城市其实玩起来差不多都是这种模式,经典景点不管是对旅行团还是自由行的游客来说,玩起来都只需要拍一张照片的时间,没有过多逗留的必要。相比之下,选择跟团游还安全一点儿。"

"嗯。"

"我想去的其实是美国西部啦。"方亚楠说起这个,整个人都有精神了,"下次有机会,我想拉小伙伴一起去圣迭戈国际动漫展,看完漫展再自驾在美国西部晃一圈,去看看什么51区啦……"

"保罗?"江岩脱口而出。

"对啊!你也知道呀?"提起喜欢的电影,方亚楠更有精神了,整个人都从座椅上弹了起来,"我这辈子很少追星,但是西蒙·佩吉真是一块'人形小甜饼',他的每部电影,不管是他导演的还是他演的,我都特别喜欢!"

江岩忽然笑起来,而且不同于之前含蓄温和的笑容,现在直接笑得露出了牙齿。

方亚楠有些不好意思:"对不起,我太激动了。"

"不是,不是,我只是突然发现,"他笑道,"半个小时了,我的生活终于有和你重合的地方了。"

方亚楠脸上写满了问号。

这话,要说错吧,没错;可要说对吧,哪里都不对。

她一时间有种自己在被撩拨的感觉。可理智告诉她,以她目前和江岩的熟识程度,他如果真的在撩拨她,那他可真是个……很随便的男人。

如果他其实没在撩拨她,只是想到什么就说什么呢?

她到底是不是在自作多情,该不该自作多情?

毕竟江岩不久后可能就会成为她的老公,她很怀疑"老方亚楠"就是这么沦陷的。

但是,不可能吧?不管是老方亚楠还是现在的方亚楠,那都是她方亚楠——一个见多识广、不轻易动心的女人,岂是江岩这种有点儿脸蛋、有点儿身材、有点儿钱的男人随便撩拨撩拨就能到手的?

方亚楠混乱了，没有回话。

江岩似乎意识到了什么，慢慢收起笑，也不再说话了。

幸好车子已经到目的地了。

江岩把车停在门口，静静地看着方亚楠解开安全带、打开车门，在她要下车的时候，忽然叫住她："亚楠……老师？"

方亚楠："嗯？"

江岩："抱歉。"

"啊？"方亚楠手足无措，"应该是我道谢才对，你道什么歉呀？"

"我之前为了了解你的实力，专门去找过你的作品，然后觉得……挺羡慕你的，"他看着她，眼神很认真，"所以刚才忍不住说得多了点儿。"

方亚楠不是第一次被人羡慕，但处在江岩这个身份地位还能直接说出来的人，她是第一次碰到。她有点儿蒙，愣愣地看着他。

"所以，如果有什么冒犯到你的地方，请你原谅。"

话都说到这份上了，她再拿腔拿调，就有些说不过去了。

方亚楠露出八颗牙，亮出招牌笑容，认真地说道："江总，当我是朋友的话，就不要说这些了，你可是也喜欢保罗的人哪。下次有机会一起玩？"

江岩闻言也笑了："既然是朋友，就不要再'江总''江总'地叫了。"

"那拜拜，江岩。"方亚楠说罢，利落地下车，关上车门。转身的时候，她长长地吐出了一口气。

果然，车不是那么好坐的。

这车坐得如同度劫一般，谁扛得住？她成为老年方亚楠的经历，莫不是老天在提醒她避雷吧？

可她怎么避？她到目前为止都没有行事出格的地方，难不成要跟神经病一样，在江岩什么错都没犯的情况下，把他的联系方式拉黑？

这就是传说中的"桃花来了，挡都挡不住"吗？

方亚楠不敢往下想了，再想脑子都要炸了。

唐鲤的事情方亚楠谁都没告诉，所以她回到社里的时候，大家都跟往常一样在做自己的工作。

阿肖还有其他选题要做，因此方亚楠不得不迁就他的时间安排，自己修了一下午图，等到下班后再和他一起讨论排版、配图和文字。直到深夜，两个人才各自撑着疲惫的躯体爬回家里。

回去的路上，她忍不住看了一下唐鲤的相关新闻，发现新闻的讨论热度极高，但是当事人一直没有出来发声。方亚楠猜测这件事情可能有隐情，毕竟唐鲤的人气摆在那儿，不管新闻是真是假，按理说，现在他们都应该开始做舆论危机公关了。可他们没做，或者做了，但是没效果。那就有可能是有人在暗中对付唐鲤，或者是唐鲤的公关团队仍在讨论公关方案。

不过这些事都和方亚楠无关了，只要唐鲤没有丧心病狂地来对付她就好。毕竟江岩的公司不可能换位置，人家真的有心打听，还是可以很快弄清她是谁的。

不过就算唐鲤真的找上门来，方亚楠也一点儿都不担心。

江岩说得没错，她找了一份好职业。更重要的是，她在一家好单位里。

《维度》杂志的视线基本上不会投向娱乐圈，因此，在大众眼中，它有着一种超脱世俗的格调。

就好比《国家地理》的摄影师和娱乐杂志的摄影师，档次是不一样的。前者批评后者叫教育；后者敢叫板前者，叫不自量力。

当然，她的分量还没到让杂志社为她出头的地步，但光凭《维度》这块招牌，就足够让绝大多数珍惜羽翼的明星掂量掂量了。

这么一想，之前在电梯里，她好像才是仗势欺人的那个哟。

阿肖一人身兼二职，但是江岩的那份选题竟然被率先写完，早早地提交了上去。

经过"三审三校"后，选题到了主编于文的手里。阿肖去帮康康做电影选题，方亚楠留在社里等回复意见。

午休过后，于文的消息来了——

"亚楠，来一下办公室。"

方亚楠惴惴不安地进了于文的办公室。

于文正在喝可乐："坐。"

方亚楠左右看了看——于文的办公室中，凡是能放东西的地方都堆满了各类杂志、书籍和资料，只剩两把破破烂烂的办公椅，其中一把上面还挂了一条毛巾。方亚楠勉强坐在另一把椅子上面，只听椅子发出"吱呀"一声惨叫，就好像她放了个屁。

主编，咱好歹是个大杂志社，还是要点儿面子吧，求求你了。

"你们的选题我看了，"于文拿出一沓文稿翻了翻，然后叹了一口气，"我说，你们这是想造反哪？"

"啊？"方亚楠直起腰板，"于……于……于总，我们……我……我……我……"

"别怕，没别的意思，"于文摇了摇头，拿出一张彩页纸，"这种肖像照只用来做经济专题，是不是太大材小用了？"

方亚楠愣了愣，终于意识到于文居然是在夸她。

于文手中拿着的正是她最后为江岩拍的那张仿名作的肖像照。画面中，江岩站在最边上，只露出一半身体。他微微仰头，脸部轮廓棱角分明，一手操作着面前只露出一部分面板和按钮的机器，一手微微抬起，伸出食指，恰好与机器投射出来的敦煌飞天指尖相对。

机器左边，也就是江岩一侧的画面是冷硬的科技风格——深灰色墙布、密集的显示器和机械，还有他戴着的防风镜一样的护目眼镜，以及一身研究员标配的白色长褂、长褂里露出一角的领带和皮带扣。

而在机器另一侧，全息投影出来的敦煌壁画占据了整幅画面的五分之四。在新型光线技术下，飞天以极尽恢宏绚丽的色彩被重现，栩栩如生，衣袂翻飞，一只手抱着箜篌，另一只手优雅地探了出来，原本应该指向天女的方向，此时却与江岩指尖相触。

现实与虚拟、科技与神话，在这张照片中被完美呈现。冷色调与暖色调是如此融洽而平衡，科技之美被展现得淋漓尽致。

方亚楠每一次看到这张照片时，都怀疑自己修过图——实在太好看了，简直像一幅画。

"乍一看，还以为你堆栈了。"于文开口就是一句专业术语，"但前阵子，你们几个争论堆栈摄影的问题，你明显是反对方，我就觉得……嗯，如果亚楠拍的照片，应该不可能是堆栈。"

方亚楠哂然："我不是反对，就是……就是懒。如果堆栈成为主流，那我得累死。"

堆栈，简单地说，就是将几张摄影图片利用修图技术合并成一张图的拍摄手法，是近两年流行起来的。这种拍摄手法充分利用了摄影技巧和电脑技术，举个例子，大概就是在同一张照片里，左边能看到银河，右边能看到极光，下面有皑皑的雪山，山中小城灯火辉煌——照片中要素很多，需要的技术也很多。

有人觉得这和年轻人给自己的人物照片修图一样，本质上是欺骗，但是两者之间确有不一样的地方。比如刚才用来举例的那张照片中，不管是银河、极光还是小城、雪山，都是这个摄影师自己拍的。他只是将这些元素放入了一张照片中，但每一个景物都有出处，都是真实的。

即便最后照片中呈现的画面是虚构的，但是摄影归根结底是一种表达艺术，既然摄影师想传达这样的美，也确实付出努力去拍了，那这种拍摄手法便无可厚非。

"这不是堆栈，"方亚楠笃定地说道，"我最多调节了一下饱和度和色差，甚至没有给照片提亮。"

"那很厉害，"于文由衷地赞赏，"阿肖不在？"

"嗯，他去做电影的选题了。"

"唉，本来想跟你们商量一下的。我觉得这张照片放在内页里可惜了，但做封面图片的话，内容又有点儿跟不上。你们看，是委屈一下放在内页，还是再努努力，来个大的？"

"咦，"方亚楠激动起来，"于总，我理解得没错吧？你是说它可以做封面图？"

"可以的吧，"于文拿着这张图片不撒手，看了又看，啧啧有声道，"看不出来呀亚楠，你还是个艺术家！"

"不是，不是，"方亚楠脸都红了，"我只提供了思路，设备什么的，全是江岩和他的人提供的，是他们厉害。"

于文听着，又翻了一遍文章，思索了一下，说道："这期的封面选题就不用经济版块的选题了。阿肖的这篇文章，再扩充一下，是可以做封面选题的，只是……"她苦恼地呼出一口气来，"这张照片好像有一个问题——太个人化了。做封面专题的照片肯定还是要有领域性的。"

于文看起来很遗憾，方亚楠却一点儿都不觉得可惜。她本来也不是多想在摄影这个领域出人头地，闻言笑起来："于总你真的这么喜欢的话，拿回去裱起来啊，我出钱！这绝对是我的摄影生涯中的巅峰时刻呀！"

"出息，这就巅峰时刻了。"于文把材料往桌上一拍，"成，就这样吧，你回去和阿肖商量一下怎么扩充内容，刊载时间不能推迟太久，你给阿肖帮帮忙。"

方亚楠："……"

她的笑容僵住了。好家伙，原来于总在这儿等着呢，先拼命夸她，再临时给她加活儿——她都要怀疑于文夸她是不是出于真心了！

方亚楠哭丧着脸出了于文的办公室，把于文的意思跟阿肖一说，阿肖自然是欢呼雀跃——虽然他们也不是没做过封面专题，但是这种露脸的机会，肯定是多多益善。而对方亚楠又被"抓壮丁"的事情，阿肖则表现出了非常真挚的"同情"之情。

"哈哈哈——你多保重，哈哈哈！"

134

他直接打了一通电话过来，笑得那叫一个真情实感，方亚楠在手机这头直接被气乐了。

"选题的事我不帮你了啊！"她斩钉截铁地说。

"啥？为什么？"

"这是你的专题，反正我该做的事都做了，接下来还有其他工作呢，怎么有空帮你呢？唉，我就是太能干了，能者多劳呀。"

"别呀，亚楠，我错了，成不？哥不对，哥现在使劲儿打自己呢，不信你听——啪！哎，清不清脆？啪！快，康康给我做证，我脸都红了！"

一旁隐约传来康康冷笑的声音。

阿肖大叫："康康，你变坏了！你这个臭弟弟！"

康康："哦。"

方亚楠面无表情地听他们耍宝："肖老师，你现在知道自己做人多失败了吧？连康康小可爱都不帮你了。"

"为什么呀？"阿肖夸张地叫，"亚楠，你能继续跟我一起做这个专题，这是多好的事！这要是件坏事，我还能求求你，可这是好事呀，我该怎么说服一个拒绝好事的人？！"

"你是在说我不知好歹吗？"

"不敢，不敢。"

"唉，我现在确实没空。反正该做的事我都做了，于总肯定还会派人帮你的。咱们社的同事们那么厉害，谁也不可能拖你的后腿，你别号了。"

"亚楠，"阿肖忽然压低声音说，"你老实说，是不是因为那个江岩？"

方亚楠慌了一下："啊？"她干脆装傻装到底，"江岩？你的脑回路是怎么拐到他头上去的？"

"因为咱们在九思的时候，你就不对劲。"阿肖笃定地说道，"你还说你失恋了，可是你一回社里就变正常了，你的前男友不会是九思的人吧？"

所以说跟干记者的人搭档就是烦，她一不小心就会被揪住细节。

方亚楠叹了一口气："跟九思和江岩都没关系，好吗？我就是碰巧心情不好，但是很快就调整过来了啊。要不然你觉得我应该怎么做，想不开在社里跳楼吗？"

"没，没，没……唉，行吧，"阿肖妥协了，"反正到时候听上面的安排，你不愿意我也不勉强。但是如果于总依旧让你继续跟这个选题，我会再来问你的意见，成不？"

方亚楠笑起来。阿肖没说于总如果继续指派她来跟进这个选题的话，他也没办法。不管到时候怎么样，至少眼下，他很尊重她的意愿。

她运气真的很好，总是能碰到一些让人温暖的同事。

"好，说不定到时候我心情好了，又乐意了呢？"

"那就再好不过了。我先挂电话了啊……哦，对了，你把社里过审的图片发给席安吧，按老规矩操作。推迟刊载的事情，我亲自跟江岩说。"

"好。"

方亚楠答应了，挂了电话后打开文件，很利落地将已经过审的图片发给了席安——预备刊载的图片需要经过当事人确认。

席安接收了文件，很快小心翼翼地发来一张表格。

九思席安："亚楠老师，这是我的婚礼的安排，您提点儿意见？"

方亚楠差点儿忘记这件事，连忙点开表格，发现确实是场简易婚礼。婚礼时间定在中午，地点居然就是九思所在写字楼的天空花园。

流程简易，但婚礼的花销着实惊人。

九思科技所在的写字楼名为双星大厦，是高新区的一个老牌地标，位置沿江不说，还是一位著名的外国设计师设计的——一对双子楼呈基因链造型盘旋向上，中间连接着数个通道。其中一条通道处于中上位置，通道上有一个半开放的庭院，里面有一些高端餐饮店，人称空中花园。

设计师闫博当年就租用此处办过一场服装秀，效果让人惊艳。自此，这个地方名声大噪，不仅美，还贵。

方亚楠："你还说你囊中羞涩，结果在这儿办婚礼？该不会花完积蓄，你就不得不去继承你老爸的千亩鱼塘了吧？"

席安："嘿嘿，本来不是在这儿办，但是我跟老板请婚假的时候，老板让我在这儿办。"

方亚楠震惊："你难不成是江总年少时犯的错？"

席安："如果真的能在这儿办婚礼，我情愿他一错再错。"

方亚楠忍不住笑了出来："我看好你！"

席安："所以……可不可以呀，亚楠姐姐？"

方亚楠："……"

她都可以想象到席安在手机那头像小狗一样正眨巴着眼睛。

其实她的任务不重，就是现场拍摄。席安甚至对她拍什么、怎么拍都没有具体要求，给她的自由度可以说是非常高的。但相应地，她要承担的责任也很大。

方亚楠忽然想到一个问题："你的老板为你的婚礼专程搞来的这个场

地吗？"

席安："当然不是，是我们有新品要发布了，老板说大家这段时间工作辛苦，借着我的婚礼的机会，顺便团建。"

方亚楠："你们公司团建的规格好高。"

席安："嘿嘿！"

方亚楠想了想，无论是从工作还是从人情的角度讲，自己都没必要拒绝这个活动。

她确实不想和江岩有过多瓜葛，但不代表她就要时时刻刻躲着对方。再说了，空中花园哪，这样的机会她怎么能放过？

方亚楠："可以。"

席安："太好了！"

方亚楠："现在告诉我你老婆喜欢什么风格的照片、你们那天穿什么。"

席安："我去问问。"

方亚楠："你确定你快结婚了？"

席安："是……是的。"

方亚楠："你老婆的想法你一概不知？"

席安："姐，不要这么犀利。"

方亚楠："难听话我就不说了，希望我只有一次给你拍婚礼照片的机会吧。"

席安："别骂了，别骂了，姐。"

距离席安的婚礼还有半个月，方亚楠先紧锣密鼓地加入了刚刚被指派的工作中。

这是一个从备选题中补上来的选题，关注的是现在的社区团购和实体经济之争——社区团购异军突起，受到年轻人热烈追捧，与此同时，菜贩的经营空间被大幅度挤压。因为社区团购这种直接从供货方进货的方式绕过了实体店铺，让很多菜贩的生活直接跌入低谷。新兴产业对现代社会的冲击已经愈演愈烈，如何看待和解决这个矛盾，显然已经成为当下很多人关注的问题。

这个选题是很久之前方亚楠的同事吉吉提出来的，被老总说选题格局小，吉吉这才转而提出《世界 5G 大战》的选题，结果又被说"框架太大"，正绝望呢，突然被通知可以拿之前的选题做替补，一时间悲喜交加——选题被选上了的话，推荐人是有奖金的。但是他们今天才开始做，好像有点儿来不及了。

"还剩四天了，"吉吉和方亚楠一见面就说，"我们有什么错？"

幸好方亚楠对吉吉还算了解，答道："不，错的是这个世界。"

"唉，"吉吉忧伤地叹了一口气。他是一个头发自来卷、戴着眼镜的男生，整个人白白净净的，因为姓袁，单名一个喆字，就很自然地有了吉吉这个昵称。但他本人的性格和吉吉这个听起来有点儿活泼的昵称完全相反——又悲观又爱吐槽。

"我最近总想，是不是我没吃药，影响到睡眠，导致智力跟不上同事了……"吉吉一边絮絮叨叨，一边手脚很利索地拿起背包往外走，"没想到老天用这种方式鞭策我追赶你们。"

"说什么呢？"方亚楠一进入工作状态，就一句话都不想附和了，"先去哪儿？"

"车库，我开车。"吉吉看看她，又看看她手里的相机，叹了一口气，"我不会请你吃饭的。"

方亚楠："闭嘴！"

确切地说，方亚楠不是杂志社的专职摄影师。她当初应聘的是摄影的职位，但是杂志社的领导考虑到她之前有过出版编辑的从业经验，最后还是决定把她纳入采编队伍，让她做了一名图片编辑。这个职位的工作主要是给图片编辑文字，辅助读者更好地理解图片想要表达的意思。

所以理论上来说，方亚楠并不需要拍摄。但是，杂志社一共就四个专职摄影师，每周的选题却有七到十个，而且几乎每个选题都要配图。这种情况下，杂志社不得不聘请外面的摄影师，也就是所谓的"特邀摄影"。但有时候时间紧迫，杂志社也会出现找不到人的情况，这时候就会考虑派内部人士解决问题。

方亚楠就是典型的"能者多劳"的情况。她会拍照不说，还对本社杂志的调性了如指掌。但是摄影毕竟不是她的本职工作，她作为摄影师参与的选题，最多可以署名，是不会有额外的工资或绩效的。所以很多同事是实在没办法了才请她拍摄，其间还会以各种理由请她吃饭，其中以"蹭运气"这种理由最多。方亚楠一开始还客气地拒绝，久而久之也麻木了，看心情决定要不要去。

吉吉这话说得她像是为了一顿饭才跟来的。要不是方亚楠情商高，恐怕会当场甩脸子走人。此时她只能又好气又好笑地让他闭嘴。

吉吉再次叹了一口气："这个周末又没了。"

"说得好像我们本来有似的。"

"本来你应该有的。"

见他哪壶不开提哪壶，方亚楠绷着脸："你不说话也不会有人把你当哑巴。"

吉吉："对不起，扎你的心了，我是故意的。"

这小子太气人了！

"我好不容易交到个女朋友，"上车的时候，吉吉抛下了一颗炸弹，白净的脸上满是绝望之色，"结果在一起后的第一个周末我就加班。她会不会觉得我在玩弄她的感情？"

方亚楠在副驾驶座上系好安全带，拍了拍自己："她顶多觉得你脚踏两条船。"

吉吉："请您下车！"

"快走，快走！"

吉吉噘着嘴发动了车子。

"我打听了一下，最先出现社区团购情况的是一些新小区，里面住的大多是年轻的精英阶层，并且小区周边配套设施不是很成熟。所以我们先去高新区的新小区走访一些居民和团购店，再去老城区的老社区采访一些会去菜场买菜的居民，最后去郊区的农贸中心。"吉吉一边开车一边说，一心二用得很彻底。

方亚楠见他开车还算平稳，便低头查看手机地图。听到吉吉说要去高新区的新小区，她第一个想到的就是江岩那个交付没多久的楼盘。方亚楠心里想：不会吧，不会吧，不会真去那儿吧？

幸好车子过了江后，江岩的小区在右面，而吉吉往左转了。

方亚楠长长地松了一口气，这才问道："你要去哪个小区？"

"锦绣天府。"吉吉说道，"我有朋友刚买了那儿的房子。据他说是新小区，比较符合条件。"

锦绣天府？方亚楠刚从买房的泥潭里爬出来，对各处的房子还算了解，闻言脱口而出道："可这是回迁房呀。"

"啊？"吉吉愣了愣，"回迁房？"

"我倒不是说回迁房有什么不好，但是回迁房的生态和一般的新小区不太一样——回迁房的居民大部分本来就互相认识，生活习惯相似，基本上会偏传统些，会不会不太符合采访标准？"方亚楠说道。

"怪不得这么便宜呢！"吉吉的关注点却和她不一样，他说，"我说那小子怎么买得起高新区的房子呢。话说你怎么这么清楚啊？"

方亚楠嘴角抽搐："我要不是摇到号，也差点儿买那儿的房子了。"

吉吉："……"

他放缓车速："那怎么办？我没联系别的小区。"

方亚楠不想找江岩，还好立刻想到了另一个住在高新区的人——陆晓。

"不一定非要找业主吧，只要是住在高新区的居民就行，是吧？"

"最好是业主，但实在找不到的话，租客也行。"吉吉很快意识到她的潜台词，无奈地说道，"就算是租客，能在高新区工作的人也不差吧。"

方亚楠打开微信："那我问问我朋友。"

"谁还没个住这儿的朋友了？"吉吉说道，"但人家根本不做菜、不参与团购啊！"

"我知道。"方亚楠发了信息过去。陆晓还没回应，但她已经胸有成竹："我这个朋友，高薪、帅，还会做菜，而且根本没空逛菜场，肯定会用社区团购的方式的。"

吉吉不吱声，看着她。

方亚楠疑惑地抬起头："干吗？"

"你朋友单身？"吉吉语气居然有点儿嫌弃。

方亚楠没明白他的意思，茫然地回答道："是啊。"

"高薪、帅、会做菜、单身，还是你的朋友？"

"对……对啊。"

"方亚楠，"吉吉说道，"你身边有这样的男的，结果和你只是朋友？"

方亚楠目瞪口呆："你少说两句会死吗？"

吉吉叹息着摇头："不说了，我还没见过人家，有什么可说的？万一你审美奇特呢？"

方亚楠："他长得像年轻时候的阿部宽！"

吉吉："好了，你别说了。我在给你找理由，你反而积极证明你无能。你这样让我怎么安慰你？说'方亚楠老师，你配不上人家'吗？"

方亚楠哭笑不得："优秀的男的和优秀的女的又不是不能成为好朋友。"

"优秀的男的可能没错，优秀的女的……好吧，我只能认为是对方配不上优秀的方亚楠老师了。"吉吉转动方向盘，"算了，先干活儿。"

"所以接下来去哪儿？"

"菜场。"吉吉胸有成竹，"去完菜场再看看你朋友有没有时间接受采访，然后明天早上去乐益。"

乐益,本市最大的农贸中心,位于郊区,是很多菜农进货的地方。

方亚楠琢磨了一下,突然眼前一黑:"等等,去乐益的话……真的是早上吗?"

"四点钟在那儿集合。"吉吉下刀稳、准、狠,"好吧,是凌晨。"

果然,采访菜场最可怕的地方就在于要早起,毕竟菜场那边的人活动高峰期就在凌晨。方亚楠心有戚戚焉。平时四点钟的时候,她可能还没睡……要不,她干脆不睡了?

她愁眉不展。

吉吉说的时候也一脸颓丧的样子,转头看到方亚楠的表情,了然地说道:"你四点钟可能刚睡吧?"

"唉。"方亚楠叹息。

"要不今晚别睡了?"

"你是魔鬼吗?"

"或者我们下午采访完,直接去乐益打地铺?"

"这个可以有,"方亚楠拍手,"我觉得行!"

吉吉被吓了一跳:"你当真了?"

"不是,我真的觉得可以。我有睡袋!我回家拿!"

"你想睡在市场的鱼池里吗?!"

"可以!"

"我不行!而且我没睡袋!"

"借一个呗,很多同事有啊。"

"不行,我都还没和我女朋友睡过一个被窝,怎么可以睡别人的睡袋?!"

"哎,你这人怎么这么矫情哪?没事,我帮你借。"

"不,绝对不!"

方亚楠已经手速极快地联系阿肖要睡袋了。同事都忙,发信息的话,阿肖可能一时半会儿看不到,她直接打了一个语音电话过去,阿肖果然很快接起:"怎么了……稍等一下,我接个电话。"

方亚楠有点儿心虚:"你在谈事情哪?那我等会儿打。"

"没事,你说……是亚楠。"

"你在跟谁说话呢?"

"没事,没事,你先说。"

"哦,你的睡袋还放在社里吗?"

141

"在啊，但很久没用了。干吗，你要用？"

"我明天早上要去拍农贸市场。"

阿肖立刻反应过来，大笑："哇，你打算睡在菜市场里？"

"没办法，要我早上四点钟到乐益，那我可能早上三点钟就得出发——基本等于不用睡了啊！"

"会被保安赶哟。"

"可以借他们的值班室呀，我们又不偷菜！"

"亏你们想得出，为什么不在旁边的宾馆订一间房哪？"

"贵！本市的采访费用单位又不给报销。"

"哎，你订一个吧，回头我通过你的报销申请，成不？"

"还有吉吉呢，为了拍菜场，订两间房？"

"你俩订一个标间哪。怎么了？你出差的时候又不是没住过男女混住的宾馆。"

"他现在有女朋友啊，怎么和我一起住？"

"那也不能睡农贸市场吧，你也太不讲究了吧？！"

"行了，你就说借不借吧。"

"借，借，借，你知道睡袋在哪儿，自己去拿。"

"多谢！"方亚楠乐呵呵地给吉吉比了个OK的手势。吉吉沉着脸，但没有拒绝——对他来说，凌晨集合也是件很难受的事情。

"没事……哈哈哈，江总你别笑了，这种事很正常的。"

方亚楠嘴角抽搐："你在九思？"

"是啊……不，她不过来，对，别的选题。"阿肖显然是在电话那头"双线对话"，过了一会儿，声音又对准她："亚楠，江岩要你继续跟他的选题，否则他不跟我们合作啦。"

"呵呵，开什么玩笑？挂了！"方亚楠直接关掉了语音，面色铁青。

吉吉观察着她的神色："丢脸丢到社外去了？"

方亚楠："不，我觉得我充分体现了我社记者吃苦耐劳、坚韧不屈的精神。我这不叫丢脸，叫长脸。"

吉吉冷笑。

过了一会儿，江岩居然发了一条微信过来。

"一个睡袋够吗？我有全新的睡袋，含绒量99%，把它扛去北极都没问题，下午过来拿？"

方亚楠知道他不是在开玩笑，但还是觉得尴尬。她哭丧着脸对吉吉说道:"要不我们俩还是订个标间吧,我请客。"

吉吉:"滚!"

陆晓下午才回消息,看上去很迷茫。

陆晓:"要拍我?"

方亚楠:"不是拍你,是问你一些问题。你那些室友里有没有也从社区团购东西的?你帮忙牵一下线,我们问点儿问题。"

陆晓:"不用出镜?"

方亚楠:"你这是想出镜还是不想出镜哪?"

陆晓:"不想。"

方亚楠笑了:"哎,你这么帅,出镜怎么了?"

陆晓:"不行,不行,万一被人看上怎么办?"

方亚楠:"我们又不是'世纪佳缘'!"

陆晓:"没办法,魅力太大,我也很苦恼。"

方亚楠:"好吧,帮我们这个忙,保你孤独一生,成不?你什么时候下班?"

陆晓:"本来准备在公司混到半夜的……但你这么说的话,那就六点吧。"

方亚楠:"成,我们到你的公司门口接你。"

陆晓:"你们打算怎么拍?"

方亚楠:"最好是你当着镜头的面下一单——能做顿饭就更好了。"

陆晓:"那我就做一顿呗。你同事吃什么,有忌口吗?"

方亚楠拿手机的手顿了顿,她忽然意识到了什么。

陆晓要做菜了?她居然能吃上陆晓做的菜了?!

她知道陆晓会做菜,但从来没吃过。她会知道这件事,还是平时一起打游戏的时候,他偶然说起吃公司食堂的饭菜和外卖吃腻了,所以自己做了两道菜吃。然后在朋友的起哄下,他不得不展示了一下他做的菜——菜色很简单,卖相也一般,但在"老干妈"的"辅佐"下,看着还挺诱人。再加上他那和"贤惠"不沾边的外貌,陆晓会做饭这件事,还是让所有人都印象挺深刻的。这之后,大家经常撺掇他亲自下厨给他们做一桌菜,甚至一起冲到他租的房子里"耍流氓",结果都让他想尽办法躲过去了。

没想到今天居然让她抓着了机会!

方亚楠:"嘿嘿!"

吉吉正按导航往陆晓所在的公司"百道"开去，冷不丁地听到了方亚楠的笑声，被吓得刹住车："你干吗？"

方亚楠："托您老的福，我朋友下厨，请咱们吃饭。你有啥忌口的没有？"

吉吉当然不知道这顿饭有多难能可贵，无所谓地说："哦，那好啊，替我谢谢他，嗯……我不吃辣。"

方亚楠："你故意的？"

"啊？"

"这年头，还有不吃辣的人？"

"你有毛病哪？当然有啊，我不就是？"

方亚楠转头发给陆晓一条语音消息："我同事说他什么都吃，没有忌口。"

"喂！"吉吉大叫，"我有忌口呀！我有的！"

"不，你没有。"方亚楠冷着脸。

"是你爱吃辣的菜吧？"

"哎，辣的菜好做，你体谅体谅我朋友。"

"你都不问他，怎么知道他不会做不辣的菜？"

"但他也爱吃辣的菜啊。"

吉吉动作一顿，明白了，见鬼一样看了方亚楠一眼："你……"

方亚楠昂首挺胸地表示："没错！"

吉吉："你这……你这是在暗恋，还是在明追呀？"

方亚楠："我在暗暗地撩拨他。"

吉吉："此行我有任务吗？"

前有阿肖，后有吉吉，这么高情商的可爱同事她上哪儿找去？

方亚楠露出凄清的微笑："没事，做你自己就好，我暂时还没有谈恋爱的打算。"

"不想谈恋爱，你撩拨他干什么？"吉吉嘲讽她。

"现在不撩拨他，万一我以后跟别人结婚生子了怎么办？"方亚楠面无表情地说，心情很沉重。

吉吉听完，刚习惯性地露出嘲笑的表情，一想不对劲，猛地眯起眼睛："等等，你这话我怎么听不明白了？你再说一遍。"

"逻辑很正确啊，"方亚楠一点儿也不心虚，"现在不撩拨他，以后我跟别人结婚生子的话，我会后悔吧？"

"你喜欢他还能跟别人结婚生子？"

"我是不是很过分？"

"也不是……就是我一时之间不知道该同情谁。要不我现在掉头回去吧？"

"开你的车，来都来了！"

吉吉把车停在路边，张望着百道的大门："哪个是啊？"

百道作为一家老牌网络公司，业务范围广、员工类型多，有六点钟下班的员工，也有十二点钟下班的员工。此时六点钟，已经有人陆陆续续地往外走，但大多是行政和后勤的人，以女性为主。

方亚楠却不担心错过，闭着眼靠在座椅靠背上："考考你吧，最高、最帅的就是。"

吉吉哼了一声，没等哼完，突然自己把哼声掐断了，说道："哦，来了！"

"你确定？"方亚楠狐疑地问，抬头看了看他望过去的方向，笑了，"没错，没错！"

吉吉按了按喇叭，又从车窗内探出一只手，向陆晓示意。吉吉脸上在客气地笑，嘴却完全不客气："你放弃吧，这样的孩子，不是身经百战的女人搞不定。"

"滚！"方亚楠一拳捶在他的肩上，转头看陆晓打开后排的车门。

陆晓看到她，露出一个招牌的憨厚微笑："喵总。"

他又朝吉吉点了点头，方亚楠立刻介绍："这是袁喆，我的搭档，你可以叫他吉吉。"

吉吉抬手打了个招呼，第一句话就是："我有女朋友的。"

方亚楠："……"

她瞪着吉吉不知道该说什么。陆晓也愣了一下，随后很自然地朝他伸出手："恭喜恭喜。"

吉吉答："同喜，同喜。"

方亚楠再次一拳捶过去："你有毛病哪？"

吉吉表情自然地转头发动汽车："我就是想向每一个单身的人分享我的快乐罢了。"

"老陆，一会儿唱歌去吧，我们给他点一个小时的《分手快乐》。"

陆晓："嘿嘿，好的，好的。"

这当然不可能，工作日唱歌已经不在他们中年人的日程表中了。

一行人在陆晓的指路下，到了他住的小区。小区就在百道附近，步行十分钟以内。三个人一路进小区、进电梯，陆晓不好意思地说道："我住的是一个单间，有点儿小，可能还有点儿乱。你们来得太突然了，不要介意啊。"

吉吉非常理解地点了点头，方亚楠却完全不担心——她不是第一次突然拜访陆晓的住处，陆晓的生活习惯好得让她自卑。果然，吉吉进了陆晓的屋子后，惊讶地"咦"了一声："你让我们介意什么？"

陆晓挠了挠头："啊？乱哪。"

吉吉看了一眼方亚楠："你这一屋子的东西加起来可能都没亚楠的办公桌上的东西多。"

"喂！"方亚楠想把这狗东西扔出去。

陆晓配合地笑了一下，有些手足无措："接下来怎么办，我点菜？"

"嗯，"方亚楠掏出相机，"你就坐……这儿，我拍一些你点菜的照片。哦，对了，你把阳台上的衣服收起来。"

陆晓租的是这栋房子的主卧，带阳台和独立卫生间，此时阳台上挂着他的内裤。

陆晓当即脸红了，跑过去收起内裤——大概因为着急，连晾衣叉都没用，跳起来就把内裤扯进怀里，然后收到柜子里了。

方亚楠一点儿感觉都没有，面无表情地坐在凳子上调试相机。在屋子里转了一圈的吉吉走过来在她身边坐下，叹了一口气："你好歹娇羞一下。"

"啊？"

"能那么冷静地看男生收内裤的，大概只有他妈了。"

方亚楠感到莫名其妙："难道他收衣服，我还要回避？"

"你演也演出三分不好意思来呀！"

"你到底知不知道什么是公私分明哪？现在是工作时间，我折腾什么？"

吉吉翻了一个白眼："有空跟你分享一下我是怎么追到我女朋友的。"

方亚楠很想直接给他唱一首《分手快乐》，但想到吉吉也是好心，硬忍了下来，绷着脸答应了一声。

吉吉"扑哧"一声笑了，见陆晓正"噼里啪啦"地收衣架、整理阳台，便凑到方亚楠耳边小声地说："只要百道的人不瞎，他这样的男人肯定很吃香，你再不下手肯定来不及了……别那么含蓄啊亚楠，真的。"

方亚楠顿了顿，叹了一口气："说得容易。"

"也对。"吉吉起身迎接走进来的陆晓："好了？"

陆晓还有点儿不好意思："嗯，好了。"

"那开始吧。"

陆晓按照方亚楠的要求靠坐在床上，一条大长腿搁在凳子上。他一手撑着头，一手拿着手机，打开一个近期比较热门的买菜平台，开始订菜。方亚楠拿着相机在旁边"咔嚓咔嚓"地拍照，从表情到动作都很冷漠，真的在公事公办。

之前她就和陆晓说过，所有照片在刊载前都会经过当事人同意，所以陆晓也比较放松，一边下单一边跟他们说话，有时惊讶地说没想到现在猪肉这么便宜，有时又抱怨菜怎么反而这么贵，还和他们商量一会儿做什么菜。

"我会做的菜不多，京酱肉丝可以吗？"

这道菜不辣！吉吉脸色一亮，连连点头："可以，可以！"

"再来一道尖椒炒鸡蛋？"

吉吉的脸色黑了下去，他幽怨地望向方亚楠。

方亚楠当然同意："可以，哀家准了。"

"嘿嘿，"陆晓不觉有异，"荤菜和素菜都有了，再加一份汤？"

"可以，可以，你决定。"

"那我买一个料包，做一道酸菜鱼吧。"

酸菜鱼一般都有点儿辣，方亚楠到底人性未泯，看向吉吉："行吗？"

吉吉反而比她从容，点头道："没问题。"

陆晓此时却突然敏锐起来，望向吉吉："你吃不了辣椒吗？"

"还好啦，毕竟现在很多人无辣不欢。"

陆晓却二话不说，再次操作起手机："那就不做尖椒炒鸡蛋了，改做番茄炒蛋吧，大家都能吃。"

吉吉容光焕发，趁着陆晓去外面厨房淘米的工夫，一把拉住跟出去拍照的方亚楠，一字一顿地说道："快、下、手！"

方亚楠"啪"地甩开他，心里万般滋味化成一句话："我也会淘米！"

菜很快就被送来了。门一打开，方亚楠就迎上去和送菜小哥握手："您好，我是《维度》周刊的记者，正在做一个关于社区团购的选题，请问能不能给您拍张照？"

一旁的吉吉非常自觉地递了张名片过去。送菜小哥都蒙了，看看方亚楠，又抬头看看开门后就被方亚楠挤在一旁的陆晓。

送菜小哥："哦……当然可以……会拍到脸吗？"

"我们不建议露脸，您可以戴口罩。当然，如果您有意愿，也可以拍两张露脸的照片,我们会酌情筛选。"方亚楠答得极为顺溜。

送菜小哥立刻来劲了,郑重其事地把菜递给陆晓,戴口罩和不戴口罩的照片各拍了好几张。

陆晓接菜接得浑身僵硬,看起来比送菜小哥还上不了台面。终于关上门的时候,他长舒一口气:"你们这活儿,光交流就够累的了。"

"这还算好的,"方亚楠低头看着相片,"没让我给照片加滤镜、美颜就不错了。"

陆晓直接进了厨房,熟练地系上围裙,开始备菜、热锅。他的围裙居然是粉红色格子的,穿在宽肩膀、高个子的他身上像个兜肚,看起来很是搞笑。方亚楠举起相机"咔嚓"地来了几张,陆晓立刻紧张起来:"喵总,这些照片别放上去啊!"

"当然不会,我私藏,哈哈哈!"方亚楠毫不客气地说,"我给老冯和妙妙看。"

"别呀!"

"老冯跟你一张床上睡过,你还在乎这个?"

"唉,"陆晓说不过她,拿起锅铲摇头,"我的一世英名。"

厨房的灯光暗,吉吉拿来简易的补光灯,架在那儿让方亚楠自由发挥。这阵势很快引来了其他租客。一对小夫妻提着外卖刚刚进门,见状站在门口好奇地看着,还问陆晓:"室友,你这是转行做美食博主了?"

补光灯这种道具因为主播行业兴起,被大众所知。陆晓闻言立刻否认:"不是,不是,我只是帮朋友做新闻。"

"哇,什么新闻哪?"

方亚楠刚扯起营业性质的笑,一旁的吉吉已经站出来解释了一圈,过了一会儿,居然还"诓骗"到那对小夫妻也加入拍摄。不过小夫妻顶多热一热饭菜,他俩头碰头的样子分明是现代都市男女同居生活的剪影。

拍摄工作进行得很顺利,方亚楠和吉吉很开心。很快,陆晓的几道菜就出锅了。告别了那对小夫妻,他和方亚楠一起摆好菜。菜品像模像样的,不过也没什么值得特别夸赞的地方,方亚楠拍好照后,三个人就吃了起来。

陆晓突然捡起刚才的话题:"对了,喵总,你这么会拍照,为什么都没怎么在你的朋友圈里看到过你的照片?"

方亚楠夹菜的动作顿了顿,她问:"你看我的朋友圈?"

陆晓连忙摇头:"没,没,没,偶尔翻一翻朋友圈,但好像没怎么见过你发的。"

方亚楠一时说不上自己是不是自作多情了，答道："我不太玩那个，平时也没什么东西可以发。要说发自拍照，以现在的风气，我不来个十级美颜加滤镜都不敢发，但是你们又不是不知道我长什么样，何必呢？"

"我觉得你挺上相的啊。"陆晓随口说道。

方亚楠干笑了一声："那是你看习惯了。你要是看过别人的照片，再看我的自拍照，就知道什么叫'怪物史瑞克'了。"

她刚说完，脚就被踩了一下。方亚楠抬头，看见吉吉的眼镜后闪过一道冷光——他竟然瞪了她一眼。

她茫然地看着吉吉，吉吉若无其事地说："我们亚楠素颜也很好看的，不需要妄自菲薄，是吧，陆晓？"

陆晓不觉有异，点了点头："对啊，对啊，喵总你挺好看的。"

方亚楠终于反应过来，有些心虚地跟了一句："你真的觉得我能看？"

"不是能看，是真的很好看哪。"陆晓说道。

她被陆晓夸好看了！

方亚楠一脑袋的话，此时都跟被冻住一样，她一句也说不出来。她愣了许久才回过神，张口吐出一句："哦……哦……那……谢了。"

方亚楠！你怎么回事啊？！

旁边的吉吉已经绝望了，翻了个白眼，只管自己夹菜，一副不想管她的样子。

方亚楠感觉自己就像偶像剧里春心萌动、木讷的大小伙子，而陆晓就是那个让人心动却不自知的校花。

现在她还能说些什么补救吗？方亚楠看着碗里的酸菜鱼，胃口全无，只觉得如鲠在喉、心如刀绞。

这么好的机会，她就这么错过了？

回去吉吉又要嘲笑她了吧？

"对了，喵总，"陆晓埋头吃了几口饭菜，突然起身拿了个东西递过来，"给。"

他主动挑起话题，方亚楠一时反应不过来，愣愣地接过东西一看，是一个经典游戏的卡带。

她当初说过想玩这个游戏，但是怕自己没耐性，所以没下手买，没想到陆晓居然买了。

"你玩过了？"她几乎是出于本能地问道。

"嗯，跟机子一起买的。"陆晓继续吃饭，一脸寻常的表情，"反正《怪物猎人》马上要上市了，这个游戏你先拿去玩好了。"

"你不玩？"

"我玩过了，这个游戏不涉及通不通关的问题，而且我还有别的游戏玩呢。"

"那我不客气了。"方亚楠收起卡带。往常和陆晓聊起游戏，她总有一连串话可以聊，此时却没什么心情，默默地数着饭粒。

陆晓吃了几口饭，看看她，又吃了几口，然后居然再次主动挑起话题："这款游戏，你玩到四十级的时候，就差不多无敌了，过了四十级以后，不用刷装备或勋章，没用。"

"这样啊，"方亚楠兴致不高，勉强打起精神应付，"我还不一定玩得到四十级呢。"

"前期成长很快的，那几个副本的机制做得挺不错的；后期的关卡几乎完全照搬前期的，你不用玩。"

"好，那我玩完还你。"

"没事，你拿着好了，我短时间内也不会玩它。"

两个人有一搭没一搭地聊着，一旁的吉吉左看看，右看看，一阵无语。

饭毕，方亚楠自告奋勇地去洗碗，却被陆晓劝阻了，方亚楠和吉吉只好告辞。电梯里，吉吉幽幽地叹了一口气："方阿斗。"

方亚楠眼底几乎是一潭死水："别说了。"

"我还有什么能说的呢？"吉吉说道，"走南闯北了半辈子，你还搞不定一个男孩子，我还能说什么？"

"我是废物。"

"对，你就是。"

两个人坐电梯到了地下车库，吉吉启动车子，忽然问："你相过亲没？"

方亚楠犹豫了一下，诚实地回答："相过。"

"有没有人说过你很不解风情？"

"……"

"唉，"吉吉一副恨铁不成钢的样子，"你妈被你急死了吧？"

"急也没用哪。"

车子开出车库，往乐益农贸市场开去。路上，吉吉又说道："不过你俩现在这个僵局，也不能完全怪你。"

"啊？"

"你觉不觉得你俩挺像的？"

方亚楠低头沉默。

"看来你心里有数。"吉吉继续说道,"你们俩都是防备心很重的人,独立、能干,还过于要脸,就算喜欢一个人也不会主动表达。这样的人,要他们捅破那层窗户纸,比登天还难。"

"你怎么一副很懂的样子?"方亚楠反问道。

吉吉说的情况她都知道。她还知道此事无解,只能回避问题。

吉吉没再说话,霓虹灯灯光在他的眼中闪烁了很久,久到方亚楠以为他不会回答的时候,他却低声说道:"这有什么懂不懂的?两个人如果不交心,最终一定会变成路人,这很正常,不是吗?"

方亚楠若有所感,看了一眼吉吉,到底没再说什么。

谁还没点儿故事呢?

两个人最终没真的走到去菜场打地铺那步。

吉吉去公司拿阿肖的睡袋时被于总逮着。于总揪住他好一顿训,说他们这么干丢杂志社的人,强行让他们报销差旅经费,又亲自押着他们在乐益农贸市场旁订了两间大床房。

方亚楠起了个大早,和吉吉沐浴着晨光,在菜场旁吃了顿传统的中式早餐,感到十分满足。两个人按照计划,跟拍记录下几个菜农进货、出货的过程,并且采访了他们社区团购的出现对他们的生意的影响,发现影响比想象中的还大。

社区团购的供货渠道五花八门,相比本地菜场的摊贩,掌握着物流资源的社区团购卖家有着几乎遍布全国各地的供应商,有些卖家甚至可以直销。农贸市场往往从周边菜农手里收新鲜食材,在体量和分销渠道上,到底比不过资本雄厚的社区团购。好多菜农反映,一些原本定期收他们的菜的铺子因为生意不景气,转而加入了社区团购行列,从更加便宜的原产地收菜。社区团购因为进货量大,收上来的菜绝大部分是空运过来的,新鲜程度并不比从周边菜农手里买的差多少,年轻人尤其不介意这一点儿新鲜度上的差别,是以菜农的生意大受打击。

其中有两个情绪激动的菜农干脆领着方亚楠和吉吉在农贸市场上转悠,指出好几个摊位给他们看——这些摊位不是已经关门大吉,就是改换门面,做起了社区团购的订货中介。

实体菜贩经济的萧条情况肉眼可见,方亚楠每拍下一张停业或是改换招牌的店铺的照片,心情就沉重一分。

本来菜农做的就是小本生意,如今在雄厚资本的打击下,他们中的很多人可能会过不下去。

但是时代的潮流就是如此无情,社会大步迈进的时候,哪里顾得上鞋边甩落的泥点?

从农贸市场负责人那里要来部分经营变化的材料后,吉吉神色不可谓不凝重。两个人一直忙到早市结束,根本来不及休息,又马不停蹄地回到杂志社里,开始修图、拟稿。等到中午肚子"咕噜"作响时,两个人才意识到今天是周六。

这时候,绝大部分同事的日常工作已经接近尾声,不会特地过来加班,是以整个办公室空荡荡的。

"亚楠,你先回去吧,"吉吉有些不好意思,"回家也能修图。你先回家睡一觉,我知道你昨晚也没睡好。"

方亚楠闻言下意识地揉了揉眼睛。

虽然就近订了酒店房间,但是以方亚楠的作息时间,凌晨三点起床的时候,她满打满算也就睡了两个多小时,此时的精神全靠一腔正气撑着。

估计吉吉也差不多。

"没事,"她抄起手机开始点外卖,"工作不干完,我难受。"

"那你可别猝死了啊,有救心丸不?"

"放心,给你备了一箱!"

吉吉冷笑了一声,拿起一本杂志挡住方亚楠的手机,一边在自己的手机上操作着,一边问:"吃什么?我请。"

"我都点好了!"

"没付款,不算。快点儿,我有会员红包。"

"哎,那就咖喱饭吧,牛肉的,加温泉蛋。"

"成。"

等外卖的工夫,方亚楠趴在桌上假寐,刚有点儿困意,手机忽然响了,是阿肖的来电。方亚楠一接起电话,就听到阿肖焦急的声音:"亚楠,你在哪里?"

方亚楠坐直身子,打了个哈欠:"杂志社。"

"下午有空没?"

"干吗?"

"救急!下午市博物馆有一个敦煌特展的开幕式,用了全息投影技术,你帮帮忙,带上家伙,来拍点儿片子吧!"

方亚楠忽然感到一阵滔天困意,又打了个哈欠,擦着眼角溢出的眼泪:

"哥,我加班呢。"

"没办法啊,这节骨眼,自家人都没空,临时找摄影师也找不到,你是咱们社唯一一个熟手……"

"吉吉都要给我喂救心丸了。"方亚楠垂死挣扎。

"年轻人不要畏惧死亡!放心,博物馆旁边就是医院!"

"你是魔鬼吗?"

"我也刚从电影学院出来呀!"阿肖声音都沙哑了,"要不是今天市博物馆的开幕式上有特别演出,我也不想麻烦你呀。"

阿肖对她都用上"麻烦"这词了,方亚楠撑不住了,只能叹了一口气:"好吧,我过去,博物馆门口集合?"

"对,对,对,等你来了,我给你工作证。"

方亚楠检查了一下相机——幸好她有随时给相机充电的习惯,此时相机电量满格。她用肩膀和耳朵夹着手机,开始收拾东西。起身的时候,混乱的脑子清醒了一瞬,她忽然打了一个激灵,在挂电话之前问道:"等等,这个开幕式不会是江岩的公司负责的吧?"

"不是,他们还吃不下这个级别的活动。哎,你赶紧过来。"

她不用见到江岩!

虽然不久以后她还是要在席安的婚礼上遇到江岩,但少见一次是一次!

方亚楠松了一口气,和吉吉打了声招呼,背着相机包,迈着蹒跚的步伐离开了杂志社。

虽然已经是初冬,但是方亚楠赶到博物馆的时候,仍然看到熙熙攘攘的人群正兴高采烈地往博物馆拥去。她喘着粗气扶着腰,在博物馆外的花坛边沿坐下,感觉自己下一秒就要猝死了。

虽然她还没到的时候就联系了阿肖,可是下车的时候并没见到对方。方亚楠心想阿肖大概是被什么事耽搁了,因此并不着急,安心地坐在花坛上等阿肖联系她。没一会儿,方亚楠就听到有人喊她:"亚楠姐!"

她愣了愣,抬头却见席安小跑过来——他穿着一身休闲服和米色风衣,手里挥舞着工作证。

方亚楠:"……"

席安都在这儿了,江岩还会远吗?

不是吧,不是吧?拍照而已,江岩在就在,不在就不在呗,阿肖还要骗她?

席安一点儿不觉得她表情有异，开开心心地跑过来，把工作证递给她："亚楠姐，挂上，我带你进去。"

方亚楠木然地戴上工作证："你们承办的开幕式？"

"怎么会？"席安说道，"这种体量的活动我们还接不住——顶多是为开幕式提供一些技术支持。"

"所以你们也参与了？"

"那当然哪，我们负责在其中一个馆做飞天壁画的全息展示——就是你上回见过的那个。走吧，我带你进去。"

"你们……江总也在？"

"是啊，这是我们第一次做博物馆级别的活动，江总肯定要亲自坐镇。他前阵子就一直忙这事来着。"

方亚楠不情不愿地跟着席安，从员工通道直接进了博物馆大厅。

大厅里已经搭建出一个简单的舞台，舞台后面密密麻麻地摆了一大堆器械，被各种缆线一样的电线连接着，方亚楠勉强认出其中几个是在江岩的公司里见过的机器。工作人员忙碌地穿梭其中。

席安直接喊了一嗓子："江总、肖老师，亚楠老师来了！"

机器丛林中陡然冒出两个人。江岩穿了一件鼠灰色的风衣，胳膊上居然套了一对咖啡色的套袖，看起来土土的。见到她，江岩笑着招了招手。

方亚楠勉强朝他笑了一下，随即皮笑肉不笑地瞪向一旁的阿肖："肖老师，有何吩咐？"

阿肖有些心虚，小跑着过来："辛苦了，辛苦了，刚才吉吉跟我说了……"他回头看了看，"我还以为你们结束采访会先回家休息，所以特地等到中午才联系你——没想到你们那么拼。"

方亚楠此时不得不承认岁月催人老。她有过比这两天更拼的经历，从来没觉得哪里有问题，但是现在一顿奔波下来，简直觉得身体快不是自己的了。她头昏、脸麻麻的、双腿软绵绵的。

但来都来了，她还是得撑住。

她深吸一口气，拍了拍脸："没事，开幕式，是吧？还有别的吗？九思负责的展区也要拍，是吗？"

阿肖一脸为难："不止，是整个活动。"

方亚楠震惊地挑眉："你改做敦煌选题了？"

"唉，还不是这次活动的宣传不到位。"阿肖抱怨道，"要不是江岩提起，我都不知国内很多科技公司参与了这次活动，很多展馆用了全息投影技术,应该算是目前业内比较全面的一次技术展示了,但是宣传人员对这个卖点几乎没怎么提。"

方亚楠捂脸:"我一时间都不知道该说你业余,还是说宣传人员业余。"

"我业余,我业余,"阿肖双手合十,"帮帮忙,多一点儿素材就多一分成功的可能哪!"

方亚楠叹气,举起相机:"成吧,老规矩。"

阿肖"嘿嘿"一笑:"指哪儿拍哪儿!"

此时,江岩一边掸着身上的灰尘,一边笑眯眯地走过来:"在菜场睡睡袋的滋味如何?"

"没有啦,后来还是订了酒店。"方亚楠表现得很正常,挠头笑了笑,"被我们老大知道了,老大把我们训了一顿,说我们这样丢杂志社的人。"

江岩眨了眨眼:"我可没这么说。"

方亚楠瞬间抓住了什么:"你说了什么?"

江岩若无其事地转过头:"一会儿开幕式上有你拍过的飞天壁画,来看看?"

方亚楠狐疑地看了他一会儿,答应了一声,转身追上正往前台走的阿肖,问:"昨天是你跟于总打小报告说我们要睡睡袋的吧?"

阿肖神色有点儿不自然:"嗯……啊……随口提了一下。"

"不是你说让吉吉去拿你的睡袋的吗?你干吗转头又跟于总说呀?"

"哎,你们要是去什么偏远地区也就算了。你们就在江州,还是我们《维度》的记者,哪里能真让你们在菜场打地铺?"

方亚楠眯起眼睛:"不是因为别人说了什么吧?"

阿肖下意识地往旁边看了一眼,随即反应过来,连连摇头:"没有,没有,不是,不是。"

看阿肖这个反应,方亚楠立刻确定是江岩说了什么,才促使阿肖去于文那儿告状的!

方亚楠感觉又好气又好笑。

《维度》的记者工资不低,并不差那两间房的钱。他们平时做采访,遇到当事人有难处,自掏腰包的时候多了去了。但他们都不是很在意工作期间的环境是否舒适,再加上报销流程虽然几经简化还是很麻烦,因此《维度》里很多同事出去采访,不太愿意在这上面花钱,其中方亚楠尤其如此。连财务问她要报销的汇款账号,她都嫌掏银行卡耽误她打游戏。

可人家一片好心,她还能说什么?

方亚楠叹了一口气:"好吧,还是要谢谢你。"

"应该的,应该的。"阿肖笑得尴尬,"走吧,走吧,开幕式开始了。"

这说是开幕式,其实就是一场发布会。敦煌特展之前一直在全国巡回展出,让全国人民都有机会亲眼见识敦煌的文物和壁画,但对一些经典却难以复刻的洞窟壁画,如何展现一直是个难题。

过去,展会通过搭建布景实现展出的目的,但是因为绝大多数通过幕布、脚手架和灯光等材料搭建而成的场景视觉效果并不好:没去过敦煌的人看了,感觉敦煌壁画不过尔尔;去过敦煌的人看了,则如鲠在喉。

但是有了全息投影技术,展会不仅可以逼真地展现洞窟内的场景,甚至可以让壁画中的人物和动物栩栩如生。通过这种方式,特展可以生动地展示敦煌壁画的美,看过的人都说好。

方亚楠当然去过敦煌,还去过不止一次,并且有幸参与过一次媒体活动,经过特许,在禁止拍照的敦煌石窟中拍了不少独家特写照片。是以爱看展览的她在得知这次的活动是敦煌特展时,并没有很大的感觉。

但是当江岩上台,又一次伸手迎来栩栩如生的飞天时,在场内观众的惊呼声中,她还是被惊艳到了。

之后即使还有其他公司的人上台演示,甚至与千年前的壁画人物做简单互动,方亚楠都依然沉浸在江岩的演示中,没有回过神来。

旁边还有年轻观众在咬耳朵:"刚才那个小哥真帅!"

"是博物馆的员工吗?"

"不会吧?他看起来是做这个投影的技术公司的人。"

"这年头,技术高低和脸还有关系吗?"

"身材也好好!"

"你刚才拍照片了吗?"

"拍了,拍了,嘻嘻!"

"快发到群里显摆一下——让她们偷懒不来!"

方亚楠在一旁面无表情地听着这对话,心里真是百感交集。

她到底怎么拿下这个男人的,这真是千古谜团。她觉得以自己现在的心态,她是不可能做到这点的。

她总感觉和江岩在一起,自己才是那坨插花的牛粪。

开幕式很短暂,除了技术演示以外还有一段简短的领导发言,很快,观众就可以去自由参观了。人群散开,众人往各自感兴趣的展厅走去。

江岩和席安要去自己负责的展区,方亚楠和阿肖则一起从最近的展馆开始拍,看到或大或小的全息投影,都要找角度拍两张照片。他们都是去过好几次敦煌的人,所以并没有特地去拍那些复刻的敦煌壁画,而是专拍投影。很快,他们就引起了别人的注意。

"二位,"一个穿着西装的年轻小哥走过来,一脸警惕的样子,"请问你们是……博物馆的工作人员吗?"

他说话的时候,看了两眼两个人胸前的挂牌。

"你好,"阿肖立刻上前解释,"我们是《维度》的记者,这次接到任务,要对现在的全息投影技术进行一次全面报道。请问你是负责这个展区技术支持的人吗?"

"是,"小哥犹豫地点了一下头,"抱歉,我没收到过相关通知。虽然东西放在这儿,没有禁止拍摄,但是到底涉及技术专利……"

他说到这儿,后半句话显然就是不太好听的了。

一时间,小哥自己也有些尴尬:"那个,能不能让我问一下我们老板?"

"当然可以,"阿肖给方亚楠使了个眼色,两个人连忙递上名片,"你去问吧,我们等着。"

"好。"小哥转身就去打电话了。

方亚楠和阿肖对此见怪不怪,在一旁平静地等着。方亚楠甚至有点儿庆幸——她刚才被阿肖赶驴一样赶着拍摄,现在手腕发酸。她干脆将相机挂在脖子上,靠在柱子上打盹儿。

这一闭眼不得了,方亚楠像吃了安眠药似的,意识直往下坠。她下意识地感到不对,却难以抑制自己继续沉下去的快感。她感觉自己已经回到了温暖的被窝里,很快就要彻底进入香甜梦乡。

就在这时,她心里一慌,猛地醒过来,与此同时,人不受控地往前倾去。她"啊"地叫了一声,正要伸手去抓一旁的柱子,双肩却被人稳稳地扶住。

她抬起头,江岩正看着她。

"你怎么了?"他微微歪着头,眯着眼,"不舒服?"

"亚楠?"一旁的阿肖被吓到了,也用力地抓住她的手臂,"太累了?哎呀,我真是……来,来,来,先坐在这儿。"

她被一左一右的两个人架到了一旁的椅子上,很尴尬:"没事,没事,是这儿太热了,我眯了一下。"

阿肖却不由分说地拿下了她脖子上的相机,一脸愧疚的表情:"是我不对,你先休息一下,千万不要勉强自己。"

"哎呀，我真没事！"方亚楠不想被这样特殊照顾，挣扎着想站起来，却被一旁的江岩按住肩膀。他冷着脸，表情很严肃："不要逞强。"说着抬了抬下巴，对她示意了一下椅子靠背，"闭眼，休息一下。"

方亚楠愣了愣。

她发现自己从没见过江岩温和以外的表情。之前的他就像一个人形立牌，完美得不像活人。可他现在一冷下脸，她居然真情实感地怕了。

一时间，她心里搜罗不出半句吐槽的话。她只能看着阿肖拿着相机走向西装小哥的背影，乖乖地仰头靠着椅背，闭眼休息起来。

方亚楠坐了一会儿就起身继续工作了。

她感觉自己再休息下去，能直接不顾形象地横躺在游客椅上睡过去，而且打鼾的可能性有百分之八十。

阿肖和江岩倒也没硬拦着，看她差不多回魂了便任她起身。方亚楠虽然不是什么苦出身，但自大学时喜欢上旅行开始，就非常吃苦耐劳。尽管岁月不饶人，但是江岩有个词没用错——不管什么时候，"逞强"确实是她的习惯。

江岩把席安留在了九思负责的展区，自己则慢悠悠地陪着方亚楠和阿肖逛，时不时地帮阿肖和其他公司的人引见。

视觉科技类的公司现在有很多，虽然确切地说，它们之间存在竞争关系，但是同时也有着密切的技术及市场交流。大鱼吃小鱼，小鱼抱团生存，这次博物馆展览就是典型的群策群力的结果。所以其他公司的人员面对阿肖和江岩时，虽然不免有些警惕，但是总体来讲，沟通还算顺畅。

他们到一旁聊天的时候，方亚楠就会自顾自地拍照，兴致来了，也会认真地看看展览的内容，努力与回忆中的实物进行对照。

"你是什么时候去的敦煌？"她正抬头研究壁画，江岩不知道什么时候走了过来，站在旁边发问。

当初她给他拍肖像照的时候，他就已经知道她去过敦煌了，所以方亚楠没有惊讶。她回忆了一下，答道："第一次去敦煌是大学的时候……大二？毕业后的第二年，在单位组织下又去了一次……唉，那次特别没劲。后来……我想想，三年前跟着媒体团又去了一次。"

"去了三次啊，"江岩叹息，"真好……为什么第二次很没劲？公司团建没那么痛苦吧？"

她忘了他是个老板了。方亚楠偷偷地吐了吐舌头，真情实感地说道：

"还号称文化人呢，他们在解说员介绍的时候七嘴八舌地炫耀自己对敦煌壁画的了解——其实全是道听途说的——偏偏不听最重要的信息。"

"什么重要信息？"

"解说员的介绍啊。"方亚楠现在想起来还想翻白眼，"人家都说了，那儿的解说员都是敦煌研究院的工作人员兼职的，至少也是硕士水平，随便拎一个出来，都吊打我那群前同事。你想想那场面吧，游客们东一嘴西一嘴的，解说员用无语的眼神看着他们。"

"哈哈哈！"江岩笑起来。

方亚楠每次成功调动气氛就很有成就感，也笑起来："还有偷拍的。那里面又没灯，黑乎乎的，解说员提醒了好几次不要偷拍，我们主任就装没听到。结果最后解说员来了一句：'那位游客朋友，听我说，绝大部分人拍了照片，回去都不会看，你能不能把照相机放下来？'"

江岩继续"哈哈"大笑，笑罢点头："是的，我接这个项目的时候，想假公济私地组织员工去采风，结果跟敦煌石窟那边的工作人员咨询了一下，他们建议我们直接到官方网站上看照片。"

"那还是值得一去的，"方亚楠真心实意地推荐，"那儿的旅游业务发展得挺成熟了，游客过去玩不怎么费事。"

"我尽量。"江岩微笑，"其实跟团游应该是最方便的，但我想如果去的话，最好还是自驾游，把想玩的地方都玩了，不能留遗憾。"

"唉，这就不好说了。"方亚楠想到自己的旅途，心有戚戚焉，"一般旅游时间超过十二天，人就会疲劳——不仅是体力上疲劳，心理也会疲劳，所以一次不要定太大的目标，还是得给自己留点儿遗憾的。"

"有道理，"江岩虚心受教，"你们什么时候有类似的旅行计划？如果缺人，就带上我吧。"

"行哪，"方亚楠一口答应，"你会开车，长得又帅，还会做饭，属于高质量旅行搭档了。"

"那可不一定，"江岩半开玩笑地说道，"我很娇气的。"

一个大男人这样形容自己，还真有点儿精彩，方亚楠一时间不知道是该恭喜还是该安慰。她眨了眨眼，欲言又止——她可以理解江岩说他娇气，但是现在还没到问他为什么"娇气"的时候。

最后，她还是决定举起相机。

江岩似笑非笑地看着她，又转头看起展柜，过了一会儿，去找阿肖了。

这次巡回展的规模并不大，开幕后不过两个小时，阿肖和方亚楠已经把整个展厅都逛完了。两个人到一楼大厅里的咖啡馆里找了两个座位，坐下来检查照片。阿肖一边看一边赶方亚楠："亚楠，你先回去吧，这些设备我晚上带回去。"

"你干吗不回去啊？"方亚楠问，"还要补拍？"

"没有，这些够了，很完美了。"

"哦，一会儿还有事，是吧？"方亚楠也没打算多问，"那我叫车了。"

"我是打算请江岩他们吃饭——今天多亏了他们。"阿肖说道，"你也看到了，这个展的消息、入场的工作证，还有刚才能跟其他公司的人搭上话，都是他们帮忙的，我就这么拍拍屁股走人的话不大好。"

方亚楠闻言动作一顿，在心里衡量了一下自己在这件事里的角色，觉得好像没到需要陪着阿肖设宴谢江岩的地步，心情瞬间放松，乐呵呵地说道："有道理。那你加油，我走了。"

阿肖："啊？你不陪我啊？"

敢情他刚才真的在给她挖坑。

方亚楠无情地起身："放过我吧大爷，我再不回去补觉，你下次见我就要七天后了！"

"乌鸦嘴，乌鸦嘴！"阿肖摆手赶人，"赶紧回去！"

方亚楠很快叫到了车，一口喝光了面前的果汁，起身往外走。阿肖在她身后叫："回去别开电脑啊！"

"知道，知道！"

"其他游戏机也别打开啊！"

方亚楠暗笑，朝他做了个鬼脸。

"哎，你还要不要命了？"

方亚楠扭了扭屁股，冲出大门。

她本以为自己回去以后绝对倒头就睡，结果阿肖料事如神——她还没到家，手机里已经攒了九十九条未读信息，有喊她出去吃烧烤的、逛街的、一起打游戏的……群魔乱舞，妖精满屏。

许久没见的小姐妹蒋萍："男人，出来陪我吃饭！"

暴躁的美女小说家萧其其："我找到一部新的恐怖片，晚上来不来？"

认识十年的游戏里的徒弟阿大："师父，来炙热沙城和我并肩作战哪。"

更别提最近和她打得火热的妙妙："喵总，《刀塔》老头儿技能增强了，来给我们蹦迪呀！"

发小儿孙航，自称江州巴菲特，嘴上说着减肥，手指却很诚实地给她发消息:"我新发现了一家烧烤店,在巷子里。这家的蜂蜜烤翅简直是人间绝品,一起去吗?"

最重量级的信息还是来自陆晓,他问:"喵总,《怪物猎人》在日本服务器上线了,一起玩吗?"

不是这群妖怪,方亚楠几乎忘了今天是周六。眼下清醒又及时地收到这些消息,她总不好装没看到,只能挨个儿回复。

"跟我吃个屁,你不好好相亲,你妈又要恨我了!"

"不去,上次被你抓的瘀青还在!"

"打不过,打不过!"

"我已经卸载了!"

"不吃,减肥!"

"玩!"

回复完陆晓,方亚楠绝望地捂住了额头,真切地明白自己对陆晓是真爱。

小伙伴都不知道她这两天高负荷劳作,才纷纷来约她;唯独陆晓,她在他家吃饭的时候,还说过第二天要早起,哀叹不知道自己会不会睁眼到天亮——结果他还来无情地约她打游戏。

要是碰上哪个相亲的人这么没眼力见儿,她早就把他拉黑了。可是换成陆晓,他一凑过来,她就用热脸贴回去——还是在可以如此冷静客观地分析自己心理状态的情况下。

所以说感情,或者爱情吧,是真的能"引无数英雄竞折腰"。方亚楠第一次体会到什么叫盲目和卑微。

她心里骂着自己没出息,却还是算着时间。飞快地洗了一个澡,然后一边吹头发一边打开电脑买游戏。等游戏下载完,她也刚好吹完头发,然后便一秒都没耽搁地上了线。此时,陆晓的新手任务已经完成了。

她刚上线,陆晓便打来一个微信语音电话,热情地邀请她一起奋战。方亚楠自觉以她现在的身心状况可能根本玩不好。为了不坑到陆晓,她忍不住叮嘱:"我今天从凌晨起就一直在工作,没停下来过,现在算'疲劳作战',等会儿拖你的后腿的话你可别怪我。"

"没事,没事,"陆晓丝毫没有察觉她的言下之意,满不在乎地说道,"人来就行。这个游戏前期不难,我陪你打。"

方亚楠也不知道心情是喜是忧,听话地接下新手任务,然后陆晓飞速地加入了队伍,一马当先地向游戏里的怪物冲去。

两个人一个接一个地打着怪物，一直"狩猎"到深夜，方亚楠终于扛不住了，讨饶道："我不行了，累死了。我先下线了，你玩吧。"

"好的，好的，那我去YY（游戏语音通信平台）跟老冯聊会儿天。"陆晓道，他的语气听起来意犹未尽。

方亚楠挂掉语音电话后，跑去刷牙、洗脸，回来后正准备关机，忽然一时兴起，打开YY直播看了一眼，发现他们的游戏频道里只有两个人——一个是陆晓，另一个并不是老冯，而是妙妙。

她随手点进去，恰好听到妙妙连珠炮似的说："所以缘分这个东西呀，只要遇到，就一定要赶紧把握住！你看喵总那么优秀，你再不抓紧机会，一不小心就错过她了，多可惜呀！"

陆晓："嗯……啊……"

方亚楠又震惊又尴尬，一时间不知道该不该出声提醒他们俩自己也在。

妙妙继续激动地说："哎，你有没有在听哪？我都快急死了！"

陆晓："在听，在听。"

"那你倒是说话呀！你对喵总到底有没有想法？有想法的话，我们帮你呀！"

陆晓："说什么？"

"哎，你傻呀？哦不，你装傻吧？唉，你真是没救了！"

方亚楠不能继续装透明人了，否则让人发现她在偷听会更尴尬。她心里五味杂陈，用惊讶的语气说："哎，妙妙你还在呀？老冯呢？"

妙妙和陆晓在惊吓之下双双骂了句脏话。

然后两个人都像是被按下了静音键，语音通话中一片沉默。

方亚楠演戏演全套，仿佛真的刚到，什么都没听见，又问道："怎么啦，说我的坏话呢？"

妙妙和陆晓一起语无伦次："没，没，没……没有……哦……没！"

"唉，不管你们了，我先去睡了，晚安。"

"晚安！"另外两个人一起大吼。

方亚楠这次真的关机了，自己都不知道自己该是什么心情。

她躺到床上，睁眼看了一会儿天花板，终究长长地叹了一口气，闭上眼睡了过去。

第五章

致老年：夕阳如血

方亚楠是被香醒的。

天光大亮，照得她睁不开眼，奔跑声、说话声源源不断地传进她的耳朵里。

她隐约听见一个女人在说话："轻点儿，奶奶还在睡觉。"

方亚楠："……"

不会吧，不会？！

她眯起眼睛，努力地看了一圈四周，然后长长地叹了一口气。

不管是梦还是穿越，反正她又回来了。

被训的显然就是她的"乖孙子"方鹗。他口齿不清地反驳："你们不是说奶奶早上五点钟就会起床吗？她现在都没起，是不是昏过去了呀？"

"瞎说！"方亚楠的儿子方近贤压低声音训斥方鹗，随即却说道，"我去看看。"

看来方近贤还是心虚。

方亚楠仰天躺在那儿，双眼无神地等着脚步声接近。方近贤推开门，蹑手蹑脚地走进来，小声唤道："妈？"

方亚楠朝他转过头，心情麻木，脸色应该也一样。

方近贤被吓了一跳，立刻停住脚步："那个……我看你还没起床，过来看看。"

方鹗在他身后靠着门框，冷冷地说道："明明是我提醒你的。"

方近贤不理他，继续问："妈，睡得还好吧？你昨天躺下直接睡着了，我们就没叫你。"

方亚楠低头看了看自己——她还穿着从医院出来时穿的那套衣服，身上盖了一条薄被，周身暖融融的。

"方鹗，吃完没？你该走了，"儿媳妇姜多多也凑过来，身上挂着一条黄色的围裙，"要来不及了！"

"唉！"方鹗叹了一口气，一口喝完姜多多递过来的牛奶，随意地摆了摆手："奶奶再见！"

方亚楠眨了眨眼，缓缓坐起身子——即使做这么小的动作，她身上都"咯吱"作响。她望向窗外，景色既陌生又熟悉。

这个房间的窗户没有对着江，但她依然有印象。

毕竟不久前，她还在"江岩家"做过客。

"唉。"她也叹了一口气。说镇定那是不可能的。如果第一次做梦的时候，她尚因情况不明而心情绝望，那回到过去对她而言，无异于吃了一颗定心丸。等到工作了整整一周后，她干脆彻底把这段经历当成了一场梦，甚至遗憾自己"当初"没有多问一点儿有关"未来"的事，以至应对江岩时手足无措，心里觉得自己像个神经病患者。

可现在，当她又"回来"时，她心里只剩下茫然情绪了。

所以如果这是梦，她为什么会做这个梦？老天这样对她透露剧情有什么好处吗？它就不怕引发蝴蝶效应？

而且这一次她还能回去吗？如果能，那她还会回来吗？这样翻来覆去的，什么时候是个头？！

她毫不怀疑这样的经历再来一次，她会连觉都不敢睡——尤其是在回到年轻岁月的时候。

一睡觉就容易"变身"，谁受得了？！

方亚楠实在没心情摆出什么好脸色，转头看向窗外，想哭但又要面子，脸上的褶皱一抽一抽的。

"妈？"姜多多走近，一脸不安的表情，"你哪里不舒服吗？"

方亚楠费力地抬手抹了一把脸，摇头："没事。"

"那你起来洗洗吧。我买了豆腐脑，咸的，你吃点儿吗？"

"哦。"

"要我扶你吗？"

"不用。"

方亚楠在姜多多紧迫的目光下缓缓下床，感觉身上像是背了一个千斤顶，全身骨头都在碰撞、叫嚣。她疲惫地叹了一口气，努力站起来，刚想迈步，动作顿了顿。她看了看姜多多。

站在后面的方近贤上前一步："妈？"

方亚楠迈出一步，感到眼前一黑，整个人顿时晃了晃。

"妈！"姜多多立刻扶住她，一股油烟味冲进方亚楠的鼻子，"阿贤，轮椅！"

"哦！"方近贤手里还拿着包子，闻言立刻冲出去，很快推来轮椅，和姜多多一起扶着方亚楠坐了上去。

方亚楠想哭却不能哭，憋到极致，神色就显得很悲怆。

她"昨天"还是个"拼命三娘"，今天直接坐轮椅了……

老天是在暗示什么吗？一定是吧？

这不就是现世报吗？！

方近贤还有事，叮嘱了姜多多两句，就披上大衣出门了。家里就剩下姜多多和方亚楠，不过两个人也没什么大眼瞪小眼的机会——姜多多跟老妈子似的，给方亚楠挤牙膏、打水，就差亲手帮她刷牙了。

"本来给你准备了电动牙刷，但医生说你现在用市面上那种电动牙刷不安全。所以我昨天已经给你买了全自动牙刷，要一会儿才能寄到。你先用这个随便刷一下吧。"姜多多说道。

全自动牙刷？方亚楠满头问号，脑子里闪过以前看过的搞笑视频——某人发明了全自动刷牙机器人，结果牙刷被捅进鼻孔……

她咽了一口口水，勉强笑了笑，拿起一次性牙刷，还是仔仔细细地刷了牙。

她刚刷好牙，姜多多已经搓好了毛巾，直接往她脸上擦。方亚楠羞愤交加，连忙按住姜多多："我自己来，自己来！"

"哦……"姜多多大概也觉得自己做护工做得太入戏，局促地放下手，左右看了看，"那……那我去给你准备早饭，你……你要豆浆吗？"

"好，谢谢。"方亚楠随口回道。

"啊……"姜多多顿了顿，似乎想说什么，但到底什么也没说，走开了。

方亚楠慢吞吞地吃完早饭，又吃了一大堆药。

好家伙，七十五岁的她果然没逃过浑身基础病的命运——高血压、高血糖，再加上阿尔茨海默病，她这也算残阳如血了。

吃完药，方亚楠坐在沙发上看着姜多多熟练地收拾餐具，又不安又无奈——如果是"昨天"的自己，在别人家里吃完饭，就算是客套一下也会起来帮忙收拾的。可是现在,在这全是"亲人"的陌生人家中,她完全不知道该怎么办。

对他们来说,他们认识自己几十年,就算交流不多,却也对她极为熟悉,但是自己对他们几乎一无所知,她忍不住想客气,却不得不表现得理所当然。

真难受啊,她感觉比寄人篱下还难受。

"妈,"姜多多将餐具放进洗碗机,擦着手走出厨房,"要不要看会儿电视?"

"哦。"方亚楠此时如果不听安排,也想不到自己还能做什么事。

她被推到电视机前,手边是一个触屏板,上面有各种节目列表。她在触屏版上点一下,电视机里就会出现相应的节目。

还好她是到了四十多年后,科技没有发生什么跳跃式进步,如果是到了四百年后,她大概只能做个废人了。

方亚楠随手点开一个节目,看了一会儿又换了一个节目,但无论哪个节目她都看不进去,脑中一团混乱。

她应该做点儿什么。事情都到这份上了,她不能再随波逐流了。既然两段人生是前后呼应的,那她完全可以把现在当成过去的参考答案,这场考试已经给她提供了这么大的作弊条件,她不抓住机会,岂不是个傻子?

她为什么和江岩结婚,又为什么离婚,真的只是因为孩子的冠姓权吗?

以她目前对江岩的了解,他不可能是处理不了这种小事的人。况且,以她对自己的了解,三十多岁的自己也不可能退化到处理不了这种事的。

还有,陆晓呢?他去哪儿了?

那些朋友呢?四十多年了,朋友还剩下几个?或者说,他们的友情维持了多久呢?

他们……活到现在了吗?

太多的问题涌进脑海,但几乎没有一个能得到答案,她慢慢心慌起来,像一块沉入深潭的石头,冷冰冰的,一路坠至黑暗深处。

"喵"的一声猫叫声突然从远处传来。

方亚楠往声源处望去,发现叫声是从书房传出来的。她想起老方亚楠还带来了一只猫,那猫叫什么来着……虽然这里的时间只过去一周,但实际上对她来说,时间已经过去了很久。

"哎呀,厂花在叫,"姜多多把一盘水果放到她面前,"看来它是想出来了。"

"它这是在……隔离?"方亚楠问。

"对啊，"姜多多理所当然地答道，"他们都说猫到了新环境以后会不习惯……啊，妈你肯定懂的。"

"对，我懂。"方亚楠"喃喃"道。她想去摸摸猫，但又有些心虚——猫是很有灵性的小动物，如果这只厂花不认她，怎么办？

算了，方亚楠，你不要太敏感！你就是方亚楠本人，怕什么？！

"要隔离多久啊？"方亚楠问，"一周？"

姜多多偷偷打量她："是打算隔离一周的，但如果你想早点儿把它放出来也可以。"

"随便吧，"方亚楠觉得有点儿不好意思。她知道如果把猫放出来，辛苦的还是姜多多。照顾猫有多辛苦她太清楚了，更不用说屎量"傲视群猫"的缅因猫了。

姜多多松了一口气，又忙碌起来。

方亚楠觉得很奇怪，按理说，一个已经步入正轨的家庭，且家里许多用品是自动的，应该不会产生那么多家务。可一会儿工夫，姜多多就在屋里走了好几个来回，看起来有好多事情要做。

方亚楠忍不住问："喀，多多啊，你忙什么呢？我都没见你停下来过。"

"啊，吵到你了吗？"姜多多被吓了一跳似的，"那我轻点儿。"

你慌什么，我能吃人吗？方亚楠很无奈，努力做出慈祥的样子，说道："我就是怕你累。"

"哦，没什么，周日都是这样的，有做不完的事。"

"周日？"方亚楠纳闷，"那他们怎么都这么早出门？"

"阿贤最近蛮忙的。"姜多多说道，"小鹗嘛，上补习班哪，他都高二了。"

"……"

孙子你好惨，奶奶就不当着你的面笑了。

方亚楠看着自己的手机，有点儿不习惯。

微信还在，但是页面已经变得让她差点儿认不出来，好在勉强能用。聊天列表里的人她一个也不认识，聊天记录也寥寥无几。她再看通讯录，里面也是一大堆陌生人，有个别熟悉的名字，她又不敢直接去联系人家。

您好，我得了阿尔茨海默病，不记得我二十九岁到现在的事了，您老跟我说说？

她想想就觉得诡异。

方亚楠去看朋友圈，感觉过了四十多年，老年人的世界也没多大变化，不外乎旅游、居家、泡茶、种花和玩丝巾。年轻人的朋友圈……好吧，她看不懂。

太惨了，真的太惨了，她感觉自己被这个世界隔离了！

姜多多忙了一上午，终于松了一口气，陪方亚楠吃午饭的时候问道："下午江谣和添仪会过来看你，大家一起吃顿饭。我现在订菜，你有什么想吃的？"

添仪？哦，韩添仪，她的外孙女。

方亚楠心里暗暗叹了一口气，感觉有些厌倦。她连眼前的人都还没熟悉，转眼又要去接触其他"熟悉的陌生人"，真是想想就压力陡增。

但她怎么能拒绝自己的外孙女呢？那还是传说中由自己带大的外孙女。就算自己不认识对方了，相信对方也会善待自己吧。

"添仪……"方亚楠很不习惯地叫出这个名字，"她怎么样啊？"

姜多多面上浮现一丝不自然的神色。她勉强笑了笑："她可比我们方鹗出息多了，像她妈。"

啊，这话的信息量就大了。看来江谣作为大姐，在方近贤面前"余威犹存"，姜多多作为弟媳大概不会觉得很舒服。

"她是去读大学了？"

"嗯，她在隔壁S大，学的服装设计。"

"哦，"方亚楠还是知道S大的，那是一所还不错的大学，但算不上一流，"她是艺术特长生？"

"对啊，"姜多多似乎很乐于回答这个问题，"当初她为了去学这个专业，家里好一通折腾呢。"

"折腾什么，我不同意吗？"

姜多多愣了一下，眼神有些飘忽："啊，不是，你同意的。"

"那是她妈妈不同意？"

"也不是。"

"那有什么好折腾的？"

"是她自己不愿意。"

"啊？"

"但是你……哦不，我们都觉得，以添仪的成绩，她去参加艺考比较保险。"

可怜天下父母心。

她以前还想，如果自己有了孩子，绝对不逼孩子，把他的人生交给他自己做主。结果没想到现实这么快就打她的脸了——她不仅逼孩子,还逼外孙女!

"你看现在不是挺好的嘛,她当初那个高考分数,要不是有艺考加分,上S大都悬——我觉得就该听你的。"姜多多给她夹菜,"我们方鹗现在不也开始努力了?竞赛、音乐……能参加的项目他都去试试,就像你说的,事在人为嘛。"

想到孙子周末清早还要去补习,而她刚才还幸灾乐祸,方亚楠心里五味杂陈。她小心翼翼地问:"我是不是……给孩子们太大压力了?"

姜多多笑着看了她一眼:"这是应该的。"

方亚楠心情复杂,埋头喝粥。

"你多吃点儿,下午让添仪带你去楼下转转——散步有利于身体康复。"

"哦,好。"

"顺便让她帮你回忆回忆。不管怎么说,她跟你最亲,说不定你一见到她,就什么都想起来了呢?"

这个可能性……是没有的。

方亚楠突然有些紧张起来,怕那个外孙女看出自己不对劲来。

吃完午饭,方亚楠坐了一会儿,门铃响起。江谣率先进来,后头跟着一个年轻靓丽的女孩。

"妈!"

"外婆!"

方亚楠一听到这种称呼,脸瞬间就垮下来了。

女孩越过她妈,跑过来一把抱住方亚楠:"我想死你啦!"

方亚楠手足无措地僵着身体,许久才勉强抬手回抱了女孩一下。

韩添仪跟她妈长得有五分像——大眼睛、尖下巴、浓密的眉毛、挺翘的鼻尖,很是好看。她嘴唇略厚,一头浓密的大鬈发披在肩上,整个人看起来英气勃勃的,很有气质。

而且她个子很高,也不是弱不禁风的身段。

唉,青春哪。

"外婆,外婆,你还记得我吗?"韩添仪指着自己,一脸自信的表情。

方亚楠露出慈祥的微笑,果断地表示:"不记得。"

"啊,"韩添仪哭丧着脸,"你怎么可以不记得我啊?"

她转过头:"妈,外婆说她不记得我了!"

江谣正把带来的菜递给姜多多,闻言回头:"她连亲女儿都不记得了,还能记得你？"

"哼！"韩添仪噘起嘴。她坐到方亚楠身边："外婆，你回家看过吗？"

"你们家？从视频里看过。"

"也没印象吗？"

"没有。"

"啊，那可怎么办？"韩添仪看了一眼江谣，然后站起身，"外婆，我带你下楼转转吧。"

敢情她们早就商量好了。方亚楠无所谓地点了点头。

"妈、舅妈，我带外婆下楼转转去！"

"去吧，去吧。"

韩添仪推着方亚楠，脚步轻快地走了出去。

方亚楠其实有点儿想不通。从刚才姜多多的讲述中，她得知自己对韩添仪的人生选择造成了巨大的影响，按理说，事情还没过去多久，韩添仪对她应该心存芥蒂才对。反正要是她报高考志愿时被大人指手画脚，她肯定要闹一阵子脾气。

但是韩添仪就像什么事也没发生似的，在她面前一副亲密的样子。

是她们俩感情真的很好吧？一定是的。

楼下的社区公园绿荫如盖，挡住了徐徐的寒风，漏下点点暖光，让人很是舒服。方亚楠一直处于心乱如麻的状态，自然没有先开口的心情。韩添仪走了几步，忽然问道："外婆，你什么都忘了吗，连自己都忘了？"

她这么一问，方亚楠便意识到，江谣并没有把自己的病情完全告知她。方亚楠不知道韩添仪为什么这么问，模糊地"嗯"了一声。

韩添仪笑了一声。

方亚楠见她这么笑，嘴角也忍不住翘了起来——果然如她所料，小姑娘心里有怨气呢。

"所以就算我告诉你，你逼我学的那个专业很差劲，我一点儿都不喜欢，你也不会有什么感觉咯？"

"什么专业？"方亚楠装傻。

韩添仪语气冷漠："你嫌我学习不好，逼我高二的时候去学画画，走艺考路线，最后我去了一所二流大学的服装设计专业，这些你也不记得了吧？"

"是啊。"方亚楠也神色冷漠。

她发现一些小说里写的情节并不对——小说里，主角即便失忆了，也会下意识地对熟悉的人有反应。可她没有这种反应。现在的她完全是二十九岁的自己,这具身体除了能感知到岁月赋予的衰老和病痛,没有对她的意识产生任何影响。

她很满意,但又有些心虚。

老方亚楠这样冷漠的反应会伤害到她的家人。

但她实在热络不起来,关怀不起来,尤其是对方还对她表现出敌意的情况下。

"那我要是说,我打算换专业,换不了专业的话宁愿退学,你怎么办?"韩添仪又问。

"那你就去做呗。"方亚楠答得毫不犹豫。

"你现在又支持我了?"韩添仪气笑了,"你知道我要换什么专业吗,你就同意?"

"不知道,"方亚楠有些无奈,"但我都这样了,也阻止不了你吧?"

"所以就算方鹦说他要退学去打游戏,你也同意?"

啊?这是什么转折?

"他真的这么说?"方亚楠问。

"看吧,你是不是又要说这样没出息,绝对不行了?"

所以老方亚楠到底怎么回事啊?她明明既不是被父母严格约束着长大的,也没有强迫别人服从自己的爱好,怎么老了以后这么专横?

为孩子好她就能独断专行吗?

还是说,这只是韩添仪的一面之词?

方亚楠感觉很累:"我现在什么都不记得了,也什么都不知道,你让我怎么判断他的选择是好还是不好?"

"你对他倒是挺宽容的。"

"如果现在学历这种东西真的没用了,那他只要确定自己不会啃老,想干什么都可以;但如果学历还是一个有基本保障的东西,那我肯定还是会劝你和他都努力获得更高的学历。"方亚楠努力解释,"我觉得不管我记不记得你们,应该都是这个观念。"

"喊,反正你总是说什么都有道理。"

方亚楠立刻回嘴:"所以你也承认自己没道理了?"

"不,你只会从自己的角度出发去看待问题,根本不考虑我们的自身情况!"

眼看这场辩论要没完没了了,方亚楠宁愿回去面对一堆人,也不想再面对这个咄咄逼人的外孙女。她闭了闭眼："你有怨气我明白，但以我现在的情况，我们大概不适合促膝长谈，要不你让外婆先歇歇？"

韩添仪顿了顿，大概也意识到自己说得太过了，尤其是在方亚楠还是个病人的情况下，便沉默地推着她继续往前走去。

方亚楠感觉这散步散得像上刑，拐弯就能看见绞刑架。

她要不要求回去吧？本来她的身体就不好，再走下去，她要身心俱伤了。

就在这时，旁边传来一个疑惑的声音——

"奶奶，你怎么下楼了？"

方鹗？！哎哟，我的乖孙子！

方亚楠猛地抬头，惊喜地看过去，就见方鹗从拐角处走出来，对着她笑了一下，随即看到她身后的人，笑容瞬间消失。他嫌弃地说："哦，你来啦。"

韩添仪："干吗，我不能来？"

"来就来呗，"方鹗露出一个阴险的笑，"不来你怎么会知道奶奶还有个孙子呢？"

身后猛地传来轻微的"嘎嘣"声，那是手指紧握时，指节发出的声音。

方亚楠头皮都麻了。

这话是什么意思？她怎么听不懂？

她才回来一天，不要一上来就给她重头戏好吗？

方鹗和韩添仪不和，方亚楠是能预料到的。

同一个大家庭里的小孩子嘛，总是容易被长辈拿来比较。两个孩子还都很要强，这种情况下难免容易产生冲突。

但是两个人这么明目张胆地在祖母面前发生冲突，这对方亚楠来说着实刺激。

方亚楠现在觉得自己以前和家里的表哥、表姐发生的那些小摩擦都太小儿科了。

方鹗和韩添仪一路阴阳怪气地斗着嘴回了家，进门时却不约而同地换上笑脸，一起叫道："我们回来啦！"

方亚楠："……"

"回来啦？那去玩会儿吧，方鹗你不是刚买了什么新游戏吗？你和你姐一起玩。"

"好啊！"方鹗一口答应："姐，来玩呀。"

韩添仪笑眯眯地回："好呀，好呀，有什么游戏呀？"

"来，来，来，你过来看。"

两个人把方亚楠留在客厅的电视机前，然后手拉着手地进了小房间。

方亚楠坐在那儿，心想：你们这是真当老娘老年痴呆吧，有这么直接变脸的吗？！你们考虑过观众的感受吗？你们是都觉得我傻吗？

方亚楠气鼓鼓的，百无聊赖地换了几个频道。方近贤还没回来，江谣和姜多多则在厨房里有说有笑地做着饭，总之没人理她。

方亚楠研究了一下自己的轮椅，发现轮椅是手动的。好家伙，四十多年了，他们就不能给她搞一个霍金的同款轮椅吗？实在不行，半自动轮椅也行哪！

不过幸好，手动轮椅也就是费劲，不费脑。

她推动着轮椅往方鹗的房间移动过去。

房门没有关严，留了一条缝，方亚楠敲了敲门就进去了。姐弟俩各占一角，韩添仪坐在电脑椅上玩手机，方鹗则拿着一个手柄在打游戏。听见声音，两个人一起看了过来。

方亚楠本来是来找韩添仪的，开口第一句话却是："这是手柄吗？怎么跟我那时候用的没什么两样哪？"

方鹗还没回答，韩添仪先抓住了她话里的重点："那时候？外婆你不是失忆了吗？"

"你先查查阿尔茨海默病的失忆跟你从小说里看的失忆情况有什么差别再和我说话！"方亚楠一口气说完，感觉肺都收紧了。

她喘了一口气，继续对方鹗说道："给我看看呗。"

方鹗有些不情愿："我这局没打完呢。"

"哦，那你先玩。"方亚楠非常理解地在一旁乖乖地看着。

方鹗打的是一个动作类游戏，画面精细得已经到了逼真的程度，角色的动作、视角转换、武器切换都稳定流畅，角色身姿非常帅气。画面中，角色一会儿以长剑近战，一会儿又用狙击枪远程作战，看着就好玩！

方亚楠心驰神往："这是什么游戏啊？"

"《怪物猎人》。"

"啊？"方亚楠蒙了，这个游戏她"昨天"刚玩过，"第……第几代了？"

这个问题一出来，就表明她不是个外行。方鹗终于态度认真了一点儿，想了想，答道："这是……第十代……吧。"

"吧?"

"哎呀,现在都不用第几代这种说法了,每一代游戏都有自己的名字,这是《怪物猎人·苍蓝纪元》。"

"什么,我们都打到苍蓝星了?!"方亚楠立刻听出这个名字中蕴含的意思。

一旁半天没说话的韩添仪突然插嘴:"外婆,你……你这是……返老还童吗?"

方亚楠仔细斟酌了一下自己的处境,勉强点头:"可以这么理解。"

"我的天,所以你只记得自己小时候的事情了?"

如果二十九岁算"小时候"的话……

方亚楠模棱两可地答:"就……越久以前的事情,我记得越清楚;越近的事,反而越想不起来。"

"所以你连我们都不记得,那是……"韩添仪皱眉回想,"哦,不对,你连爸妈都不记得了的话……你的记忆回到五十年前了?!"

"你妈五十岁了?"方鹗提出致命的问题。

韩添仪:"你闭嘴,四舍五入行不行?"

"你敢在你妈面前四舍五入吗?"

"你找死啊?"

方亚楠:"请理理我。"

两个人停下来,都迷茫地望向她。

方亚楠一脸隐忍的微笑,她问:"方鹗,手柄借奶奶玩玩?"

方鹗看着自己已经被怪物打"死"的角色,表情空白地把手柄递了过去。

方亚楠接过手柄感受了一下,发现从体感上来说,手柄并没有很大变化,显然当年的外形设计就已经充分考虑到使用者的感受了。不过从质感的角度来说,手柄表面的材质和按键的设计让方亚楠一摸到就产生了"哇,好舒服"的感觉。

她一边爱不释手地把玩着手柄,操控人物在城镇里走来走去,一边问:"添仪,你对你外公了解多少?"

韩添仪愣了愣,看了看方鹗,神色严肃起来:"外婆,我出生的时候,外公已经去世了,我对他了解不多。你为什么不直接问我妈?"

"一会儿会问的,但我想多问几个人。"方亚楠说道,"现在你有空,所以先问你。"

"可是……"韩添仪迟疑了一下,又看看方鹗,斟酌着说道,"妈妈说,你好像……之前……并不是很想知道外公的事。"说完她立马瞪向方鹗:"你不要出去乱说!"

方鹗冷笑:"我和奶奶聊的事比你的多得多了。"但他随即回头问方亚楠:"对啊,奶奶,之前我和你说家里人的事,你不是很不乐意听爷爷的事吗?"

"可我后来不是也想看他的样子了吗?"方亚楠努力回忆着自己上一次回忆做老方亚楠时做过的事,"我就是不记得自己嫁过人了,所以才有点儿……那个……抗拒嘛。"

"那你抗拒我们吗?"方鹗再次提出致命的问题。

这小崽子长着这么一张嘴,是怎么活到现在的?!

方亚楠摇了摇头,诚恳地说道:"知道你们是我的家里人,我还是很高兴的。"

这等于没回答,但另外两个人都没再追问。韩添仪皱眉思索了一会儿,说道:"关于外公的事,妈妈说的不多——尤其是在你面前。我原本以为你们早就离婚了,应该感情不好,但是偶尔提起他,你也不是很反感。所以,说实话,你和外公的感情到底怎么样,我真的不太清楚。"

以她和江岩的性格,两个人应该不会撕破脸,这是方亚楠早预料到的情况。

江岩走得太早了,早到他都没见过他的孙子和外孙女。作为江岩的同辈人,方亚楠陡然产生一种兔死狐悲的感觉,越想越难受。

这么一个优秀的男人,为什么会落得这样的结果?

她和他结婚时他幸福吗?她和他离婚时他感到解脱吗?他离开时……无憾吗?

"前两天",他还活生生地在自己面前微笑、开车、开创事业,现在却是个已经失去了踪影的人。这样的人生是不是太遗憾了?

想得深了,方亚楠竟然眼眶发热。她不想在自己孙辈面前哭起来,便转过了头。

"奶……奶奶!"方鹗手足无措地从床头爬过来,"你……你……你啊……那个……我记得我爸说过,你们很恩爱的!你主要是跟太爷爷、太奶奶处不好,但是他们对我爸都很好……那个……爷爷经常来找你玩的,你们经常全家一起去郊游!还有,我爸上学的时候,都是爷爷辅导他功课!爷爷很厉害,你经常拿他给我爸、我姑当榜样。"

"是的,我想起来了!"韩添仪也说道,"虽然我妈跟了外公,但是外公也经常说要她跟你学,后来我妈说起她跟我爸离婚的事情……"

她说到这里突然停住了，看了看方鹗，抿起了嘴。

方鹗一脸茫然："怎么了？哦，"他了然，"我出去？"

韩添仪指了指门："出去。"

方鹗耸耸肩，走了出去。

方亚楠比方鹗更茫然，但没有阻止。等方鹗出去并关上门后，韩添仪起身走到她面前，蹲下，仰头微笑道："我妈说，虽然你和她都离婚了，但让我不要因此就对爱情失去信心。因为她虽然看走眼了，但你没有。有些人离婚是因为恨，有些人却是因为爱。"

这种煽情的话，原本是会让方亚楠头皮发麻的，她却感到一阵酸意涌上心头。她扯起一个哭一样的笑容："我怎么听不懂呢？"

韩添仪说完这番话，自己也很羞耻，低头调整了一下心情，抬头露出苦笑："我也听不懂啊，但是，外婆，听说外公走的时候把一切都留给了你，并且反复叮嘱，要你一定再找一个归宿。明明有人追你，你为什么从来没答应过呢？"

方亚楠并不知道老方亚楠的答案，但知道自己的。

她摸了摸韩添仪的头，叹息道："没办法，他给的实在太多了呀。"

虽然很感动，但是方亚楠潜意识里认为韩添仪提供的信息并不可靠，可能有一定的真实度，但是也有着很明显的艺术加工成分。

她之前虽然也快三十岁了，但明显感觉自己在爸妈眼里还是个宝宝。爸妈有什么烦恼，都不会和她说，就算她问起，爸妈也会尽量往好的方面讲。

韩添仪往上数两代，家里的女性长辈都离过婚。江谣担心女儿对婚姻失去信心，讲出这样的话也很正常。

看来旁敲侧击是没希望了，她还是得直接问江谣和方近贤。

她和江岩离婚的时候，孩子都还小，当时江谣跟了江岩，方近贤跟了她。可以说，江谣是被江岩养大的，两个人的相处时间比他们这对夫妻的相处时间还久。这个世界上最了解江岩的人，不出意外就是江谣了。

她本来还想问问江岩的死因，但是方才的气氛实在有些诡异，她竟然问不出口。她转念一想，这个答案也不是很难获得，她便干脆不再往下问了。

此时，房间里就剩下她和韩添仪两个人，正主方鹗被赶出去了，大概还不知道自己什么时候能进来。气氛有些尴尬，方亚楠突然想到韩添仪之前将方鹗赶出去的行为，问："你说这些话是会不好意思吗？为什么不让方鹗听哪？"

韩添仪的脸皮比她的还薄，说完那些话，韩添仪已经自顾自地坐到一旁拿起了手机。闻言，韩添仪愣了愣，面色有些尴尬地嘟囔："谁知道他听完会跟舅妈说些什么？"

"啊？他们会说什么啊？"

韩添仪冷下脸："外婆，你是真不明白吗？我妈那么要强的人，离婚后从来不跟别人说离婚原因，别人在背后说什么的都有，甚至有人说离婚是我妈的错——这种话还能是谁传出去的？当然是亲戚啦。"

"这……就算真的有人在背后嚼舌根，也不见得能让你们听到吧，你是不是敏感了？"

"什么呀，我肯定是知道才这么说的，还要多亏了方鹗这个狗东西呢！"

"喀……这……这个狗东西说什么了？"

韩添仪咬牙切齿地说："十年前的事了……哦不，十一年前……有回我们吵架，他说……"

她还是有些顾虑，偷瞥方亚楠。

方亚楠一脸鼓励的表情，她绝不承认自己的表情很像瓜地里的猹。

"他说：'要不是你妈虚荣好胜，怎么会逼得姑父吃不消逃掉啊？'"

啊，这……确实有点儿过分了。

韩添仪说出这话以后反而再无顾虑，义愤填膺地添油加醋："你说，他那时候才几岁啊，没大人教，会说出'虚荣'这种词？"

"嗯……"

"所以我也不喜欢舅妈。"韩添仪已经豁出去了，神色阴冷地噘着嘴，"这事我记一辈子！"

亲戚在背后嚼点儿彼此的舌根，其实这种事也正常，但是让小孩子听到，还传了出去，那确实不应该。尤其赶上方鹗这种阴晴不定的主儿，他指不定连句道歉都没有。

"那啥，他后来跟你道歉了没？"

"后来我俩打起来了，我就跟我妈说了啊。舅舅听说这事后，押着他来道歉。但你也知道，那货是个狗脾气，来道歉还一副绝不屈服的样子，好像错的是我！我那时候就说了，跟他不共戴天！"

那你俩今儿还在一个房间里待着，敢情不共戴天，但可共"戴"天花板？

方亚楠吐槽归吐槽，但见他们这副貌合神离的样子，心想他们还是懂一点儿人情世故的。当年打架的时候，两个人都是小孩子，这又是十年前的事,大人们可能都无所谓了,如果知道他俩还在记仇的话,说不定还会觉得他俩矫情,所以他们的表面功夫总要做好。

想想江谣和姜多多在厨房里有说有笑的样子,方亚楠也不确定她俩对彼此的态度有几分真、几分假了。

方亚楠了解了个大概,见方鹗还没进来,便又拿起方鹗的手柄玩起来。韩添仪见状惊讶地眨了眨眼,然后忍不住偷笑起来,干脆也不出声叫方鹗回来,反而在一旁看起来,边看边瞎指点:"外婆,你应该可以从那边跳上去……啊,不行哪,那这边呢?"

"哎,说什么开放世界?这也不开放哪,居然还有空气墙。"方亚楠很不满,"我还以为可以随便走呢。"

"这是复古游戏,跟你们当年玩《超级玛丽》一样,追求的就是原汁原味。"

"复古……"方亚楠很心酸,自己当年觉得很新潮的东西,现在都算复古了。她心念一动:"欸,那现在是不是流行那个什么……头盔了?"

"头盔啊,那可贵了,尤其是那种体感游戏,我玩过,很晕,不喜欢。反正我的很多朋友更喜欢复古游戏,还说这种游戏更考验游戏技术。"

"那倒是,"方亚楠有些得意,"当年我也是扛着轻弩打过龙的人呢。"

说着她就在游戏中接到了一个任务。任务入口处,三个路人队友已经整装待发。

过了这么多年,就算是复古游戏,和当初的游戏版本比,还是有很大改变的。方亚楠虽然找到了工具栏、检查了药品,又颤巍巍地试了试手头的武器,可是除了这些基础操作,特殊操作她一概不知。预料到自己会坑队友,又不知道该怎么提前跟队友道歉,此时,她不安地操控着自己的角色站在那儿。

很快,有人带头开始找怪物,方亚楠跟在后面。她能感觉到自己的手指不太灵活,反应也比过去慢了好几拍,再加上她对操作界面不熟悉,她的角色一直在画面中跑来跑去,很傻。

"外婆,在那边,那边……哎,你看你又跑错了,那边有路,那肯定是路!看吧,往这儿跑……欸,这么高的地方,他们怎么跳上去的?"

韩添仪在一旁"叽叽喳喳",几乎把方亚楠的心声都说了出来。她神色更加迷茫,还混杂着紧张感。方亚楠一边瞎按动作键,一边问:"对啊,他们怎么跳上去的?等会儿,现在能看键位设置吗?我看看……"

这毕竟不是她惯用的手柄,她研究了没一会儿,头顶的怪物头像就开始泛红光了——这是已经有人开打了的标志,而与此同时,她连一半路程都没走完!

"完了,完了,完了……"方亚楠连声哀叹,"要坑队友了,要坑队友了。"

"别慌,别慌!要不我叫方鹗进来?"韩添仪嘴上说着不慌,人已经往门口走了。

方亚楠苦笑:"赶快,赶快。"

韩添仪立马打开门,喊了一嗓子:"方鹗,方鹗!"

方鹗咬着冰棍走过来:"干吗,终于说完了啊?"他一进门,看到方亚楠坐在轮椅上握着他的手柄,手里的冰棍差点儿掉到地上:"奶奶,你……你……你干吗呢?!"

"我就想玩玩……"方亚楠继续苦笑,"等一下,我快到了,马上还你!"

"可我……"方鹗看看自己正拿着冰棍的手。

他又看了看韩添仪,韩添仪连忙后退:"别想我给你拿!"

"可奶奶……"

"扔了呀,一根冰棍,你还舍不得?!"

"我刚舔了一口啊,"方鹗大叫,"这是最后一根了!"

"哎,我给你买,行了吧?快去帮外婆!"

姐弟俩吵吵嚷嚷的时候,方亚楠终于操作着角色,顺着正常路线"呼哧呼哧"地跑到了怪物面前。前方已经打得如火如荼,她也不能傻站在旁边公然偷懒。眼看着怪物一看到她就冲过来,方亚楠"哎哟"一声,顺着本能操作着手中的角色往一旁翻滚,居然成功躲过一击!

她万万没想到,自己居然还有肌肉记忆!果然,复古游戏的基础操作四十多年都没变!

看到方亚楠这么一躲,方鹗直接来了一声:"好!"然后他激动地蹲到她旁边,举着冰棍喊道,"拔刀,拔刀!砍就是了!"

"真的假的啊?"方亚楠手指麻木,心脏"突突"地跳。她已经意识到这么刺激的活动不适合这副身体了,但是灵魂中自带的冲动还是让她拔出了刀,迎着怪物冲了上去。

"奶奶,奶奶,现在别上,它会甩尾!"方鹗尖叫。

"哦!"方亚楠闻言,反而下意识地前冲,在方鹗瞬间拔高的叫声中,擦着怪物的尾巴躲到了它的身下,毫发无损的同时还得到一个完美的位置,接着二话不说,开始对着怪物狂砍。

"牛！"方鹗激动，"奶奶太厉害了！"

韩添仪也在一旁大叫："哇，哎呀，天哪！"

"奶奶，赶紧用技能！"

"怎么用？！"

"冲刺，然后用'X'键加'A'键升空，下落的时候再按'A'键！"

"哦，升龙斩！"

"这你都知道？！"方鹗再次尖叫，然后催促，"快！快！快！"

方亚楠冲刺，然后试图去按"X"键加"A"键。就在这时，她听到大拇指关节发出"嘎嘣"一声——她只按到了"A"键。

时机转瞬即逝。

"啊，可惜！"方鹗安慰道，"没关系，再来！"

"不行，不行，"方亚楠紧盯着屏幕，感觉眼睛都花了，"我再这么玩，手指非得脱臼不可。我就拿刀砍它吧！只要我不'死'，就是胜利！"

"什么？你以为这是《街头霸王》吗？哦不，就算是《街头霸王》也不只有砍人这一项技能哪！"

"那你来啊，冰棍吃完了吗？"

方鹗对着冰棍猛嗦一口，苦着脸说："还早呢。"

"唉，废物，冰棍都吃不利索！"

"……"

方亚楠靠着基本的挥砍动作，居然真的毫发无损地过了这关。

方鹗激动地大呼小叫着："奶奶你太厉害了，这都没'死'！"

刚好路过的姜多多听到，人都麻了，探头咆哮："方鹗，你说什么呢？！"

方鹗缩了缩脖子，赶紧辩解："我说奶奶玩游戏……"

"那说什么死不死的？"姜多多看向方亚楠，然后愣了一下。

鸡皮鹤发的老人坐在轮椅上，握着游戏手柄——这幅画面应该是"前无古人"了。

方亚楠有种做坏事被发现的心虚感，尴尬地说道："没事，没事，就……就是看我玩得开心，方鹗夸我呢。"

"哦，妈，你……"姜多多犹豫了一下，回头看看厨房的方向，最后只能说，"那你注意身体。"

说罢又瞪了方鹗一眼，姜多多面色僵硬地走了。

方鹗:"嘿嘿,奶奶,再来一局!"

"有训练的地方吗?我想练练技术。"

"哦,你这样……进去,点那儿,哎,对了,就那儿。"方鹗兴奋不已,"刚才那条龙,我都没把握能毫发无损地打过它!"

方亚楠随口说道:"注意观察就行,游戏里再厉害的怪物,底层逻辑也不过是一套流程图,来来去去就这点儿花样。"

"哇,奶奶你这都知道。"

方亚楠盯着屏幕:"废话,好歹做过游戏策划。"

"什么,奶奶你做过游戏策划?什么游戏?"

"现在那游戏肯定倒闭了吧,说实话,我当初就是觉得那款游戏不好玩,才走的。"

"说嘛,说嘛,什么游戏?"

"不告诉你。"

"那是哪个公司的?"

方亚楠笑着看了他一眼,还是说了:"百道,现在还活着不?"

"百道!"方鹗直拍大腿,"奶奶你居然曾经是百道的游戏策划?!"

"看来百道还活着啊。"

"何止活着,还很厉害呢!奶奶你为什么不在那儿干了?"

"没办法,工作太累了。"

"唉,太可惜了。"

"可惜啥?我再在那家公司干下去,就没你了。"

方鹗:"……"

一旁的韩添仪"扑哧"一声笑了出来,然后放下一直举在手里的手机:"外婆,我可以上传你的小视频吗?"

"什么?哦,随便。"方亚楠说道,"你自己决定。"

"那我剪一剪视频。"韩添仪乐呵呵地坐到一边去了。

"奶奶,继续啊!"方鹗催她,"再帮我打过一条龙,我就通关了!"

"出息,让奶奶给你当打手。"方亚楠说是这么说,但还是喜滋滋地操作着角色接下任务,"不对啊,你这个年纪的小孩子,应该很会打游戏才对呀。"

"可我平时不太玩这款游戏呀。"方鹗理所当然地说道,"今天不是因为有客人嘛,我总不能关起门玩 VR 游戏。"

"喊,"韩添仪阴阳怪气地张口,"说得我多稀罕你招待我似的。"

"我不管你,你出去肯定说我就顾着自己打游戏;管你,你又说不稀罕"

你这个女人怎么这么麻烦？"

方亚楠还以为韩添仪会当场发作，谁料她笑吟吟地来了一句："我可爱的欧豆豆啊，等你长大，就知道什么是真正的麻烦了。到时候你别忘了谢谢我对你的千锤百炼。"

哟，此刻的韩添仪还真有点儿姐姐的样子——进了大学的人就是不一样，算半个社会人了。

方鹗不屑地哼了一声，转头继续指点方亚楠。方亚楠虽然兴致勃勃，但练了一会儿就有些力不从心——她的理解力不差，但记忆力和反应能力深受硬件条件所限。即使她当场搞明白操作方法，手也跟不上，高级一点儿的连招，她基本上都使不出来。

"啊，这样的话，伤害不够呀。"方鹗很不满，"奶奶，如果经常被队友举报的话，可能会进入游戏的黑名单，你可别把我送进去啊。"

"你又不是没见我打过游戏，我有那么弱吗？"

"那是队友厚道，如果你全程一个绝技都使不出来，人家肯定觉得你是在浑水摸鱼呀！"

"那不打了，还你！"

"哎，别，别，别！"方鹗谄媚地笑着，把方亚楠递过来的手柄推回去，"奶奶加油，想怎么玩就怎么玩，你高兴就好！"

想怎么玩就怎么玩，你高兴就好。

这话听在方亚楠的耳朵里，恍惚间，竟然变成了陆晓的声音。

每次她打游戏的过程中对自己产生质疑时，他都会这么说。

他不是唯一一个对她说这种话的人，却是对她说这句话次数最多的人，也是每次她拖累队友导致游戏失败，都对她毫无怨言的人。

游戏，是可以体现一个人的人品的。

她在游戏中收获了一大堆朋友，其中最珍贵的就是陆晓。

他现在在哪儿呢？

方亚楠忽然没什么兴致了，长长地叹了一口气，把手柄还给方鹗："下次吧，奶奶老了，真的有点儿累了。"

方鹗却误会了："奶奶，你别生气啊，我说的是真的，不就是游戏嘛，你想怎么玩就怎么玩！"

"我知道。我要是还有精力，肯定要继续玩下去的，问题是我真的有点儿累了。"方亚楠松开手，"你玩吧，我看着。"

方鹗有些不安，但还是顺从地接过手柄玩了起来。

方亚楠在一旁看着，心中思绪万千。

江岩死了，那陆晓还在吗？自己的微信中并没有和陆晓的聊天记录，她甚至不知道自己上一次和他对话是什么时候、什么情景。

四十多年了，他肯定知道自己嫁人了，会在意吗？还是说他会祝福她？

以他的性子，估计他就算在意，也会做出一副无所谓的样子，笑嘻嘻地祝福她吧？

还有一种更大的可能性，就是他一点儿都不在意。

方亚楠看着自己布满褶皱的手，上面青色的筋脉清晰而扭曲。她完全不敢想象当年的自己是怎么放弃陆晓，投入江岩的怀抱的，更不敢想象那样骄傲自由的自己，为什么会选择被困守在家庭中。

虽然从某方面讲，发展出这么大的一个家庭的自己，比过去自负、独立的自己，似乎更厉害。

"外婆，我剪辑好视频了，你要不要看看？"韩添仪突然凑过来，把手机递到她面前。视频中的第一个画面，就是一个老人坐在轮椅上，手里拿着手柄，满眼精光。

方亚楠感到这画面太刺眼了，勉强笑了笑，扭开头："可以，可以，我相信你，就这样吧。"

说罢，她转动轮椅的轮子，缓缓地出了房间。

晚饭的时候，方近贤终于脸色疲惫地回来了。但是在洗完手、坐到饭桌边时，他看了一圈这一大家子人，突然又精神焕发了："咱们好久没聚在一块儿了呀！"

"是啊，好像自打添仪进大学后，我们就没聚过了。"姜多多笑道。

韩添仪偷偷翻了个白眼。

江谣连忙接话："她学习忙，刚适应大学生活，就想回来看看外婆。"

"对，今天主要还是庆祝妈出院。妈，今天感觉怎么样？"方近贤顺着江谣的话，转移话题。

方亚楠这一下午过得刺激又忧伤，勉强地笑了笑："挺好的。"

"和添仪聊过后，你有没有想起什么来？"

"没。"

"唉，"方近贤叹息，"急不来。"

江谣举起杯子："对啊，急不来。来，我们先恭喜妈出院，祝妈身体康复！"

大家纷纷举杯，喝了一口酒后，开始埋头吃饭。

江谣坐在方亚楠旁边，一直在给她夹菜，怕她握不住筷子，还专门给她拿了一个勺子。

方鹗看不过去了："姑姑，奶奶好着呢，下午还能用手柄打游戏呢。"

姜多多瞪他："带坏奶奶的事你还好意思说？"

"谁带坏谁啊？奶奶，你不是还做过百道的游戏策划嘛，你才是万恶之源吧。"

"方鹗！"方近贤作势要打他。

"没事，没事，"方亚楠哭笑不得，"没错，我是做过游戏策划。但我有没有告诉过你，能做游戏策划的人，基本上都是学习很好的人？"

方鹗愣了愣，低头嘟囔："奶奶又显摆。"

方亚楠乐了："虽然很残酷，但现实就是，学习好的人做出的游戏，让差生成绩更差。从这个角度来讲，游戏扩大了青少年群体的两极分化。是狼是狗，就看你们自己的本事了。"

"妈说得好！"方近贤立刻拍方亚楠的马屁，又教训方鹗："听到没有？玩也是要本事的！"

方鹗不服气，但也没反驳，低头吃饭。

方亚楠暗自摇头。她提交过电子竞技类的选题，关注点就是那些早早放弃学业的电子竞技选手的人生。上报选题前，她做了不少功课，在这件事上有一些发言权。起码就四十多年前的情况而言，现实是很残酷的——电子竞技是一个很典型的金字塔行业，成者为王，败者则会浪费掉整个青春，在这一行失败后，便是重新回到学校里，也难以赶上学习进度。但极少有人关注到这个金字塔底部的群体。所有人都只能看到那些在各大赛事上活跃的战队主力，殊不知，那些人是踩着数十万青少年站在金字塔顶端的幸运儿。其余人，家境不好的，只能潦倒度日。有人甚至因为当初坚决地放弃了学业，和父母关系破裂。

方亚楠当初产生做这个选题的想法，很大一部分原因在陆晓。百道一直以来都是优秀的游戏制作公司，但市场不容许这些从业者仅仅埋头苦干。各大赛事的兴起和火热，让他们看到了新的发展方向，所以百道逐渐开始向平台运营和赛事主办的方向转型，而新的方向带来的一个很重要的工作内容，就是对电竞选手进行选拔。

数百人的电竞青训营中，往往只能诞生六七个合格的选手，其余的人等不到转正，就会被淘汰。竞争之残酷令人叹为观止。

陆晓答应过她，如果她真的能让电子竞技的选题成功登上《维度》的版面，他会向公司的总策划建议，做点儿对落选选手有意义的事。

想到这里，方亚楠愣了愣。

等一下，那她现在是不是可以去查一查那两年的新闻？她是不是也可以从新闻中推测自己和陆晓的关系到什么程度了呢？

虽然方法拐弯抹角，但是毕竟江岩的事情她还可以直接问儿女，陆晓的事情，她确实不太方便直接向他们打听。家人可能不会觉得有什么问题，但是对现在还喜欢着陆晓的自己来说，她总感觉问出这话来，很像妈妈问子女自己的情夫现在如何了。

罢了，罢了，她还是自己想办法吧。

"我们开个家庭会议吧。"

方亚楠是个很有行动力的人。饭后，家人都还在收拾桌子，她坐在那儿，直接提出了这个要求。

几乎所有人的动作都顿了一下，随后，江谣率先点头："好的，妈，你先坐一会儿。"

方亚楠严肃地点了点头，就见家里人的忙碌方向忽然变了——他们清理完餐桌，给餐桌铺上了桌布，摆上了果盘、瓜子、茶水……还真的是开会的架势呢。

家里有什么行政人员在指挥吗？

韩添仪给方亚楠倒了一杯茶水，有些不自在，还有些遗憾地表示："外婆，我晚上还要赶回 S 市的班车……"

"好，你去吧。"

"要不我明天早上再走？"

"没事，有什么事要问你的，我可以用手机联系你嘛。"

"那……"韩添仪回头看了看，小心翼翼地掏出手机，"那我把你加回来？"

好家伙，敢情之前因为报志愿的事情韩添仪都把自己拉黑了！

方亚楠哭笑不得地掏出手机，在韩添仪的快速指导下，打开手机和她的手机碰了一下。两个人再次加上了联络方式。

韩添仪展露出一副目的达成的表情，松了一口气，脸上露出点儿笑容："那……外婆，我先走了啊，你注意身体，我下周再来看你。"

"去吧，去吧，再见。"

韩添仪走了没一会儿，其他人终于布置完会议现场，一起端端正正地坐在了桌边。

方鹗也很想参加这个会议。但是他高二了,还有作业要做,也不能睡得太晚,被方近贤赶进了房间,非常不甘愿。

"好了,妈,"方近贤坐在方亚楠身边,"趁今天姐也在,咱们确实应该当面聊聊。你有什么想问的事吗?直接问。"

方亚楠的问题太多了。她虽然方才一直在脑子里打草稿,也想过要迂回,但是真的开口时,只有一句话:"你们的爸爸……怎么死的?"

所有人沉默。

这个问题对大家来说,在情理之中,意料之外。

"爸是……"这个问题江谣最适合回答。纵使过了二十年,提起这件事,她神色还是瞬间沉郁下来。她迟疑了许久,才继续说道:"白血病。"

居然是一个她知道的病。

方亚楠原本心情很沉重,但是脑海中还是不合时宜地冒出了这个想法。

关于江岩的死,她有过很多猜测,但总以为江岩这样的人,会得一种她没听过的病,这才符合他高贵、冷艳的气质。当听到"白血病"这三个字时,方亚楠一时什么话都说不出来。对现在坐在桌边的其他人来说,那是一个已经离开近二十年的人,但对她来说,她"昨天"刚见过他。

方亚楠感到有点儿脱力,不全是因为那个男人曾经或者即将做她的丈夫,只是因为,她认识他。

在他那么年轻、那么意气风发的时候,她认识了他。然后"第二天",她得知他二十年前得白血病死了?

她的脑海中全是江岩年轻时的样子,笑着的、严肃的、认真的、好奇的……她甚至没亲眼见过他中年的样子,他就"音容宛在"了!

这是恐怖片吧?一定是的!

"妈?妈!"不知道过了多久,终于有人拉回了她的神志。

儿女都关切地看着她:"妈,你是想起什么事了吗?"

方亚楠眨了眨眼,不知道该怎么说。她是该说"我想起我跟你们的爸爸是怎么认识的了",还是说"我昨天刚见过你们的爸爸"?

算了。

她微微蹙眉,露出一丝苦笑:"我好像想起他年轻时的样子了。"

"奶奶,你不是本来就见过爷爷年轻时的样子吗?我给找的照片哪!"

方亚楠背后冷不丁地冒出一句话,是方鹗站在餐边柜旁,一边倒可乐一边吐槽。

"做你的作业去！"姜多多一橘子砸了过去。

方鹗举着杯子躲过"空袭"，噘着嘴回屋了。

方亚楠回过神，试探地问道："你爸……也不是没钱，怎么会治不了白血病？"

江谣张了张嘴，眼泪忽然流了下来。

方亚楠被吓了一跳，抬手想去拿纸巾，可江谣已经手快地自己抽了一张，低头按着眼睛，不断摇着头。

"姐……"方近贤叹息。他坐在江谣对面，伸手拍了拍她的肩膀，想了想，轻声说道："你去洗把脸吧。"

江谣若有所思地抬头看看方近贤，又看看方亚楠，缓慢地撑起身子，进了一旁的厕所，关上了门。

明明是干湿分离的卫生间，方近贤让她去洗脸，她却进了厕所……

方亚楠明白了，这是方近贤要在江谣不在的情况下跟自己解释刚才的问题。

她看向方近贤。

"爸的病发作的时候，我们都去做骨髓配型了，结果你和几个远房表亲都配型不成功，我的肝功能不是很好，也失败了……姐的配型成功了，可她那时候……怀孕五个月了。"

虽然方亚楠对白血病和孕妇都了解得不多，但是也知道孕妇体质脆弱，不适合做手术。

但是……设身处地地想，如果是她面临同样的情况，为了救父亲，她肯定会选择承受风险，引产后捐献骨髓。

方近贤神色沉了下来，甚至带着一丝恨意："当时姐已经住进医院了，但是因为骨髓捐献手术要求家属签字……结果韩正军那个王八蛋死活不肯签字，还带着韩家人来闹，一定要姐把孩子生下来再说，说什么左不过四五个月的事……"

"这话能这么讲吗？！"方亚楠当场发怒，"四五个月的事？那可是白血病哪，能拖吗？这是人话吗？而且，我……"

方亚楠本想说自己作为江谣的妈，不是也可以签字吗？可话到嘴边，她突然愣住了。

一边是女儿，一边是丈夫，她当时承受着怎样的压力，二十九岁的方亚楠真的能够体会吗？

"是，其实你也可以签字，但韩家人一闹，医院就不敢做这个手术了。"

当时，医生明确说了，我姐这个身体，引产后，再怀孕可能有困难。即便这样，姐也同意做手术，但是韩正军那个王八蛋他……他偷偷去把这件事跟爸爸说了！我爸他……"

方亚楠绷着脸，眼睛发酸："他怎么了？"

"他……"方近贤咬牙，"他拒绝接受姐的骨髓。"

方亚楠也咬紧了牙关。她感到眼睛酸痛，耳朵里"嗡嗡"地响。

"那……"她发现自己哽咽了，"那骨髓库里也……也没有……"

方近贤摇头："也没有合适的骨髓。"

"你们……就让他……等死？"

方近贤双眼含泪："太突然了，妈，他走得太突然了。我们都以为还有时间。我们以为……"

方亚楠一句话也说不出来了。她觉得今天自己要求开这个家庭会议，简直是在自虐。

一切忽然都说得通了——为什么江谣会离婚；为什么她会去照顾女儿，还照顾了那么久；为什么江谣直到现在，提起这件事还会那么痛苦。

方亚楠亲手撕开了这个家庭好不容易结痂的伤口，让血淋淋的过往糊了自己一脸，让自己眼前发黑、心跳如擂鼓。

江岩太可怜了，真的太可怜了。

她已经顾不上什么形象了，泣不成声。她当然没有"想起"什么，可即便她和江岩是陌生人，这段他的生命尽头的故事又怎能不让人动容？

"怎么会这样？"她哭道，"江……我们家怎么会这样？"

"妈，别哭了，"方近贤也没忍住眼泪，一个四十多岁的中年男人，还穿着下班时穿的衣服，笨拙地给她递着纸巾，"都过去了，都过去了，爸走得很快，没……没受什么痛苦。"

"可是他那么好的人，"方亚楠号啕，"怎么会就这么走了呢？！"

"妈？"一旁的姜多多擦着眼泪，忽然怔住，"你……想起爸爸了？"

方亚楠的哭声顿住，她沉默了半晌，才心虚地说道："我……我昨晚梦见他……他……他年轻时候的样子，就觉得……觉得这好像是个……是个很好的人。"

"是啊，爸真的是个很好的人。"姜多多连忙接话，飞快地擦掉眼泪，努力微笑，"他也是为了姐，为了我们全家。"

方亚楠有些慌乱地点了点头。才这么一会儿，她就哭得眼冒金星，但还是继续发问："江岩的白血病……以前体检的时候没查出来过吗？"

方近贤摇了摇头："我不太清楚。爸的身体一直时好时坏的,他经常吃药,我们都习惯了。"

"我猜爸是知道的。"江谣忽然走了出来。她眼眶红红的,眼睛也有些肿,面上却已经恢复平静。

她走过来坐下,喝了一口水,说道:"那时候,我忙于工作、结婚生子,没注意过他的身体状况,但是你总催他去做体检。他做过几次,什么病都没查出来,后来你再催他,他就阳奉阴违,你们为此还吵过几次架……虽然爸表现得对自己的身体状况很有自信,但我怀疑……他是知道的。"

"你们从来没看过他的诊疗记录吗?"

"这就是我怀疑他知道自己的病的原因。"江谣说道,"爸一直都是找他当医生的朋友给他看病,而且医疗费用全部为自费。他还要求医生对他的诊疗记录保密,承诺不追究医院的责任……"

江谣偷偷看方亚楠一眼,然后别过头去:"那时候你就跟我说,他肯定早就知道自己的病情了。"

"那他为什么……"

他为什么不早配型,不早根治?

方亚楠最后还是没问出这话来。

她觉得对这一家子人来说,这个问题是永远的未解之谜。

苍天哪,感谢你又给了我一次机会。

不管她能不能和江岩走到一起,只要她能回到过去,那时候距离他发病至少还有二十年,这么长的时间……足够他等到合适的骨髓配型了吧?

方亚楠召开家庭会议,当然不只是想问江岩的事情,只是没料到江岩的事情给她造成了那么大的冲击力。她哭了一场后,已经累得说不动话了。孩子们也很体贴,虽然看起来比她还伤心,但一个个还是抹着眼泪忙碌起来——姜多多和江谣一起给她洗漱、擦身,方近贤则去给她铺床。

给方亚楠擦身的时候,江谣仍忍不住在掉眼泪。方亚楠被两个不是妈妈的中年女人"动手动脚"本来已经很尴尬了,其中一个女人还一边擦一边哭,她感觉自己像具遗体似的,更不自在了:"别伤心了,都过去了。"

江谣抿着嘴摇了摇头,露出一个比哭还难看的笑:"不是,不是这个。"

"那是什么?"

"没什么,来,妈,胳膊抬一抬。"

方亚楠乖乖地抬起胳膊,忽然意识到江谣要来擦她的胳肢窝,顿感羞耻，猛地放下手臂："我……我……我自己擦就好！"

"哎，你都这岁数了，还害羞呢？"江谣笑起来。

"肯定会害羞啊，这可是胳肢窝！"方亚楠叫道。

"跟小孩子似的……"江谣嘟囔，把毛巾往她面前递，"那你自己擦！"

方亚楠只好接过毛巾给自己擦了两下——被女儿和儿媳妇一起盯着，感觉跟上刑场差不多。

她擦完身体，方近贤用轮椅把她推去卧室。到了床边，方近贤在她面前弯下腰，看起来是想把她抱上床。

方亚楠又悲愤了——方近贤对她来说，也只是一个才见过几面的中年大叔，和陌生男人没什么差别！

她连忙推开他："我自己来，自己来！"

靠在门上看热闹的江谣又笑了："妈，你别折腾了，阿贤也就能做做这些事了。"

"对啊，昨天不也是我把你抬上去的？"方近贤一直弯着腰，但方亚楠夹紧了膝盖，就是不让他探手。

方亚楠："你快起来，快起来！"

"我的腰已经好了。"方近贤没头没尾地来了这么一句话。

方亚楠大吼："平身！"

"哈哈哈！"

外头传来方鹦夸张的大笑声。

方近贤怒吼："方鹦，你给我去睡觉！"

方鹦叼着牙刷走进来，满嘴泡沫："要帮忙吗，老爹？"

"睡你的觉去！"

"刚才还让我给你睡觉……"

"方鹦！"

姜多多擦着手跑过来，拉开方鹦，哭笑不得地说："好了，好了，你省省吧，瞎凑什么热闹？"

方鹦指着方亚楠："昨天我和我爸一起抬的奶奶，今天他自己一个人能行吗？"

孙子啊，给你爹留点儿面子吧。

方亚楠摸了一下额头，叹了一口气，一边挥开方近贤的手，一边自己撑着扶手缓缓起身。

"哎，你小心！"方近贤只好虚扶着她。

方亚楠自己坐到了床上,与旁边的儿女一起长长地吐了一口气。

"那,妈你睡吧,"江谣见状也不留了,"我走了啊,过两天来看你。"

方亚楠什么也不想说,只是摆了摆手。

方近贤和江谣一起关上门出去了。

灯关上后,方亚楠在床上躺了一会儿,还是觉得心潮涌动。她下意识地朝枕头旁探手,却摸了个空,这才想起自己没拿手机——应该是把手机落在客厅里了。

她看了看门,又看了看轮椅,还是决定自己起来去拿——虽然"儿女"孝顺,但她开不了口使唤他们。

她艰难地爬下床,坐上轮椅,缓缓地推开门出去,刚挪到拐角,就听到了江谣的声音。

江谣竟然还没走。

她在哭。

"姐,人到年纪了,没办法的。"姜多多正低声安慰江谣,"妈现在身体还好,这已经是万幸了。"

"我一点儿心理准备也没有。"江谣抽噎着说,"她以前顶多忘性大,现在……竟然连我们都不记得了。"

"医生说她以后会越忘越多。"方近贤声音低沉地说,"妈算不错的了,别的老人家得了这个病,凡是想不起来的人事物,通通不承认,固执得很——但你看妈多清醒,想不起来的人事物,还知道问。"

"我知道,我就是难受。"江谣说道,"妈那么要强的一个人,以前我们开玩笑,她都说一点儿也不想爸。你们再看现在……"

她啜泣起来。

"唉,两个人到底是那么多年的夫妻,感情怎么可能说没就没?"姜多多只能安慰江谣,"我看妈跟小鹗处得挺好,以后让小鹗多陪陪她。"

"那不行,"江谣居然一口否决,"小鹗高二了吧?正是最关键的时候。我过两天抽空过来,带她到老朋友那儿转转,让他们一起帮她回忆回忆之前的事。她能想起来多少算多少。"

"姐,你们年末要做审计了吧?这么忙,你抽得出空吗?"

"可以的,没事。"

"唉,我也帮不上忙。"姜多多难过地说道。

"多多,这几天辛苦你了,等我得空,就把妈接回去。"

"你说什么呢,姐,她不也是我妈吗?而且妈还挺好伺候的,我本来心里是有点儿慌的,现在倒觉得还好,就让妈住我们这儿吧。"

"我就是觉得不好意思。"

"别客气了。"

他们凑在一起轻声细语着,方亚楠偷听了一会儿,心情变得沉重起来——她对他们并没有那份"母爱",却享受到了他们的亲情。这份感情沉甸甸的,但凡是有点儿同理心的人,都不会对它视若无睹。

她忽然想到自己的外婆在去世前,也是头脑混沌了好长一段时间。那时候,家人每每去看她,进门第一件事就是大声地喊她,喊完又大声地介绍自己。如果她有回应,家人便欢欣鼓舞,甚至会发视频跟其他亲戚嘚瑟;但绝大多数时候,外婆只是茫然地看着面前的人,有时候还会问"啊,哪个?",这时候,场面便会如同加了一层黑白滤镜一般,变得萧索起来。

那时候的自己难受吗?

或许吧,只是老人家糊涂了太久,久到她已经对这种难受心情习以为常了。

但是妈妈可能也曾这般偷偷哭过吧。

方亚楠不知道是自己心软,还是老方亚楠的心绪作祟,她本来就并不平静的心再次变得酸软起来。她实在不好意思走出去,只能悄悄地回到房间里,再次爬上了床。

她闭上眼睛,脑子里乱成一团,一会儿是外面的"儿女"相互安慰的场景,一会儿对自己能不能回去感到担忧,一会儿又想到江岩。

最终,思绪全部定格在了江岩身上。

她很焦躁。

方亚楠感觉自己被老天强行塞了一个责任。从她的角度看,或者说,从目前她和江岩双方的角度看,他俩还不是很熟。

突然之间,她却要想办法去拯救他了。

可是这样的拯救行为真的好吗?即便她早早提醒江岩去体检,查出了潜藏在身体里的疾病,他的未来就会改变吗?

如果江岩的未来改变了,那这个家庭又会是什么样子?方鹗还会存在吗?

她很难不去想自己看过的那些穿越故事,脑子里甚至冒出了"祖父悖论"这种词,一时间心烦意乱。

此时她不得不庆幸自己是个老年人的身体了,即便满脑子混乱思绪,却没有翻来覆去的力气,只能直挺挺地躺着,终究还是睡了过去。

老年人睡眠浅，第二天天刚蒙蒙亮她就醒了，很悲怆地看着天色逐渐变得亮堂，屋外也渐渐响起其他人的动静。

方近贤悄悄推开门，见方亚楠醒了，便把她扶上轮椅，推到洗手间里。方鹗正在刷牙，眼神迷蒙地看过来。

"奶奶早。"他口齿不清地打着招呼。

"小鹗，给奶奶弄牙膏、牙刷。"方近贤在系领带，"奶奶以后归你管了啊。"

"啊？"方鹗一点儿也不避讳当事人在场，长长地"啊"了一声，满脸不情愿的样子。

但不情愿归不情愿，方鹗的手已经很自觉地给方亚楠准备了牙杯、牙刷，他又在牙刷上挤满了牙膏。

方鹗嘴里还在嘟嘟囔囔："不是说给奶奶买了智能牙刷吗？"

"昨天回来得急，忘拿了。"方近贤理直气壮地回。

方鹗噘着嘴，把牙刷和牙杯递给方亚楠："奶奶，要我给你刷吗？"

方亚楠白了他一眼，夺过牙刷自己刷起来。祖孙俩一个站着一个坐着，在镜子前并排着刷牙，场面还挺搞笑。

很快，上班的、上学的人都走了，方亚楠一个人坐在桌边吃早饭，姜多多则收拾床铺、洗衣服。

"妈，等你吃完，我陪你去楼下走走吧。"姜多多说道。

"好。"

"你要是有兴趣，我带你去超市怎么样？我去买点儿东西。"

"好呀。"

"你有什么想买的东西吗？你可以告诉我，我一起买了。"

"成。"

姜多多抱着洗衣袋探出头朝她笑："看来你精神不错啊。"

方亚楠勉强地笑了笑："要是能出去，谁想一直待在家里啊。"

而且她也确实该锻炼了——老年人也不想一直在轮椅上度过。

上午，姜多多带她在公园里走了一会儿，回家吃完午饭，两个人就一起出门去超市了。

这应该是近几年才开业的大型超市，就在小区附近，里面吃喝玩乐的东西应有尽有，装修得富丽堂皇，简直不像超市，而像奢侈品商场。

如今的超市，顾客不用再去推购物车，而是一进门就会被分配一个机器人，刷过身份信息后，机器人会自动跟着客人走。机器人的底部还有一个小保险箱，用来存放个人物品。购买的物品可以选好后从仓库提取，逛的时候客人两手空空，很是方便。

姜多多推着轮椅，和方亚楠聊着闲话。绝大部分时间是方亚楠问，姜多多答，只是这个儿媳妇对方亚楠的了解显然并不多，方亚楠问及自己过去的朋友，姜多多都一脸茫然的表情。

不过方亚楠不怪她。

自家人知道自家事，她性格强势，独立惯了，她的朋友圈子和她的亲戚之间很少有交集。很多时候，她和朋友都好到能拜把子了，她爸妈还搞不明白对方怎么称呼。

想必她的晚辈不敢，也不会过问她的朋友圈子的事。

就在这时，迎面走来一对老夫妻。两个人手拉着手，脚步缓慢，穿着打扮颇有气质，自带一股岁月静好的气息。在看到方亚楠和姜多多的时候，对面的老先生明显愣了愣，视线在方亚楠的脸上停留了许久。

方亚楠也觉得他眼熟，可是定睛一看，又完全认不出对方。两个人四目相对了数秒，随即，擦肩而过。

这不会又是她的老情人吧？可是她的记忆里没这个人哪！

等等，她为什么要说"又"？

忽然，她身后传来一个迟疑的声音："方……老师？"

方亚楠还没反应过来，姜多多就推着她转过身。开口的正是那位老先生，而他身旁的老太太正疑惑地打量着方亚楠。

"您是……？"姜多多作为一个中年阿姨，在这几个人中竟然是辈分最小的，便率先开口。

"是方老师吗？"老先生突然激动起来，"方亚楠老师？"

方亚楠木然地点了点头。看他这副样子，不像是跟自己有私情。方亚楠表情也松快起来："是，我是方亚楠，您是……？"

"我啊，席安！"老先生指着自己，手指微微颤抖，说完还扯过一旁的老太太："雨彤，你怎么也没认出来？这是方老师呀，给我们拍婚纱照的！"

"方……哦，方老师！"老太太回想了一下，长长地"哦"了一声，脸上也露出笑意，"是方老师呀，哎呀，这么巧！"

席安连连点头，快步走上来，一把握住方亚楠的手，上下晃动，很是高兴："好多年没见了，好多年了！"

方亚楠看着席安满脸皱纹、头发花白的样子，整个人宛如灵魂出窍，觉得既茫然又荒谬。

她上一次见他,他从博物馆里跑出来,给她送工作证——那时的席安年轻,腿还长,帅得能给江岩当助理。

可是现在……

"那个……"姜多多慌起来,"席……先生……那个……阿姨,我妈她……"

"我记得啊。"方亚楠突然开口,眼睛湿润,嘴角却带着笑,"我当然记得你啊,我们不是……前天才见过吗?"

"前天?"席安愣了愣,看了看自己的老婆,"没有吧?"

姜多多急了,表情为难地往前站了一步,委婉地解释道:"那个……席先生……是吗?我妈她……嗯……前阵子,哦不,她现在记性不太好。"

席安眨了眨眼,歪头打量了一下方亚楠,有些疑惑:"记性?"

"哎呀,你这人。"他老婆拿胳膊肘捅了捅他,瞪了他一眼,转头对姜多多露出理解的微笑:"唉,我们都这个年纪了,记性多少会变差的。老头子出门前还总想找钥匙呢,你说现在的门,都多少年没用过钥匙这东西了?"

这情商,难怪她和丈夫婚姻美满呢。席安这是撞了什么大运,娶了这么一个老婆?

方亚楠也不太在意自己说错话,心里清楚自己说什么都有阿尔茨海默病兜底,所以能非常幸运地想说什么就说什么——结果就是姜多多愁断肠,又要顾及婆婆的自尊,又要让对方明白是怎么回事。这真的需要一定的语言艺术。

幸好对面的人明白了。

席安被老婆捅了一下,终于也意识到了问题所在。他愣怔了一下,才点了点头:"啊……这个……对,我……我也很多事情记不清了……啊哈哈……哈哈,是啊,是啊,我不是那个……经常吃完药,还问你我吃没吃,是不是?"

"对的,对的。"席安的老婆连连点头,看着方亚楠的眼神很友善,甚至有点儿温柔:"方老师身体还好吧?"

姜多多松了一口气,连忙回答:"我妈身体还好,我今天带她出来逛逛。"

"那……方老师现在还能喝咖啡吗?"

"能的,能的,我妈每天一杯咖啡,从不落下呢。"

我一共才在你家住了两天吧?

方亚楠笑而不语,猜想姜多多会这么回答,可能是打听过她过去的生活习惯。

看来老方果真是一辈子的咖啡狂呢。

席安闻言来劲了,随手一指:"那……那……那既然碰见了,喝一杯吧?"

席安的老婆闻言翘起嘴角:"是啊,喝一杯吧。"然后她意味深长地看了看席安,"我们请方老师喝杯咖啡吧,机会难得。"

"啊这……"姜多多还有购物重任在身,犹豫了一下,问方亚楠,"妈,怎么样?"

方亚楠欣然点头:"你去买东西吧,我边喝咖啡边等你好了。"

于是姜多多将方亚楠交给席安夫妇,约好等会儿楼顶咖啡吧见,便继续去买东西了。

席安推着轮椅,席安的老婆在一旁护着轮椅,三个老人家颤巍巍地上了楼顶。

方亚楠很怅然,谁能想到她"两天前"还看到的活蹦乱跳的年轻人,今天会和自己一起成功营造出这样的"夕阳效果"?

而他们的表现是如此自然,那是正常经历过荏苒时光的人。不像她,每分每秒,脑子里都在唱"时间都去哪儿了"……

很快,三个人便坐在了楼顶空中花园的咖啡吧内。巨大的玻璃罩将花园变成了一个大温室,和医院的恒温公园一样。四周小径幽深,绿树成荫,还有习习微风,草地上是一排排咖啡桌。

此时正是工作日,人并不多,饮品很快被机器人送来了。方亚楠闻着浓郁的咖啡香气,看了看对面席安面前的无糖苏打水,这才明白方才他老婆为什么表情那么意味深长。

他们都到不能喝咖啡的年龄了啊,而且看起来,席安的身体也不怎么好。

三个人略微沉默了一会儿,席安的老婆先开口:"方老师,您大概不记得我了吧?"

方亚楠愣了愣,随即坦然说道:"确实是记不太清了,我前两天连自家孩子都认不出来了。"

席安神色一变:"啊,这么严重了?"

说完,他又被他老婆瞪了一眼。

"现在好点儿了。"方亚楠连忙说道,"最近的事情都还记得,但以前的……就还是模模糊糊的。"

席安叹了一口气,有些局促地喝了一口水,忽然想起什么来,指着自己的老婆说道:"哦,方老师,我再给你介绍一下吧,这是我老婆陈雨彤,当年还是你给我们拍的婚纱照。"

这件事对方亚楠来说还没发生呢,但看起来他们是留下了一段挺美好的回忆。方亚楠微笑:"所以说,你们俩真的是白头偕老了。"

面前两个古稀之年的老人闻言都赧然一笑,竟赫然有新婚夫妇一般的美好感觉。

方亚楠看着他们,想到江岩,又想到陆晓,心里有点儿酸涩。她拿起咖啡喝了一口,想了想,问道:"我们……多久没见了?"

席安闻言迟疑了一下,回道:"上一次见面,还是在公司的退休员工活动上……大概有五六年了吧。"

这话还真有点儿信息量。席安的退休员工活动,方亚楠能出现,说明要么两个人后来成了同事,要么就是席安一直跟着江岩干到了退休。

四十多年哪,九思居然开了那么久吗?

"哦,这样哪。"方亚楠不知道该说什么了,意识到接下来的话题可能并不是自己很愿意面对的。

果然,席安紧接着就发出一声长叹声:"这么一想,老大也走了快二十年啊。"

"席安!"陈雨彤再次对自家男人的情商表示震怒,有些紧张地望向方亚楠:"方老师,他没别的意思,这人年纪大了,总是想什么说什么。"

方亚楠勉强地笑了笑,摇头:"没事的。他说得对,二十年了,我早该看开了。"

不,她完全看不开。对人家来说,已经过了二十年,对她来说,时间刚过去两天!

陈雨彤悄悄松了一口气,附和道:"是啊,我们都是这个年纪的人了,生老病死,早就看习惯了。"

您老什么年纪啊?我才二十九岁!

方亚楠有苦说不出,只能捧着咖啡杯赔笑。

"对了,方老师,你现在还拍照吗?"席安忽然问。

"啊?嗯,拍,当然拍。"方亚楠想也不想就点头。

"那好的呀,过阵子有个收藏展,咱们一起去看,顺便拍拍照呀?"

"收藏?"

"对啊。哎,说起这个,真是悔不当初!"席安拍了一下大腿。

方亚楠被吓了一跳,旁边的陈雨彤倒是笑着摇了摇头,一副见怪不怪的样子。

"怎……怎么了?"

"那些手办哪,"席安说道,"你不是和老大一起买了很多吗?现在都成藏品了！一个手办能换一套房呢。"

"我？手办？"方亚楠又开始怀疑人生了。

开玩笑，有摄影这种花钱的爱好已经够惨了，还手办，她后来是中彩票了吗？

而且，她跟老大？不出意外的话，席安的老大就是江岩吧？江岩和她一起买手办？他俩是出了什么事，才踏上这条不归路的？

见方亚楠一脸纳闷的表情，席安也冷静下来，和陈雨彤对视了一眼，小心翼翼地说道："方老师，你……这个也……不记得了啊？"

方亚楠连连摇头，但是兴趣盎然："你说说，我买手办？和江岩？"

"对……对啊……那时候你们在谈恋爱……老大就给你买手办。"

方亚楠的思路更凌乱了，她问："等会儿，让我捋捋，是我问江岩要手办，还是他觉得我喜欢，主动买给我的？"

"啊，这个……"

"我可是连玩游戏都不肯充值的那种人哪！"

"这个细节我还真不知道……"席安一把年纪了，看上去弱小、无助、可怜，"反正我记得那时候老大去日本出差，还专门找作坊定制手办，打电话问你想要什么样的。"

"哇，还有这种事？"方亚楠没说话，陈雨彤倒先羡慕起来，"你那时候怎么不顺便也买一个？"

"普通的手办都要好几万呢，再贵点儿的，六位数的都有，我那时候要是买了，还不被你打死？"

方亚楠快混乱了："可我根本不玩手办哪！"

"这个我就真的不知道的呀。"席安还是那句话，"反正当时老大说你收到手办很开心的。"

谁收到几万块的礼物不开心哪？！

不对……她方亚楠就不一定会开心。

不管喜不喜欢手办、喜不喜欢江岩，她都绝对不是能心安理得地收那么贵重的礼物的人。

"先不说这个，"方亚楠颇感头痛地挥了挥手，"席安，我确实记性有点儿差了，这两天家里的孩子也在帮我回忆江岩……"

她终于进入正题，认真地问道："你知道我跟江岩是怎么在一起的吗？"

席安眨了眨眼，认真思索起来，想了很久，长叹一声："不记得了。"

"啊？"方亚楠急起来，"我，咯，我们怎么认识的？什么时候……那个……确定关系的？还有……什么时候结婚的？你……你都不记得了吗？"

"这都是老大的私事啊。"席安一脸为难的表情，"老大很注意保护隐私的，我知道的事不多。但是你们怎么认识的……方老师你也不记得了吗？那我还是知道的。"

他能知道点儿她不知道的事吗？！方亚楠有些无奈地问："哦，我们是怎么认识的？"

席安笑起来："是方老师你那时候在杂志社工作，要给老大拍照片，你们就认识了。"

果然情况一模一样。方亚楠保持着微笑，心里说不出地失望。

"而且我还记得，那时候发生了一件很巧的事。"

"什么？"

"那时候公司刚步入正轨嘛，老大正打算为了公司宣传的事宜找一名合适的摄影师，你们杂志社就找上门来了，还说采访的时候会配一名专业摄影师。"

"确实挺巧的。"

"然后我们就要来了你的名字，还专门开了个会研究你……"

方亚楠震惊。

"的作品。"席安毕竟年纪大了，一句话中间还要断开喘一口气。

"……"

"老大没跟你说过吗？"

不知道后来会不会说，反正她是刚知道的："没有。"

"哈哈！老大特地叮嘱过我们，你来的时候，别让你知道这件事，好让你保持平常心。"

方亚楠想骂人。

"所以说，你们的会议结果就是，我的作品还算入眼？"

"很好啊，虽然你那时候还没什么名气，但我们本来也不是要借摄影师的名声做宣传。老大把网上能找到的你的资料都看了一遍，说'好，就她了'。"

方亚楠叹气，实在不知道该说什么。

席安的兴致却上来了，他乐呵呵地说道："谁知道你后来会成为我们的老板娘呢？我现在想想，该不会老大斩钉截铁地选择你时，就已经对你有别的想法了吧？"

方亚楠抿了一口咖啡，心里狂翻白眼。

虽然现在的她和江岩还不熟，但是这一点，她非常确定！

第六章
致老年：利刃的刃

姜多多还要赶回家做饭，席安两口子也有事，因此姜多多来咖啡吧接方亚楠时，双方聊了几句后，就分开了。

但方亚楠没忘同席安打听江岩的身体情况。九思是正经公司，席安作为助理，肯定会帮江岩组织公司的体检活动。虽然体检报告都是封装到手的，可方亚楠还是想知道江岩在收到体检报告后，会不会有什么异常表现。

席安对这个问题毫不意外，有些感慨地说道："方老师，这个问题你已经问过我了。没有，真的没有，江总虽然经常吃药，但大多数时间看起来很健康，谁能……谁能想到他会生病哪？"

说着，他心情沉重起来。老人家一低头，方亚楠就心酸，忘了自己现在也一把年纪了，只感觉自己做错了事，只能就此打住话题。

两个人回到家后，姜多多就开始准备晚饭。厨房里虽然摆着自动烧菜的机器，但是她显然更愿意亲手做。做饭之前，姜多多还记得先安顿好方亚楠，得知她想上网，便把她带到了方近贤的电脑前。

"方鹗那小子设了游戏开机密码，我们都不知道是什么，妈你要是想玩游戏，回头我让他给你弄，现在就上上网吧。"

"成。"方亚楠现在哪里有心情玩游戏？她感觉自己现在事情好多，首先就是看看有没有可以治疗江岩的法子。

没错，她连自己都顾不上了。什么都没人命重要，自己好歹还活着，还那么有钱。

然而她毕竟不是医学专业出身的,在网上查了很久资料,还是没有得到想要的信息。折腾了一番后,方亚楠还是拿起手机,开始对着微信发呆。

江岩早早地走了,那陆晓呢?

她好想知道他现在怎么样了啊。

方亚楠打开了和陆晓的聊天界面,对着空白的聊天界面,心潮起伏,不知道是该发一句正经的"你好"过去,还是发一句调皮点儿的"死没死"。但是一想起陆晓以前那让人绝望的回复消息的速度,方亚楠又发起狠来,想干脆拨个语音电话过去。

她点开了语音通话界面,却觉得自己的心跳声在阻止自己。他会接通电话吗?接通了电话以后,她该说什么?万一他不接电话怎么办?万一他人已经没了怎么办?

方亚楠这么一发呆,手机屏幕陷入了休眠状态。屏幕上冷不丁地出现一张鹤发鸡皮的老脸,满脸沧桑憔悴的样子。

方亚楠身躯一震,盯着屏幕上的脸忍不住苦笑起来,笑得像哭。

方亚楠哪方亚楠,你都几岁了?你七十五岁了,还有什么可瞻前顾后的?哪里来的时间让你纠结迟疑?你再不行动,就真的迟了!

她这念头一起,几乎是想也不想地直接按下了语音通话键,但是等了片刻,没人接听电话。

没人接听?

等等,这意味着对方没关机吧,也意味着对方的微信号还在吧?

这说明人没死吧?

总不会是微信号被子女继承了吧?

方亚楠的脑子里一片混乱。

这等待时间显得格外漫长,漫长到她心脏都揪紧了,她完全不敢想接下来会发生什么事。

突然,外面传来"砰"的一声声响。

方亚楠被吓了一跳,下意识地往外看去,甚至没注意到电话被接通了,通话时间已经开始计时。

"奶奶!"

一声大叫声传来,原来是方鹗放学回家了,他一边喊她一边向客厅冲去。方亚楠面无表情地看着傻孙子头也不回地路过书房门口,抚了抚"怦怦"跳的老心脏,低头一看,心跳差点儿骤停。

电话被……接……接通了？

她手都抖了，连忙去听电话，结果那边什么声音也没有。

难道是方鹗太吵，把对面的声音盖住了？

方鹗还在满屋子乱窜："奶奶，你在哪儿？今天有超级好看的比赛！"

"别嚷嚷了，奶奶在书房里！"姜多多在厨房里喊。

"哦！"

又是一阵"噔噔噔"的脚步声传来，方亚楠在方鹗跑到书房门口前先一步挪过去，"砰"一声把门关上了。门差点儿砸在方鹗的脸上。

"啊，奶奶！"方鹗被吓得惨叫。

"吵吵吵，吵什么吵？我打电话呢！"方亚楠冲门外怒喝，然后小心翼翼地凑近手机："喂，喂，有人吗？"

结果那边的人已经挂断了电话。

方亚楠心一凉，对面的人不是陆晓。

以陆晓的为人，他绝不会接起电话后，不等对方说话就挂掉电话，除非他俩有仇……她还真不知道以陆晓那老好人的性格，他会怎么对待仇人。

那为什么会有人替陆晓接电话？

啊，对了，他可能有老婆。

方亚楠都佩服自己的冷静状态，就算心里很不好受，可还是主动得出这个最科学的结论，并且从容地笑了一下。

她整个人突然平静了呢。

所以她之前究竟在纠结什么？

好吧，还好她打了这通电话，虽然没说上话，但已经掌握了有关陆晓的未来的第一手消息。再多掌握一点儿信息的话，等回去，她说不定能给陆晓当先知。

方亚楠再次按下通话键，按得利落、狠绝。

电话很快被接通，对面的人似乎刻意压低了的声音，带着一丝不耐烦的感觉："喂，你好。"

方亚楠听得嘴角抽搐了一下。

好家伙，对面的人是个男的。

"你好，"她也下意识地压低声音，一时间真不知道该怎么称呼对方，"我是……陆晓的老朋友。"

"哦。"那男人声音很冷漠。

好家伙，这人真会说话。方亚楠有些无奈，只好继续主动发问："请问，陆晓在吗？"

"他现在不方便，"那人说道，"你有什么事？"

他说的句子长了，方亚楠听出来这是一个年轻男人的声音，因为被刻意压低，才显得有些低沉。

但这并不是重点，重点是——

"不方便？"方亚楠有些紧张，"他……怎么了吗？"

"没什么，"那人声音紧绷，"等他醒了，我让他联系你。"

这话乍一听没什么毛病，但方亚楠看了看外面的天色，还是无法强行压制自己的智商，更紧张了："他……现在就睡了？"

"嗯。"

那人刚出声，一旁忽然传来吆喝声："让一让，让一让，家属不要挡路！"

那吆喝声很是不客气，夹杂着奔跑声和滚轮滚动的声音呼啸而过。

方亚楠的动作顿了一下。

她"刚刚"从医院里出来，对这种声音再熟悉不过，倒吸了一口凉气："陆晓在医院里？他怎么了？"

"没事，他没事。"男人虽然这样说，却没什么底气，"等他醒了，我会跟他说的，方……奶奶？"

"你认得我？"方亚楠虽然知道有来电显示，还是抱了一丝希望。

"不认识，有来电显示。"那人嘟囔，明摆着已经有些不耐烦，"不好意思，我们现在……"

"等一下，等一下，请问你是……？"

"我是他的孙子。"那人答得飞快，"我会向爷爷转达你来过电话的，抱歉，我们现在很忙。"

那人话没说完，声音已经有些远了，这分明是打算挂电话。方亚楠握紧轮椅扶手，差点儿站起来，大吼道："别挂电话！等等，回来！"

电话那头的声音再次靠近，那人有些无奈："还有什么事？"

"陆晓怎么了？"方亚楠不等那人回答，故意拖长语调、压低声音说，"孩子，我也刚从医院出来……我们这辈人不剩多少时间了，你别让我们留遗憾，好吗？"

没错，她就是在道德绑架对方。

可她还能怎么办？她也很绝望哪！

那头的人果然态度松动了。那人迟疑了一会儿，终于老实回答："爷爷在做手术。"

"他生病了?"方亚楠着急地问道,"做什么手术?"

"没什么,一个小肿瘤,割掉就行。"那人故作轻松,大概是因为方亚楠的关心不似作伪,他的语气也温和了一点儿,"您应该知道的,爷爷身体一向很好,这次手术不会有问题的。"

她当然知道陆晓的身体很好,但那也是四十多年前的事了,也不看看他现在都多大岁数了。

方亚楠叹了一口气,知道自己现在说什么都没用,只好问:"那……手术大概什么时候做完?"

"不知道。"

"唉,好吧。"方亚楠自顾自地点了点头,"等他恢复了,麻烦让他联系我,好吗?"

"好的。"

"请不要忘了。"

"不会的。"

方亚楠抬高声音又说:"为了加深你的记忆,请重复一遍我的请求,好吗?"

那人叹了一口气,似乎身心俱疲:"等爷爷醒了,我让他联系方喵。"

"方什么?"方亚楠还以为自己听错了。

"真的有人叫方喵吗?"那人居然反问她,"这是昵称吧,方奶奶?"

方亚楠忍不住骂了一句脏话。

"啊?"

"哦……确实是昵称。"方亚楠虽然因为总爱显摆自家的猫主子,被朋友戏称为喵总,但没想到陆晓明明知道她的真名,还给她备注为"方喵",而且他四十多年都没改?!

这太让人羞耻了!

她捂着脸,强行扭转话题:"那个……我其实叫方亚楠,请问你怎么称呼啊,小伙子?"

"我叫陆刃,'利刃'的'刃'。"

"好,好,好,好名字,我不拖着你了,你去忙吧,照顾好你爷爷呀!"

"好,再见。"陆刃的语气听上去颇为如释重负,但这次他没有直接挂掉电话,而是等方亚楠主动按下挂断键。

通话结束了,方亚楠握着手机,有些心神不宁,一会儿想陆晓的身体状况,一会儿又觉得陆刃这名字耳熟。可她明明没道理对这名字耳熟,总不会是因为这名字跟"路人"谐音吧?

闷在屋子里干想自然不会有结果,她打开房门,坐在轮椅上慢慢挪了出去。方鹗正坐在茶几边上吃橙子,看到她,很委屈地哼了一声,扭过头去。

方亚楠这才想起自己刚才对他做了什么,有些愧疚,又有些好笑,过去也拿起一个橙子,边吃边问:"生气啦?"

"没,我哪儿敢哪?"

"哦,看比赛吗?什么比赛呀?"

"您老不是要打电话吗?比赛哪里有电话重要?"

"哟,阴阳怪气的。"方亚楠笑呵呵地说,"你确定要这么'以下犯上'吗?我刚才还想问你那个什么游戏头盔去哪儿买呢。"

方鹗闻言,扔下橙子皮就跪下了,抱着她的膝盖,仰起头,表情虔诚地说道:"启禀奶奶,晚上七点半,DKL大战CCS——就是欧洲最强的电竞战队,比赛超级精彩,超级好看!"

"你还没看,就知道比赛超级好看了?"方亚楠也阴阳怪气地问。

方鹗丝毫不介意,反而兴致高昂:"这次CCS可是来报仇的。之前他们以天价求陆刃加入他们的战队,自以为陆刃加入的事板上钉钉,还到处宣传,结果陆刃以半价的价格进了DKL战队,转头就带着DKL捧走当年的冠军奖杯!你说气不气人?"

方亚楠手中的橙子皮掉到了地上:"你说谁?"

"CCS!"

"不是,人!"

"哦,陆刃。"

"'利刃'的'刃'?"

"'利刃'的'刃'。"

"……"

所以说,游戏天赋这玩意儿是会遗传的吗?!

方亚楠看着在那儿不停嘴地赞美陆刃的蠢孙子,心想要不要告诉他自己刚和陆刃打过电话……

陆刃还喊她奶奶呢。

呵呵。

但是她一想到陆晓,扬起的嘴角又耷拉了下来。方亚楠用指尖顶开方鹗的头,然后挪动轮椅,叹息道:"他今天还不一定来比赛呢。"

"奶奶你说什么啊？"方鹗在后面叫,"我觉得你想看,才喊你一起看的！"

方亚楠不理他,自顾自地挪到餐桌前。姜多多已经将餐具拿到桌上,叠在一起。方亚楠以前在家时虽然不管做饭,但为了表现,都会帮忙摆盘。这次她也很顺手地摆了起来,厨房里的姜多多看到,连忙跑出来:"妈,你别动,吃水果去吧,我来就行。"

"没事,我也该动一动的。"方亚楠闪过她伸出来的手,继续摆碗,"多大点儿事？"

姜多多有些尴尬,在一旁擦了擦手,没话找话:"妈,嗯……你刚才打电话……是……联系老朋友吗？"

"是啊。"

"想起什么了吗？"

方亚楠动作一顿,低低地"嗯"了一声。

姜多多更无措了,小心翼翼地观察着她的神色,试探道:"是……是小春阿姨？"

方亚楠皱起眉头:"谁？"

"啊,原来不是啊？我想多了。"姜多多一脸尴尬,看起来想给自己一巴掌。

"等等,等等,既然你提到了,能不能说一下……小春阿姨是……？"

姜多多很为难:"妈,你没想起来的话,就算了吧？"

方亚楠看着她:"你……你这……是帮我？"

"主要是……主要是……你是去看了那个……小春阿姨后摔了一跤,我以为……"

"所以,小春是谁？我后来认识的？"

"后来？"姜多多难以抑制地对这个词感到疑惑,但很快就忽略了,反而皱起了眉头,"不是。其实我也不是很清楚,只是听江谣说过,这是你最早认识的朋友之一。"

"最早……比谁早？"

"妈,你的朋友多,我也不清楚啊。不过这个小春阿姨肯定在近贤出生之前就认识你了。"姜多多苦恼地想了想,又说道,"听说你上学的时候就认识她了。"

方亚楠往后仰:"上学？上什么学？"

她都二十九岁了,该上的学早就上完了,而且完全没有继续深造的想

206

法，难不成……？"

"我……我去读研究生了？"

"啊？不是，没有。"姜多多一口否定。

方亚楠莫名其妙地有些失落，低头回想，突然愣住："春……杭佳春？"

"是……是这个名字吗？我也不知道。"姜多多至此充分暴露对婆婆有多不熟悉，此时已经局促得头顶快冒烟了。

方亚楠完全无暇注意她的小动作，只觉得震撼。

杭佳春！她以为自己再也不会说出这个名字的！

"你们在说谁呀？"方鹗这小子又凑过来了，一边问一边伸手去抓桌上的鸡爪，被姜多多一巴掌拍开了。

"洗没洗手？"

方鹗缩回手，噘着嘴给自己揉手："奶奶，杭佳春是谁呀？"

说着，趁姜多多不注意，他闪电般抓了只鸡爪往嘴里塞着。

"哦，绝交的前闺密。"方亚楠也去拿鸡爪，说得云淡风轻。

母子俩你看我，我看你，谁也不敢吭声。

方亚楠则慢吞吞地啃着鸡爪。

方鹗终于忍不住问："奶奶，你跟那个……那个杭……"

"小鹗，我问你，"方亚楠无心理会明明没事，但一直在旁边徘徊的姜多多，平淡地问，"要是你最好的朋友脚踏两条船，还跟你炫耀，你会怎么做？"

方鹗立马懂了，迟疑了一下，说道："劝她'回头是岸'？"

"好孩子，你比奶奶宽厚仁慈。"方亚楠露出假笑。

"那奶奶，你做什么了？你把她打了一顿？"

"没啊，直接绝交咯。"

"啊？好帅！"方鹗叫了一声，"我还没跟朋友绝交过呢。"

"你这话听起来挺遗憾哪？"方亚楠冷笑了一声，神色又平淡下去，"我以为我和她永远不会再联系的。"

方鹗终于察觉到气氛不对，沉默下来。

"奇怪啊，我们怎么会突然联系了呢？"方亚楠长长地叹了一口气，"谁先联系谁的呢？"

"这重要吗？"方鹗又捞起一只鸡爪。

"看来你还没谈过恋爱呀。"

"咯咯咯……啊？这和谈恋爱有关系吗？"

"情侣如果长时间冷战,后面就算不生气了,但会默认谁先服软谁就输了……朋友也是这样。"

方鹗想了想,点了点头:"懂了。"

"所以呀……我们谁先联系谁的呢?"方亚楠撑着头看着窗外,思索起来。

她当然知道自己没必要真的纠结这个问题。但是突然提起冷战了起码五十年的老朋友,她一时间真不知道该想什么。

杭佳春是她在高中认识的朋友,女生。她们俩都爱玩游戏,性格也都大大咧咧的,于是很快走到一起,形影不离。即便后来文理分班,两个人分开,感情也没变淡。她们是那种即便长久不联系,聊起天来也毫不陌生的好友。有一次,和杭佳春相恋七年的男友劈腿,杭佳春在异乡举目无亲,方亚楠闻讯,二话不说连夜坐火车去陪伴她。

然而,她们的关系什么时候变的呢?

可能在她感动于自己"义薄云天",却忽略了小春的脆弱一面的时候,还是她越走越远,把好朋友留在了原地的时候?

"多多,"方亚楠突然叫儿媳妇,"多多?"

"唉,妈,什么事?"

"我去看那个……杭佳春,是什么原因?"

姜多多想了想,摇头:"多半是那个小春阿姨病了吧,你是从市中医院回来的时候摔的。其实我也不清楚,是江谣说,她让你打车,你偏要坐地铁,结果下电梯的时候摔了一跤。"

方亚楠一时间竟有松了一口气的感觉。她打开微信的通讯录,确定自己没有杭佳春的微信号,又打开手机通讯录看了一眼,通讯录里除了家人,都是陌生电话号码。

算了,她觉得自己肯定不会主动联系杭佳春的,所以应该是小春主动找上她的吧。

过了一会儿,方近贤回来了,一家四口简单地吃了顿饭。席间,姜多多和他说起下午购物的时候偶遇席安夫妇的事,方近贤果然问方亚楠有没有想起什么事,方亚楠自然是摇头。虽然有些遗憾,但方近贤也没有办法,他们做儿女的当然不能逼着老妈回忆过去的事。

吃完饭、收拾了碗筷,方鹗就被逼着去做作业了。

方鹗:"不,我要陪奶奶看比赛!"

方亚楠冷漠地说道:"别狐假虎威啊,我可没说要看。"

"奶奶!"

"听到没有?快去学习!你都高二了,有没有危机感?"方近贤立刻瞪向方鹗,顺便感激地看了一眼方亚楠。

方鹗悲愤地抗议:"起码的娱乐活动总要有吧?"

"娱乐活动?我不让你娱乐,你就不娱乐了?你以为我不知道你关着门偷偷玩游戏?你能在房间里抽空把作业做了,我就谢天谢地了!"

"让我看完比赛吧,看完比赛我就去做作业!"

"你那比赛动辄一两个小时,看完再学习,你还睡不睡了?"

"可就今天有比赛呀,又不是天天这样!"

"不行!"

"让他看吧。"方亚楠突然出声。她很难不在方鹗身上看到自己的影子,这样的对话在她和她的父母之间发生过无数次,每次的结果都是——

"上有政策,下有对策,你硬拦着他,他也会自己想办法看,不如成全他。"

"妈,不能惯着他,他会得寸进尺!"

"要是他看完比赛还不老实,你就推着我,撞断他的腿。"

"……"

父子俩一起目瞪口呆。

方亚楠面无表情地朝方鹗招了招手:"来,比赛在哪个台?调出来,我们看。"

方鹗回过神,连蹦带跳地过来,一屁股坐在她身边的沙发上,不忘拍马屁:"奶奶万岁!"

方亚楠一点儿也不领情:"我现在在你爸妈眼中就是一个毫无下限、宠坏你、拖后腿的老太太,你要是想让我以后还有足够的威严助你一臂之力,请你看完不要丢我的脸。"

"妈,我没有!"方近贤立刻调整表情叫屈,"主要是小鹗的成绩实在是……"

"很差吗?"

"很一般。"

方亚楠摸了摸一脸不在乎表情的方鹗,慈爱地说道:"一般就行。你瞧他这没出息的样子,也就配一般的成绩了,是吧,乖孙子?"

方鹗表情复杂:"奶奶……我看完比赛一定好好学习,你别坏我的兴致了,好吗?"

"好的。"方亚楠微笑，耳边忽然传来一阵欢呼声。

"来了，来了！"方鹗激动地拍她，"奶奶快看，陆刃！谁说他不会来的？"

方亚楠看着电视中已经坐在备战区的陆刃，发现他的长相还真有点儿陆晓的影子，尤其是那双大长腿，毫无疑问是遗传自陆晓。

她想起来了，这一次世界锦标赛的主场就在 H 市。她原以为陆刃下午还在陆晓所在的医院，肯定来不及去比赛的。看来主场作战还有这个好处。

"奶奶，奶奶！"一旁的方鹗还在叫，"等你身体好点儿，我们一起去看总决赛吧？机会难得，下一次轮到咱们主场比赛，还不知道是什么时候。"

"行哪。"方亚楠干脆地答应道。

方鹗闻言居然愣了一下："你说真的？票很贵哟！"

"确实，机会难得啊。"方亚楠看着电视里的镜头三百六十度地环绕着赛场，巨大的体育场里光影绚烂。

哪个热爱游戏的人不想去一次比赛现场呢？

尤其是，这还是陆晓的孙子在的地方。

这算不算是一种命运的指引呢？如果是的话，它奇妙如斯，又想告诉她什么呢？

又一次震耳欲聋的欢呼声拉回了她的思路。五彩斑斓的光影中，小组赛开始了。

因为陆晓的关系，方亚楠对这次有陆刃参与的比赛很上心。看了没一会儿，她甚至发现一些特别有趣的地方。

方鹗在一旁喝着可乐，着急地说："哎，陆刃怎么还不动？他的队友都快'死'光了！"

连解说员都着急了："陆刃这次等得太久了，一会儿很可能来不及支援 B 点……他现在的位置在战略上确实有优势，但他一直蹲在那儿，也不太合适……陆刃也算是老选手了，肯定心里有数，我们拭目以待吧。"

结果解说员话音刚落，陆刃就突然动了。在骤然响起的欢呼声中，他却只是挪了挪位置——从一个桶上挪到了旁边的一辆车后。

欢呼声急转直下，解说员的语气听起来更加不解，解说员："这算什么，这算什么？他是想等队友都'死'了，再出来和对方单挑吗？"

方亚楠却笑了："这还真是陆晓的后代。"

"什么？"方鹗没反应过来。

方亚楠笑而不语。

当年陆晓跟她一起打游戏时，就是这个作风——大家都冲出去拼的时候，只有陆晓能安心地躲在一个地方，并在队友都阵亡后力挽狂澜。

这种做法其实相当猥琐，经常被小伙伴们诟病——游戏嘛，就应该有点儿热血，反正也不会真的死。但陆晓玩游戏太认真了。他可以纵容小伙伴瞎玩，自己却一定会默默地努力到最后。

这大概也是陆刃现在在粉丝及其队友心中的形象吧。

方亚楠很想显摆自己认识陆刃的爷爷，但是想到她现在还不知道陆晓和自己之间到底发生了什么事，也不知道陆晓的手术是否成功，想了想，还是忍了。

但她可以说一点儿别的事。

"你信不信他一会儿会从大门溜出去？"方亚楠笑嘻嘻地说。

"啊，放弃A点吗？"方鹗大叫，"不会吧？"

"嘿嘿，这招叫'掏屁股'。"

"我知道！但是现在大家早就不用这招了！现在的游戏选手都是用意识控制游戏里的人物，即便蹑手蹑脚也会发出声音，很难抄后路的啦。"

方亚楠耸了耸肩："我看他就想这么干。"

结果她刚说完，陆刃就动了，果真趁对方冲过来时，蹑手蹑脚地从大门溜了出去。

"不会吧？！"方鹗简直难以置信。

两个解说员也在疯狂地表达惊讶之情——

"胆子太大了，太大了！他居然完美地掌握了对方的节奏，利用对方的脚步声掩盖自己的——陆刃居然真的抄后路了！"

"而且以他的控制力，就算不利用对方的脚步声，他应该也能无声地溜过去。"

"但他还是选择了这种方式。"

"没错。"

"胆大心细，陆刃真的太厉害了！"

"等等，他不打算去B点，而是从后方接近敌人！"

"他疯了吗？他竟然打算以一打三！"

"但他从背后偷袭的话，成功的希望很大！"

"这让我想到一个很古老的玩法……非常古老……不是很文明，但非常贴切。"

"你别说，我也想到了！不知道导播让不让说。"

"不管了，我一定要显摆一下我的知识量！"

"那我们一起说，看是不是想到一起去了。"

"好呀，来，一、二、三！"

"'掏屁股'！"

方鹗和电视里的两个解说员一起喊了出来。两个解说员笑成一团，方鹗却瞪大了眼睛，看向方亚楠："奶奶，你……"

方亚楠摆出一脸慈祥的微笑："嗯？"

"你以前不会是职业选手吧？"

方亚楠忍不住笑出来："怎么可能？"

"可是你连这都看得出来，也太夸张了吧！"

"巧合啦，巧合。"方亚楠摆了摆手。

方鹗当然不是那么好糊弄的："再来几次，你都可以去做解说员了。"

"那不行，哈哈，那我血压得炸。"方亚楠连连摆手，"而且我都说了，是巧合，巧合啦。"

陆刃抄后路的行为显然完全不在对方的预料中，他一口气干掉了三个人，在疯狂的欢呼声中淡定地摘下了头盔。

"哇，这个男人太帅了！"方鹗现在的表现简直像个小女生，他感叹，"奶奶，你看他赢了都不笑的！"

"他从来不笑吗？"

"不是啊，陆刃很开朗的。"

"哦……"方亚楠沉默了。

屏幕里靓丽的主持人一脸春风："下面让我们采访一下本场小组赛的胜利方DKL的代表，陆……"她还没说完，突然顿了顿，然后遗憾地"啊"了一声，改口道，"副队长千狼！"

"唉，不是陆刃……"方鹗看起来比主持人还遗憾，"本来肯定要问他'掏屁股'的事情的。"

"好了，你可以去做作业了。"方亚楠赶他。

"还有下一场呢！"方鹗不同意，"是U……"

话还没说完，声音就在方亚楠的凝视中弱了下去，方鹗有些心虚地缩在一旁。

方亚楠："DKL的比赛结束了吧？"

方鹗心不甘情不愿地应道："嗯。"

"你知道得寸进尺是什么意思吧？"

"好啦，好啦，我知道啦！我去做作业！"方鹗"噌"地起身，依依不舍地走回了房间。

姜多多刚才一直在旁边走来走去，不知道在忙些什么，见状立刻走过来："妈，你要现在睡觉吗？"

看来她一直在注意这边的情况。

别说，虽然还不到九点钟，但方亚楠悲伤地发现自己有点儿困了。她打了个哈欠，点了点头。

姜多多如释重负，帮她擦身、洗漱，然后让方近贤把她扶上床。

虽然已经不是第一次了，但方亚楠还是对这个中年男人的亲昵动作感到不习惯，忍不住没话找话："方鹗现在学习很紧张吧？"

方近贤给她放靠垫，答："高中都紧张，不过我们也不反对适当娱乐。"

果然他明白她问这话的意思。

方亚楠有点儿不好意思。她自己不认为游戏会毁掉孩子，但不能逼人家的亲爹妈也这么想。方亚楠说道："以我现在的状况，我也帮不上什么忙，但也不想拖你们的后腿。如果我有哪里做得不对，你们直说，我听得进去的。"

"这我知道，妈，你不要有负担。而且小鹗看起来很愿意听你的话，我们也能轻松不少，你有空多管管他。"

"这责任我可担不起，不是还有多多嘛。"

"唉，多多管不住他，儿子越大越管不住。"方近贤有些无奈地说道，"再过几年，怕是我都打不过他了。"

"哈哈，那你让小鹗去学拳击吧。"

方近贤震惊："妈，你是跟我有仇吗？"

"不是，学过拳击的孩子知道自己出手的后果，反而轻易不会动手了。"

方近贤眨了眨眼，半信半疑地说道："这个看他自己吧，能锻炼锻炼身体也挺好的，省得他成天想着打游戏。"

"我看小鹗的瘾头也不大呀。"

"比那些辍学去玩游戏的孩子是好不少，"方近贤无奈，"妈，你当年是学习、游戏两不误，小鹗就不一定了，只能说各有各命吧。"

"成，反正我的意思表达到了。有什么事，你们可以和我敞开说。别因为我记性不好，你们反而跟我有隔阂。"

那等真正的老方回来以后，多尴尬？

"明白,我会跟多多说的。"方近贤说着便往外走,走到门口时转头问她,"要帮你关灯吗?"

"我自己来吧。"方亚楠指了指手边的开关,见方近贤要走,突然想起一件事,"等一下,问你件事。"

方近贤看着她。

"那个……怎么买游戏头盔啊?"

"……"

见方近贤一脸复杂的表情,方亚楠骤然领悟过来,以手抚额——方近贤刚才还说不想让小孩成天想着打游戏,转头奶奶就带头去买游戏头盔。她的靠谱形象算是彻底崩塌了!

接下来两天,方亚楠都在复健中度过。

她虽然摔了一跤,但是身体底子好,锻炼了一段时间后,逐渐能自己慢慢地走路了。家里人看起来挺高兴,方亚楠却高兴不起来。

两天了,陆刃一直没给她报告陆晓的消息,她一时间都拿不准是陆刃忘了,还是陆晓不让他报告。

可她只知道陆晓的微信号,如果再打电话过去,也不知道会是谁接电话。

这期间,她倒是接到一些问候消息,有些来自以前认识的人,但绝大多数来自不认识的人——这些人应该是老方后来结识的。虽然有阿尔茨海默病这把"尚方宝剑",但秉持着少说少错的原则,方亚楠对这些问候基本上予以简单回复。

只不过她知道有几个老朋友还活着,这感觉还是不错的。大家还相约等她康复后一起出去聚会,这对方亚楠来说,勉强算件好事情。

如果不是她出现,老方如今应该也算安度晚年吧?方亚楠如此想着,一时间不知道是该开心还是该惆怅。

周四晚上的时候,方亚楠刚吃完饭,外孙女韩添仪突然打电话过来。电话刚接通,韩添仪就说了一句:"奶奶,你火了!"

"啊?啥?"

"你火了!"

方亚楠年轻的时候都没"火"过,此时听到这话很不习惯:"什么火了,我干吗了?"

"你记不记得上周末,你和方鹗一起玩游戏,我当时给你拍了视频?"

"啊……记得呀,"方亚楠有不好的预感,"不会吧,你……"

"就是那个视频！我把它上传到'抖抖'上，突然被官方推荐了！那个视频现在已经在游戏区被置顶了！"

"啊？"

方亚楠以前不玩抖抖，如果她和老方亚楠是同一个人的话，现在自然也不会玩抖抖。

原因无他，她对自己的自制力没信心，而且她的爱好够多了，哪里还有空看短视频？

当看到自己在视频里"噼里啪啦"地按着手柄，一旁的方鹗大呼小叫，而视频下方飞速滚过无数句"奶奶加油"时，她感觉自己要原地裂开了。

好家伙，才几天，这视频挤进了热搜榜前十名不说，点击量居然破百万次了？而且看这趋势，点击量是要往千万去了？

这是要她死啊！

方亚楠作为半个记者，太清楚公众人物的苦了！

韩添仪又打来电话，激动得语无伦次："外婆，外婆，有……有人联系我，说想请你去参加直播！"

"不去！"方亚楠想也不想就拒绝。

"不用你做什么，就是打打游戏！"

"添仪呀，外婆那么大年纪了，你放过我吧。"

"嗯……外婆！"

"行了，就这样吧。"

"那很多人联系我，怎么办？我都拒绝？"韩添仪还依依不舍。

"都回了，也不要在视频下面做任何回复。记住，冷处理。"

"有人说你炒作，也不回？"

"不回。"方亚楠回答得斩钉截铁，"成熟点儿，跟不认识的人解释什么？"

"我咽不下这口气呀！"

"我咽得下！"

"……"

"行了，就这么定了，你不上课吗？"

"同学都知道你是我外婆了，我一出现他们就问东问西的，好烦。"

"小姑娘，自作孽，不可活。"

"我哪里想得到会变成这样哪？"

"所以我不怪你，但接下来你要听我的，明白了吗？"

"外婆，要不你试一试吧？就参加一次，一次！"

"不去！"

就在她专心和韩添仪扯皮的时候，方鹗忽然步履蹒跚地从拐角处走出来，一脸见鬼的表情。

他看着方亚楠，梦游般唤道："奶奶……"

方亚楠心里一惊："干吗？"

"我……"方鹗欲言又止，举起手机朝她晃了晃，"那个……抖抖。"

"啧，"方亚楠头痛，"我知道了，放心，这件事不会有下文的。"

"不是……"

"什么不是？"方亚楠瞪眼，"好哇，不做作业玩抖抖，你是欠揍了？"

方鹗皱着脸："我跟韩添仪互相关注了对方的抖抖账号，我要是真的玩手机，前两天就该看到了，还能等到今天同学来告诉我？"

"你同学怎么会知道视频跟你有关？"

"因为我也在视频里呀！"

"啧，"方亚楠忍不住捂脸，都忘记孙子也在里面露脸了，"这件事对你没那么大影响吧？"

"外婆，外婆，"韩添仪在电话的另一头叫她，"我忘记说了，小鹗也被邀请了！有一个网红想请你们一起直播打游戏……哦不，是好几个！"

"奶奶，你在跟谁打电话呢，韩添仪？"方鹗狐疑地问。

"外婆，你快跟方鹗说——他火了！"

"她说什么呢，'叽叽喳喳'的？"

韩添仪在电话那头声嘶力竭地喊："方鹗，你火了！"

"啊？听不到，奶奶，你打开扬声功能哪。"

姜多多推开厨房的门："你们嚷啥呢，吵架了？"

方亚楠："……"

她头痛。

她完全不想让方鹗踏入短视频这个领域，这应该也是每一个家长的想法。但她不得不辩证地看待问题——四十多年过去了，网红是不是已经和电竞选手或者艺人一样，成为一种常规职业，不再是会被人戴着有色眼镜看待的人群？

如果是这样的话，她贸然阻止，是不是过于武断了？

毕竟这对喜欢游戏的方鹗来说，是一个百年难遇的机会，如果他抓住了……

不行,他连《怪物猎人》都要她代打,完全没有游戏天赋。玩玩可以,他真把游戏当正事的话,他的路就走窄了。

方亚楠叹了一口气,知道自己又在钻牛角尖了,但是既然打定了主意,决定还是先安抚好韩添仪。方亚楠转头示意方鹗跟着自己,然后进了他的房间。

方鹗看起来果然是在认真学习,书本、试卷堆了一桌子,试卷写到一半,显然消息收得突然。

等方鹗在她的指示下关上门后,方亚楠坐在他的床上,认真地说道:"韩添仪跟我说,很多网红想请我们俩一起去直播间打游戏。"

"哦,他们想借我们的热度。"方鹗出乎意料地清醒,"你肯定不同意咯。"

他一下把方亚楠要说的话说完了,方亚楠感到欣慰:"你明白就好,那我就不用多说什么了。"

"呵呵,我当然明白,他们也配?"方鹗冷笑,"真想借我们的热度,他们就该到我们的直播间帮我们打游戏,给奶奶做牛做马,凭什么让我们过去?他们这不就是想等我们这个视频的热度降下去后,就把我们一脚踢开?"

方亚楠目瞪口呆。她只想到拒绝,根本没考虑过其他的可能性,没想到方鹗居然想得那么远。

现在的小孩子都这么可怕吗?

"我拒绝,不是因为他们用不正当的方法借我们的热度,"方亚楠挣扎着说道,"是因为……"

"学生的职责就是学习,这种事情会耽误我考大学,对不对?"方鹗很顺溜地接了下去。

好家伙,这孩子学过心理学吧?还是他之前表达过做网红或者游戏主播的想法,被家里大人用这个理由否决了?

看来他对这次机会还是很心动的。

方亚楠终于觉得事情有点儿棘手了,只好坦诚地说:"我想尊重你的选择,但前提是跟你把利弊问题都分析清楚。"

方鹗垂下头,揉捏着自己的睡衣的衣角:"您说。"

"你想出名吗?"方亚楠抛出了第一个问题。

方鹗愣了愣。这么简单的问题,他居然没有第一时间给出答案,而是思索了一下,然后缓缓点了点头。

他不是很确定就好办了。方亚楠抛出第二个问题:"你觉得你在游戏方面很有天赋吗?"

这问题其实有点儿伤人,但有第一个问题做基础,方鹗已经有了心理准备,想了想,摇了摇头。

"你知道电竞选手是最依赖天赋和青春的职业吗?"

这次他点头点得很快。

"如果这次直播,你只是想玩玩,我可以陪你玩玩,但你要做好从此成为一名不上不下的网红的心理准备,这其实远比寂寂无闻更让人痛苦。我已经老了,无所谓,你却可能成为一名十八线的小网红,抓着一件偶然爆红的事情翻来覆去地说——这会让你显得很卑微、很可怜,你能理解吗?"

方鹗叹了一口气,点了点头。

"但是你如果能够果断拒绝这样的诱惑,坚持走一条更稳固、平等的道路,是不是会显得你更厉害一点儿?机会总是留给有准备的人的,你现在还没准备好,老老实实地做作业吧,好吗?"

方鹗垂着头、噘着嘴,有点儿不情不愿的,但还是晃到书桌前坐下。他拿起笔在本子上点了两下,突然说道:"但是奶奶,你有准备呀。"

"啊?"

"你这个年纪了,还能那么精通游戏,除了你,哪个老人家能做到这点?我确实没准备好,可你准备好了呀。你如果能火,我也高兴。"

方亚楠闻言趔趄了一下:"可我不高兴!"

"为什么呀?人这一辈子能有几次一炮而红的机会?"

"那你有没有学过一个成语,叫'昙花一现'?"

"奶奶,你太悲观了啦。陆刃也是偶然爆红的,你看人家现在怎么样?"

"那是人家……"方亚楠的话顿住了,她只知道陆刃是陆晓的孙子,对他的成长之路一无所知,完全不具备据理力争的理论基础,只能嘴硬,"那话又说回来了,人家在你这个年纪的时候,游戏实力跟你比起来怎么样?"

"我那是没机会……"方鹗果然这么认为,"我根本没有打游戏的时间。"

"那他的学习成绩怎么样呢?"方亚楠问,"他是早早地打定主意,要走电子竞技这条路的吗?"

方鹗:"这我怎么知道?"

"所以,如果你真的想借鉴他的路线,就先看看你有没有借鉴的资本。我还是那句话,做好准备再上。"

"可他成名前的事情没人知道呀,我怎么借鉴?"

"那就说明不值得借鉴！"方亚楠笃定地说道，"如果他学习又好，打游戏又厉害，能不把这些成绩拿出来吹牛？"

"万一人家就是低调呢？"

"喊，"方亚楠嗤之以鼻，"你要是不见棺……咦？"

手机铃声突然响起，两个人同时低头看向自己的手机。方亚楠惊讶地发现，铃声竟然来自陆晓的语音通话！

她的手差点儿哆嗦起来。

方鹗见不是自己的手机来电，还有些奇怪，抬头见到自己的奶奶见鬼一样的表情，更讶异了："奶奶，怎么了？"

方亚楠抬手做了一个噤声的手势，然后小心翼翼地接起电话："喂？"

"你好，是方奶奶吗？"

电话那头传来年轻男孩礼貌的声音，不是陆晓的声音。

方亚楠难掩失望之色："是你啊。"

"对，我是陆刃。不好意思，上次说了会回复你我爷爷的近况，但我后来太忙，把这件事给忘了。"

"哦，没事，我理解的，你最近……"方亚楠本想问候一下对方比赛的事，但看了一眼在一旁竖着耳朵偷听的方鹗，便模棱两可地说道，"你最近挺忙的，我看到了。"

"哦……喀，谢谢。"陆刃听明白了，一个老太太也看他的比赛。这估计让他挺不自在的，他又把话题拉回到了陆晓身上："那个……我爷爷手术成功了，恢复得挺好，但还需要在医院里隔离观察一周。他的手机现在由我保管，但是我暂时也见不到他。"

方亚楠长长地舒了一口气："那就好，那就好，不急，等可以探视他的时候，你再跟我说，好吗？"

"好。"

话说到这里，差不多可以挂电话了，方亚楠很上道地主动开口："那个……小陆啊，谢谢你，早点儿休息吧。"

"方奶奶再见。"陆刃如释重负，等着方亚楠挂断电话。

"奶奶，你的老朋友呀？"方鹗转着笔。

"好好学习，少管闲事！"方亚楠倚老卖老，转身走了出去。她探头看了看——姜多多在主卧里一边看电视一边叠衣服，方近贤在书房里对着电脑加班，这房子里只剩下她一个闲人。

时间还早，她在沙发上坐了一会儿，最后还是没忍住，躲进厕所，坐在马桶上打开手机，翻出那个自己打游戏的视频。

现在这个视频的点击量已经到八百多万了，位列游戏区点击量排行榜的第三名。

她其实不是很明白，现在的老人也是从五光十色的年代走过来的，为什么打个复古款的游戏能让年轻人那么大惊小怪？

可是当看到评论时，她便明白了。

除了一大堆为她加油、喝彩的评论外，还有一些评论提到自己的爷爷、奶奶、外公、外婆，说他们当年都曾是游戏迷，可惜如今即使想玩，身体也跟不上了。

得了帕金森病的人握不住手柄，患了"三高（高血脂、高血压、高血糖的总称）"的戴不了头盔，能看懂游戏规则的反应跟不上，会用手柄的总是忘记技能……即便好不容易对游戏的技能和规则都熟悉了，老人家精力也不够……游戏体验极差的结果，就是现在的老人家最喜欢的游戏还是"偷菜"和抽卡类的游戏……

而她是带着全盛时期的意识和肌肉记忆过来的，只是体力不太撑得住而已。

方亚楠一条条地翻着评论。

"把我姥爷羡慕哭了，他说这奶奶现在还有这实力，当年肯定在游戏里排名很高。"

"求奶奶的抖抖号！我奶奶要关注她！"

"我妈说仿佛看到了我去世的外婆，当年外婆只要闲下来，就会打游戏。"

"我外公要是还活着，我也想这样陪他玩游戏。"

"我大伯看了视频，要跟我组队打游戏。"

"谢谢奶奶，我妈同意给我买头盔了！"

"爷爷看这视频一整天了，刚才做了一个解说视频，求大家点赞支持！"

"我错了，为什么当年不让爷爷碰我的手柄……他可能也能做到呢。"

"我想我外公了。"

"如果不是爷爷顶着家人的反对带我玩游戏，我不会有今天。"

方亚楠看到了点赞数最多的一条评论，会心一笑，随意地扫视了一眼评论者的账户名。

DKL 陆刃。

这条评论的点赞数有三百万。

方亚楠："……"

原来是你小子把老娘拱火的？！

陆刃多半是看了视频后，才想起来给她打电话的。

方亚楠既哭笑不得，又被评论感动得热泪盈眶，看了一会儿评论后，发出一声长叹声。

这大概是她这辈子最耀眼的时刻了。

方亚楠带着五味杂陈的心情睡去。

第二天，姜多多忽然说要带她去医院复诊，方亚楠这才想起来自己还算是半个病人，便乖乖地跟姜多多去了。

接待她的当然是她的主治医师莫西伦。他还是那副"衣冠禽兽"的样子，一见到她，眼镜下的桃花眼中精光一闪。他笑着站了起来："方阿姨，这么久才来看我，好无情哪。"

连老太太都调戏，他这是坐实"衣冠禽兽"的名号了。

方亚楠做出一副油盐不进的样子："我不是刚出院一周吗？"

"这不是，那个什么……一日不见，如隔三秋嘛。"莫西伦给她拉开椅子，"先量血压哟，一会儿再去做其他检查。"

姜多多问："那我要去预约吗？"

"我都约好了。家属到外面等一下，我一会儿还要给患者做一个心理评估。"

"哦，好。"姜多多出去了。

莫西伦给方亚楠量着血压，突然来了一句："方奶奶很喜欢打游戏啊？"

方亚楠："啊？"

"哎呀，心跳变快了！冷静，冷静，哎呀，血压高了，嘿，高血压！"

方亚楠："你把血压仪当测谎仪用吗？！"

莫西伦笑眯眯地给她卸下设备："没事，没事，我给你写一个正常的数值。"

"你是个假医生吧？"

"你不激动的话，就是这个数值呀。我很专业的，相信我。"

方亚楠看他的眼神充满了不信任的感觉。

莫西伦视若不见，继续在自己的平板电脑上写着什么，写完说道："方阿姨最近应该过得挺好吧？"

"你看到那个视频了？"

221

"对的。"

"你怎么看到的？你这个禽兽，不会是勾搭上我外孙女，还加了她的抖抖号吧？"

"没呀，我只加了你女儿、儿子的微信。"

"那……"

"大数据推荐呀，大数据。"莫西伦一脸无奈的表情，他说，"就是这么巧，我在'相关人士推送'的板块里看到一个高热度的视频，一点进去，哎呀，不得了！"

"唉，别提了。"

莫西伦又测了她的血糖值，然后在平板电脑上打开一份问卷："看来你是准备冷处理这事了哟？"

"那是肯定的，我都多大了，哪里折腾得起？"

"嗯……我还担心你情绪起伏太大呢，这才催他们带你来医院的——看来我不用担心了。"

"你要相信人类的求生欲。"

"那倒是。"他表示赞同，"来，把这份问卷做完。"

问卷看起来像是用来评估阿尔茨海默病老人的认知力的，她老老实实地答完，预约的检查开始了。她被姜多多带着去做了一串体检项目，然后又回到了莫西伦这里。

莫西伦已经收到了她的体检报告，姜多多问："医生，我妈应该还好吧？"

"嗯，还不错，不过……"莫西伦对着数据琢磨了一会儿，说道，"家属再回避一下吧？"

"啊？"姜多多不明所以，但还是乖乖地出去了。

莫西伦忽然起身，打开一旁的柜子，取出一个钓鱼箱大小的金属箱子打开，掏出一个插满电线的头盔。

方亚楠："这是……这不会是……？等一下，这是医院？"

"医生也要午休的呀。"莫西伦蹲下来，把头盔上的电线一一插在自己的电脑上，然后把头盔递给她，"来，戴上。"

方亚楠眨了眨眼，有些犹豫。

莫西伦又把头盔往前递了递："你儿子说你想玩，但头盔那么贵，你总得先试试行不行吧。"

看来是方近贤打过招呼了，方亚楠有一丝感动，但更在意的是："你这……戴的时候洗头了吗？"

莫西伦震惊了："你嫌弃我？！"

方亚楠抿嘴默认，一脸倔强的表情。

莫西伦无奈地说道："虽然我每次都洗头，但是……好吧，好吧！"

说着，他拿出一包消毒湿巾，当着她的面，把头盔里里外外地擦了一遍，然后重新递给她："可以了吧，太后娘娘？"

方亚楠这才点了头，心里也有点儿不好意思。但她最受不了和别人共用帽子了，总觉得帽子拿在手里，有一股别人的头油味。

莫西伦给她戴上头盔，还不忘念叨："你儿子想让我给你复诊，顺便看看你能不能戴头盔。不过说实话，你这个年纪的老人家，即便去了专卖店，人家也不会卖头盔给你的。因为太多老人一戴头盔就昏倒……等一下，我要不要先让你签一份告知书？你要是昏倒了，可别怪我呀。"

"行了，快开机！"

莫西伦还在摸着下巴考虑："我是不是真的应该准备一张告知书哟？"

方亚楠"啧"了一声，掏出手机打开录音功能，大声地说道："我，方亚楠，七十五岁，神志清醒，主动恳求莫西伦医生借我试用他的游戏头盔。如果我意外昏倒、受伤甚至死亡，都与莫西伦无关，不需要他做任何赔偿，时间如录音时间所示！"

她"啪"地点下确定键，问："行了吗？"

莫西伦第一次在她面前真的动容："方奶奶，您真是……人杰！"

"叫阿姨！"

"不行，这声'奶奶'代表尊敬。"

"快开机，让我玩！"方亚楠快跺脚了。

"好，好，好。"

莫西伦在头盔上按了一下，几条数据线突然亮了。方亚楠只听到耳边仿佛传来"嗡"的一声，她的头皮突然被好几个冰凉的金属片贴紧，随后一股电流刺痛感从那些金属片上传来。她眼前猛地一黑，又转而一亮，人忽然站在了一个空荡荡的、充满金属质感的房间里。

她感到身轻如燕，看了看自己的手，是一双年轻的手，又抬手摸了摸脸，皮肤光洁、紧致。

万万没想到，人到老年，她竟然能玩上这种过去在科幻小说里才有的东西。

这就是虚拟头盔！不用在脑中植入芯片，也不用躺进设备舱，她只要戴上头盔，就能进入另一个世界！

天哪，这可真是……无法用语言形容！

她觉得连自己的虚拟形象都在急促地呼吸，甚至激动地发抖，导致她的视线都是一晃一晃的。

冷静，冷静，听说太激动的话，她会被系统踢出去。

方亚楠先看了看自己的虚拟形象是什么样子的。她用的是莫西伦的头盔，总不会是莫西伦的形象吧？她低下头，只看到一套灰色的运动服，想去脱裤子，却摸了个空。

看来头盔还不支持脱裤子的动作。

方亚楠一点儿不为自己猥琐的行为感到羞愧，四下看了看，想找面镜子，刚迈步，整个人忽然晃了晃，差点儿仰天倒下。

又是一阵电波声传来，紧接着，莫西伦的声音响了起来，他说："方阿姨，你现在清醒吗？直接回话就行。"

"嗯。"刚刚想脱掉他的裤子的方亚楠终于有点儿尴尬了，艰难地应了一声。

"醒着呀，能走路吗？"

方亚楠当然不会老实地说自己很晕，坚强地走了一步，感觉自己像在一块即将被巨浪掀翻的木板上行走。

但好歹她也算是能走路吧。

"能！"方亚楠斩钉截铁地答道。

"咦，一点儿都不晕？"

方亚楠犹豫了一下："有一点儿。"

"可以呀，哦，你现在用的是游客模式，没有账户，也没有绑定游戏，所以只能在初始房间里体验。这个初始房间有两个游戏，一个是拼图，还有一个是踩地雷，你可以去玩两把感受一下。"

方亚楠深吸一口气，到现在都觉得很不真实。但是她毕竟在用别人的设备，总有一种要赶紧还给别人的紧迫感，无暇多探索，便直接进了一旁的房间里。

拼图游戏很简单，就是如现实一样，在桌边玩拼图。和现实的差别，是这里的拼图碎片很小，方亚楠玩了一会儿就知道这是在测试玩家能否在房间中进行细致的动作——毕竟拿起小碎片、拼在空缺处，是需要玩家有一定的控制力的。

踩雷游戏则更加刺激，是要玩家在一个巨大的地板上进行踩雷。玩家要从左上角第一块地板出发,一直走到右下角。这个游戏不仅考验玩家的步伐是否精准,还会在地雷爆炸时,考验玩家的反应能力以及闪现到起点时的适应能力。

因为做过游戏策划,方亚楠几乎每一次有所动作,心中都十分惊叹,退出游戏后,一脸忧伤的表情。

莫西伦摘掉了她的头盔,原以为顺利完成初始测验的方亚楠会很兴奋,没想到看到一张苦瓜脸,被吓了一跳:"你怎么了,玩得很痛苦吗?"

"不是,"方亚楠摇了摇头,随后长长地叹了一口气,"我只是在想……"

"什么?"

"玩家的每一个动作都需要框架和算法支撑,一款全息游戏要耗尽多少策划的青春和生命哪?太可怜了!"

莫西伦哭笑不得:"方阿姨你的游戏体验真是独树一帜,非常……奇特。"

"我这是有感而发……算了,看来我是能玩的?"

"我觉得没问题。我会跟你儿子说的……哦,对了,"莫西伦收起头盔,"到时候奶奶玩什么游戏呀,有空一起玩?"

"好啊,"方亚楠最喜欢这种邀请了,并且会立刻坦白,"不过我技术很差的。"

莫西伦笑着晃了晃手机:"我不信。"

"那你跟我一块玩《怪物猎人》?我可以不买头盔。"

"没事啦,我也是随便玩玩的。"莫西伦笑眯眯地说,"我们从《虚拟人生》开始?"

"不要,不喜欢。"方亚楠最不擅长这种经营养成类的游戏,"小伙子,我活够了,不想开启第二次人生了。"

"啊,有道理,"莫西伦点头,"看来奶奶想玩点儿刺激的,我还有《反恐精英》的账号哟。"

"到时候再说吧,"方亚楠没说好不好,"我到时候多半会和我孙子一起玩,再加上你,好家伙,咱们团队的名字我都想好了。"

"叫什么呀?"

"梨花压海棠!"

"哈哈哈!"

方亚楠一到家,先被蹲在门口的大猫吸引了全部心神。

"厂花！"她毫无陌生感地大叫了一声。

这只被关在房间里"适应"了一周的缅因猫终于被放出来了！

猫不是狗，见到主人不会激动地摇尾巴，却也有自己的方式表达对主人的依赖。厂花迈着大步走上来，一边"喵喵"地叫着，一边在她的腿边转来转去。

方亚楠松了一口气——这猫认自己，看来不用担心身份被揭穿了……还是说，她们本来就是同一个人？

方亚楠和厂花玩了一会儿，去补课的方鹦回来了。他最近总是溜进书房找厂花玩，因此见到厂花也没什么表示，神色疲惫地去冰箱翻饮料喝。过了一会儿，方鹦拎着一罐可乐走到方亚楠面前，看起来情绪很低落："奶奶，有个不好的消息。"

方亚楠摸着厂花柔顺的毛，抬头看向他。

"总决赛的票已经被抢光了。"

他还真去买票了！

说不遗憾是假的，但方亚楠心中更多的是好笑："你在哪儿查到的？"

"官网哪，原来总决赛的票提前半年就开放预订了，现在离总决赛只差一个月了，票早就被卖完了。"

"那就没办法了。"

"但是……"方鹦迟疑了一下，"还有别的办法。"

方亚楠想了想，挑眉："你想花高价买二手票？"

"咦，你怎么知道？"

"要不然你还有别的办法吗？"方亚楠摇头，"这种冤大头我们不当，到时候看直播吧，乖。"

"唉……我就想带你体验一下现场的氛围。"

"真的去了现场，你说不定得先学会怎么以最快的速度给我喂速效救心丸。"

"哪里有那么夸张？"

"老年人就是那么夸张！"

方鹦很是不甘地鼓起腮帮子，但又没有办法，只能长叹一声，一口气把饮料喝光，转身进了房间。

姜多多擦着手出来："妈，怎么了？"

"方鹦说想带我去看总决赛，但门票半年前就开放预订了，哪里还轮得到他？"

"他还不是自己想看,你别理他。"姜多多倒是松了一口气,"你可别惯着他呀。"

"放心吧,我绝对心狠手辣。"

姜多多的表情看起来不像对方亚楠的表态很放心。

方亚楠把玩着厂花的肉爪,突然想起来快到周六了,自己是不是又要回去了?

她回去以后怎么办?好像只有逼江岩体检这一项重中之重的任务,其他事情都不怎么紧迫。

她并不是很担心自己的未来,从她的书房里满墙的《维度》杂志就能看出来,自己一直奋斗在这个行业里。既然她乐在其中,那自然要继续干下去。

可是陆晓呢?她还没等到他出院,不然好想借机问问他当年对自己到底有没有意思。

如果他有,她就要出手了。

等等,也不知道他的老伴儿还在不在,如果还在,自己这么做,岂不是有点儿晚节不保?

过了一会儿,姜多多喊:"开饭了!"随后对一旁的方亚楠又柔声说了一遍,"妈,来吃饭吧?"

方亚楠看了看大门:"可是近贤还没回来。"

"他晚点儿回来,叫我们先吃。"姜多多低头摆放碗筷。

方亚楠不疑有他,吃完了饭,闲着没事,忍不住又打开了抖抖。

她心里想,那个视频的热度应该已经被后起之秀压过了。她以前做过有关网络热搜话题的调查,每一个新闻热点,点击量冲高后,最多都只能维持两天的热度,如果两天后没有后续发展,那这个事件的热度绝对就要凉了。

她想想还挺遗憾的,这可是她人生中最光鲜的时刻啊。唉,能够抵抗这样的诱惑,不愧是她方亚楠。

然而视频竟然还在排行榜上居高不下,甚至冲到了总榜第八名的位置!

她皱着眉翻看着评论,发现不仅陆刃,还有其他职业电竞选手点赞、发评论,其中不乏明星选手。视频的热度随着这些点赞和评论一路攀升!

这……早知道会变成这样,她就该跟陆刃打招呼,让他取消点赞和评论!

韩添仪倒是很听话,发了这个视频后一直一言不发,仿佛已经注销账号。

天知道她的私信区现在成什么样子了。

唉，韩添仪做她方亚楠的外孙女，就得承受优秀的外婆带来的压力。

方亚楠恬不知耻地想着，继续美滋滋地翻看着评论。

晚上，方近贤拖着疲惫的脚步回来了，进门后，见到抱着厂花看手机的方亚楠，立刻露出笑容："妈，还没休息啊？"

"早着呢，"方亚楠放下手机，"你饿了吧？多多收衣服去了，她把饭菜放在保温箱里了，你去拿来吃。"

方亚楠说完还真的觉得自己有点儿老母亲的样子了，而且这些话完全是脱口而出的，非常自然。

是他们对自己太好，好到让自己把他们当成亲人了，还是自己真的和他们血脉相连？方亚楠分不清，但不抗拒这种亲密感。

方近贤应了一声，一边脱外套一边往方鹗的方向偷看，片刻后，蹑手蹑脚地走过来，蹲在方亚楠身边。四十来岁的中年男人就这么仰头看着她，悄悄地说："妈，我下班以后去了一趟游戏头盔专卖店，那里的店员说头盔需要和玩家本人现场绑定，还要玩家签协议，然后他们才能送货上门。如果用我的身份证绑定头盔，你即便戴上头盔也玩不了游戏。应该是最近很多老年人玩头盔出了事情，他们怕担责任，你看……"

"那就去呗。"方亚楠已经体验过头盔了，并不担心自己会通不过游戏测试。只是……如果头盔要和玩家本人绑定的话……她有点儿心虚："这样的话，是不是家里只有我能玩了呀？"

"不是你想玩吗？"方近贤一脸理所当然，"这样也好，让方鹗死了这条心。"

"嗯……其实我觉得……"方亚楠朝方鹗的方向看了看，"让他偶尔玩一玩也是可以的，我才能玩多久啊，别浪费了。"

方近贤果然皱起眉："他现在……不合适吧？"

"唉……"方亚楠也没办法。自己在学业上顺风顺水，高三时就被保送进大学，学习之余从来没落下过打游戏，但她不能据此认为方鹗也能做到学习、打游戏两不误。

"算了吧，"她真心实意地说道，"别买了。真的把头盔买回来，方鹗就算不能玩，也没心思学习了。"

方近贤沉默。

"而且，"方亚楠又说，"我自己玩的话，为了不刺激他，还得偷着乐，那有什么意思嘛，算了，算了。"

方近贤有些纠结："妈，你让我想想。"

方亚楠点了点头，开始看电视。

方近贤沉默地吃了饭，又自己收拾了碗筷，转头进了屋。

方亚楠换着电视频道，跳过几个群魔乱舞的综艺节目后，发现还是新闻最有意思。

"人类首次登陆月球背面的行动获得巨大成功，航天英雄们抵抗住了严寒和强风，以坚强的意志完成了月球背面行走和调研任务，即将凯旋！"新闻中，主持人正同观众分享这一喜悦的时刻。

方亚楠又看了几条新闻，正觉得无聊，想要换台，突然被接下来这条新闻吸引了全部注意力。

"经过近三十年的建设，北起舟山群岛、南至中国台湾的精卫海坝东海段即将与南海段完成对接，自此，为预防核废水污染而建造的我国外海海防线即将完全竣工。作为世界首例国家级环保和海防基建设施，精卫海坝将利用我国独创的水幕加光幕双消杀模式，保护海洋生物的同时，过滤洋流和生物群可能带来的核污染。该工程体现了中国人民保护海洋、保护人类的决心，必将载入人类史册！"

方亚楠看着屏幕中出现的巨大无匹的海上建筑，震惊到连呼吸都忘了。

那是个什么样的庞然巨物？一望无际的海面上，一条钢铁巨龙被一根根粗壮的立柱支撑着，呈南北向，在海面上蜿蜒。那巨龙就像一道海上长城，龙身上有高耸的建筑和宽阔的马路，间或有蜿蜒而下的道路，通向沿途路过的小岛。

直到心跳开始报警，方亚楠才意识到自己竟然一直屏着气。她吐出一口气来，兴奋得想哭。

她还记得当年邻国说要往海中排核废水时，国内外一片焦灼和愤慨的声音，国人偏偏对这种流氓行为束手无策。她当时以为只能指望洋流不会将污水带到近海，谁料如今竟可以有这样的对策！

想当年，连家附近的跨海大桥建成后，她都会开车去凑个热闹，如今如果能去这个海坝上玩玩，简直不敢想象！

方亚楠心潮起伏的时候，突然听到"噔噔噔"的声音传来。只见方鹨突然跑过拐角，小炮弹一样冲过来，"啪"地跪在她面前，抱住她的大腿，大喊："奶奶，我爱你！"

"我也爱你！"方亚楠也动情地喊了回去，随后冷静下来，"怎么了？"

跟在后面的方近贤无奈地走过来，说道："我跟他约法三章，高考前只能在你允许的时候陪你玩头盔，平时还是要认真学习。"

"咦，你决定买了？"

"单人头盔七万块，双人头盔十万块，我想着，迟早也要给他买，还不如直接买套双人的，省得以后还要再买，买来放着不让他玩，也不现实……"

方鹗："嘿嘿嘿！"

方亚楠听着这个价钱，虽然已经调查过市场，还是觉得心惊胆战。她挤出笑容："这钱，我出。"

"那不行，你自己玩的话，买就买了；现在还要带上方鹗的头盔，必须我出钱。"

方亚楠稍微一想，就明白了——她毕竟还有女儿和外孙女，就算她们不介意，她作为一个长辈，也应该做到一碗水端平。

那她就当儿子孝敬她的吧。

不过，这让她想起一个问题，一个非常严重的问题。

她摸着在她膝下摇头摆尾地抢厂花位置的孙子的头，抬头问自己的儿子："那个，近贤哪。"

"什么？"

"我刚才有点儿鲁莽了，那个……我的私房钱……我有……私房钱的吧？"

方近贤有些无奈："妈，我们全家人都没你有钱。"

方亚楠松了一口气："那就好！"

方近贤："妈，头盔还没买，你又有新想法了？"

第二天是周六，方鹗一整天都要补课，大家相约下午接他放学后，直接去头盔专卖店。

方亚楠反复琢磨着自己回去后该做些什么。江岩已经去世二十年了，生前还隐瞒自己的就医资料，方亚楠对他的病情了解得也有限，好在她需要做的事情很简单——努力和他混熟，然后劝他早早地去做一个全身体检。

她甚至考虑过，如果那时候还查不出他的白血病，就想办法让他去登记骨髓捐献，大不了自己陪他一起登记。只要让他的骨髓尽早登记入库，他们想找到匹配的骨髓，就方便多了。

如此一来，她如何能在不被江岩搞定的情况下，还能和他熟到一起去捐骨髓，就成了最大的问题。

方亚楠想想都忍不住倒吸一口凉气。

好不容易等到下午，方近贤开车带着她，一起赶往方鹗所在的补课班。方鹗偏科严重，身为理科生，英语、语文和数学成绩都很好，但物理、化学成绩不好——摆明了应该去学文科。然而当初即使所有人都劝他学文科，他依然铁了心选理科，以至现在陷入理科补习班的汪洋大海中。

在家长专用的接送车道排队时，方亚楠很是好奇地看着未来的祖国花朵，发现即使过了四十年，孩子们的长相、气质依然没有显著提升——可她的孙子和外孙女明明都不错，可见他们家还是基因傲人！

"嘿嘿。"方亚楠忍不住发出了猥琐的笑声，把方近贤弄得疑神疑鬼。

"妈，你怎么啦？"

"我们小鹗和添仪果然比别的小孩好看很多！"

"你也不看是随谁。"

"那是！"方亚楠昂首。

"爸当年可是号称科技创新行业的门面！"

"大逆不道啊你！"

"啊？是真的呀！"

"那我呢？！"方亚楠一掌拍在他的肩上。

方近贤身体一抖，立刻意识到问题，赶紧赔笑："当然，妈你也没拖后腿。"

"放肆！"方亚楠又是一掌，"这嘴绝对没随我！"

方近贤苦着脸，突然指着前面："哎，方鹗出来了！"

两个人连忙看过去，却见方鹗走出大门，身后还紧紧跟着两个孩子，一男一女。三个人差不多年纪，都长得不错，男孩子比方鹗还高一点儿，一脸阳光的样子。两个孩子紧跟着方鹗，很开心地说着话，反而是方鹗一脸不耐烦的表情。

方近贤探出头："小鹗！"

方鹗听到声音，眼睛一亮，立刻挥苍蝇似的对另外两个孩子摆了摆手，然后头也不回地朝方近贤跑来。谁料他身后那两个小孩竟然也加快脚步跟过来，似乎完全没有意识到自己被嫌弃了。

"爸，"方鹗打开门，"奶奶呢？"

坐在后排座位上的奶奶："你瞎啊？"

"哦，"方鹗探头看过来，"奶奶好！"

另外两个孩子也猛地异口同声地唤道："奶奶好！"

方鹗回头怒骂:"谁是你们的奶奶?"

女孩子笑嘻嘻地说:"谁给你买头盔,谁就是我们的奶奶。"

男孩子连连点头:"嗯!"

"滚,滚,滚!"

方近贤沉默了一下,突然开口:"头盔是我买。"

"爸爸好!"两个小孩异口同声地又唤道。

方亚楠爆发出一阵大笑声。

她算是知道游戏头盔在这群小孩子眼中的地位了。

方鹗气不打一处来:"想都别想!"

"叔叔,头盔可以临时绑定,明天我们能不能去玩呀?"小女孩长着一张可可爱爱的桃子脸,扎了两个细细的小麻花辫,此时正一脸甜笑地看着方近贤,压根不理方鹗。

方近贤刚才只是耿直地澄清了一下,压根没想到自己会直面这样的场景,一时间简直不知道该用什么表情面对女孩子才好,中年叔叔的神色在严肃和心软之间来回切换。

"都说了,这事是我奶奶做主的!"方鹗叫道。

对小伙伴的脸皮厚度深有体会的他叫完立刻补充:"奶奶,头盔主要是给你买的,我只是个陪玩的,不能带别人玩,对吧?"

方亚楠笑眯眯地说:"话是没错,但不一定非要你陪我玩哪。"

"奶奶,我陪,我陪,我很厉害!"阳光男孩在女孩身后"啪啪"地拍胸脯。

方亚楠看着方鹗便秘一般的脸色,心里快笑死了。

她拍了拍已经傻掉的方近贤,自己往里让了让:"是要一起去买吗?要去的话就上车吧,刚好五个座位。"

"不行,不行,不行!"

在方鹗叫的时候,他的小伙伴们已经手疾眼快地拉开后排的车门,钻了进来。

"奶奶,我叫姚宛,你叫我桃子吧。"女孩子介绍自己,声音甜丝丝的。

"我叫汪士奇,就是'哈士奇'的那个'士奇',你可以叫我阿狗或者汪汪。"男孩子洪亮地介绍自己。

方亚楠摸着下巴:"桃子还好,你这小名怎么叫都有点儿奇怪呀。"

"他还有个外号叫狗哥,奶奶你更不能叫了。"方鹗坐在副驾驶座上,疯狂地贬损同伴。

"那叫你小哈吧。"方亚楠拍板。

小哈"嘿嘿"直笑。他乍看上去其实有点儿凶，肤色也黑黑的，但偏偏很爱笑，还真有点儿哈士奇的气质。

方近贤作为出钱、出力的大佬，全程完全没有发言权，只能叹一口气，在发动车子的时候虚弱地问了一句："你们都……通知过父母了吧？"

"通知过了，叔叔！"两个孩子再次异口同声地回答。方鹗通过后视镜，愤怒地瞪着他们，两个人对上他的视线，笑成一团。

方亚楠很理解方鹗的感觉，不过谁让他嘚瑟，得亏方近贤没临时变卦，否则他今天就丢人丢大发了。

有了两个活宝加入，一行人热热闹闹地到了市中心最大的游戏头盔体验店。

方亚楠一看这店的位置就惊呆了，好家伙，竟然是以前苹果专卖店的位置。原先挂着苹果招牌的位置，换成了两个头盔状的方形图标，图标内隐约可以看出"万方"两个字。门面处的全息视频上循环播放着"开启新纪元"的字样和家用游戏头盔的影像，画面逼真到像要直接砸在路人的头顶上一样，看起来极为高级。

"到了，到了！"在欢呼声中，方近贤把人放在门口，自己则去停车。方亚楠被桃子细心地扶下车，下车后的第一句话就是："咦，苹果呢？"

"啊？"

"这里以前不是苹果店吗？"

"苹果手机？"

"对，对，对！"

桃子眨了眨眼，看向方鹗。方鹗似乎很紧张，跑过来挽住方亚楠的手，小声地说道："奶奶，你忘了，苹果专卖店早就挪到别的地方去了，现在万方最大！"

"哦。"

"而且，"方鹗抿了抿嘴，低头跟她咬耳朵，"爷爷当年也投资了万方呢，是股东之一！"

"啊？！"方亚楠震惊，"这……那我们……？"

"现在你是股东。"

"啊？！"

方亚楠浑身酥麻，腿差点儿都软了。

虽然她现在还没有很明确地知道万方的企业体量，但是就这门面来看，

233

万方股东的分量和四十年前苹果股东的分量应该差不了多少。

这不比中彩票还刺激？

难怪方近贤肯定地说她有钱，别的不提，就凭万方股东这个身份，她绝对有钱！

"那我们还自己花钱买头盔？"方亚楠非常市侩地表示，"不应该是一个电话就搞定了？"

方鹦看起来也愤愤的，但是没赞同她的话，只是噘着嘴说道："我以前也这么说，爸爸说一码归一码，所以……"

方亚楠没法说什么，嘴上虽然那么说，但是毕竟"失忆"了，连给谁打电话都不知道。而且就算真的可以一个电话搞定，她觉得自己好像也干不出这样的事情。

算了，方近贤估计也是这么想的。看不出来，她儿子还挺有原则，随谁了呢？

方近贤很快停好车回来了，一行人走进体验店。店里的员工个个都戴着看上去非常高级的圆弧形眼镜，其中一个笑容可掬地走过来："欢迎各位，请问是体验产品吗？需要帮助吗？"

"我们买！"方鹦昂首挺胸地说。

店员笑着点了点头，看向方近贤："请这边走。"

"嘻嘻！"明明是他们方家人买头盔，桃子小姑娘却表现得比谁都兴奋，一直抓着方亚楠的手臂，笑得像只在想坏主意的猫。

方亚楠再一看小哈，他和方鹦并排而行，两个男孩子不苟言笑，走路的姿势简直像《赌神》里的周润发。

方亚楠也好不了多少，内心十分激动。这一行人中，大概只有方近贤一个人看上去还算正常。

此刻的方近贤正在接电话，一副小心翼翼的语气："啊对……是的，接小鹦……没事，没事，妈看着呢，唉，不带他他也没心思学……好了，就这样吧，到都到了。"

好家伙，敢情他没跟老婆商量！

回家他得跪主板了吧！

方近贤满头冷汗地挂了电话，抬头看到方亚楠意味深长的神色，露出尴尬的笑："还是得先斩后奏。"

"多多得怪我了吧？"

"那不行，那不行。"

234

"不行？你这么办事，我真的要变成家里的毒瘤了。"

"唉，但是我提前跟她商量的话，她不会同意的。"

"你不商量怎么知道她不会同意？"

方近贤摇头，拉着方亚楠落后孩子们几步，轻声说道："头盔刚上市那会儿，万方说要送咱们样品的。那时候多多就说怕影响孩子学习，拒绝了。"

方亚楠："然后你现在要花钱买？你月薪多少啊？！"

"可是妈，你那时候也赞同多多的观点哪，毕竟人家万方是联系的你。"

"我赞同的理由绝对不是怕影响小鸭学习吧？"

"嗯……"方近贤头上的冷汗更多了，他压低声音苦笑，"你的理由是……新产品肯定不成熟，等旗舰版上市再说。"

不愧是我！

方亚楠骄傲又苦涩地笑了起来："结果现在旗舰版上市了……我却连自己是股东这种事情都忘了。"

"没事，没事，我给儿子和老妈买头盔是应该的。"

方亚楠笑着捂脸。这事如果传到万方高层那里，她这"高风亮节"的名声算是稳了。

可那是十万块钱哪！

在莫西伦开的证明和家属的担保下，方亚楠终于成功将自己的身份证号绑定在头盔上，拥有了一个独属于自己的全息游戏头盔登录账号，也叫万方号。

店员都替方亚楠高兴："奶奶，您是我们店目前接待过的年龄最大的客户了。"

店员的下一句话就是："我就知道您会来！"

方家人一时都愣在原地——这是方亚楠"微服私访"暴露身份了？

方近贤的手有点儿抖。他刚付完款，如果这时候因为亲妈暴露股东身份，店里再送他们一套头盔，那场面真的很奇妙。

幸好，店员只是乐呵呵地表示："奶奶，我见过您打《怪物猎人》！"

"哦！"所有人了然。

方近贤长舒一口气，下一秒又有点儿疑惑："视频，什么视频？"

方鹗："抖抖上有奶奶的视频。"

旁边的桃子和小哈连连点头，脸上满是兴奋之色。

"妈？你不是……很久都不玩那个游戏了吗？"

说来话长，方亚楠摇头摆手，表示不愿多说，于是旁边三个小孩子七嘴八舌地把事情讲了一遍。

方近贤被围在其中，神色变幻莫测。

方亚楠心虚起来，尴尬地摆手："不怪我，不怪我。"

方近贤："我知道，但是……"他叹了一口气，"怪我。爸说过，你生完我以后，为了让你安心喂奶，他不得不也开始玩游戏，好帮你打怪物。"

"什么？！"小孩子们一起大吼。

方亚楠也吼了出来："这怎么可能？！"

"算了，过去了。"方近贤无奈地摇头，转身往外走，背影看上去分外沧桑，"反正我和姐都健康地长大了。"

方亚楠站在那儿，感受着小辈们复杂的目光，强行微笑："人嘛，那个……总有些割舍不下的爱好。"

"奶奶，你也太夸张了。"方鹗开始心疼亲爹的童年。

"你是不想玩头盔了吧？"方亚楠斜眼看他。

"奶奶，干得好！"方鹗竖起大拇指。

桃子和小哈一起抿嘴憋笑。

头盔到底是高精尖玩具，购买以后，万方会派专人上门送货，并指导安装。所以方家人回到家里时，两手空空的。

进门的时候，父子俩终于感到害怕了，用一脉相承的贼眉鼠眼表情环视四周。

方亚楠往前指："在厨房里。"

"哦！"两个人一齐松了一口气，开始换鞋。

这时候，姜多多走了出来，手里端着两个碗，看到方亚楠，笑了笑："妈，来，吃饭。"

"啊，好。"方亚楠看到这笑容，也开始有点儿心虚，想起了被自家老妈教训时的恐惧感。她一步三回头地往餐桌挪去。

姜多多看都不看那父子俩，只管摆碗筷："我看电视剧看得忘记时间了，就做了两碗面，没关系吧，妈？"

方亚楠心知自己要不是长辈，姜多多最不想做的大概就是自己这碗面了。她赔着笑凑过去坐下，看看面前热气腾腾的面，又看看站在玄关那里不知所措的父子俩。

姜多多埋头吃面，吃了几口后回头问："咦，不是去买东西了吗？东西在哪儿呢？"

"哦,明天……明天送来。"方近贤答。

"是吗?行吧,明天我有事出门,你们慢慢折腾吧。"姜多多又低头吃面。

方亚楠一句话都不敢说,默默地用筷子卷面条,吹气的时候瞥到方鹗在一旁流口水,连忙低头装作没看到。

对不起,奶奶也怕你妈妈。

方鹗:"……"

在父子俩尴尬的围观下,方亚楠吃完了面。眼看姜多多要收拾起碗筷,方亚楠终于还是叹了一口气,按住了她的手:"那个,多多啊……"

姜多多的动作顿了顿,她勉强露出笑容:"嗯?什么事,妈?"

方亚楠其实也不知道该说什么。这件事,她其实算罪魁祸首,是最不好意思开口的。偏偏她年纪最大,反而有了倚老卖老的资格。

她该不会就是以前网友们总说的"不是老人变坏了,而是坏人变老了"那样的人吧……

方亚楠痛苦地琢磨了许久,才开口道:"我啊,也活不了几天了。"

啊呸,一上来就道德绑架,你琢磨了半天,就琢磨出这种鬼话吗?!

方亚楠自己都有点儿吃惊。她明明不想这么说的,可是这话张口就来。

话已出口,她完全收不回来了!

看着儿媳妇震惊到目瞪口呆的表情,方亚楠连连摆手:"不是,不是,我不是这个意思。我是说,我真的挺想玩玩那个头盔的,然后……至于方鹗嘛,你信我,我肯定盯着他,绝对不让他沉迷游戏,耽误学习!实在不行,我还盯着他学习。虽然我数学不好,但是那个……嗯,我闲!我可以二十四小时盯着他,反正只要他不完成当天的学习任务,我绝对不准他碰游戏!"

她转头盯着方鹗:"行不行,你说行不行?"

方鹗苦着脸:"这不用说啊,肯定行。"

姜多多叹了一口气:"妈,我气的不是这个。"

"嗯?"方亚楠迷茫,"你不是怕我耽误小鹗学习吗?"

"不是,我也知道要劳逸结合,而且有妈看着,我肯定放心。"

怪不得她有面吃,方亚楠听明白了,但也更疑惑了:"那你这是……?"

姜多多咬了咬牙,瞪向方近贤:"十万块,你哪里来那么多私房钱?!"

方近贤腿一软,方亚楠"扑哧"一声笑了出来。

对不起,她成为"老方"前,从来都没谈过恋爱,根本没考虑过夫妻间还会有这种问题!

方鹗一听事情与自己无关,顿时也来劲了:"对啊,爸爸你哪里来那么多钱?"

说完,他转头对姜多多噘起嘴:"妈,那为什么我也没饭吃呀?"

"因为你是你爸的儿子!"

"可奶奶还是爸爸的妈妈呢!"

"难道我还要孝顺你吗?"

方鹗闭嘴了,垂头丧气地走回房间:"我点外卖吧。"

"点外卖的钱问你爸要,"姜多多叫,"反正他有钱!"

方近贤苦着脸:"老婆,这次是真的没钱了。"

"所以,你到底哪里来的钱?"

"就是之前那个国家奖的奖金哪,我忙了小半年的那个奖,奖金分到我们科室,刚好每人十万块,我奖金到手后,还没焐热……"

虽然不知道他说的是什么奖,但方亚楠看姜多多的神色,姜多多是想起来了。姜多多抿着嘴哼了一声:"你好歹跟我说一声!"

"我这不是怕你反对嘛。"方近贤满脸委屈地说。

方亚楠眼见着误会要解除了,也不想在原地当大棒槌,悄悄地挪回了自己的房间,临走前还不忘从客厅茶几上顺了一个大橘子。

她的心情有点儿复杂。

她大概率今晚或者明晚就能一觉睡回到过去,如果是今晚的话,想想还有些遗憾,毕竟头盔明天就来了,但对她来说,要隔一周才能玩到,甚至可能再也玩不到了。

当然,要是她回不去的话,倒是可以在这儿玩到死。

方亚楠吃完橘子,在房里看了会儿书,出去洗漱的时候,确认儿子、儿媳妇没有因为十万块打起来,便回房睡觉了。

睡前,她再次感叹,人老了以后想熬夜都做不到,一到晚上八点,睡意就上来了。

她一觉睡到大天亮,醒来时,还是那个老方。

方亚楠一时间不知道自己该庆幸还是害怕——她庆幸能玩一天头盔,但害怕再也回不去了。

她沉默地刷牙、洗脸、吃饭、发呆,一直等到中午,万方的员工上门安装头盔。

因为万方的员工是总公司调派过来的,并不是那天在体验店招待他们的员工，所以装到一半才知道方亚楠是玩家，当场被吓了一跳。

"阿姨，您确定可以吗？"万方的员工看上去非常不安，"要不等会儿您先试戴一下，我看看情况？"

"不用，我去医院检查过，医生觉得我可以。"方亚楠很冷静。

"这又不是按摩椅，医生点头也没用呀。"

"医生还拿头盔给我试玩了，我真的没问题。"

"什么医院，还能试玩头盔？！"万方小哥惊呆了，"阿姨，您去的哪个科室啊，治什么的呀？"

方亚楠脸上没什么表情："虽然你嘴甜地叫我阿姨，但是那个科室，我估计你没什么机会去……那是治阿尔茨海默病的。"

"阿尔茨海默病？"小哥一脸疑惑。

"就是老年痴呆。"

小哥的脸"噌"地红了，他慌乱地摆着手："我……我……我知道阿尔茨海默病是什么，只是觉得阿姨您不像病人！"

方亚楠点头："你别说，我得这个病，也不一定是坏事。我经常觉得自己是返老还童了呢。"

小哥看看被一大捆线包围着的游戏头盔，沉默了。

头盔很快装好了，方鹗一早就去补课了，只有方亚楠一个人试戴。万方小哥非常上心地忙前忙后，还指导她进入正式的游戏平台后，怎么操作会显得不像是第一次玩。

方亚楠很是虚心地学习了良久，还让小哥给她安装了游戏。但是小哥强烈建议她先用头盔自带的新手游戏练手，上手后再玩其他游戏。

原来为了让玩家逐渐适应，万方开发了一系列新手训练任务，还给任务定了达标等级。对一般玩家来说，每个任务达到 B 级以上，就算成功；但对方亚楠来说，她必须达到 A 级以上，才算过关。

"像您这个年纪的玩家，如果新手游戏都不过关，就直接去玩其他大型全息游戏，轻则呕吐，重则……"小哥没说完，神色心有余悸。

方亚楠："……"

虽然她急得抓耳挠腮，但还是老命要紧。

老方哪老方，为什么咱不能晚生四十年呢？

方亚楠玩了一个下午，简直快绝望了。

别说任务达到 A 级了，她连达到 C 级都困难。而且她每玩半个小时就会感到头晕目眩、恶心想吐，不得不摘下头盔，到阳台上透气。她这一下午，整个人都天旋地转的。

方近贤担心死了："妈，我看你这样不行。"

方亚楠："哕……怎么可以说不行？哕……你才不行！"

方近贤："好，好，好，我不行……话说我确实不行，我第一次去体验店时就试过了。"

"我儿子怎么可以不行？"方亚楠一巴掌拍在他的肩上。

方近贤怎么答都不对，露出了苦涩的微笑。

"等方鹦回来，别让他知道啊。"方亚楠威胁，"我还是头盔的主人！"

"是，是，是。"方近贤很赞同，"一定不能让那小子得意。"

方亚楠放下心来，又坚强地尝试了一次，终于还是放弃了，开始坐在电视机前吃水果，平复心绪和心跳。

接近傍晚的时候，方鹦带着昨天那两个小伙伴，三个人热热闹闹地回来了。进门时见到方亚楠，小哈和桃子都礼貌地问好，唯独方鹦眯起眼睛，得意地笑："奶奶，不行了？"

她孙子是天才吗？他这么敏锐？！

方亚楠立刻说道："我不行就退货，你说我行不行？"

方鹦："奶奶最厉害了！"

说罢，他叫上小伙伴，带头往书房冲锋。

方近贤大吼一声，拦住他："先吃饭！"

"啊？"方鹦愣了愣，"妈妈不是不在吗？"

"妈不在，咱就不吃饭了？"方近贤竖起眉毛，"过来，吃完饭再去玩。"

说罢，他转身进了厨房，从保温炉里拿出一堆饭菜。

方亚楠见状很是心虚。昨晚姜多多说她今天要出门时，方亚楠根本没考虑过今天怎么吃饭的问题。比起自己的儿子，她真的不算合格的长辈呀。但据说她以前养大儿子后，又去照顾女儿坐月子……所以，方亚楠，你最终还是成为一名强悍的母亲了吗？

姜多多不在，方近贤又非常擅长隐形，餐桌就成了玩家的主场。高中生们把一顿饭吃成了游戏品鉴大会，几乎让方亚楠听完了近十年的电子竞技界的八卦。

他们的话题中心点就是绝境重生的 VCS 战队 DKL。

这其实是一支老牌战队，只可惜几年前沉寂了。后来，队长发掘了陆刃，但陆刃出道时年龄已经不小了，所以据说没跟俱乐部签下卖身契。这之后几年，陆刃在业界各个俱乐部间几经周转，一路走红，发掘他的DKL战队却成绩一路下滑。

后来，陆刃在个人事业达到巅峰的时候，突然以极为低廉的价格转入DKL。这次转会至今被称为电子竞技界有史以来性价比最高的一次选手交易。

接下来三年，陆刃带着DKL战队一路走高，把各种世界级比赛的冠军拿了一遍，DKL算得上传奇战队了。

"而且陆刃的智商超级高！"桃子激动得形象都不顾了，唾沫横飞，"他虽然凭电竞比赛得到了高考加分，进了B大，但是成绩超好，年年都拿奖学金！"

"哦，他学的啥专业呀？"方亚楠问。

"电竞专业呀。"

那他成绩能不好吗？

方亚楠低头吃饭。

"而且陆刃出身游戏世家！"小哈也不甘示弱，"之前还只是听说，后来……哦，对，就是在奶奶的那个打游戏的视频下面，他自己说的，是他爷爷支持他打游戏的。"

"所以他家真的是从祖上开始，就踏足电竞行业了？"桃子双眼放光。

方亚楠差点儿把饭喷出来。

什么祖上？！

她这代人已经能被称为祖上了吗？

以前他们都说"祖上三代务农"，现在的孩子可以说"祖上三代打游戏"了吗？

他们还说什么"游戏世家"。

一桌人看着方亚楠笑到捶桌，面面相觑。

"奶奶，你怎么了？"方鹉坐在旁边，敷衍地拍了拍她的背，"你不要呛着了。"

"祖上……"方亚楠指着自己，"哈哈哈，祖上，我。"

桃子反应过来，捂住嘴："对不起，对不起。"

"不，很有意思，"方亚楠笑，"未来真有意思，哈哈！"

热烈的讨论氛围就这么被她硬生生地笑冷了。几个人面面相觑，纷纷加快吃饭的速度。

吃完饭，书房就是孩子们的天下了。虽然方亚楠在姜多多面前拍着胸脯保证，自己会盯着方鹗，但也不想打扰孩子们的兴致，便抱着厂花在客厅里看电视。方近贤的书房被占了，他便也抱着笔记本电脑，坐在方亚楠旁边工作。

方亚楠看了一会儿电视，觉得无聊，冷不丁地叫方近贤："儿子呀。"

"嗯？"

"你是做什么工作的？"

"建筑设计……我在省建筑设计院工作。"

"哦。"

方近贤在电脑前僵硬了一会儿，忍不住笑了一下，摇摇头，继续工作。

方亚楠当然不像表面上那么淡定。世界上有几个人能还没结婚就知道自己的孩子的工作的？自己都认识他两周了才问，已经心很大了，不过……江谣的工作她还不知道。

"还有，"方近贤看着电脑，语气平常地说道，"姐是市税务局的，也挺好。"

"哇。"方亚楠有些惊讶，"你们都很厉害啊。"

"还是爸妈教育得好。"方近贤这时候又很会说话了，说着还笑起来，"说起来，还是老妈你反向鞭策得好。"

"什么叫反向鞭策？"方亚楠忍不住好奇地问。

"就……你说男孩子怎么可以不会玩？所以你经常拉着我打游戏、旅游，我觉得你耽误我学习，就向爸爸求援，爸爸就偷偷给我补课……"

方亚楠满脸震惊之色："我这么……这么……我该怎么形容……坑娃？"

"也不是，我后来觉得这样挺好。而且我感觉你是故意的，因为我姐经常被爷爷、奶奶鞭策得吃不消，就会到我们这儿来放松。我俩互相羡慕。"

"……"

"那时候，我还偷偷帮姐做作业，觉得很有成就感……结果通过这种方式，教育资源意外地达成平衡，我俩从小都没怎么为学习发过愁。"

"你发过愁吧？发愁怎么才能不被老妈耽误学习！"

"哈哈，确实是。"

"唉……"方亚楠疲惫地叹了一口气。她也一度想过自己如果有了孩子，会怎么教育他，没想到竟然会是这种教育方式。

江岩真是太不容易了。

她已经想好了，回去以后，肯定要用同情的眼神看他。

书房里传来孩子们的大呼小叫声，方亚楠和方近贤母子俩则在客厅里温情脉脉地聊天——这家里还真有点儿岁月静好的感觉。

方亚楠忍不住露出微笑，甚至感觉这样的生活也挺好。

她不用工作，不用担心生计，也不用考虑婚姻大事。她的人生成就已经基本达成了，夫复何求？

如果她今晚睡一觉就回去了，想想还有点儿惆怅呢。

就在这时，方亚楠的手机忽然响了，是一个陌生来电。

方亚楠好一会儿才反应过来是自己的手机响了。她来到这里这么久，还真的很少有人给她打电话。

在方近贤也有些惊讶的神色中，方亚楠接起电话："喂？"

"请问……是方亚楠阿姨吗？"

对面的声音听起来像个中年女人的，她语气有些怯生生的。

"是我，您是……？"

"哦，我之前给您打过电话，您大概没保存我的电话号码。"那人小心翼翼地说，声音有些沙哑，"我是……我是……我是杭佳春的女儿，阿葵。"

"哦。"

杭佳春——这不是间接害她摔倒的老冤家嘛，她之前还琢磨过要不要联系对方来着。

"怎么了？"

"我……我妈……"阿葵抽泣了一下，"那个，方阿姨，能不能请您来一趟医院？"

方亚楠心一沉："可以是可以，但是……她怎么了？"

"我妈她……很想见见您。"

方亚楠叹气："你知道我和你母亲的关系吧？"

"嗯，知道的。"阿葵说道，"真的对不住啊，方阿姨，我上次不清楚情况，说了几句不好听的话。我真的……"

她又抽泣了一声。

还有这回事？方亚楠在电话这头撇了撇嘴。还好她没直说自己失忆了，否则连道歉都听不到。

这个叫阿葵的中年女人一直在哭，方亚楠再次叹气："你觉得我有必要去吗？"

"有，有，有，有的，真的。方阿姨，您如果不方便，我可以让我老公去接您。"

"唉，哪家医院？"方亚楠捂住电话，问旁边一直在关注她的方近贤："没喝酒吧？"

方近贤摇头，起身："我换身衣服。"

儿子真棒！

方亚楠听那边阿葵报了医院的名字，点了点头："好，我马上过去。"

"谢谢，谢谢方阿姨。"阿葵哽咽着挂断了电话。

方亚楠拿着手机，坐在空无一人的客厅里，琢磨着阿葵这通电话背后的含义，忽然感到悲从中来。

如果说江岩病逝带给她的只有惋惜的感觉，那现在，一个真正的老朋友离别，或许要带给她真正的痛苦了。

四十五年，原来可以这么残酷吗？

方亚楠被方近贤搀扶着一路进了医院，还没到约好的地方，就被等在那里的一男一女两个中年人认了出来。那女人踌躇了一下，迎上来，尴尬地唤道："方阿姨。"

"阿葵？"方亚楠试探地问。

阿葵匆忙地点了点头，大概是心情太混乱，没有意识到方亚楠是疑问的语气，只是转身带路："这边，在这边。"

她再着急，方亚楠也只能慢吞吞地走，边走边问："小春怎么了？"

方亚楠还是下意识地叫了过去的称呼。

阿葵埋头在前面走着，旁边疑似她丈夫的男人为难地看了她一眼，故意落后几步，低头对方亚楠说道："我们妈，上次手术不是很成功，还要再做一次，但是……这次的手术风险就更大了。"

方亚楠的心沉了下去，她点了点头，深吸一口气，问："你们怎么会想到找我？"

不出意外的话，她和小春这四十多年应该都不会联系，而上一次联系，两个人显然是不欢而散的。

"昨晚她还好好的，要阿葵拿你的摄影集看看。我们当时就想，她可能还是有心结，结果今天……"男人摇了摇头，"我们也实在没办法了，只能再请您过来一次。"

方亚楠有点儿不知道说什么好："我跟她的问题不是一两句话能解决的。"

"方阿姨，我们也是没办法了。您愿意来就好，不管怎么样，我们都要谢谢您。"

话都说到这份上了,方亚楠即便心里还有点儿抗拒,也只能硬着头皮往前走。她一路被带到重症监护室,又被套上一身无菌服,然后被阿葵带到了监护室最里面。

房中只有三个病人,杭佳春被一个帘子挡着,周围仪器声不断,响得人心烦意乱。但仪器的声音再响,也响不过方亚楠此时的心跳声。方亚楠眼看着阿葵缓缓掀开帘子,露出躺在里面的老人。

在看到对方的那一瞬间,方亚楠脚步一顿,眼泪毫无征兆地流了下来。

杭佳春。

她一眼就能认出来,那就是杭佳春,她四十多年前绝交了的朋友。

方亚楠走过去,瞪大眼看着合眼躺在床上的老人,粗鲁地擦了擦眼泪,开口就是带着笑意的调侃话语:"小春,你怎么这么老了啊?"

杭佳春的鼻子里还插着氧气管,她本来像昏迷了似的,躺着一动不动,此时竟突然微微咧嘴,也笑起来,艰难地说道:"你……年……轻……"

"我当然年轻了。"方亚楠毫无愧色,还在人家病床前扭了扭,"我今天还玩游戏头盔了呢。"

"唉。"杭佳春长长地叹了一口气,微微睁开眼看向她,双手在床上撑了撑。

一旁的阿葵见状,立刻按下按钮,床头缓缓升起来了一点儿。她又给方亚楠搬了张椅子,扶着方亚楠慢慢坐下,随后很有眼力见儿地出去了。

其间,方亚楠一直观察着杭佳春的样子,越看心情越复杂。

杭佳春也老了啊。

明明自己每一次想起她,脑海中还是她二十多岁的样子,娇小可爱,皮肤白皙光洁,笑起来有尖尖的虎牙。

她俩都喜欢玩游戏,虽然不一定会玩同一款,但也算得上志同道合。即使她们后来分道扬镳,想起和杭佳春在一起的日子,方亚楠也觉得很开心。

她们怎么就走到今天这步了呢?

两个人都摆好了要长聊的姿势,却又都沉默了,不知道该说些什么。

"你……"还是杭佳春先开口,眼睛里带着老人独有的水光,湿漉漉的,有些混浊,却在医院的灯光下闪闪发亮,"这些年,挺好的吧?"

"嗯,还行。"

离婚,丈夫死了,继承巨额财产,她这算好还是不好?

方亚楠也不知道怎么回答,只能反问:"你呢?"

杭佳春深深地吸了一口气，一旁的氧气瓶"咕噜噜"作响。她吸完，慢慢地说道："我忘了，上次问过你了。"

方亚楠："……"

对呀，她们明明之前见过一面了，该说的话应该都说完了吧？

这么一来，她想哭的情绪都没了，她反而有点儿窘迫。

"那天你走后，我觉得挺后悔的。"杭佳春又说道。

方亚楠挑眉："哦？"

"我觉得，还没骂爽。"

果然这还是那个杭佳春。

"可你现在到我面前了，我又……喀，不想骂了。"

"想打我？"

"哈哈……喀，不是，倒退五十年，我也打不过你呀。"杭佳春慢慢摇头，"我就想，方亚楠什么时候……能……能栽个大跟头，就好了。"

就算有那一天，你看得到吗？方亚楠也知道这话太恶毒了，憋着没说。

"可我又想，你要是栽跟头了，那我还……还能依靠谁呢？"

方亚楠愣了愣。

依靠？

方亚楠承认自己以前总会不由自主地把杭佳春当小女生保护，为她出头，给她支持，可是她俩都绝交快五十年了，两个人的生活是两条完全不相交的平行线，她现在说出"依靠"这个词，是不是有点儿奇怪？

杭佳春却不觉得自己说错话了，眼睛看着前方，目光根本没有聚焦在方亚楠身上。杭佳春缓缓说道："我这阵子总是想起以前的事……越想越难受。"

方亚楠知道自己这时候只能沉默。

"我总会想起，你敲门的时候。"

"嗯？"

"那个……谁，劈腿……把我甩了……你大老远地过来，带我找他。我怕了，说不去了，你硬要上楼敲开他的门，那次……"

"哦，那次……"方亚楠当然记得。她这辈子少有这么多管闲事的时候，自然对此事记得很清楚。现在她想想，这么懒的自己会为了一件注定没结果的事情半夜起床买车票，自己对小春确实是有感情的。

"那时候我……我真的很生气，觉得比起被劈腿，你带我找他这件事，反而让我更……喀喀，更难堪。"

什么？！

不是你大半夜打电话给我，要我给你讨公道吗？我不跑过去，怎么为你讨公道？

方亚楠蒙了。那个劈腿的男生是杭佳春的初恋，两个人是在网上认识的，从交往到分手，方亚楠都没见过那个男生，也没有对方的任何联系方式，不找上门，怎么帮小春出头？！

"现在想想，那个时候，我的心态就已经……不对了吧？"

什么不对，你这简直是心态扭曲，简直有毛病！

"可我能怎么办呢？我刚毕业，什么都没有，就连男朋友也劈腿了。你呢？你见过世面，有积蓄，有一堆朋友……"

"这些你已经说过了。"方亚楠冷漠地打断她的话。

她并非知道两个人上一次见面的谈话内容，而是这些话，在当初两个人绝交的时候，杭佳春就已经坦白过了。

这也是她俩虽然绝交，却没有仇恨对方的原因。个人奋斗造成的差距不是谁的过错，方亚楠找到了自己的方向，也并不打算为小春停下脚步，而杭佳春没能从自怨自艾的困境中走出来，所以两个人最后自然桥归桥，路归路。

没想到这心结竟然被杭佳春藏了一辈子，这是不是有点儿太夸张了？

"我以为，跟你绝交了我就不会那么心理不平衡了，可以安心地走自己的路了。可后来，我发现永远有人和事让我心理不平衡。我知道我是个争强好胜的人，可太争强好胜，就成心比天高了。"

你女儿叫我来，是给你当树洞的吗？方亚楠满心都是不合适的话，却不能说出来，只能努力安慰："至少你儿女孝顺，日子过得还行呀。你别想那么多，好好治病吧。路还长，有的走。"

"没路了。"杭佳春摇了摇头，"有路的话，阿葵不会把你叫来的。"

这可是你自己说的。

方亚楠只能乖乖坐正。

"唉，把你叫来干吗呢？"杭佳春叹气，似乎很嫌弃，"我和你还有什么话好说的？"

那我走？方亚楠更无语了。

"你现在……还玩游戏吗？"杭佳春突然问。

方亚楠眨了眨眼，觉得两个一只脚进棺材的老人聊这个话题很诡异，可是这个话题发生在她和杭佳春之间又很正常。

当初她们两个就是因为游戏结缘，大学四年，两个人相隔半个中国，联系并不密切，几乎每一次谈话的开头都是这句话，然后就是例行的相互推荐环节，可是两个人从来没成功过。

毕业之后，两个人终于玩了同一款游戏，就是当年很火的《剑侠情缘网络版叁》，却也在这款游戏的契机下爆发争吵，导致互相攻讦，并最终绝交。

话虽如此，这时候听到杭佳春问这句话，方亚楠还是很感慨，并且自豪地点了点头："玩哪，刚才不是说了嘛，我在玩游戏头盔。"

杭佳春笑："真好啊，还玩得动。"

"那肯定的。"

"加油呀，"杭佳春说道，"你水平那么差，也就瘾头可以胜过别人了。"

"说得好像你多厉害似的。"

"我肯定比你厉害呀。"

"我那是懒得研究技能，再说，赢了又能怎么样呢？"

"对啊，赢了又能怎么样呢……"杭佳春说。

方亚楠怔了怔，再次闭上了嘴。

杭佳春显然有些累了，笑着说了会儿话，气息便有些急。方亚楠无助地往外看了看，又觉得没到叫医生的地步，便握住杭佳春的手，轻声问道："你还好吧？"

杭佳春摇了摇头："我想成亲了。"

"啊？"

这是哪儿跟哪儿啊？

杭佳春闭着眼，眼角湿漉漉的，像是要流下泪来："我想回长安城，坐在花轿里，大家围着我……"

啊，这不是……

"你这个废物，终于练到三十级，从桃源村跑到长安城，一边骂我们游戏，一边找我的轿子。"

方亚楠想起来了，《剑侠情缘网络版叁》并不是她俩一起玩的唯一一款游戏。更早的时候，早到她们还一起在食堂排队打饭的时候，她们一起玩过一款名叫《梦幻西游》的回合制游戏。杭佳春在游戏里成亲，邀她观礼，她便真的去下载了这款游戏，熬夜练到三十级，出了新手村，跑到长安城参加杭佳春的婚礼。

"你才是废物呢，"方亚楠笑出了鼻涕泡，擦着眼睛，"不告诉我引魂香可以躲怪，害我出了新手村以后，一路拼死拼活地杀到长安城。你知道走两步就要打一次怪有多烦吗？"

"是摄妖香……你这个废物。"

"反正我讨厌回合制游戏！"

"哈哈，"杭佳春又笑起来，紧紧闭着眼，"我知道啊，所以为了让你快点儿解脱，我直接把你拉到婚房里，让你领大红包。"

"然而那个红包对我来说根本没用哪，姐姐。"

"你就说那天好不好玩吧。"杭佳春执拗地说道。

方亚楠笑起来："毕竟是第一公会会长和会长夫人的婚礼，能不好玩吗？那话怎么说的来着？'十里红装，凤冠霞帔'，那气派！"

"哈哈！"杭佳春笑得牙都露出来了，眼泪也掉了下来，"是呀，真气派。"

方亚楠帮她擦去眼泪。

"方亚楠。"杭佳春脸上带着笑叫她。

"说。"

"我最喜欢你啦。"

"哈哈，"方亚楠笑着，泪却喷涌而出，"肉麻死了！"

第七章

再少年：再次回城

方亚楠被熟悉的闹铃声惊醒后，看着天花板发了许久的呆。

她耳边还有杭佳春被送进手术室时滚轮滚过地面的声音，可如今更清晰的是外面爸妈走来走去的脚步声。

老妈还时不时地捏着嗓子问："阿喵啊，你在监视我啊？我走到哪里你跟到哪里。"

一会儿，又传来老爸的低声怒喝声——

"千岁，谁准你上来的？"

然后千岁娇滴滴地"喵"了一声，尾音上翘，很是可爱。

方亚楠听着这些声音，突然第一次通透地明白"今夕是何夕"是一种什么样的感受。

她像是坐在云里面，一切都如梦似幻，却又真实无比。

"亚楠还在睡？"老爸骂完千岁，问，"要不要去叫她？"

"你当她第一天上班哪？叫什么叫，迟到也是她自己的事情。"老妈话是这么说，人却到了门前，站了一会儿，还是敲了敲门："起来没？"

"嗯！"方亚楠下意识地做出了反应。

她又在床上傻坐了一会儿，才缓缓掀开被子，又被骤然蹿进被子里的寒意激得瑟缩了一下，整个人瞬间清醒过来。

她愣了一下，忽然有点儿哭笑不得。

她都忘了自己现在可是"小方",居然跟之前的几个早上一样,慢慢地掀开被子,唯恐动作太快把胳膊弄折了。她现在明明是可以一个鲤鱼打挺就从床上起来的年纪。

而且在未来时,全屋恒温,她根本没有被温度问题困扰过,以至忘了如今是十一月,习惯硬扛的南方人早就到了要在被窝里穿衣服的时候。

哎,天怎么突然冷了呢?

"今天有冷空气,"外面的老妈仿佛有透视眼,"多穿点儿衣服出来。"

"哦,知道了!"

方亚楠起床穿衣服、洗漱,感觉自己身轻如燕、神清气爽,仿佛自己真的跟老方一样,晚上八点就睡了。但也有可能是自己成为老方时,周身总有缠绵不去的疲惫感,如今换回二十多岁的身体,这种身体上的巨大变化让她觉得自己现在简直能打死一头老虎。

"晚上回来吃饭的吧?"父母都知道她早上没时间在家吃早饭,自顾自地吃着,妈妈一边吃一边问道。

"吃!"

"想吃什么?"

虽然知道爹妈只是客气客气,因为得到的回答往往都是"随便",可现在方亚楠一张嘴就想报一堆菜名。

她最终只说:"留口饭就行。"

她不是不想念妈妈的拿手菜,但确实不敢保证晚上能准时回来——周一了,编辑部要准备新选题了。

和上次一样,方亚楠几乎一整个上午都回不过神来。她做老方时,动作慢,也不用应酬,没人打扰她,她需要什么东西,家里的晚辈就给她送到手上了,她有足够的时间去思考和反应;但是现在,三不五时地有人过来跟她说两句话,一会儿是选题,一会儿是新闻,再过一会儿,还有人问她要不要一起拼单点奶茶。一个上午下来,方亚楠做所有事靠的几乎都是肌肉记忆。直到拿着奶茶,对着面前上周的杂志出神半分钟后,她才恍然回神。

对,工作。

工作群里早就翻天了,选题提交时间即将截止,主编于文拼命@所有人催稿。

"怎么还有三个人没交选题,要我挨个儿@吗?虽然交选题不是硬性要求,但是你们连奖金都不要了吗?要截止了,要截止了,要截止了,要截止了……"

方亚楠点开自己的工作日志，翻了一遍，发现自己虽然备用选题不少，可是好多过了时效，而"上周"因为江岩突然出现，她竟然一整周都没有做新选题规划！

"完了，完了，完了，完了……"她嘴里不停重复着这两个字，慌张地看着自己标红的几个备用选题，想着把哪个拿出来交差。

后背忽然被拍了一下，阿肖口齿模糊地问："你干吗呢，怎么还不交选题？"

于文没点名，阿肖都知道她没交选题。他果然还是关心她的。

方亚楠又慌又感动，哭丧着脸："我忘了。我一上午脑子都是迷糊的。"

"看出来了，实在不行你还交你的电子竞技选题呗。"阿肖咬了一口手里的蛋糕，点了点她的屏幕。

"这个选题上周刚被毙掉！"

"换个标题再交一遍呗，"阿肖说道，"你就是标题起得不好，老总其实是想做这个选题的。"

"那我换什么标题？你帮我想想！"

"你给我发工资吗？"

"无情！"方亚楠怒喝，扭肩躲开阿肖的手。

阿肖"嘿嘿"一笑，拿出一个塑料袋放在她面前："我老婆做的，来一个？"

方亚楠再生气也不敢拿阿肖的老婆撒气，绷着脸说道："谢谢。"她拿起一块巧克力蛋糕咬了一口，真心实意地夸道，"你老婆做的巧克力蛋糕比你的心黑，但是比你的嘴甜！"

"哈哈，我会转达你的夸奖的！"阿肖大笑，终于肯屈尊指导，"唉，你就是标题起得太平常了，让人感觉文章内容也是老生常谈。你得换个新颖的角度才行。"

"嗯……"方亚楠现在想起电子竞技，脑子里只有游戏头盔，想起游戏头盔，就想起自己垂死挣扎般的未来游戏体验，脑子里冷不丁地冒出方鹦的好朋友桃子脱口而出的那句关于"祖上"的言论，笑起来，"难不成讨论一下我们这代沉迷游戏的青少年会不会成为游戏世家的起点？"

"哈哈哈——"阿肖再次大笑，"可以，可以！"

"我没和你开玩笑。"方亚楠越说越觉得可行。

"我也没和你开玩笑，哈哈！"阿肖笑得停不下来，"到时候你肯定是那个把一百个游戏公会当遗产的老祖宗！"

方亚楠豁然开朗，无耻地抄袭来自未来的言论："到时候，孩子都骄傲地说——'我祖上就是玩游戏发的家！'"

"对，对，对，还看到老太太坐在轮椅上和孙子在游戏里对战。"

方亚楠竖起大拇指："四十多年后，不准爬到我家去装摄像头，谢谢。"

"怎么，你觉得自己肯定会这么干，是吗？"

不是肯定会这么干，是她已经这么干了！

方亚楠笑而不语，顿时文思如泉涌，在键盘上"噼里啪啦"地敲打起来，十几分钟就完成了一个简易提纲，然后踩着截止时间，把选题提交上去了。

阿肖这时候已经分了一圈蛋糕回来，手里拿着手机，看到于文在群里宣布时间截止，又看到方亚楠跷起二郎腿的样子，凑过来："提交了？"

"嗯！"

"游戏世家？"

"嗯！"

阿肖拍了拍她："那走吧，去吃午饭。"

"不是有蛋糕吗？"

"得了吧，一个蛋糕就能吃饱？"阿肖抓着她的衣领，把她提起来，"我请客。"

方亚楠踉跄地跟着，心里陡然有了不好的预感："你又有什么事？"

"你别装了，我就知道你想跑。"阿肖走在前面，"《光影纪元》那个选题，你得帮我做完。"

虽然不知道《光影纪元》这个名字是什么时候定下来的，但方亚楠一听就知道是和江岩有关的那个封面选题。她心一沉，刚提交过选题的好心情顿时全没了。可她还是应了一声："哦，好。"

阿肖反而不适应了："你怎么答应得这么快？"

"我为什么不能答应得快？"

"我还以为……"阿肖没往下说。

你还以为我不想干？方亚楠了然。

我确实不想干！

可是，经历过老方的人生后，面对能救江岩的机会，谁能说出个"不"字？反正她现在是无论如何也不能逃了。

"我答应得这么爽快，你不会不请客了吧？"方亚楠强打起精神开玩笑。

"哈哈哈！"阿肖仰天大笑三声，"食堂而已，你不答应我也会请！"

方亚楠："……"

所谓的食堂，其实是整个写字楼的共用食堂，就在三楼。因为整栋楼都是高收入的大忙人，大家都不愿意在中午的高峰期等电梯，所以去食堂吃饭的人并不多。

阿肖说是请她在食堂吃，结果最后还是把她拉到了旁边的商场吃东北菜。正餐还没上，先上了俩大棒骨，一人一根。

阿肖吃得满嘴流油，抽空问道："这次选题做完，有没有兴趣整个大的？"

方亚楠正很不雅地拿舌尖去舔筒骨里的骨髓，闻言疑惑地"嗯"了一声，眼珠子一转，随即了然地问道："年末？"

"我就知道你懂我的意思，"阿肖捧着肉骨头凑近，"整不整？"

方亚楠低下头："不整。"

"啊，为啥？！"阿肖受伤了，"你怎么可以不答应呢？"

"好，我答应。"

"你可是我……啊？"

方亚楠埋头啃骨头："我说了啊，答应。"

阿肖冷静下来，探过头来："你是不是在偷笑？"

"没有，没有。"方亚楠疯狂摇头。

"你变了，亚楠，"阿肖悲愤地说，"你变坏了。"

方亚楠终于啃干净一块骨头："我转变得这么快，就是看在我们之间的情谊的分上，好吗？说吧，你想整啥？"

阿肖原地做了几次深呼吸，终于整理好跌宕起伏的情绪，凑过来压低声音说道："我前两天听燕子的意思——这次的杂志年末封面，上头想整个大的，提一提咱整个行业的士气。"

"所以……？"

"所以你有什么想法？"

方亚楠蒙了："难道不应该是你有什么想法，才喊我的吗？你让我想？"

"这不是群策群力吗？"

方亚楠左右看看，诚恳地说道："不，这叫'阿呆和阿瓜'。"

"嘁，"阿肖开始吃其他菜，一边吃一边说道，"你可是去过黑煤窑的女人，我还以为跟你说完，你脑子里会立刻响起'叮'的一声呢。"

"我脑子里倒是响起'叮'的一声了，可惜是警报声。"方亚楠舀着汤，"你还是先把手头的选题做完吧，江岩这个选题能成为封面选题，也是天上

254

掉馅饼，你就别吃着碗里的，看着锅里的了。"

"哦，说起这个，下午你跟我过去一趟吧。"阿肖说道。

方亚楠的手顿了顿，她逼迫自己冷静下来："哦，做什么？"

"他们说是要带我们去一趟合作的制造商那里参观。"

"这不是行业机密吧？"方亚楠有时候特别谨慎，"他们带你看行，带我去有什么用，还能让我拍照不成？"

"江岩说了，不能拍的，他们会说的。他相信你的职业操守。"阿肖说着，忽然话锋一转，"话说，你有没有觉得这次的采访对象对我们特别好？"

想到"四十五年"后自己与席安的对话，方亚楠忍不住嘴角抽搐，点头认同的同时在心里撇嘴。

他那不是对我们好，是就对我好，好吗？

而且这个"好"字上，还得打引号！

吃完饭，方亚楠回去拿上吃饭的家伙，就跟着阿肖出发了。

临走时，他们还碰到了老战友吉吉。他顶着两个黑眼圈，给她展示了一下上周杂志的某一页："你看了没？"

方亚楠一瞟就知道他说的是什么了："哦，我拍的，怎么了？"

吉吉："拍得不错。"

方亚楠："你夸人怎么一副找碴儿的样子？我都想好怎么驳斥你了！"

吉吉眨了眨眼睛："你想怎么驳斥我？"

"算了，留着下次用。"方亚楠摆了摆手，跟着憋笑的阿肖往外走去。

"哎，我说真的，"吉吉在后面有气无力地叫道，"正好摄影组人手不够，你转去做摄影算了。"

"做梦！"

阿肖把她拉进电梯："你背着相机这么喊，合适吗？"

方亚楠假装要把相机往地上摔："老娘不拍了！"

"哈哈哈！"

九思的合作方是家大公司，在市郊，阿肖开车带她去。

路上，他还在对年末选题念念不忘："其实我前阵子研究了很久的裸贷……"

方亚楠面无表情地说："你该不会是想让我装成你的客户，用软件合成一张我的裸照，再给我弄一个假电话号码，然后给我发催债短信吧？"

"哇！"

"顺便再给我租套房子,然后给房子的大门上泼油漆,催我还一千块钱,否则就把我的裸照发给我全家和全小区的居民?"

"哎呀,"阿肖惊叹道,"中午那顿饭没白请,原来我们已经无形中商量好了?"

"呵呵,"方亚楠冷笑,"我看你是午睡还没醒。"

"唉,我就知道你不可能答应。"阿肖看着前方叹气,"风险太大了,敢做裸贷这种生意的人,我们惹不起。"

"你是在激将我,还是真的认清现实了?"

"我认清现实了。"

"乖。"

"唉。"阿肖再次发出长叹声。

下午不是车流高峰期,两个人很快就抵达目的地了。这是一家比较有名的家用电器公司,主打小众智能家用电器,产品不多,但都挺有名,受到很多年轻人追捧。来的路上,方亚楠还得知,这家公司在做自己的产品的同时,也接一些其他企业的挂牌订单,即按照对方要求做出产品并将产品挂在对方企业的品牌下出售。

"就我知道的,他们的几个合作方都是国际大牌。我怀疑他们接这类订单,也能得到不少技术上的好处——这种合作思路还是很有想法的。"

"江岩能找到他们合作,也挺厉害。"方亚楠赞道。

"他,我就不夸了,"阿肖停好车,笑道,"不厉害怎么会被我们找上?"

"哦,这次是自夸了啊。"方亚楠也笑起来,跟着下了车。

不远处,江岩也停好车,正带着席安走过来。

冷空气虽然来了,但十一月的江南还带着点儿暖意,加上冬日的阳光洒在身上,方亚楠穿了一件打底衫和一件毛呢大衣,觉得有些热。迎面过来的江岩则已经穿上了黑色的薄款羽绒服,虽然看上去还是很帅,却让方亚楠感到有些遗憾。

这身板,不穿西装、大衣可惜了——多拉风啊。

"又见面了,"江岩抬手打了个招呼,微笑着说道,"你今天看起来气色不错。"

方亚楠其实已经预想了好几遍见到江岩时要怎么反应——至少要保持住作为"小方"的正常态度,不能表现得跟他太熟,或是流露出惋惜的神色,尤其是千万不能拍着他的肩膀说些什么"你是个好人,可惜死得早"这样欠打的话。

但是此时，她看着江岩的笑脸，一个笑容都挤不出来，甚至连手脚都不知道该怎么放。她没出息地往阿肖身后缩了缩，没有回应江岩的招呼。

江岩有些莫名其妙地放下手，歪着头，用研究的目光又看了她两眼，然后被阿肖的招呼声吸引了注意力。

"江总总是这么准时。"阿肖开朗地笑道，"你从公司过来的啊？"

"不是，我刚才在附近跟一个朋友吃饭。"江岩答道。他往厂区的方向走了两步，又回过头，有些刻意地朝方亚楠的方向说了一句："走吧。"

方亚楠暗自深呼吸，亦步亦趋地跟在阿肖身后。

"方老师好。"席安跟在江岩后面，恰好和她走在一排，没心没肺地打了声招呼，脸上带着一点儿讨好的笑容，"我今天订了你们的杂志——订了一年！"

"老板大气！"方亚楠看到他就舒服多了，毕竟他还"活着"，"何必呀，我又不是销售，你订杂志我也拿不到分成奖金。"

"没事，我也是花的公司的钱。"席安用下巴示意了一下前面，"江总要看。"

好家伙，方亚楠嘴角抽搐了一下："那……替我谢谢你们江总。"

"嘿嘿，他就在前面呀，要谢你自己去谢。"席安说者无心，方亚楠却觉得这话重如千钧。席安接着说道："不过我自己订了你们的电子刊，还参加了一个抽奖赠书活动，你有没有员工特权，给我开个后门哪？"

"你想看什么书，直接跟我说！"方亚楠把胸脯拍得"啪啪"响，"干吗学人家抽奖，那是有我的微信的你该干的事情吗？"

"方老板大气！"席安竖起大拇指。

"席安，"前面的江岩突然回头，表情冷森森的，"你联系茂则了没？"

席安猛地抬起头，茫然地说道："联系了呀。"

"那人呢？"

"咱们一般不都是直接进去吗？"

"今天有记者在，他不用陪同吗？"

席安神色更茫然了："他说过不用，让我们自己逛，有需要的话再联系他。"

"那你来介绍吧。"

"哦，"席安匆忙给了方亚楠一个抱歉的微笑，小跑着到前面去了。

方亚楠身边一空，顿时觉得气温比刚才冷了十摄氏度，而且有种江岩的背影在不怀好意地盯着她的感觉。不怪她杯弓蛇影，实在是知道得太多，多到她觉得此时的江岩，一言一行都带着心机。

他这时候就看上她了？如果是的话，那他是看上她哪儿了？如果他现在还没看上她，那她未来有什么能被他看上的特质？

这太不可思议了，难道两个人是协议结婚？

那更难解释了，别说她各方面可能都够不着他的择偶门槛，就算够得上，她也犯不着这么做呀！

方亚楠的"聊伴"虽然被支开了，前面的阿肖看起来和江岩也聊到即将冷场了，周身散发出向方亚楠求救的信号，可方亚楠死活不想上前帮忙，只想做一个没有感情的拍照机器。

席安被任命为向导后，精神抖擞地带着他们参观了一圈这个企业的展厅，然后找到一位叫金茂则的主管，跟他要了几张员工卡，直接带着几个人去了车间。

"这里有好几条流水线，都是全自动化的。"席安在前面边走边介绍，"现在你们看到的都是他们自己的产品，主要是一些零部件。核心产品的生产则在实验室里，那里一般情况下就不能参观了。"

方亚楠不是第一次参观厂房，深谙参观规则，老老实实地走在黄线外，一步也不逾越，偶尔走到没有标注"请勿拍照"的地方，便会问一下能不能拍照，得到许可后才会按快门。

参观完大众区域，席安带着他们进了一个实验室。比起车间，这里更像是医院，里面的绝大多数人穿着从头包裹到脚的制服，有些在摆弄着各种部件，有些则操作着电脑，电脑上面都是各种精密的零件模型图。

"这就是属于我们的实验室，"席安介绍道，"你们可以先随意参观，江总，我们……"

江岩显然来过很多次了，方才一直双手插兜，偶尔插几句话，此时点了点头，对阿肖和方亚楠说道："我要去看一下新产品，你们继续参观。"

阿肖连忙替方亚楠问出最关键的问题："能拍照吗？"

"先别拍，"江岩微笑，"一会儿我陪你们。"

说罢，他朝方亚楠点了点头，转身跟席安走进另一间房间。

"哎呀，"阿肖也双手插兜，"这问题也不好问，照片也不能拍，怎么办？"

方亚楠举了一路相机，早就累了，干脆找了张凳子坐下来，给自己捏腿："那休息休息呗。"

"唉，你休息吧，我再转转。"阿肖还是舍不得这个机会，转身到处闲逛，引来一堆警惕的眼神。

过了一会儿，他面无表情地晃悠回来，一屁股坐在方亚楠身边，叹气："这行业太高深了，不是我们文科生该挑战的。"

"后悔做这个选题了？"方亚楠嘲讽道。

"选题的重点从人物转到了行业，这对我来说，不是跟跨专业考研似的？"阿肖说着，撒娇一般拍了拍她的肩膀，捏着嗓子说，"都怪你，一张肖像照而已，拍得那么好干什么？"

"哎呀，你还怪我？"方亚楠瞪大双眼，配合地演起来，"师父，你没有良心哪，你不是人哪，我要砸相机啦！"

"知道我是你师父，你还不陪我做年末选题？你才没良心！"

"我陪，你做得了吗？"方亚楠嗤之以鼻。

"哎，说起这个，我很好奇，"阿肖忽然来劲了，"你那个黑煤窑的选题，后来怎么样了？"

"那不是选题……"

"哦对，我顺口说的，"阿肖立刻改口，"那件事后来怎么样了？"

"当然没下文了啊。"方亚楠耸肩，"这种事情，早就被一遍遍地曝光，没热度了。"

"你又不是为了热度做这个选题的。"

"我现在是职业媒体人，要从专业角度为老板考虑。"

"唉。"阿肖听出方亚楠语气中的无奈之意，只能叹气，"可惜了，多好的素材呀，咱们杂志社的中青代记者里，能自己干这个的，大概只有你了。"

"干什么？"一旁冷不丁地传来一句问话——江岩不知道什么时候站在了他们身边，手里拿着两杯咖啡，正好奇地看着他们。

"没什么……"

方亚楠没什么精气神的回答很快被阿肖的回答声盖了过去，他说："在说我们亚楠以前的选题呢。"

江岩点了点头，没有继续追问，把咖啡递过去："我带你们转转？"

两个人自然地接过咖啡，方亚楠暗自松了一口气，既有些庆幸他没再往下问，又有一点点遗憾。

"好，"阿肖站了起来，"没你们在，我真是不知道该怎么提问。"

"怎么会呢？能说的他们都会说的呀，而且你也不会问什么涉及公司机密的问题。"

"这就跟上数学课时，老师让我们不懂就问，我却连自己哪里不懂都不

259

知道一样！"

"哈哈！"这次江岩带头，突然指向一个小部件，"这个就是传感器，不过是旧款，新款在里面，暂时不能给你们看。"

"哦，"阿肖应了一声，看看一旁的研究员小哥，又看看江岩，忽然问道，"江总，可不可以摆拍一张照片？"

"嗯？"江岩好歹和他们合作过，立刻明白了，"啊，是拍一张我和他一起看传感器的照片？"

"对，对，对！"

"可以啊，"江岩狡黠一笑，"不过你得告诉我亚楠干了什么。"

"哎！"方亚楠苦笑一声，无奈地转过头去。

这问题阿肖都不用问方亚楠的意见，因为杂志社的同事们不仅总是拿这件事打趣方亚楠，偶尔还会把它当成宣传话题对外讲。阿肖当即拍胸脯："没问题！"

"来。"江岩立刻扯过研究员小哥，和他低声商量了一下。小哥本来还有些不情愿，直到江岩提起《维度》，他的嘴巴立刻变成了"O"形。略微迟疑了一下，小哥就同意了，用手抹了抹头发，和江岩摆起姿势来。

这是阿肖提的要求，江岩和研究员小哥摆什么姿势当然由他来指导。方亚楠举起相机拍了几张照片后，江岩便笑眯眯地看向阿肖。

阿肖心领神会，笑嘻嘻地说："亚楠当初投简历的时候，其实并不符合我们的要求，但我们老总居然要了她。我们就一直追问原因嘛——倒也不是为了找碴儿，主要是明显有更合适的人选，老总却选了她，我们很好奇。结果老总就把她的求职资料甩给我们，我一看完就表示，这人我来带！"

"你就瞎说吧，"方亚楠嗤笑，"当初我刚到你手下，你往死里虐我，我跟你吵架，老总还跟你谈话来着。"

"哎，差不多意思嘛！"阿肖厚着脸皮继续说道，"她的基本资料中，也就很久以前在另一家出版社做编辑的工作经历勉强符合我们的招聘要求，但那家出版社，啧，反正我是看不上——再说她后来的工作经历都是什么呀，游戏策划？无业游民？"

"自由职业！你这个当记者的人，好意思这么说？"

"哎，都差不多！"

方亚楠受不了了，拍了拍江岩，诚恳地说道："请辩证地看待他的说法！"

江岩笑着点头："好的，哦，对了，这个是反应发生器，连接传感器的，因为是最容易发生故障的部件，所以更新换代得特别快。"

"哦。"阿肖立刻低下头研究，过了一会儿，迫不及待地继续讲他身边的小徒弟的八卦，"我继续说，原来那时候老总没给全资料，后来没办法了，才把她的附加资料给我——那才是重头戏！"

"好了，你就直接说吧，多大点儿事，铺垫一堆，写小说呢？"

"哎，我在夸你哎，你能不能表现得友善点儿？"

"行，行，行！"方亚楠翻了个白眼，低头只管看样片。

"她的附加资料上写了什么？"

"亚楠，我说还是你说？"阿肖问。

"你……"方亚楠简直想骂人，"是你要说，又不是我要说！你快点儿说完好吗？我现在感觉很羞耻！"

"成，成，成，"阿肖摆了摆手，"亚楠的附加资料是一份黑煤窑调查报告！"

"哦，"江岩挑眉，"她自己写的？"

"亚楠说她自驾游的时候，开车穿越雪山，偶然看到路边居然有被棉被盖住的山洞，很好奇，就进去看了一下，结果发现那居然是一个黑煤窑！她就在当地停留了几天，写了一份调查报告。"

"厉害。"江岩瞪大眼，看上去真的很惊讶。

"那是相当厉害，"阿肖眉飞色舞，跟他亲身经历过这件事一样，"那里有多危险，你知道吗？敢经营黑煤窑的人能是好惹的？搞不好的话，她这辈子都别想被人找着！哎，说你呢，傻大胆儿，瞎看什么？"

"我那不是不知道黑煤窑有多危险嘛，"方亚楠满脸不服气，"后来发现不对劲，不是立刻就跑了？"

"她胆子太大了，装成游客，在那儿拍照，一边拍照一边假装跟人打电话，搞得那里的人不敢动她，愣是让她转了一圈。"

"没转一圈，就在洞口晃了晃，"方亚楠自己也心有余悸，"后来实在太害怕了，我就走了。"

"你真的会怕？你不是用这种方法转了好几个洞吗？"

"就三个。"方亚楠嘟囔。

"瞧瞧，'就三个'！"阿肖朝江岩摊手，"拿她没办法。"

"会害怕就行，"江岩打圆场，"否则我们今天也看不到她了。"

"我也是没办法，那儿根本没信号，对方大概也太紧张了，忘了这点。我当时就怕走进去太深以后，对方反应过来，那我逃都逃不出去。"方亚楠有些无奈。

"啊，对啊，那儿还没信号！所以你从一开始就是在演独角戏？"阿肖惊讶地问。

"那不是，那不是，我又不是一个人自驾游，我朋友在外面等着我呢。"

"哎，说你什么好……"阿肖摇了摇头，朝江岩摊手："所以就凭她这个经历，我们老总破格把她招进来了。"

"不奇怪，"江岩看着方亚楠笑，"要是我，我也会要她。"

这话听在方亚楠耳朵里，哪儿哪儿都不对劲。她脸一红，低下了头。

"不过她在条件不符的情况下也敢投简历，这也是本事呀，"阿肖说道，"我当时差点儿以为我们杂志社要做游戏了——她之前不是在百道嘛。"

"是那个做游戏的百道？"江岩问。

"对啊，做的……策划？这个职位和你的专业以及过往的工作经历也不对口吧？"

"我连学历都没达到百道的招聘要求。"方亚楠耸了耸肩，"但我当时在附件里把我从小到大玩的所有游戏都罗列了一遍，挨个儿点评，总策划就要我了。"

"哈哈，"阿肖乐了，指着她对江岩说道，"瞧瞧，惯犯！"

江岩笑着点头。

"所以，亚楠，年末一起干一票？"阿肖拿肩拱她，看上去贼眉鼠眼的，"我只能指望你了呀。"

方亚楠翻着白眼没说话。

"你们还要干什么？"江岩站在一旁，微微眯起眼，"危险吗？"

"不好说，确切地说，是我干，亚楠就是帮帮忙。"轮到自己，阿肖就不愿意多说了，摆了摆手，"哎，这事还没谱呢，以后再说。"

江岩欲言又止，看看阿肖又看看方亚楠，转头继续给阿肖介绍产品。

方亚楠这时候才感到紧绷的神经松懈下来。阿肖刚开始说的时候，她还有点儿嘚瑟，但是江岩一开口，她就觉得头皮发麻，这一路仿佛是走在炼狱里。

太难了，她就不该经历老方亚楠的人生！

如果她什么都不知道，被江岩这样的大佬关注，说不定心里早就乐开花了！

几个人参观完工厂，时间到了下午三点钟。这是个挺尴尬的时间——还没到下班时间，离吃饭的时间就更远了。

阿肖喊方亚楠上车："回去了，干活儿！"

"好！"方亚楠拉开车门。

"亚楠。"江岩路过他们的车，突然叫住她。

方亚楠动作一顿，对着车做了个深呼吸，然后转过头，挤出微笑："啥事儿？"

江岩双手插在兜里，竟然破天荒地有些局促。他迟疑了一下，还是问："你……们晚上有空吗？"

方亚楠的手一抖，她差点儿主动漏听了那个"们"字，转瞬又反应过来，一时间不知道该先问阿肖还是先回答。

但是，她有空吗？

不是她自作多情……但是她就是知道江岩询问的主体是自己，阿肖只是顺带的。

方亚楠很难忽视心里的抵触感，不仅仅是因为知道江岩貌似对自己有想法，更因为……她晚上更想回家玩游戏。

可是……

"有啊，怎么了？"她大大咧咧地回答，顺便问阿肖："阿肖，江总问我们晚上有没有空！"

阿肖回道："我不确定，你呢？"

"是这样的，我突然想试试剧本杀，昨晚报名了，但刚才店家通知我，我报名的那个局组不齐人，"江岩望着她，眼神很无辜，"所以只能问问你们了。"

这是个有些突兀的邀请，方亚楠相当清醒，明白这不是"小方"和"江总"目前的交情能够达成的成就。

她如果拒绝他，也不会有任何问题，可是……她没有忘记自己这次回来时，给自己定下的任务。

她要和江岩混熟，熟到能让他去医院彻底检查自己的身体，排除他英年早逝的可能性。

方亚楠点了点头，却也不能答应得太痛快，便开玩笑般说道："江总的局是不是太高端了？我怕拖你的后腿啊。"

江岩如释重负地笑了起来："我从来没玩过，刚好这两天有空，才想尝试些新东西，你们不要嫌弃我拖后腿就好。"

"先别说你们。"方亚楠转头朝车里喊道："阿肖，江总喊我们玩剧本……"

"是请。"江岩在一旁插话。

方亚楠顿了顿,点头:"请我们玩剧本杀,来不来?"

阿肖有些跃跃欲试,但随即想起什么,皱着眉说道:"我恐怕得和我老婆报备一下。"

方亚楠心里一惊——忘了阿肖有老婆!江岩不会是算准了这点吧?如果阿肖的老婆不让他去的话,就剩下她和江岩两个人了!

这压力太大了,方亚楠双肩一缩,忍不住后退了一步。

江岩却很热情:"现在还很缺人,如果可以,叫你夫人一起来?"

"啊,那多不好意思。"阿肖低头按手机,"她要是有兴趣,我请她玩。"

江岩笑着摇了摇头,看起来并不像是妥协了的样子。

很快,阿肖就打完电话了,眉飞色舞地表示:"她也想玩,一起呀,在哪儿?"

江岩很快报了个地址,还将那家店分享到了他们的合作群里:"晚上六点,可以吧?"

"可以,可以!"阿肖看起来比他们都高兴:"那亚楠,我们赶紧先回去干活儿!"

"好。"方亚楠叹着气上了车,看着车窗外江岩笑眯眯地对自己挥手,总觉得毛骨悚然。

她知道自己有些反应过激。但是作为一个单身已久的人,她根本没有做好接纳一个人的准备,现在突然给自己加了这么一个任务,而且还是在对方张开双臂的情况下——她真的有点儿手足无措。

如果她真的一不小心陷进去了……其实也没什么不好。

可是,她总觉得哪里不对劲!

明知是笼子,就算知道里面富丽堂皇、吃穿不愁,她就该顺从地钻进去吗?

还是那句话,她现在过得挺好!而且,她喜欢陆晓!

要是陆晓,绝对不会喊她出门玩什么剧本杀,只会在游戏里默默地陪她打怪物——那才是她的快乐源泉!

路上,阿肖也表达了疑惑:"江岩没朋友吗?实在缺人的话,他从公司里随便拉个同事去也行哪。"

"你傻吗?"方亚楠面无表情地问,"于总现在喊你一起玩剧本杀,然后你们碰到个情感本或者仇杀本,你开心不?"

"于总不会介意的！"

"好吧，我换个说法，下班团建，你开心吗？"

"给爷死！"

"哈哈，哎，哎，哎，超速了，超速了！"

下午，方亚楠在工位上修图的时候，被于文叫了过去。于文翻看着她提交的选题，皱眉问道："你……没敷衍我吧？"

"啊？"方亚楠立刻做双手捧心状，"于总，我是发自肺腑地想做这个选题！"

"嗯，你是觉得自己做过游戏策划，所以有资源，是吧？"

"啊这……是一部分原因……于总，我真的没糊弄你，这个选题我修改过的，"方亚楠探头探脑地看着自己的选题，"我应该没提交错吧？"

"没错，改得更虚无缥缈了。"于文头也不抬地说。

方亚楠讪讪地低下了头。

"想法呢，是好的，但就《维度》的用户群来说，可能这个选题比之前那个更不具备可看性。"

谁说的？亲历者不服！

方亚楠噘起了嘴。

于文叹了一口气："这样吧，还是用之前的那个选题，你再打磨一下，如果能够达到我的要求，我让你做？"

"电竞选手的选题？"

"你还有别的选题？"

方亚楠红了脸："哦……好。"

"我再给你个方向，"于文思索着说道，"其实我很期待你从策划和运营的角度，让玩家看到游戏背后的故事。说实话，虽然你可能比我们更了解游戏行业，但是比起那些电竞选手的粉丝，你对电竞选手的了解可能只是入门级的。毕竟就我了解，你并没有真正接触过这个群体。"

于文果然是老媒体人，一语点醒梦中人。方亚楠连连点头，很是愧疚："其实于总你一直在等我自己醒悟吧？对不起，小的太愚钝了，以后一定多多揣摩圣意！"

"别跟我皮，"于文笑起来，"你在我们这儿算是个多面手，我还不至于因为你笨就把你怎么样。别人需要的时候你多帮帮忙，不白干，年末还是会给你算绩效的。"

方亚楠简直感激涕零："谢谢于总，于总万……"

"打住。"于文抬手,"听说你的嘴开过光,好话坏话都少讲。"

"啊?我?"方亚楠哭笑不得,"冤枉哪,我的嘴没开过光!"

于文连连摆手,赶苍蝇似的赶人。

方亚楠溜出去,总觉得自己特别像太后身边的太监。她坐在电脑前,再次打开自己以前的选题文档,仔细思索了一下,写起来。

写了一会儿,她停下来,给陆晓发微信:"你的俱乐部组建起来没?"

本来她没太指望陆晓能给出肯定的答案,谁知道陆晓答得飞快:"组建起来了。"

方亚楠精神大振,也不知道是因为陆晓回得快,还是因为陆晓给出了肯定的答案。她继续发:"青训营也……?"

陆晓:"当然也组建起来了,不然从别的俱乐部挖人的话,费用太高了,我们扛不住。"

方亚楠:"好家伙,我给你们做宣传吧!"

陆晓:"你缺选题了?"

方亚楠对着手机翻了个白眼,差点儿冲着手机咆哮。她气急败坏地打字:"不是早就跟你说过这件事吗?"

陆晓:"我得问问我们老总。"

这个老总不是指他的老板,而是指他们俱乐部的总策划,算得上是整个项目的老大。方亚楠当然没意见,答:"今晚能给答复吗?"

陆晓:"你先说你要干什么。"

干什么?方亚楠的本意只是跟踪一下电竞选手"生前生后"的故事,这个"生"不是生死的"生",是职业生涯的"生"。虽然现在电竞行业大热,她可以确定的是,至少一直热到了四十多年后,可是这个圈子展示给她的,始终是光鲜亮丽的一面,她一直想探讨电竞选手职业生涯的起点和退役后的生活保障。

毕竟他们吃的是青春饭,有着和常人不一样的人生轨迹。

但现在,她还想夹带一点儿私货。

方亚楠:"我想从你们那儿挑几个人,从青训营开始,对他们进行跟踪观察,包括进入职业战队的人之后会怎么样,没进入的人又会怎么样。然后再找两个已经退役并且没有成为网红或者解说的选手,了解一下他们现在的生活怎么样。还有就是探讨一下他们和家庭的关系,比如当初他们是如何获得家人的理解的。"

许久,陆晓回了一个字:"哦。"

方亚楠嘴角抽搐，感觉很被怠慢，回："你热情点儿！"

陆晓："这有什么好热情的，我去问一下老总。"

这就是她一直不敢对陆晓出手的原因！这小子，就算她真的把他搞定了，说不定也得被他气死！

方亚楠知道自己此时的笑容肯定很狰狞，认真地打出一行字："你注定孤独一生！"

陆晓："嘿嘿。"

这是聊天结束的信号，方亚楠也没什么可继续说的，便不再回复消息，先把自己的想法整理进了选题表中。

对百道总策划会如何回复，其实她并不是很在意。

以她对自己的了解，只要她真的想做这个选题，那就一定会想尽办法去做成。她意识到这样坚持，偶尔会对一些人造成困扰，所以从来不会采取激烈手段，即使会多花费一点儿时间，但终能做成。

她第一时间联系陆晓，一来这确实是一条捷径，二来，这大概是她从百道离职后，除了玩游戏以外，少数能和陆晓产生交集的途径了吧。

到了下午五点，眼看着下班的时间要到了，方亚楠还没得到陆晓的回复，也没再追问，而是在阿肖的催促下下楼吃饭。

在食堂吃完饭，她跟着阿肖先去接上他的老婆李云妆，再一起去剧本杀工作室和江岩会合。

阿肖的老婆李云妆也是个传奇女子——她高中毕业后去酒吧驻唱，后来去参加某综艺节目的海选，但是落选了。她没有心灰意冷，拿着攒的钱，转头又去参加了成人高考，并且考上了，毕业后成了一名音乐教师。在阿肖还是名新人记者，跟着他的师父去学校做选题的时候，李云妆和他相识，一来二去两个人便结了婚。

两个人的出身和经历可谓完全相反。阿肖是高知家庭出身，从小循规蹈矩，一路勤勤恳恳地做到《维度》的中层，但他的性格像一个不着边际的浪子；而他老婆曾经是个正经八百的浪子，却进入了教育行业，成为一名人民教师。

方亚楠和李云妆很是投契，平时虽然不怎么联系，但一见面就嘻嘻哈哈的，这让阿肖很是头痛。

现在，阿肖在前面开着车，两个女的则在后排座位上"叽叽喳喳"地讲话。

李云妆："哎，楠楠，元旦有没有空？"

方亚楠："你终于决定放弃阿肖，跟我过二人世界了？"

"是呀，是呀，这个狗东西爱干吗干吗去，"李云妆笑嘻嘻地说道，"说真的，元旦我们学校举办文艺会演，我花了一整个学期排练节目呢，你帮忙拍两张照呗！"

方亚楠算了算时间："元旦不是还早吗？现在还难说那天有没有空。"

"哦，你元旦没空，那就是有情况了！"

"没有，没有。"方亚楠连连摆手，但是心虚得很。她确实没情况，但是有任务，这也没法说："就怕万一——万一我那天有大事呢？！"

"行吧，行吧，"李云妆大方地说道，"不管怎么样，我们学校的大门永远向你敞开。"

"小学的大门，我还真的不稀罕……"

"你不是也有教师资格证吗？哪天这家伙虐待你了，你可以到我这儿来，我罩你！"

"喂喂喂，别血口喷人哪，"阿肖在前面拉着脸，"亚楠动不动就拿你威胁我，我俩到底谁虐待谁呀？"

"干得好！"李云妆朝方亚楠竖起大拇指，"我就喜欢你这样狐假虎威的女人。"

方亚楠眨了眨眼："咱俩的关系好像不适用这个成语。"

"啊？"

"我——"方亚楠指了指自己，"狐什么？"

她又指了指李云妆："你——什么虎？"

李云妆愣了一下，然后大笑着拍打她："哎，哎，哎，你快来当老师吧，求你了，哈哈！"

阿肖："你们这么有自知之明，我都不好意思挑明了。"

"你闭嘴，开车！"两个女人异口同声地吼道。

就这样，三个人一路说笑着到了目的地。这家剧本杀工作室在一个高档写字楼里，阿肖去地下车库停车，方亚楠和李云妆率先前往工作室。江岩正坐在正对着大门的休息区里翻宣传册。室内有暖气，他脱掉了羽绒外套，穿着一身米色薄羊绒开衫，里面的衬衫领口微敞，看起来既有书卷气，又有禁欲气质。

李云妆显然早对他有所耳闻，刚踏进门，就扯着方亚楠缩回走廊上，惊讶地问道："江岩？"

"对啊，"方亚楠不解，"怎么了？"

"我的天……"李云妆又探头偷看了一眼,"真有这么帅的总裁?"

"你小说看多了吧?"方亚楠失笑,"他好像不是什么总裁。"

"哇,不知道的人还以为他是这儿的老板。"

"那你怎么没直接把他当成这儿的老板?"

"他这气质,和这儿也不搭呀!"

"好吧。"方亚楠耸肩。她早就对江岩的外形免疫了,毕竟连他的遗照都看过。

李云妆有些遗憾地表示:"他帅归帅,但让我连出轨的欲望都没有。我怕我脱完衣服,立刻自卑到又穿回去。"

方亚楠"扑哧"一声笑了出来,已婚妇女的尺度就是大,打死她她都想不出这样的形容。

这时,阿肖也停好车过来了,一出电梯就看到她们,有些惊讶:"咦,怎么不进去?"

"你老婆被江大总裁吓到了。"

"是惊艳,惊艳!"李云妆连连强调。

阿肖的脸色随着她俩的形容变化着,他沧桑地总结:"所以我是不是该回到车底?"

"进去吧您!"方亚楠把阿肖两口子一起推了进去。

江岩显然已经等了许久,看到他们立刻站了起来。阿肖简单介绍了李云妆,几个人便被DM(负责组织剧本杀的主持人)带进了游戏室。里面早已布置好,桌上摆了一堆零食,其中不少是进口的。

方亚楠也算玩过几次剧本杀,虽然大多数工作室会提供饮料和零食自助,但都是什么便宜上什么,她真没见过这阵仗。

阿肖也惊呆了:"一个人多少钱呀,有这么高规格的待遇?"

DM没说话,偷看江岩。江岩举手:"是我买的,我也不知道你们爱吃什么,就随便从货架上拿了。"

"江总……"阿肖叹气,"麻烦你不要在别人的老婆面前这样表现,好吗?"

他的手臂被李云妆掐住。

江岩笑起来:"真的不好意思。"

四个人刚坐下,又来了两个人,一看就是一对情侣,而且年纪都很小。这对情侣虽然长得有些普通,但很会打扮,外形相当时尚亮眼,人也都很开朗,一进门就开心地和屋里的人打招呼,随后在DM的引导下坐在空位上。

"需要相互介绍吗？"江岩果然没玩过剧本杀，见人到齐了，便问道。

DM手里拿着一沓剧本，闻言摇了摇头："其实并不是很需要，因为剧本会给你们身份的。"

"好。"江岩暴露了自己的菜鸟身份，一点儿也不尴尬，还笑盈盈地给方亚楠拿了罐可乐："喝吗？"

方亚楠在李云妆骤然投射过来的视线下，硬着头皮道谢，接过可乐喝了起来。这明明是她最喜欢的饮料，眼下她喝着却觉得满是苦涩的味道。

DM斟酌了一会儿，给每人派发了剧本，说道："下面请各位看第一部分剧本，不要翻开下一部分。看完，各位会对自己的身份有所了解，看剧本期间请不要私下交流。"

方亚楠接过剧本，这才想起自己连这剧本叫什么都不知道，一看封面，整个人都抽搐了一下。

《时光漫步之再少年》。

好家伙，这剧本名怎么让她有种触目惊心的感觉？！

"三十年后，古浪村村头的无名孤坟前，陆续走来六个人，三男三女。看穿着打扮，他们之中有高官贵胄，亦有江湖侠客、普通商人，甚至有衣衫褴褛、形容落魄的人。他们或成双成对，或形单影只，神色间都透着疲惫和沧桑感。他们视线相触时，人间百态都仿佛尽在他们的眼中——欢喜、仇恨、冷漠和惆怅，一如他们看着坟墓时的样子。他们一言不发地站在坟前许久，直到打扮富贵的中年女子从袖中掏出一柄质朴的匕首放在坟前。仿佛被她的动作所惊醒，其他人也纷纷上前，拿出了不同的东西——穿着锦衣大氅的将军拿出一根精致的金簪，风尘女子拿出一串饰有东珠的红色剑穗，身着蓑衣布衫的侠客从怀里掏出一盒已经掉色的胭脂，头裹布巾、双手粗糙的农妇拿出一支陈旧的狼毫，形容落魄、衣衫褴褛的男子放下一本泛黄的诗集。他们放下东西的动作毫不留恋，甚至带着点儿解脱之意。可是直到天色渐晚、鸦声四起，他们还久久不愿离去。众人身后传来缓慢的脚步声，一个白发苍苍的老人提着灯笼、趿拉着草鞋，从坟后的小径上缓缓走来。众人的目光这才从坟上挪开，放到老人的身上。老人看到他们，脚步顿了顿，似想起什么，缓缓叹了一口气，说道：'你们来了啊。'

"'是啊，'富贵女子答道，'三十年了，该做一个了结了。'

"老人缓缓摇头，脸上露出苦笑：'斯人已逝，了结了又如何呢？你我都不过是沧海一粟、世间过客罢了。'

"'既有牵绊,自然要解了,才能安心地离开这世间,'富贵女子说道,'我们也不剩多少时日了,当真是等不及了。'

"'唉,罢了,你们随我来。'老人长叹一声,随意地用袖子擦了擦墓碑上的尘土,转身往深处走去。路上,他哼起了一首古早的小调,后面的人听着,都露出怀念的神色。老人哼了一半,却突然问道:'你们都还记得自己是谁吗?'

"好了,下面请各位根据之前在剧本中看到的自己三十年前的故事,确定一下自己是三十年后的哪个人,首先请自我介绍一下吧。"

DM 动情地读完开场旁白,冷不丁地冒出最后一句话。大家猛地惊醒,在昏暗的房中面面相觑。

"那……我们先来吧,"最后来的那对小情侣中的女孩举手,"就按逆时针的顺序进行自我介绍好了。"

"行。"DM 找到空位坐下,看出来这两个人是玩过剧本杀的了。

女孩先发言:"三十年前,我是一个书生的女儿……"

方亚楠偷偷地打了个哈欠。她这人虽然爱玩游戏,可是对需要进行大量思考的游戏从来不感兴趣。从《三国杀》到《狼人杀》,只要是需要动脑子的游戏,她就会大脑"死机"。

参加剧本杀的玩家正在挨个儿做自我介绍,等李云妆介绍完,就轮到方亚楠了。

她的另一边,排在最后的江岩忽然拿手肘顶了顶她:"醒醒。"

方亚楠:"啊……轮到我了?"

众人点头。

"好的,好的,"方亚楠清了清嗓子,突然声情并茂地朗读起来,"我是含着金汤匙出生的,父皇说我有祥瑞之兆,是注定要荣华富贵一生的人。我原以为我是倚仗着这句话,不料到后来,却是背负着这句话……"

她的普通话很标准,讲话的时候抑扬顿挫,甚至与周围人有恳切的眼神交流,以至周围人的表情从一开始的惊讶变成尴尬,但是到了后来,大家都跟着投入进来了。

其间,阿肖进入状态最快——当初就是他硬拉方亚楠凑人数玩的剧本杀,偶尔也和其他同事一起组过剧本杀局。方亚楠玩剧本杀的时候全程不怎么动脑子,任由其他人推动剧情。但每次到她发言,她都很会带动氛围,导致其他玩家忽略了她在讨论案情的时候根本不参与这件事。

方亚楠说完,转头和其他人一起看向江岩,却见他一脸吃惊,一副新手碰到高级玩家的样子。这回轮到方亚楠用手肘顶了顶他,再次抑扬顿挫地发言:"到你了,小乞丐。"

没错,江岩拿到的身份是一个小乞丐——他的剧本封面上是这么写的——和他此时光鲜亮丽、衣冠楚楚的样子非常不搭。他局促地点了点头,清了清嗓子,压低声音说道:"我是一个乞丐,靠跟狗抢食长大。"

方亚楠没忍住,"扑哧"一声笑了出来。其他人也被江岩气质和身份的反差感逗到,都在努力憋笑。

江岩这时反而不紧张了,朝周围温和地笑了笑,坦然地说道:"我最清楚大都冬季的严寒和夏季的炙热,也最明白人们的善与恶,生存是我唯一要做的事情,虽然我也不知道我为什么要活下去。"

虽然江岩努力地表现得很悲惨,甚至特地压低了声音,然而待他讲完,所有人还是很震惊。

坐在他对面的小姑娘——"书生的女儿"望向DM:"DM,你真会发本子!"

DM尴尬地笑道:"这个……这个……我是有考量的。"

江岩放下剧本,从容地说道:"没事,我觉得挺好。"

DM正色道:"既然大家都介绍完自己了,那么下面,对你们三十年后的身份,你们可有什么感想?你们可以讨论一下,给我答案,如果答对,我们就进入下一阶段的剧情。"

休息时间到!方亚楠把剧本往桌上一放,人往后一仰,拿着可乐开始观战。

这个剧本应该是江岩让老板推荐的,属于新手本。虽然每个人三十年前和三十年后的身份大相径庭,但他们放在坟墓前的东西,以及每个人前期的人生走向,都是极为明显的线索。虽然她目前还没什么头绪,但想来弄清楚没什么难度。

这边,"书生女儿"已经开始发言了:"我觉得很明显哪,我是书生的女儿,但书生……"

"你爹。"方亚楠纠正。

"哦,我爹通过科举踏上仕途,但是朝中有人逼他站队,那我身为他的女儿,应该是一开始成了官家小姐,后来获罪成了那个风尘女子吧。"

她一边说一边偷看DM的反应,DM低着头,面无表情。

"还有一种可能性——公主不是说她的国家后来遭遇了叛乱嘛,一旦国破家亡,她也极有可能为叛军所迫,沦落风尘哪。"李云妆,也就是"大将军之女"说道。

"你怎么不说你爹战败后,你就成了风尘女子呢?""书生之女"不服气地反驳道。

好家伙,风尘女子的角色有那么好吗,这都要抢?

"等等,等等,我们可以从其他角度找找线索——比如说各位的信物。"阿肖算老玩家了,连忙出来打圆场。

"可是只有两个人在三十年前有信物,小乞丐就什么也没有。"

"书生之女"提到江岩,方亚楠不由得偷看江岩。他仿佛没听到这话,正低头在一张草稿纸上写着什么。

大家七嘴八舌地讨论了半天,仍然没讨论出什么结果,都有些烦躁。第一关就卡住了,这简直不像是个新手本。

"哎,不如我们先说一个吧,""书生之女"打算走捷径了,"说得不对的话,我们继续猜,这样行不行哪,DM?"

DM点头:"可以啊。"

"那么……""书生之女"翻看着自己的草稿纸,上面已经写满了字,看来她真的玩得很认真。

"抱歉,能不能让我试试?"江岩突然举手。

"书生之女"立刻说道:"好呀,好呀!"

她表情期待地看着江岩。

方亚楠继续喝着可乐,看向江岩。

江岩分析道:"书生的女儿应该是农妇,商人之子应该成了侠客,太傅的儿子应该就是衣衫褴褛的男人,而大将军之女是那个富贵女子,公主的话……是风尘女子,"他居然还朝方亚楠抱歉地笑了笑,最后说道,"而我小乞丐,是后来的那个将军。"

江岩望向DM:"对吗?"

DM点头:"全对。"

"咦,怎么会?难道后来真的改朝换代了?""书生之女"还挺机智,"那也不对啊,为什么大将军之女和公主在这三十年间会产生这么大的落差?"

大家都耸了耸肩。

"既然各位答对了,那就请翻开剧本的下一页,进入各自人生的下一个阶段。"DM往下推动剧情,说完又一屁股坐在了旁边。

接下来就是一轮又一轮漫长讨论,六个人的关系看似明了,实则错综复杂,对同一段故事各有各的说法,对同一样东西也各有各的回忆,对同一个人也有着不同的感情。在大家七嘴八舌的分析下，情节逐渐被串联起来，故事的真相浮出水面。

因为皇帝暴政，本来忠心耿耿的大将军不得不领军反叛，太傅从阻止到不得不帮忙，同时却又无法放下对几个幼小的皇室成员的关怀，便让自己的儿子努力保护公主。

大将军的女儿本是公主最好的朋友，却不得不随父征伐自己的国家；而小乞丐通过从军改变了自己的人生，一步步走到了权力巅峰。在功成名就之时，他四处寻找幼年时帮助过自己的书生之女，同时受自己的上司——将军所托，探查为何商人要尽心竭力地资助他们反叛，在这个过程中，他阴错阳差地与商人之子成了好友。

当小乞丐的调查接近真相之时，将军在营中暴毙，让一切陷入了混乱场面。

谁干的？为什么？

大半天了，故事终于进入正题，方亚楠把手伸向第四罐可乐时，江岩按住了她，表情无奈地说："别喝了，我给你叫杯咖啡吧？"

方亚楠愣了愣，很想掏出手机说她自己可以叫，但是看着江岩恳切的样子，竟然莫名其妙地不想这么做，于是露出一丝坏笑："那多不好意思，不能就我一个人喝吧？"

江岩笑了，掏出手机，提高音量："有谁想喝奶茶或者咖啡吗？我叫个外卖。"

大家面面相觑，都露出有些尴尬又有些心动的样子。

方亚楠拍了拍江岩的肩膀，一脸无赖相："哎，你们看，全场就这个'小乞丐'一个人生赢家，不让他请客让谁请客？"

"对啊，别客气。"江岩附和。

"那……我想喝奶茶……""书生之女"有些不好意思地举起手，"无糖的。"

江岩："我找家既有咖啡又有奶茶的饮品店，你们直接用我的手机下单吧？"

"好，好，好！"

众人点完饮品，剧本进入下一个阶段。

"我们复盘一下目前的情况吧。""书生之女"，此时已经是副将——即过去的小乞丐——的未婚妻，再次主动发言，"现在前朝被推翻了，大家都想让大将军当皇帝，但大将军态度不明，办了一场宴席，请来我们所有人。就目前的情况看，大将军之死，在座的所有人都有嫌疑。你——"

她指向自己的男朋友："你爹全力支持大将军叛乱，结果被冤枉成敌国的细作，含冤而死。大将军对你有愧，你对他有恨。"

"商人之子"摆出一脸夸张的无辜表情："啊？我？"

"你什么你？别狡辩！""书生之女"白了他一眼，指向阿肖："还有太傅之子，前朝一倒，你爹就殉国了，你肩负着保护皇室的使命没跟着死，现在忍辱负重地活在这世上，肯定也恨死大将军了。"

阿肖连连摇头："不至于，不至于，我爹死的时候就让我别报仇，我孝顺得很！而且公主还活着呀，我要保护她，对吧，公主殿下？"

方亚楠："退下，狗奴才。"

"喳！"阿肖当场变身为太监。

"还有你，大将军之女，你爹虽然是受害者，但是明明知道你一直喜欢小乞丐，还要把你嫁给商人之子！你觉得你爹是在拿你赎罪，所以也不见得希望你爹活着！"

李云妆一脸忧伤地说："话是如此，但他对我挺好的，我其实也想就这么从了他，毕竟……那个人心里并没有我，唉……"

"那个人"——江岩正气凛然地说："小姐的心意在下心领了。"

"可是小乞丐你好帅啊，又好有钱！"李云妆一边掐着自己的老公，一边嗲声嗲气地说道。

阿肖痛叫，估计后悔过来了。

"还有就是你了，公主！唉，你就别提了，你全家都被大将军杀了，自己也被弄到妓院去卖身，不恨他才怪了！你是第一嫌疑人！""书生之女"掷地有声地说道。

方亚楠耸了耸肩："话是这么说，但他叫我过来，是为了帮我脱离贱籍，还要给我钱、粮、房子，让我去好好过日子。他死了，我还得继续卖身——我为什么要弄死他？"

"啊，对呀。""书生之女"挠了挠头，又望向江岩，不像刚才那样有气势了："你是被大将军提拔，一路走到现在的，好像没什么理由杀他。我觉得你的话是可以采信的。"

"那你自己呢？"她男朋友率先发难，"你爹好不容易当官，刚当官，国家就没了，你虽然被成了副将的小乞丐所救，但是你的心里不是喜欢我吗？我爹被大将军害死了，你不是说要帮我报仇吗？"

"书生之女"发火："你到底是不是我男朋友？"

"不是你先说我有嫌疑的吗？"

"我只是说你有动机！"

"我也是啊！"

两个人这就开始自相残杀了？！方亚楠憋笑。

"等等，等等，别吵了，我们先说说大将军死的那天发生的事吧！"阿肖开口道，"我是午时到的，下午……"

他说了一遍自己的时间线，顺便为自己辩解："我确实恨他，但是我爹说过，大将军本性正直，有他在，国家会兴旺，让我千万不要找他报仇，所以我是绝对不会杀他的。"

"可是你不是喜欢他的女儿吗？大将军明知道你从小喜欢他女儿，还把你喜欢的女人嫁给商人的儿子，你不生气吗？"方亚楠凉飕飕地补了一句。

"大将军之女"李云妆立刻紧张地表示："你……你不会真的为了我……不会的，不会的，你跟我保证过，绝对不会恨我爹的！"

阿肖立刻动情地握住她的手："亲爱的，你爹就是我爹，就算你爹杀了我爹，我也不会杀我们的爹的！"

两个人对视两秒，一起歪头做呕吐状。

接下来，大家把各自的时间线都说了一遍，DM时不时地发一些补充资料。这些资料，有的会直接当众公布，有的是单独发给某人的，那人看过以后可以选择要不要公开。基本上，大家都会选择公开手中的资料，这些资料一方面提供了线索，另一方面也更加扰乱视线。

江岩是所有人中嫌疑最小的人，所以他的话，大家都会采信。所有人分析了半天，最后发现谁都没有作案嫌疑。

"咦？我越来越混乱了！""书生之女"嚷出了所有人的困惑，"怎么感觉没有凶手啊？！"

方亚楠喝着江岩点的咖啡，突然起了坏心，瞥向江岩："俗话说，看起来最没嫌疑的人，嫌疑最大。凶手该不会是你吧？"

江岩一脸无辜："怎么会？他是我的再生父母，还把我最爱的女人嫁给我，我感激他还来不及，为什么要杀他？"

方亚楠耸了耸肩："也对。"

就在这时，"书生之女"突然"咦"了一声："等一下，我们忘了一件事情。在最开始的情节中，我们每个人都在大将军的坟前放了一件东西。虽然现在还不知道我们为什么要放这些东西，但是基本上已经搞清楚这些东西对每个人的意义了,除了小乞丐——他身上好像没有什么和金簪有关的线索啊。"

闯祸了!方亚楠心里"咯噔"了一下。

她本来只是想为难一下江岩,因为他在这个局里显得太如鱼得水了,没想到真的引得别人把矛头指向他了。

如果让人继续深挖下去……

"啊,这个啊,"江岩恍然大悟似的说,"我也不知道。"

"不可能呀,DM,你把线索全给我们了吗?""书生之女"起身翻着桌上的线索卡。

DM摊开手:"全给了。"

"咦?""书生之女"又把线索卡全部看了一遍,忽然抬头瞪着江岩,"你不会隐瞒了和簪子有关的事情吧?"

江岩微笑:"我确实有一根很珍惜的簪子,但我并不知道那簪子的意义。"

"你不是喜欢我吗?那簪子应该跟我有关系啊,为什么我没印象?""书生之女"叉腰大叫。

方亚楠又想笑了,这样的台词大概只有在剧本杀这样的游戏中,才会说得理直气壮吧。

"是啊,我的心里只有你,可我也不知道我为什么会珍惜这根簪子,大概是我想送给你的吧,因为我知道你并不喜欢我。"

"书生之女"无法辩驳,只好坐回去,可是狐疑的眼神总是停留在江岩身上。

"咦,不对,""书生之女"的男朋友突然精神一振,"哗啦啦"地翻起自己的剧本,"我想起来了,你找到书生之女之前就已经有这根簪子了!我问你怎么会有这种东西,你说想把它还回去!"

"所以簪子不是送给我的?!""书生之女"大叫。

"不是!"

"好哇,"小情侣异口同声地说道,"你老实交代!"

"这么说来,"阿肖忽然开口道,"你的时间线我也有些想不通。你说你申时六刻奉命请公主去用餐,结果公主酉时以后才到。将军府这么大,要走一个时辰?"

江岩:"这个问题我倒是没想到。"

"这期间,你没做什么?"

江岩："没有啊。"

阿肖问方亚楠："公主，他来叫你用餐后，你还去过哪里吗？"

方亚楠一脸茫然："他来叫我，我就直接赴宴去了啊。"

"所以你的时间线上有整整一个时辰的空白！""书生之女"来劲了，"而那段时间，正好是御医断定大将军中毒的时间！"

江岩歪头："那我有什么理由杀他呢？"

"唉，不管了！""书生之女"转头问 DM："我们可以投票了吗？"

DM 此时已经一脸疲惫了，但还是尽职地说道："可以。"

"我们先投票！""书生之女"拍板。

"那么，请大家闭上眼，"DM 起身，"请指认你们认为的凶手。"

方亚楠闭上眼，谁也没指，只听到自己的心跳声。

很快，DM 又开口道："看来你们都有答案了，请睁开眼。将军大人，你被指认为凶手。"

江岩微笑着点了点头："真是不好意思。"

"所以他真的是凶手？哈哈！""书生之女"此时特别像反派，但小女孩一般的兴奋劲儿又让人嘲讽不起来，"为什么，到底为什么呀？"

"三十年过去了，旧案究竟能不能水落石出，心结究竟能不能就此化解——"DM 说道，"下面，请各位翻开剧本终章。"

大家早就等这一刻了，闻言立刻低头看起来。

方亚楠却很犹豫，忍不住去看江岩，目光既疑惑又尴尬。江岩感应到她的目光，朝她眨了眨眼，翻起自己的剧本。

故事的终章，交代了真相——大将军死后，大家一直查不出真凶，这成了每个人的心结。这之后，朝堂变迁、世道混乱，直到有一天，他们收到一封匿名的信笺，请他们到大将军坟前一叙当年的事。

大将军在赢得胜利之时，曾在众人的欢呼声中郑重地要求，若是有一天他死了，便将他葬在一座无名的山头，不要立碑，不要立传，不要让后世之人知道他是一个乱臣贼子。

虽然不同意他将自己称为"乱臣贼子"，他忠诚的下属还是照他的嘱托这样做了。但挂心他的人，还是能轻易地找到他的坟冢所在。

而今天，他们是否能知道真凶是谁？

"啊！"突然，"书生之女"发出一声短暂的惊呼声，惊慌地抬头往对面方亚楠的方向看了一眼，然后表情复杂地继续低头看剧本。

很快，接二连三的诡异视线投向方亚楠。

方亚楠自然也读到了让他们惊讶的片段。

"我恨他，"已经成为风尘女子的前朝公主缓缓站起来，身姿一如往昔，端庄昂然，仿佛依然是当年那个站在大将军面前的小女孩，"没错，当初他说过要善待我，让我安度余生！可是，他凭什么这样做？他能给我的东西，都是他从我父皇手中抢走的！我了解他。我过得越是悲惨，他便越是良心不安。我要让他痛苦一辈子！即便是在炼狱中煎熬，我也要拉着他一起熬！

"没错，是我杀了他。"

她露出冷笑，嘴唇像鲜血一般殷红："在抢了我父皇的权力、杀了我的亲人、毁了我的家园后，他还想坐上我父皇的位置？当年他说什么绝对不会做皇帝，如今呢？别人怂恿几句，他便心动了！"

"父亲没想当皇帝！"将军之女——如今的监国夫人怒喝道，"他让我们重聚，是为了了结所有的恩怨后，便告老还乡！"

"你以为你说的话我会信吗？"前朝公主脸上流着冷汗，面目狰狞，"他把我叫过去，给我一些小恩小惠，难道不是为了让自己良心上好受，让百姓称赞他的仁德？"

"不是的，不是的，他觉得太傅家中会善待你，所以才把子宁也叫来，却没想到，这席上，竟然人人都恨他……可他的痛苦，又有谁能化解？我们只知利用他的正直去折磨他的心，但你看看现在，没有他的国家，成了什么样子！"

"哈哈，哈哈哈！"公主踉跄了一下，摇着头，"那又如何呢？反正，这已经不是我的国家了，反正他已经死了，反正……我也要死了……"

她突然喷出一口鲜血，仰天倒了下去。

一个人影闪过，竟然是将军冲了出来，将她护在怀中，缓缓地跪倒在地上。

公主双目蒙眬地看着他，呢喃："你是谁？"

"我只是一个乞丐。"将军柔声说道，"一个卖了你给的金簪，可能会被当成小偷的乞丐。"

公主神色迷茫，忽然轻轻地"哦"了一声，醒悟过来，又笑了："哎呀，我可真是……笨哪。"

她笑容未停，却永远地闭上了双眼。

全剧终。

所有人陆续合上了剧本，望向方亚楠和江岩的眼神都很诡异，许久都没人说话。

方亚楠缩在椅子上，只有眼珠子敢动一动。

"所以，你才是真凶？""书生之女"小心翼翼地问。

方亚楠迟疑了一下，点了点头："嗯。"

"你一早就知道？！"

方亚楠点了点自己的剧本："里面写了，是我给他下毒的。"

"然后你……嫁祸给他了？！""书生之女"指着江岩。

"不是，我就是想扰乱一下大家的视线！"方亚楠慌乱地说道，"我怎么知道他真的会扛起这口锅啊？！"

于是众人都震惊地望向江岩。

江岩见状，无奈地叹了一口气，拿出一张线索卡："要是知道终章会揭开真相，我就不这么做了。"

众人纷纷探头去看那张线索卡，只见上面竟然写了一条后宫传闻：公主八岁那年溜出宫玩，丢了一根金簪，竟然没有生气吵闹。

原来如此！她把金簪给小乞丐了！方亚楠自己的剧本里都没提过自己出过宫！

"你那一个时辰到底在干吗？"阿肖重新提出这个问题。

"根本不存在这段空白时间，"江岩说道，"我就是酉时去叫的她，她酉时来赴宴。"

"所以申时六刻是你编的？！那时候大家都没怀疑到公主身上呢，你一早就准备当她的替死鬼了？！"

"对。"

"你图啥啊？"

江岩点了点自己的剧本："既然知道我爱她，那我当然要无条件地保护她了。"

"就算她杀了大将军？！"

"杀都杀了，能保住一个是一个呗。"

"你……你……你有病！"

江岩点了点头："如果你认为这是病，那就是吧。"

在江岩和阿肖对话的过程中，方亚楠已经完全失去了表情。

从剧本杀工作室里出来的时候，所有人同时做了个深呼吸。

大部分人表情有些尴尬，眼神飘来飘去，飘到江岩身上时，都飞速地掠过,对他莫名其妙地带着股敬畏感。

江岩对这些视线视若不见,只是感叹:"挺好玩的,就是有点儿累。"

"累?"方亚楠有些奇异地看着他,"你哪儿累了?"

全桌人都被你玩弄于股掌间,难道你是累在这儿?

"确实累啊,"江岩掏出手机看了一眼,真心实意地说道,"从自己的剧本里抠线索、串联故事,真的很累。我看你们讨论得那么热烈,还挺羡慕你们这么思维敏捷的。其实我也想发言,但总觉得准备不足,现在想想,参与度不是很高,有点儿可惜。"

所有人一起心虚地移开视线——大家也只是在胡说八道而已。

"哎,亚楠,"李云妆打破沉默气氛,拦住方亚楠,"吃烧烤去不?"

方亚楠还没回答,先警觉地意识到江岩往这边看了一眼。她脑内警钟长鸣。

最好他们能把他也叫上吧?时机完美,自己这时候叫他一起吃饭,再自然不过!

可是……她超级不想。

如果说,玩剧本杀让她有一种上班的感觉,再一起吃饭,就像加班了。

而且看李云妆也没有喊江岩的意思,方亚楠犹豫了一下,还是决定顺从内心:"行哪,行哪,那直接去你家楼下那家吃吧,吃完你们回家也方便。"

"那不行,"李云妆断然否决,"你家附近有烧烤店吗?有的话去你家附近吃,吃完我和阿肖开车回家,你步行回家也方便呀。"

"我没事,我家就在地铁边上。"

"这都几点了,你怎么知道吃完烧烤还有地铁?行了,行了,就这么定了!"

这时,阿肖的车从地下车库里开过来,朝他们闪了闪前灯。前方一辆小跑车则停在了"书生之女"面前。

女孩跑上前,拉开车门,突然犹豫了一下,回头对江岩说道:"这个,'将军大人'?"

一局下来,没人能再把"乞丐"喊出口了,女孩对江岩的称呼被所有人自然地接受了,大家都望向江岩。

江岩抬头看向那个女孩。

"你下次什么时候玩剧本杀呀?"女孩有些羞赧,但还是鼓起勇气说道,"我觉得你好厉害,如果老板有机会组织高端局,能不能带我一起?"

好家伙,方亚楠看出来了,这女孩是真的很喜欢玩剧本杀,全程投入不说，还一直努力带动气氛，虽然很多时候只起到了搅屎棍的作用，可也是剧本杀中不可或缺的推动剧情型选手。

如果江岩也喜欢上玩剧本杀，那能收到这样的组局邀请也挺好的。

江岩："不好意思，我只和我熟悉的人玩。"

方亚楠和李云妆一起面无表情地望向江岩。

熟悉的人？

咱们俩，还有阿肖，谁都没和你很熟吧？！

但他都这么说了，她俩自然不会当面戳穿他，只是朝有些失望的女孩露出客气的微笑。

"啊，好吧，那有机会再见啦，拜拜！"女孩表现得倒也落落大方，笑眯眯地钻进了车子。

阿肖的车开过来，他把头探出车窗："上车！"然后他朝江岩挥了挥手，"江总，今天多谢，你玩得真好！"

江岩朝他摆了摆手："客气了。"

"不是客气，是真的好！"阿肖等方亚楠和李云妆上了车，问她们："怎么走？"

"去亚楠家附近找个烧烤店，吃夜宵吧。"李云妆坐在副驾驶座上。

"那……"阿肖迟疑了一下，还是说道，"好嘞，起驾！亚楠，帮我导航。"

"好。"方亚楠已经自觉地掏出手机，一边打开地图导航递过去，一边打开车窗，朝江岩挥手："那江总我们先走啦，今天谢谢了！"

江岩一手插兜，笑道："别这么客气，有机会再一起玩。"

"行，行，行。"车子上路，方亚楠关上车窗，看着江岩消失在车后。

"呼！"她松了一口气，往后靠在椅背上。

"呼！"坐在前面的李云妆居然也松了一口气，长叹，"太吓人了。"

"啊？"阿肖把着方向盘，"什么吓人？"

李云妆不理他，转过身打量着方亚楠。

方亚楠有些心虚，绷着脸看回去："干吗？"

"你跟他没什么事吧？"李云妆眯起眼，一副拷问老公和某个狐狸精的关系的架势。

方亚楠失笑："你觉得呢？"

"别跟我打马虎眼！"李云妆连东北口音都出来了，"我可看得真真儿的，那小子是不是在追你？"

"啊？"方亚楠和阿肖异口同声地说道，"不会吧？"

方亚楠是装傻，阿肖却是真的惊讶。李云妆气不打一处来："哎，你们俩傻啊？你没见那小子全程就盯着我们亚楠吗？"

方亚楠缩着头。她也是奔三的人了，前面这对夫妻没比她大多少，这话听上去怎么跟她是他俩的女儿似的？

"他肯定得照顾亚楠哪，"阿肖不解风情地表示，"你有我，那两个人也是一对儿，他不跟亚楠搭伙，难道真的去勾搭那个小姑娘吗？"

"唉，我不跟你说话，你就是个傻子。"李云妆嫌弃得不行，再次把审视的目光投向方亚楠："亚楠，你跟他真没什么事？"

事情大了！我俩结婚了，有俩娃，还离婚了……方亚楠在心里默默地总结了一遍她和江岩的关系发展，然后毅然地摇头："没有，我跟他见面的次数，跟阿肖和他见面的次数差不多。"

"怪了，"李云妆疑惑，"那是经过这几次见面，他就看上你了？"

方亚楠伸长脖子："我有这魅力，能到现在还单身？"

"你有这魅力啊，就是总是一副生人勿近的模样！你不单身谁单身？"

方亚楠表情无辜："我没有，你不要胡说，我来者不拒的！"

"喊，"李云妆翻了个白眼，又琢磨起来，"说实话，江岩这条件，真和你在一起的话，算你高攀，你赚了。"

方亚楠："啊，这我承认。"

"而且我看他人品不错，他也不可能是想玩玩你吧？"

不是，毕竟他们俩离婚后，他差不多是净身出户，死后还把所有遗产都给了她。

方亚楠表情麻木："啊，确实，他玩啥不好，玩我？"

"但是吧，亚楠，我再说句实话，我觉得你俩不合适。"

"嗯……嗯？"方亚楠不服了，"我也没那么差吧？"

"你不觉得难受吗？"李云妆问，"你闲着，他给你递可乐，你可乐喝多了，他给你点咖啡，你喝完咖啡，他又给你递水……你在他面前都不用思考，他这是养闺女吗？"

"这话我不服！"阿肖突然加入话题，"咱俩一起看电视，我不给你倒水，你都要骂我。人家给亚楠递水，你又说人家做得不对。你这不是双重标准吗？他对亚楠好还不好？"

"也对，"李云妆陷入沉思之中，"真的是我太敏感了？"

方亚楠试探着问："你的意思是他控制欲太强？"

"对，对，对，对！"李云妆醍醐灌顶，"就是这个感觉！"

方亚楠皱起眉："说实话，我没什么感觉，毕竟可乐也好，咖啡也好，都是我爱喝的……啊！"

她眨了眨眼，顿悟。

李云妆看着她坏笑："看吧，都是你喜欢的。"

方亚楠抿嘴，一时间也说不清心里是什么感受。

她的喜好挺明显的，只要谁跟她相处一两天就能知道。江岩是生意人，会投其所好不奇怪，但是今天在场的人中，按理说他和阿肖最熟，却只"投她所好"，难怪李云妆会怀疑。

可她能怎么办？她总不能因为江岩对她有好感就躲起来，不管他的死活吧？该接触她还是得接触，就是接触的程度太不好把握了。

要不她一鼓作气，先去把陆晓搞定？定下心以后，她是不是就不会被江岩攻陷了？

接下来，吃烧烤的整个过程，都是李云妆的婚恋讲堂。

她的主要案例就是阿肖。

"我跟你说，结婚一定、一定、一定要门当户对！你觉得我跟这家伙还好吧？其实我跟他妈好几次差点儿打起来！"

阿肖："哪里有那么夸张？"

"你不知道你妈让我辞职生孩子吗？她说我这个年纪都要绝经了，要我辞职在家养身体！"

阿肖埋下头："我会跟她商量的。"

"你就商量去吧，把要商量的事情都记在小本子上，十年后，我在离婚登记处等你答复！"

阿肖对方亚楠耸了耸肩。

"还有啊，江岩是什么情况，我不知道，但看样子家里肯定是有点儿钱的。亚楠，你家境比我好点儿，但也就是一般家庭——我这么说你别生气啊，反正和江岩家比起来，肯定是一般家庭。你在杂志社的那点儿收入，在他们这种人眼里都不算钱！你想做富太太不，就是成天穿着礼服、端着香槟到处走的那种？"

"说远了，说远了，这又不是电视剧，"方亚楠连嘴里的五花肉都咽不下去了，"比尔·盖茨他老婆也不这样哪。"

"好吧，好吧，我重新说，"李云妆拿起一串烤牛油，质问道，"你觉得江岩是能跟我们一起吃烤串的人吗？"

方亚楠的嘴角抽搐了一下。

他就算能，她也不能！以这兄弟的身体状况，她还跟他一起吃烤串？她不天天喂他吃补品就很好了！

"我觉得他可以，"阿肖再次力挺江岩，"江岩也是人，也要脚踏实地地生活。我以前不也被我妈管着，这不能吃，那不能吃的？现在就算谁跟我说这些串是用地沟油炸的，我也照吃不误！"

"你怎么知……"李云妆声音又响了起来。

"不是，等等，等等，"方亚楠受不了了，"我们能不能别讨论他了？八字没一撇的事情呢，你们怎么一副他已经跟我求婚了的模样？我的生活中暂时不想充斥着某个男人的名字，我们说点儿别的事吧？阿肖，你不是要弄年末选题吗？"

"啊……哦。"阿肖偷看李云妆，见她也讪讪地闭上了嘴，意识到老婆没意见，立马来劲了，"你看这样行不行……"

方亚楠回到家里的时候，已经十一点钟了。她闻了闻身上浓郁的烧烤味，长长地叹了一口气，拖着比平时下班疲惫十倍的身躯去洗了个澡，然后用毛巾擦着头发，回到电脑前。

此时，语音频道里已经很热闹了。陆晓、她的徒弟阿大，还有"网瘾夫妇"都在，四个人正在玩《反恐精英》，嘻嘻哈哈、大呼小叫的，那叫一个热闹。

"啊啊啊，老冯，你在哪里啊？我这里有人！"

"来了，来了，你别动，你别动！"

"老陆，快来救我啊，我快被打'死'了！"

"你安心地去吧，我们会为你报仇的。"

"啊啊啊，你们这两个渣男！等喵总来了，我不会放过你们的！"

方亚楠听到他们的声音，下意识地就笑了起来，忽然间疲惫感全无，整个人神清气爽，什么烦恼都没了。

她实在是太喜欢他们了！

方亚楠一边快速登录游戏，一边打开麦克风。

正在玩游戏的那几个人显然没有意识到语音频道里出现了新的人，陆晓坑完妙妙，正在嘚瑟："你喊吧，喊破喉咙喵总也不会来救你的，嘿嘿！"

阿大也毫无良心地附和。

妙妙被他们气得"哇哇"大叫。

方亚楠："我来了，刚才说什么？"

频道里安静了一会儿，随后，妙妙大声地告起状来："喵总，他们嫌我笨，不管我的死活！我觉得阿大和老陆也嫌你笨！"

老冯："老婆，你什么时候变得这么坏了？"

阿大："我没有，你胡说，我师父最厉害了！"

陆晓："嗯，给喵总一把霰弹枪，她能一个打十个！"

方亚楠压低声音说："都去'死'吧，我在下面等你们。"

频道里众人纷纷表示很害怕。

方亚楠满足地笑起来，一边跟他们插科打诨，一边处理今天拍的照片。偶尔会有照片中出现江岩的身影，每一次看到他，她心总是下意识地一沉。

等小伙伴们结束一局游戏，开始呼唤她，她关掉修图软件时，忍不住叹了一口气。

她果然还是无法接受江岩哪。

她不是讨厌江岩，而是讨厌麻烦。

江岩实在是一个太过巨大的麻烦了。

方亚楠早上头重脚轻地到了办公室里。

阿肖一见到她，就露出了然的表情："昨晚又'战斗'了？"

方亚楠打着哈欠，点了点头。

"开会的时候别这样啊，"阿肖让开路，"去补个妆！"

"有老婆的人就是不一样。"方亚楠感叹一声，从抽屉里拿了备用的化妆工具，去了洗手间。

等她出来的时候，大家都已经收到了开会通知，纷纷带上家伙往会议室走去。主编助理燕子碰到方亚楠，笑了一声："哟，化妆了。"

方亚楠正想辩解两句，就听她说下一句话："熬夜了？"

好吧，看来大家都懂。方亚楠尴尬地笑着点了点头，跟着燕子往会议室走去。

"亚楠，你最近运动没？"燕子进门前，冷不丁地问了她一句。

"啊？没有。"方亚楠老实地回答，但本能促使她加了一句，"不过我身体底子挺好的。"

说罢，她还展示了一下自己的肱二头肌。

燕子"嘻嘻"一笑，打开了会议室的门。

十五分钟后，方亚楠知道了燕子这么问的原因。

今年年初，H市定下的对口帮扶城市是远在西南山中的L市。眼下快到年末了，政府想派一个慰问团去 L 市送年货，顺便考察帮扶成果。本次出行需要媒体随行。

社里从来没闲人，尤其是年末的时候，几乎全员出动，四处跑新闻。这个时候，政府突然要求一个记者和一个摄影师腾出五天时间出差采访，没人愿意应承下这份工作。

于是刚被于文称赞为"多面手"的方亚楠就这么进入了杂志社老大的视野，甚至极有可能成为唯一的选择。

"亚楠，怎么样？这可是免费旅游。"于文坐在会议桌的一端，身下的转椅转来转去的，"正好咱们社想做定点扶贫的选题，你这次顺便把选题给做了？"

方亚楠也不知道自己该苦笑还是该喜笑颜开。

总体来说，这是好事，如果不是其他同事没空，这样的事不一定能轮到她。毕竟她跟着慰问团出行，一切听从安排，不用自己费心，杂志社还会给她发出差补贴。更重要的是，她相当于白得一个选题，何乐而不为？

但是事情怎么偏偏赶在这个节骨眼上？

她现在处于人生极不稳定的状态中，随时会在某个晚上突然成为"老方"，到四十多年后体验大概一周，然后回来——也有可能永远回不来。

但是，她不能一直担心这个问题。不知道这样诡谲地来回穿梭的情况什么时候是个头，也不知道它会以什么样的形式结束，她如果因为它影响到现有的生活，那才是真的傻。

而且，这个机会可以让她远离江岩，好好地喘一口气。

"好，"她点头，一脸憨笑的表情，"多谢各位大佬为工作殚精竭虑，抽不出时间，让我占了这个便宜。"

"哎，你得了便宜还卖乖！"阿肖在一旁耻笑她，"我跟你说啊，你可想清楚哟，山里没法打游戏的。"

"哎呀，"方亚楠瞬间拉下脸，望向于文的眼神难掩幽怨之意，"于总……"

于文："嗯？"

"没事，没事，我正好想戒网瘾。"方亚楠强颜欢笑。

于文看着她："是该戒了，都化上妆了。"

到底有多少人知道她逢熬夜必化妆啊？！

周围传来一阵偷笑声，方亚楠闭了闭眼。好了，这下不知道的人也知道了。

"这期的选题我大概看了一下,都不错,大家按平常心来做就行。阿肖,你们的封面选题准备好了没有?"

阿肖直起身体:"差不多了!"

"嗯,那封面就归你们了。还有,亚楠,你的电竞选题,我通过了,但你这周就要去L市了,应该没空做,我给你安排到下期,你看怎么样?"

方亚楠当然没意见,立刻点头:"好的,好的,谢谢于总。"

"还有一些具体的修改要求,我到时候再跟你讨论吧。另外,康康……"

于文接下来又对其他几个人的选题做了一番安排,会议再次如往常那般拖到下午,所有人才行尸走肉一般挪出会议室。

方亚楠正在点外卖的时候,于文又把她单独叫过去,说了一下本次跟随慰问团出行的注意事项,这才把她放回去。

方亚楠一边吃着咖喱饭,一边根据于文发给她的慰问团行程在网上查找相关资料,提前做功课。

这时候,微信上来了条新消息。方亚楠看了一眼,是陆晓的回信,只有简单利落的一句话:"老大说可以。"

"唉。"方亚楠叹了一口气。本来她收到消息后,应该立刻飞奔过去,用一周的时间采访、跟拍,选题下周就能上刊。可惜现在她的时间安排上出了问题。

陆晓为她争取到采访的机会,结果她掉链子了。

方亚楠发愁了一会儿,还是决定实话实说:"那什么,我这边暂时不行了。"

陆晓:"啊?不采访啦?"

方亚楠:"采访的,但是我临时接到一份新工作,要进山,电子竞技的选题得等我回来再弄了。"

陆晓:"没事,你去好了。"

方亚楠:"你们老大现在闲着,还能搭理你,等我回来,你们是不是该搞年末活动了?到时候会不会忙不过来?"

方亚楠好歹在百道工作过,对这些事门儿清。

和陆晓的对话界面显示"对方正在输入",方亚楠看得心都提起来了。许久,她才见到他回复:"确实,再过一周,我们估计又要忙了。那你怎么办?"

方亚楠迟疑了一下,还是把自己的想法发送了过去:"要不,你帮我一下?"

陆晓："可以啊，不帮你，我现在在做什么？"

嘿嘿，方亚楠觉得自己疯了，看到陆晓发过来的这句话，居然有点儿心动。她笑嘻嘻地开始派活儿："首先，青训营的人我还都不认识，但也没必要全都认识，我会做一份调查问卷，你帮我发给他们填一下，我会根据问卷上的答案选两个人，先同他们在微信上聊一下，等回来后，再和他们见面聊，顺便拍素材。"

陆晓："继续说，调查问卷的事我会去问负责青训营的同事。"

方亚楠深吸一口气，继续打字："然后，你们俱乐部毕竟刚成立，可能没有什么退役选手的资源，你帮我打听打听，看看你同事有没有推荐的人选。比如说，青训营的教练之前应该都是职业选手吧？你帮我问问他们认不认识符合条件的人选。"

陆晓："那你挑人有标准吗？"

方亚楠打字的手顿了顿，她突然犯难了。

她本意只是关注一下没有成功的职业选手的人生，但是……她毕竟是做媒体的。如果采访对象选择回归家庭、继续读书、结婚生子、找到一份朝九晚五的工作……这样的人生太正常了，正常到吸引不了读者的视线，更别提给读者留下什么深刻印象了。

她，或者说这个选题真正需要的，是落差感——采访对象一开始对职业电竞之路满心向往，放弃一切去追梦，然后经历残酷的现实，最终一事无成，生活落魄艰辛……这种巨大的落差感才是人们爱看的。

没办法，现在的网络环境就是这样，这种做法也是现在很多媒体的生存之道，她如果不遵循这个规则，哪怕文章写得再优秀，对读者来说也只是过眼云烟。

我要惨的！

方亚楠在心里呐喊，却一个字都打不出来。

因为对面的人是陆晓。

如果是懂行的，或者并不熟悉的对象，她其实会用话术去引导对方明白她的意图。但她不想对陆晓这么做，不想让他看到自己露出狰狞的面目。

陆晓虽然偶尔看起来憨憨的，可其实是聪明人，甚至比她聪明得多。她可能只需要开个话头，他就会明白。但是接下来，他会怎么想她呢？

即使他能够理解她的做法，她也不想这样做。

方亚楠琢磨了许久。直到对面的陆晓发来一个问号，她才叹了一口气，坚定地打字："麻烦你朋友推荐两个有故事的人。我们的目的是关注这个群体，让电子竞技这个产业良性发展，所以，你可以以这个为前提，看看有没有合适的人选。"

陆晓："那得找两个惨的人。"

这么直接的吗？！你是人吗？！我都这么拐弯抹角……哦不，委婉了，还是被你一语道破了？！

方亚楠一时间也不知道自己是变轻松了还是更紧张了，傻坐在电脑前，不知道该直接表示赞同，还是为了挽回媒体人的形象辩解两句。

结果陆晓又发来一个问号，还有一句话："是的话，我去问了。"

好吧，你都这么体贴了，我还客气什么？

方亚楠面无表情，甚至有些为自己之前的纠结行为感到羞耻："好吧，你懂就最好了。"

陆晓："懂什么？不是你说可怜之人有人爱的吗？这时候不卖惨什么时候卖？"

原来是这样！方亚楠笑了。她不想让陆晓觉得自己心理阴暗，可事实上，陆晓知道这个社会的生存规则，而且丝毫不觉得这样有什么不妥。

这大概就是所谓的"情人眼里出西施"？她觉得对方完美无缺、不食人间烟火，事实上，他也要吃饭、拉屎，在自己的丛林里摸爬滚打，受的是和她一般无二的生存教育。

而且，这样看来，她根本不需要在他面前小心翼翼，因为他压根没把她当仙女。

这男人太厉害了。

方亚楠径自摇头。陆晓总能在自己对他好感倍增的时候，又自然地泼她一盆冷水，浇得她透心凉。

陆晓得到答案以后，便从微信那头消失了。直到下午，方亚楠接到通知，要去H市开与慰问团事宜相关的碰头会，正在路上的时候，他给了回复的消息："我问了同事，他问你晚上要不要见个面，直接说方便一点儿。"

又来了，方亚楠长长地叹了一口气。虽然见陆晓的机会难得，她还是回道："这样太麻烦你了吧？你本来就忙。要不然，你把你同事的微信给我，我直接跟他聊？"

陆晓许久才回道："不麻烦，有我在，我还能帮你说上话。"

这明明是很暖心的一句话，方亚楠的心头却涌上一股悲怆感——

要是你对我没意思，就别对我这么好啊，兄弟！

290

开完会，方亚楠紧赶慢赶，终于按时抵达与陆晓约好的地方。

两个人很少在"网瘾夫妇"不在的情况下见面，方亚楠意识到这点的时候，还有点儿紧张。可是等进了餐馆，她一看到坐在那里的人时，心情就突然平静了。

她都是有孙子的人了，装什么小姑娘？

陆晓一眼就看到了她，冲她招了招手："喵总！"

方亚楠答应了一声，快步走过去，打量了一下坐在陆晓对面的人——戴眼镜，精瘦，娃娃脸，看着年纪不大，像还没毕业的大学生。

"这是我同事，你叫他宽宽就行。"陆晓介绍道："这就是喵总，我前同事兼游戏里的战友。"

宽宽长得一点儿也不宽，方亚楠忍着笑，伸出手："你好，宽宽。"

宽宽嘴里正塞着东西，一副快噎死的样子。他捶了捶胸，然后对方亚楠摆了摆手，示意她坐下，非常随意地说道："哎，前同事，那就是自己人。"

他的声音软绵绵的。

陆晓："你快把嘴里的东西咽下去吧，咱们谈事情呢！"

宽宽继续疯狂地咀嚼："哎，你别说，这烤蚕蛹真好吃。"

陆晓把方亚楠让进卡座的里面，并在宽宽面前又放了一把烤串："那都给你。"

方亚楠坐下后，三个人先一起吐槽了一下百道。方亚楠提起百道，纯属是忆苦思甜，宽宽和陆晓则就是诉苦。三个人吐槽得差不多了，便进入了正题。宽宽手里还攥着蚕蛹，满嘴流油："喵总，你就说吧，你大概想怎么做？"

方亚楠愣了愣，看了一眼陆晓："他没跟你说？"

"说了，但你还不知道他是啥样吗？前言不搭后语的，我也不知道他在说什么呀！"

陆晓不服气："我不是跟你说得挺清楚的吗？你理解力有问题！"

"反正我没听明白。要不，喵总你直接告诉我，做完这个报道，会对我们有什么影响？"

这确实是一个关键点。方亚楠意识到宽宽远比陆晓精明，毕竟陆晓只考虑怎么帮她，没考虑过这个报道会对他自己产生什么影响。

可能他从没考虑过她会做对他不利的事情吧。

"唉，"她叹了一口气，"说实话，我也说不好。"

"嗯。"宽宽继续吃东西，一副毫不在意的样子。

"我呢，主要是想展现一下这个行业的就业背景和前景。说实话，根据我目前搜集到的资料来看，这篇报道写出来以后，可能会影响青训营招生。当然，前提是这篇报道有那么大的影响力——你们觉得有可能吗？"

"你们做的可是《维度》杂志啊，"宽宽说道，"自信点儿，你往严重了说，这样我们才能判断情况嘛。"

"那我就问你一个问题——你们这儿有多少辍学少年？"

宽宽闻言，吃东西的动作顿了顿，然后放下扦子，给自己倒啤酒："挺多的。"

"你们招学员的时候，除了技术，还有没有其他招生门槛，比如家庭背景、学习成绩、心理素质？"

"你这是开始采访我了吗？"宽宽眨巴着眼睛，看向方亚楠。

"那就要看你希望我从哪儿获取采访资料了。"方亚楠笑盈盈地回视他。

"哎，"宽宽忽然瞪了陆晓一眼，坐直身子，认真起来，"我们的青训营招生标准，相比业内其他青训营，还是把关比较紧的。毕竟我们本身是游戏公司，主营业务不只是电竞俱乐部，各项业务之间一荣俱荣、一损俱损。所以，我们每一步都要走稳。"

"嗯，说得好，"气氛来了，这个时候方亚楠不好打断他，询问能不能录音，便掏出笔记本记起来，"所以呢？"

"对每一个来报名的人，我们首先会确定他的父母都同意他进入这一行，并且会多次确定，以保证父母不是被孩子以死相逼着同意的。"

方亚楠没忍住，"扑哧"一声笑了出来。

宽宽耸了耸肩，又说道："然后就是学习成绩。来参加青训营的人，确实很少有成绩好的，这个没有办法。但我们有一个优势——我们公司有在线教育业务，所以青训营会要求学员每天上一定时长的课。只要他们对自己有要求，愿意认真学习，那么退役后，至少有一定的知识储备，可以去参加成人高考。"

"哦，"方亚楠惊讶地说道，"这点我倒是没想到！"

她皱了皱眉："完了，我是不是选错对象了？你们的俱乐部好像不太典型——毕竟背靠百道。"

"嘿嘿，"宽宽得意地笑了笑，"还有心理素质方面——心理咨询师基本上是每个电竞俱乐部的标配，说真的，心理再健康的人，进来不出一个月，心理都会出问题，所以事先测试是没用的，学员到底行不行，得靠时间去检验。"

"也对，"方亚楠点头表示赞同，"还有其他要求吗？"

"体能。"宽宽一字一顿地说道，"体能测试才是最重要的。"

"电竞是个体力活儿，"陆晓在一旁一边吃肉一边附和，"电竞选手比我们这种上班族惨多了。"

想想自己玩上两三个小时的游戏就头昏脑涨的，方亚楠便明白了，叹了一口气："学员们一般一天训练多长时间哪？"

"十二到十四个小时。"

"嗯？一直打？"

"一直打，"宽宽一脸冷漠地说，"很多有天赋的选手会在大型赛事上，因为连续比赛而状态大跌，我们不需要我们的选手有多高的天赋，但他要有耐力。"

"打游戏的时间长了，他们不会腻烦吗？"

"会。"宽宽斩钉截铁地说道，"但这是他们的工作，他们烦又能怎么办？还要不要吃饭了？"

"你上次还跟我说，有个小孩子打着打着，吐了。"陆晓插话道。

"对，而且不止一次，然后他只能走了。"宽宽拿起一串烤玉米，貌似认真地端详着它，语气平淡，"打游戏打吐的选手比学习学吐的学生比例高多了。而且选手在踏上职业道路前都爱打游戏，让他们由爱生恨，这大概就是电子竞技最残酷的一点吧。"

"前提是这样的付出没有获得对等的收获吧？"方亚楠说道。

"那你可以问问一些直播平台的游戏主播，除了直播和训练的时候，有没有玩游戏的欲望，有没有从中获得乐趣。如果有的话，乐趣源于哪里。"宽宽说道，"当然，你可以说我说得太绝对，或者太片面，但这个现象是真实存在的。"

方亚楠的笔顿了顿，她叹了一口气："我怎么觉得这报道的画风要变了？"

"有点儿悲情？"宽宽笑起来。

"有点儿。"她捅了捅陆晓："你觉得呢？"

陆晓端着一杯啤酒，一副没心没肺的样子："这有什么的？哪行哪业不这样？那些娱乐圈的新人日子好过？我们寒窗苦读十几年，很舒服？你们同情他们不如同情我。他们那些行业的人，只要能出头，一年就能攒下一套房；我毕业这么多年了，首付的钱都没攒够。"

"是你心太高了吧，想买大别墅吗？"方亚楠对百道的工资水准还是有数的，第一个表示不信。

宽宽也不乐意了："喂，你们游戏部门去年发了多少分红，别以为我不知道啊！你在我面前卖惨，我曝光你啊！"

"你们去年发分红了？多少？！"方亚楠很激动，"我当初为了公司鞠躬尽瘁，做出来的成绩都便宜你们了啊！"

"早跟你说了，再坚持两个月，游戏一上线，你就有分红拿，是你自己不干。"

"我不是不干，是怕死！我那一阵晚上睡觉心跳都跟擂鼓似的好吗？"

"那是你自己弱，怪不了别人。"

"哎，您可真会说话！"

"我说的都是实话。"

"你就不能安慰我一下？"

"我干吗安慰你？你需要被安慰吗？"

"我……"

宽宽："你俩在打情骂俏吗？"

两个人同时愣了愣，方亚楠反应极快："跟他打情骂俏？我嫌命长？"

她转头抓了一串烤馒头塞进嘴里。

陆晓也不甘示弱："我还想多活两年。"

然后，他"咕咚咕咚"地喝啤酒。

宽宽坐在两个人对面，不动如山："所以你们俩是虐恋？"

"哎，你够了啊！"方亚楠拍桌子。

陆晓："你平时都看些什么东西？！"

宽宽耸肩："好吧，我随口一说，你们这么激动干吗？"

方亚楠此时却有些后悔了。她刚才实在是反应太快了，本来这是个多好的机会，结果她的自尊心冲天而起——她直接把机会给掐没了，弄得陆晓也抵触起来，活该她孤独一生！

她心里懊恼，也没心情反驳宽宽的话了，绷着脸，举起手里的杯子碰了一下宽宽的："来，喝。"

宽宽喝完酒又问："你不跟他和好？"

"我又没跟他吵架。"方亚楠嘟囔。

陆晓没吱声。这时候，服务员端来烤茄子，他很自然地接过，把方亚楠面前吃了一半的花生挪开，把烤茄子放了上去。

方亚楠也没二话，夹了一筷子茄子塞进嘴里。

"哇,"宽宽惊叹,"你都离职了,你俩关系还能这么好,这还挺少见的。你们平时都玩什么游戏?"

"什么都玩,"陆晓答,"你不是也和我们一起玩过《怪物猎人》吗?"

"啊?什么时候?"宽宽问。

宽宽和方亚楠都满脸疑惑的表情。

"我们上次一起打的高达龙啊,你忘了?它把你顶起来,然后你还没落地,它又一头把你撞死了——我和喵总笑了很久。"陆晓惊讶地问,"组队的时候,我不是给你们互相介绍过吗?"

"啊?所以你就是那个樱岛麻衣(网瘾阿姨)?!"

方亚楠和宽宽同时指着对方大叫,又一起笑起来。

"我第一次见到游戏打得比我还烂的人,哈哈!"方亚楠气势陡增,"你那天真的绝了!"

"哎,不是,不是,"宽宽咧着嘴大笑,"我很厉害的!我那天是第一次打那个什么高达龙!"

"我也是第一次呀,怎么没'死'?"

"姐姐,你都没打它两下,都是老陆打的呀!"

陆晓:"所以你们凭什么嗓门这么大?应该是我骂你们两个吧?"

"你闭嘴!"

有了一起打过游戏的经历,宽宽总算放下了对方亚楠的心防,三个人共同商量了一下问卷调查和采访等事宜,总算敲定下一个还算皆大欢喜的方案,顺便相约晚上一起玩游戏。

陆晓照旧送方亚楠去地铁站。

方亚楠一如既往地紧张。

陆晓不是会主动找话说的人,所以她总是要想尽话题打破冷场气氛。唯一让她安心的是,即使被翻来覆去地说烂了的话题,他也会非常配合地一直陪着说下去,并且没有丝毫敷衍或者不耐烦的表现。

方亚楠却很不耐烦。

因为她喜欢他,怕冷场,就活该绞尽脑汁地想话题吗?她图什么?她游戏打得又不好,也不靠打游戏吃饭,根本不想和别人这样密集地讨论游戏!

一会儿回家她又要和他打游戏,可以预见,算上吃饭时间的话,他们俩今天起码有五六个小时,话题都围着游戏转——这都快赶上她上班的时间了!

还是那句话,她图什么?!

方亚楠知道自己今天这情绪来得有点儿突然,可就是想任性一下,闭着嘴,不主动挑起话题,也不玩手机,就四下张望街景。

如果这样你都不主动说话,那咱俩真的没戏了。

反正你也无所谓!

从烧烤店到地铁站有一公里,两个人大概要走上十五分钟。他们走了一段时间,还保持着寂静,方亚楠已经无聊到开始读秒了。她已经不指望陆晓先开口说话了,现在是在看自己能坚持到什么时候。

没办法,她就是这样一个心软的人。最关键的是,这种相对无言的氛围太磨人了,就算对方不是陆晓,她也扛不住。

又走了几步,她低低地叹了一口气,开始打开脑内的搜索引擎,希望能找到一个稍微新鲜一点儿的话题。她正苦思冥想,头顶忽然传来一个声音:"喵总,你过两天是有事要忙吗?"

"嗯?"方亚楠差点儿没反应过来,等意识到陆晓问了什么的时候,简直感激涕零——他们终于不用再聊游戏了……哦不,他终于主动说话了!

其实从他以前的表现也可以看出来,这家伙也是个怕尴尬的人,否则不会对同一个话题不厌其烦地做出回应。

"是啊,我后天进山,去六天。"她强自镇定地答道,"去西南那片,L市,山里信号不好,到时候你们可能要联系不上我了。"

"你们杂志社派你去的?"

"是啊。"

"你们去那儿干吗,旅游?"

"怎么可能?"她苦笑,"陪官方慰问团视察这一年的帮扶成果——希望小学啊,基础建设啊,企业啊之类的。"

"哦,"他点了点头,"我倒是从来不知道我们市在做这些事情。"

"其实你能感觉到的,"方亚楠说道,"只是没注意而已。你想想,你在网上购物或者浏览网页的时候,会不会经常看到L市特产的推荐?茶叶啊,水果啊,民族服饰啊什么的,还有去L市的特价旅行团,以及可凭H市身份证免L市景区门票之类的消息。"

陆晓认真地想了想:"还真有,但当时不知道这些都是帮扶项目,现在了解了。"

他了然地说完,便没再继续开口,气氛缓缓变凉。方亚楠借着路边的灯光飞快地看了他一眼,发现他眼神乱飞,一副也在努力找话题的样子。方亚楠忍不住暗笑，心里又可耻地有了一丝愧疚感。

如果是她主动挑起话题，那两个人的对话绝对不带停的。现在她脾气上来，逼得陆晓主动想话题，把他为难得脸都扭曲了。

她暗笑一声，想就着这个话题多说两句，却听陆晓又说道："那……喵总，你到那儿以后注意安全。"

什么？我们连一半路程都没走完，你有必要这么早就把结束语说出来吗？！

失策了，她居然把话题的主导权交给了他！

方亚楠都蒙了，脑袋空白了一瞬，然后不得不咬牙切齿地挤出一个笑容，强行接上这个话题："能有什么危险哪？"

"我也不知道……比如说，你们到时候要是住在山里的话，会不会遇到野猪啊，蛇啊什么的？"

"这还真的有可能。"

"虽然你皮糙肉厚的，但是被野猪拱一下，还是会崩溃的吧？"

"承您吉言！"方亚楠咬牙切齿地说，"您可真会说话！"

他果然顺势调侃起她来："不是你总说自己健壮、敦实的吗？"

"我说我自己可以，你一个男的，怎么可以这么说女孩子？"

"什么……什么子？我没听清！"

"你接下来想被我骂一路，是吧？"

"嘿嘿，"他笑了两声，忽然说道，"被你这么一说，我也想出去玩了。"

"咦，去哪儿？"

"不知道啊，我还有十天年假，再不用就浪费了。"

"行哪，你赶紧用，就算不出去玩，在家里躺十天也好过浪费掉。"

"我也这么想，但不知道去哪儿。"他嘟囔着，"喵总，你去过的地方多，有推荐的地方吗？"

"看你更爱吃还是更爱玩咯，以及想自由行还是想跟团游，喜欢山水还是城市……选择太多了。"

"你印象最深的城市有哪些？"他想了想，又补充道，"国内的城市。"

方亚楠仔细想了想，说了两个城市，陆晓听了了然："都是美食多的城市。"

"嘿嘿，"这次轮到方亚楠憨笑了，"因为国内我去过的城市，景色都差不多，只有不同的美食能给我不一样的感觉。"

"说得也对，"他赞同，"你有还没去过、特别想去的城市吗？"

那多了去了,方亚楠刚想列举,忽然有什么东西从脑海中一闪而过,闪得她打了一个激灵。她的心狂跳了一下,她尽量冷静地说道:"没去过的地方太多了,还有很多城市,我就算去过,也是去出差,不算玩过。比如说,我上次路过山城,都闻到火锅味了,愣是没吃到,气死了。"

"哦,山城,我也没去过。"陆晓说完又沉默了。

不知道为什么,这气氛让方亚楠有点儿口舌发干。她不知道是该附和,还是该等陆晓接着说,还是——她直接主动邀请他一起去旅行?

问题是,他是这个意思吗?他有这个意思吗?

方亚楠的拳头都捏紧了,她在心里给自己打了两下气,然后猛地张口,却再次被陆晓抢先。他声音不大,却很清晰:"要不然我请年假,喵总,你带我去山城吃火锅吧?出去转转总比躺在家里打游戏好。当然,前提是你有时间,如果没有的话就算了,反正我的年假能换钱,换成钱以后请你和老冯他们吃饭也行。"

哎哟,老陆,看不出来,你小子可以呀!

方亚楠心里非常不合时宜地发出了这样的呐喊声,一时间激动得手都在发麻。

她可以和陆晓一起出去玩,还是他邀请她?

他终于开窍了,还是根本没把她当女人看?

不管怎么说,她不答应就是傻了!

方亚楠觉得自己的心跳快得耳鼓都在"轰轰"地搏动。她强压住过度上扬的嘴角,摆出一副自然而然、义薄云天的架势,一口答应:"没问题,等你将时间定下来后跟我说,我陪你去!"

"好!"陆晓的眼睛都亮了,他也笑起来,"果然旅游这种事情,找你最靠谱。"

所以你到底是把我当导游,还是当女人哪?

方亚楠在心里呐喊。

不管答案是什么,她都觉得心满意足,毕竟这于她和陆晓的关系而言已经是巨大飞跃了,是自己之前想都不敢想的事!

如果她能抓住这次机会,把他搞定,那就更美了!

陆晓发出邀约的结果就是,方亚楠第二天再次迷迷糊糊地去上班。

三个人打游戏打到半夜,然后她又失眠了半宿,加起来刚好是一个通宵。阿肖看到她的时候,长长地叹了一口气:"你明天就要进山了,今天还熬夜,不要命了?"

方亚楠现在身体很疲惫，精神却很亢奋。她露出一个厉鬼一样狰狞的笑容："我的肉体，您放心！"

"行李都收拾好了？"

方亚楠打了个哈欠："不是你让我先把光影的选题提交上去吗？我交完选题就提前回去收拾行李。"

杂志社会给出差的员工一天的准备时间——毕竟他们出差的目的地往往是穷乡僻壤，他们出行前还要准备很多专业设备，除了摄影器材外，有时候还需要带帐篷、睡袋。

阿肖闻言很无奈："那你打起精神来，快做吧，做完早点儿回去，先补个觉。"

"谢谢师父，"方亚楠又打了个哈欠，坐到电脑前开始整理图片。她之前已经修改了一大半的图，这次把图全部修改完，提交上去就行了。

方亚楠翻了翻照片，江岩再次出现在她眼前。

高清镜头下，他的硬照非常惹眼，原图中的皮肤比她这个熬夜人士细嫩，他整个人看起来光芒四射的。方亚楠看着他的脸，发了半晌的呆，再次觉得他跟自己不是一个世界的人。

反正她现在跟陆晓的关系也有进展，对江岩，她就保持平常心吧。

平常心！

她徒劳地用鼠标在江岩的原图上划拉了几下，实在找不出需要调整的地方，便把图片整理了一下，经过初筛后，将图片提交了上去。然后方亚楠起身去找阿肖："给你了，你看看还有哪里要改。"

阿肖正在打字，闻言头也不抬地说道："你回去吧，有问题我可以让大伸弄。"

哦对，还有图片总监在呢，全杂志社又不是只有她一个人会修图。

方亚楠放心了，拿上办公必备的用品，又去跟总编于文打了个招呼，便回家了。一进家门，她倒头就睡，直到天黑才醒来，开始翻看手机里的消息，挨个儿回复同事和朋友的消息。她回着回着，手顿了顿。

江岩："你怎么也在？"

方亚楠："什么意思？"

江岩："我在群里看到你，还以为是和你同名同姓的人。"

什么群？

江岩下一条信息是："到了L市，请多关照，方记。"

方亚楠满头问号，没急着回江岩的消息，而是退出和江岩的聊天框，点开了下午去开会时，和参会人员组建的聊天群。群里只有八个人，除去两个工作人员，剩下的都是市里几家大媒体的记者和摄影师，大家互相都认识。方亚楠顺着群成员挨个儿看过去，里面没有江岩。

她退出聊天框，仔细一看，发现下午睡觉的时候，她又被拉进了一个慰问团的群，群里不仅有媒体同行，还有企业代表和官方的工作人员，一共有二十多个人。

她深吸一口气，点开群成员名单，赫然看到了那个扎眼的名字——

九思江岩！

好家伙，你一个搞高精尖技术的人，为什么会参加慰问团？你要给希望小学捐全息投影设备吗？！

方亚楠早上在机场的集合点看到江岩的时候，还有点儿回不过神来。

他正在几个领导的包围中笑着说话，身边放着一个巨大的行李箱，大到方亚楠怀疑里面是不是装着席安。

想到席安，方亚楠放眼望去，发现这次江岩是一个人来的，没带助理。

她觉得自己这次可能会成为他的保姆。

方亚楠往远处站了站，然后蹲下来，开始往外掏自己的电子产品，将其装进另一个小行李箱中。

旁边还有两个同行的媒体人也在干同样的事。他们搞媒体的人不像其他人，带一台电脑就够，而是有众多相机镜头、备用电视和移动电源要随身携带。大家都是经常出差的人，干起这事来熟门熟路的。

相比起他们的器材箱，行李箱反而看上去很小，装不了多少东西。

"亚楠，你这次怎么会来呀？"方亚楠的老熟人之一，市电视台的记者韩沁光大大咧咧地问。

这家伙已经四十多岁了，在台里专门负责报道官方新闻的，按理说现在也该做到和于文差不多的职位了。但是他就喜欢出去跑新闻，没什么进取心，于是一路从于文的平辈滑到阿肖的平辈，到现在，已经和方亚楠这个半新人成老熟人了。

也亏得他在这行干了快二十年，对这一块的业务熟到闭着眼睛都能干，所以即使职位不高，也是此次出行的成员中不可小觑的一位媒体干将。

"我也不知道啊。"方亚楠其实也很费解。

以他们杂志社的风格，他们真的要做帮扶的选题，那派一个记者跟着慰问团花六天时间走马观花，肯定不够。

"反正老大让我来，我就来呗，不来白不来。"

"那这次的摄影任务肯定归你了。"韩沁光左右看了看，"你多担待啊，等回来，我找你要图。"

"不是还有小梁吗？"方亚楠指着另一边正埋头整理相机的年轻男子说道。小梁胖胖的，前两年考上的编制，专门负责各种官方会议和活动的拍摄任务。

"他哪儿行哪？"韩沁光难掩鄙夷之色，"你是没见过他拍的照片，有的还没我用手机拍的好。"

"话不能这么说，摄影这玩意儿，熟能生巧嘛，说不定他现在已经不是吴下阿蒙了呢。再说……"方亚楠探头瞅了一眼，羡慕地咂了咂嘴，"他换了新相机呀，手里那台的价格快赶上我两台的价格了。"

"人家心思不在这上面，换什么设备都没用。"韩沁光摇了摇头，"昨晚他就给我发消息了，要跟我学什么新闻写作……这是想往秘书的岗位方向努力呢。我看他迟早会卸下摄影这个活儿，你还是上点儿心，咱一起把这件事做好。"

"不是还有三个人吗？"方亚楠左右看了看，"都在哪儿呢？不是有安琪吗？她可是摄影协会的人。"

"你说她啊，"韩沁光耸了耸肩，"看她赶不赶得上咯。"

"咦，怎么了？"

"她在外地，说是今天早上能赶回来，一回来就直接从机场出发，不过她回来的那趟航班好像延误了。"

"她可以改签下一趟航班追过来呀。"

"至于吗？她也不是特别想来，你别想跑了。"

剩下的两个背着摄影设备的小伙子是负责录像的，他们也指望不上。

方亚楠："唉。"

她把已经塞进器材箱的相机又拿出来，挂在了脖子上。

韩沁光看着她的动作，笑起来："放弃挣扎了？"

他这是明白她准备全程上阵了。

"就算是给安琪做替补了，总得有人干活儿吧。"方亚楠整理好行李，站了起来，"我去了。"

"加油吧，一会儿进去，我请你喝咖啡。"

"中杯就行。"

"哎，你还点上单了。"

方亚楠笑着打开相机走向慰问团。此时已经来了好几个企业代表，大家正在等候工作人员为他们办理团体登机业务，闲着没事，三三两两地站着聊着天。

本次行程已经正式开启了，每一张照片都有可能被登载到媒体上，方亚楠娴熟地悄悄走上去，开始按快门。不过即便她已经屏息静气，尽量降低自己的存在感，只要她的手一举起相机，镜头里的人还是会下意识地端正姿态。

方亚楠也明白，人在镜头下其实挺不自在的，但是对不起啦，大家都是为了工作啊。

"各位，准备安检了。"领队招呼了一声。

方亚楠闻言放下相机，所有昂首挺胸的人顿时松懈下来，讪讪地跟在领队身后准备安检，空气中满是尴尬气息。

每逢这种时候，方亚楠总有种用镜头支配人类的快感。她暗自偷笑，转身去拿器材箱。

"要帮忙吗？"江岩不知道什么时候站在了她的身后。他手里提着一个扁扁的电脑包，看起来很轻松。

"不用。"方亚楠想也不想地拒绝了，顺便熟练地掰开器材箱底下的四个小轮子，"拖着就行了。"

"好吧，"他也不坚持，亦步亦趋地跟在她身后，"我之前还想问你有没有去过 L 市呢，想着说不定我能去你没去过的地方。"

"我又不是旅行家，没去过的地方多了。"方亚楠平静地答道。

"到时候由你负责拍摄吗？"

"看来是这样的，"方亚楠向四周望去，果然没有看到那个娇小的安琪，"专职摄影师大概赶不上咱们的航班了。"

江岩皱了皱眉："这种团一般不会出这种纰漏吧？"

"反正有我在，也不算出什么大纰漏。"方亚楠有些无奈，"反正都是要拍的，拍多拍少都一样。"

"相当自信哪，方大摄影师。"

"那是因为你不知道其他人是什么水平。"

"哈哈，我懂了。"江岩边琢磨边开口道，"那我应该可以给你做替补。"

"咦？"

"不学点儿构图、光线什么的，我也干不了我这行吧？"

"哦，也对！"方亚楠心里突然生出希望，"那你有空的话，随便帮我们拍两张吧。说实话,会拍照的人最惨的地方不是要给别人拍照,而是别人给你拍的照片都很丑。"

"那你看这张行吗?"江岩掏出手机,翻出一张照片给她看。

方亚楠一看,"哇"了一声。

那是她举着相机拍照的样子——她身子微微后仰,表情专注,背景是虚化的人流和灰色的机场墙壁,显得她整个人清晰又明亮。照片的拍摄角度也很好,她藏在相机后面的下巴尖尖的,手腕纤细,整个人看上去修长干练,且状态极其自然。

"我这辈子都没这么瘦过!"方亚楠笑得合不拢嘴,"大师,请收我为徒!"

"还算满意?"江岩得意地笑,"这是我抓拍的。"

"太棒了,真的,快给我,快给我,我要拿这张照片做头像!"

"真的假的,拍得有这么好?"

"你别装了,就是很好啊,快点儿,快点儿!"方亚楠迫不及待地掏出了手机。

"好,好,好,等一下,"江岩收回手机,在屏幕上点了两下,方亚楠立刻收到了原图。她舔着嘴唇,喜滋滋地在手机上操作起来,很快就把微信头像换成了这张照片。

"动作很快啊,"江岩实时跟进着她的动态,"你不修一下图?"

"修哪里?"

"也对,你已经很完美了。"他收起手机,笑意盎然地说道,"走吧,去排队。"

两个人相继进入候机区后,便自然而然地分开了,非常默契。毕竟江岩的身份是嘉宾,而方亚楠虽然也是被邀请的人员,却是实打实的工作人员,两个人都有自己该去的圈子。

而且,方亚楠非常清楚自己这个都是同行的小团体才让她更舒服。江岩自打行程开始,除了睡觉,其余时间都在应酬。

方亚楠忍不住把刚才江岩拍的照片给韩沁光看,韩沁光也惊呆了:"不错啊,谁拍的?"

"江岩,九思的企业代表。"

"你们认识?"

她和江岩认识的事没什么不能讲的,方亚楠把她之前做过江岩的选题的事情说了一下,韩沁光一点儿也不惊讶,理所当然地点头:"看来以后我们碰到他的次数会越来越多。"

"对啊，人家正在事业上升期嘛。"

"不，是因为他帅。"

"啊？"方亚楠觉得自己作为女性，和韩沁光这大叔的关注点好像存在很大的偏差，"这和他长得帅有关系吗？"

"又帅又有本事，这样的男人简直是一块金字招牌。"韩沁光对媒体的口味了如指掌，"你也不想想，美女作家的作品是不是更容易叫座？"

"也对，毕竟这是个看脸的世界。"

"那也不是，实力还是要有的。"韩沁光拿出手机，翻了翻微信的聊天记录，又把手机放下，"你不说，我都没把他和九思联系起来。九思这两年异军突起，我都写过好几次这家企业的通稿了。这家公司前阵子还刚获得'年度优秀中小型企业奖'来着。"

"所以阿肖才会盯上他嘛。"

"看不出啊，"韩沁光看了江岩一眼，见江岩正微笑着听别人讲话，"这人挺厉害的。"

以方亚楠对韩沁光的了解，他的这声"厉害"估计有多重含义，方亚楠追问："您这话的意思是……他好还是不好啊？"

"别装傻，你知道我的意思。"韩沁光说道，"说难听点儿，这人很会投机；说好听点儿……他这是把握住了向上攀登的机会。公司刚起步，就能把各种奖项拿个遍，这次这样的官方活动也叫上他，他这真的是有本事。"

方亚楠耸了耸肩，无法反驳。

"要说他最厉害的是什么呢……"

"啊，您还没夸完哪？"方亚楠笑着问。

韩沁光摸着下巴："最厉害的应该是，他这样一个投机分子，竟然不会让人讨厌——他真的很会做人。"

"是的，是的，而且他对所有人一视同仁，还不耻下问，对我这种工作人员也和蔼可亲——他可真是人中龙凤哪。"

这次轮到韩沁光迷惑了："您这是……夸他还是骂他啊？"

方亚楠笑着摊开手："我的中杯拿铁呢？"

"哎呀，忘了！走，走，走，一起去吧。"

"行。"方亚楠干脆地跟着韩沁光走了。

两个人正在咖啡店消磨时间的时候，江岩突然给方亚楠发来一条微信："亚楠，能不能请你帮个忙？"

方亚楠回了一个问号。

江岩："你现在在别处逛，是吗？"

方亚楠："对，要咖啡？"

江岩："也可以，还有，能不能给我带个巧克力蛋糕？"

方亚楠："你没吃早饭？"

江岩："不是，我想买点儿吃的东西在路上吃，但我现在走不开。"

方亚楠边打字边站起来："巧克力麦芬可以吗？"

江岩："可以，多谢，到时候请你喝咖啡。"

方亚楠："好的，我截图保留证据了。"

韩沁光见方亚楠起身，抬起头问："到时间了？"

"没，江岩让我帮他带点儿吃的东西。"

"他没吃早饭？"

"不是，他说要带着路上吃。"

"那他大概是吃不惯飞机餐吧，"韩沁光了然，"你去吧，我帮你看着东西。"

"成，"方亚楠去柜台前点餐，被问到对咖啡的要求时，差点儿本能地说出无糖，却突然愣了一下。

等等，江岩不至于想吃巧克力蛋糕想到特地拜托人买吧？他就这么缺这一口蛋糕？

除非他有什么必须吃巧克力蛋糕的理由，而且绝对不是吃不惯飞机餐这种听起来很容易让人觉得他娇贵的理由。

方亚楠琢磨了一下，迟疑地说："半糖……吧。"

她到底还是说不出"全糖"这么邪恶的词。

在等服务员加热麦芬的时候，方亚楠忍不住掏出手机搜索了一下，然后长长地叹了一口气。

不出她所料，他应该是有头晕的感觉了。

她还是老方的时候，做足了"救"江岩的准备，为此还特地去搜索过白血病的相关资料。在一大堆看不懂的术语中，她只能记住几个自己能理解的词，比如抵抗力降低、出血、淋巴结，还有……贫血。

贫血的表现是头晕、乏力，经常会被误认为是低血糖，以致很多患者在出现头晕的症状时，以为靠吃糖就能解决问题，其实这并没有什么用。

江岩应该是觉得自己低血糖了……但愿他真的是低血糖吧。

想到江岩这时候可能不舒服，即便不想和他发展出什么特别的关系，方亚楠也坐不住了，买好了东西后，便转头准备回去，顺便和韩沁光打了招呼："我先给人把东西送去，你一会儿再来吧。"

韩沁光："啊？他不是说要到飞机上再吃吗？"

方亚楠皱着眉："我觉得他平白无故的，不会特地让我给他买巧克力蛋糕，可能是低血糖了，头晕……"

"哦，对！"韩沁光反应过来，然后摇了摇头，"我果然是年纪大了，居然能对这种症状感同身受了。唉，我也回去吧。"

他起身，背起自己的电脑包，并帮方亚楠拿上拉杆箱。

"啊，你不用这么早回去啊，离登机还有一会儿呢。"

"妹妹啊，你有点儿自觉吧，女单身贵族给男单身贵族送咖啡，而且就给他送，别人都没有？还是说你想再打包二十杯，掩饰一下？"韩沁光打趣她，"你就这么想被拉郎配？你就这么把咖啡和蛋糕送去，一路上都别想消停了，好吗？"

方亚楠幡然醒悟，顿时直冒冷汗，直接把纸袋塞到韩沁光手上，抢过了自己的器材箱，对韩沁光点头哈腰："劳烦你……你……您……您老帮我送去吧，我……我……我随后就到！"

"哈哈，被吓成这样。"韩沁光早有此意，提着袋子，优哉游哉地往登机口去了。

H市和L市的距离差不多跨越了半个中国，他们要坐将近三个小时的飞机。二十几个人占了飞机上不少座位，但因为现在不是旅游旺季，所以后排座椅空空的。

方亚楠前一晚因为各种事没睡好，等飞机飞行平稳后，很机灵地躲到后排座位上躺了下来，老油条之姿尽显无遗。还没入眠，她便闻到了一股浓郁的巧克力香，摘下眼罩一看，江岩刚刚在和她同一排的座椅上坐下，打开小桌板，颇有仪式感地把巧克力麦芬放在了上面。

见她看过来，他还眨了眨眼："把你香醒了？"

这么香，我怎么可能闻不到？！方亚楠一边用眼神谴责江岩，一边咽了一口口水，并伸出手："见者有份。"

"好，好，好。"江岩掰了一块蛋糕递过来，"本来就是你买的。"

方亚楠心满意足地重新戴上眼罩，并把麦芬塞进嘴里，几口吃完，又觉得嘴里有点儿发腻。她再次拉下眼罩，一杯咖啡恰好递到眼前，江岩："来一口再睡？"

他太懂了！方亚楠略微直起身，看着吸管愣了一下，从口袋中掏出一张纸巾，裹着吸管口，"咕咚咕咚"地喝了一大口，然后把纸巾塞进垃圾袋中，动作如行云流水，熟练无比。

"谢了。"她开口道。

江岩看着她的动作笑了两声，收回咖啡。方亚楠若无其事地重新戴上眼罩，在晃荡的机舱中睡了过去。

下飞机后，慰问团的人见到前来接机的当地接待人员，然后一路马不停蹄地前往他们的目的地——大松山。这一路很是辗转，他们先前往最近的市区用了午饭，下午启程赶往大松山的山下镇，在那儿与当地相关部门的人举办了一场简单的启动仪式后，在镇子上留宿一晚，第二天一早正式出发进山，调研扶贫成果。

"唉。"方亚楠为即将到来的四个小时山路行程叹了一口气。

"累了？"江岩又在她旁边吃上蛋糕了。

进山的交通工具是一辆四十座的大巴，所以大多数人能一人占两个座位，工作人员们都自觉地坐在了后面几排座位上。江岩不知道是有意还是无意，选择的座位和方亚楠的就隔了一条过道。

方亚楠看了他一眼，嘴角抽搐了一下。

看来江岩的贫血情况真的很严重，他的行李箱里居然有一盒巧克力蛋糕，他隔三岔五就会拿出一个来吃。这时候，他又掏出一个蛋糕拆开，见方亚楠看他，举了举手里的蛋糕："来一个？"

不，这罪恶的东西，她光是看看，都感觉仿佛有热量融入了她的脂肪！

看着方亚楠的眼神，江岩了然地笑了笑，低头咬了一口。

"你怎么不会胖哪？"方亚楠不满地质问。

"你昨晚吃烧烤的时候，我也想这么问。"江岩一边嚼着蛋糕，一边说，"烤串的热量不比这个低吧？"

好吧，这话他说得没有毛病。

方亚楠刚转回头，忽然意识到这是个难得的机会，便趁机问道："话说，你低血糖这么厉害吗？没见你停下过吃甜食。"

江岩的嘴里鼓鼓的，他闻言眨了眨眼："我不知道。"

"啊？"

"我去医院查过，没有低血糖的症状。"

"那你为什么……"

"吃甜食的时候心情比较好呀，你不觉得吗？"他眯着眼笑。

你撒谎。"

方亚楠满脸狐疑的神色。小孩子才会用吃糖来换取好心情,大人都用……好吧,也一样。

方亚楠意识到他是不想说,一时有些气馁,但又不方便继续追问,只好耸耸肩,不再说话。

"话说,你是累了吗?"江岩又把话题拉了回来,突然单手翻起了自己旁边的行李袋,"我这儿有个据说挺有用的东西……啊,就是这个。"

他拿出一沓狗皮膏药一样的东西,抽出其中一张递过来:"听说把这个贴在身上,可以缓解疲劳。"

方亚楠看了一眼,发现他手里拿的竟然是这两年刚红起来的冰贴,忍不住笑道:"你这是看网上的推荐买的吧?"

"嗯,你也知道这个?"

"当然,我毕竟也经常出差,什么所谓的旅行神器不知道呀?"方亚楠接过江岩递过来的冰贴拆开,"讲真的,你该不会把市面上所有跟旅行有关的东西都买齐了吧?"

"你怎么知道?我很少有机会买这些东西,难道它们都是骗人的?"江岩把吃完的蛋糕包装袋塞进一旁的垃圾袋中,又从行李袋中掏出一个分装袋打开,露出里面的膏药、喷雾,貌似还有好多面膜和防晒霜……

江岩在里面扒拉着:"我也不知道这些东西到底用不用得上,就把看着能用上的都带上了。"

方亚楠:"……"

他多像当年的自己啊。

江岩见方亚楠没什么反应,抬起头问道:"你看这里面有没有你用得上的东西?你尽管问我要。"

方亚楠无奈:"我建议你趁现在还想得起它们来,赶紧把它们分了吧。"

"啊?为什么?这些东西这么不中用吗?"

"哎,我说真的,这里的东西,你绝大多数用不上,或者会想不起来用。更重要的是,大哥,光这沓冰贴就很重了,你装了这么一大堆东西,背着不重吗?"

"说得也是,"江岩低头看着自己的"百宝袋"琢磨了一会儿,苦笑道,"但是被你这么一说,我如果现在分掉这些东西的话,岂不是蓄意让别人分摊我的重担?这会显得我很无耻吧?"

"你管那么多呢!"方亚楠笑了,"来,把冰贴给我,我先帮你分担一点儿！"

江岩乖乖地把手里的冰贴都递了过去，表情竟然有点儿呆。

"不用全给我，你自己留两张。好了，来，韩老，韩老……"

韩沁光就坐在她前面，估计把两个人的对话都听全了，闻言非常自觉地伸出了手："来吧，来吧，唉。"

"江总关怀您，拿冰贴贴您尊贵的小手腕儿！"方亚楠塞给他一张冰贴。

"那就谢谢啦。"

江岩就这么笑着看方亚楠把他的冰贴"赏赐"了一圈，居然还剩了几张。听着周围一片撕包装袋的声音，方亚楠觉得有点儿好笑。

这就是老人对新手的爱啊。

大松村虽然说是村，但作为方圆十里内地理位置最好的村落，是周边很多村落迁移工程的目的地，如今已经发展成小镇的规模，村政府、医院和学校都造得有模有样，颇为气派。

众人乘车参观了一下大松村现代化的街景，很快就到了落脚的宾馆里。所有人先把行李送回自己的房间，然后下楼吃饭。慰问团的领导和企业代表坐一桌，工作人员坐另一桌。

幸好饭局是不需要拍摄的，方亚楠吃得很开心。

村代表到他们这桌敬果汁，笑容可掬地说道："欢迎各位到我们大松村做客！"

大家纷纷放下筷子，端起杯子站起来，喝完果汁，村代表顺势也坐在了这桌旁边，挤在秘书小杨身边，和他聊起了接下来的行程："你们明天大概什么时候到学校去呀？"

小杨是个非常精干利落的青年，闻言二话不说就掏出资料翻看起来，随即说道："明天我们暂定七点起床，七点半吃早饭。从这里到学校是不是只要十五分钟的车程？"

"对的，对的。"

"那我们八点左右应该可以到学校，能赶上升旗仪式吗？"

"没问题，学校八点十五分正式上课，在这之前，都能安排升旗仪式。"

小杨皱眉："不要将就我们，要按你们的时间来，你们之前不是说八点升旗吗？"

"这个，其实……"村代表尴尬地说道，"快到期末了，有些娃子要考高中了，学校就把升旗仪式安排在七点半了，这样娃子们七点四十五就可以上课了。"

"那你们应该早点儿说呀。"

"我也是昨晚跟学校联系的时候,才知道改时间了。"

"那还是按你们的时间来吧,我们可以再提前半个小时起床,七点吃早饭,七点半之前肯定能赶到学校。"小杨一边说,一边在本子上记起来。

"哎,"村代表有些不好意思,"会不会起得太早了?"

"不会,"小杨的眼镜片上闪过一道狡黠的光,他说,"隔壁桌的人肯定都没问题,真要说有什么困难的,起床最困难的人都在这一桌。"

同桌的工作人员闻言纷纷喷饭。

"小杨,你可以呀!"方亚楠作势拍筷子,"我刚觉得你小子做事情井井有条,还想夸你,你转头就这么诋毁我们?"

"那你说我说得对不对吧,你们中有几个人是在十二点以前睡觉的?"小杨毫不留情地揭穿她,"反正你们刚才都听到了,咱们明天六点半起床,迟到的自己跑步去学校。"

"啊啊啊……"由方亚楠带头,全桌人一起发出哀号声。

"那边怎么这么热闹啊?"隔壁桌有人笑着问。

"没事,学校为了准备中考,提前升旗,所有人都要提前半个小时起床!"小杨回答。

"哦,哈哈,"那人了然,"那你们那桌夜猫子都得哭了。"

大家默契地发出假哭声,气氛一时非常欢乐。

吃完饭,因为早在进宾馆的时候就确认过这里令人着急的网速了,方亚楠决定在外面散步消食,正好碰到村代表和小杨在门口聊天。

她本想避开,谁料小杨看到她,竟然招了招手:"亚楠,你来一下。"

方亚楠不明所以地走过去,小杨直截了当地问:"你还会攀岩吗?"

"啊?"方亚楠歪着头,忽然想起来,"空中森林?"

她之前搜集资料时看到过相关介绍,大松村这一带之前盗伐现象很严重,把山都伐秃了,山秃了以后,当地人又开始采石,不科学的采石方法弄得整个山区乌烟瘴气的,山体也遭到了严重破坏,直到后来有了退耕还林政策,大松村才开始在毁坏的山体上重新种植树木。如今十几年下来,已经颇具成效。那些长在悬崖峭壁上的树也成了当地一景,人称空中森林。

她看过资料后,虽然挺想去看看的,但是因为之前已经有人报道过空中森林了,而且这次行程中也没有安排空中森林这一景点,所以她稍微垂涎了一下,就把这件事抛诸脑后了。

"对,"小杨点了点头,"村代表说从我们明晚入住的铁山岗出发,只要一个小时车程就能到空中森林的下方。那边最近在做维护工作,可以拍到护林员养护树木的画面,不过光站在下方,离得太远,拍不到什么东西,摄影师需要跟护林员一起上去。"

"可以啊,"方亚楠想也不想地叫道,"我可以!"

"你是攀岩过的吧?我记得在你的朋友圈里看到过你攀岩的照片。"小杨确认道。

"攀过,攀过!"方亚楠虽然有些心虚,但还是连连点头。她当初因为感兴趣,在攀岩馆办了张季卡,虽然去的次数不少,但其实来来回回也就爬过七八米高的室内人工岩壁。教练提议过带她去爬户外的岩壁,她嫌麻烦,也没去成。

不过护林员也都不是专业的攀岩运动员,攀岩过程中又有保护措施,她应该没问题。

小杨确认后,松了一口气:"你能去就好。其实我的领导也挺想去看看的,因为他到我们市之前,也做过L市的帮扶项目,这片山差不多是他看着恢复的,他对这里还是有感情的,如果你能多拍点儿素材,那就最好了。"

"没问题,"方亚楠比了个OK的手势,"我们明天的落脚点是铁山岗吧?"

"对,那儿有几个村里的支柱产业,我们要去考察。"

"所以,我后天去空中森林?"

"嗯,后天先去参观绿色食品厂,下午就安排你去空中森林。"

"好!"方亚楠转身直奔宾馆大门。

"哎,你干吗?你不是在散步吗?"

"我去换运动装,提前锻炼一下!"

小杨慌了:"喂,你是在临时抱佛脚吗?喂,你到底行不行哪?!"

第二天一大早,晨光刚洒满山脊,山中寒风凛冽,学校的操场上已经站了一群瑟瑟发抖的人。

学生还没来,慰问团中的工作人员却已经提前抵达升旗仪式现场,开始做准备工作了。

方亚楠拍完慰问团人员视察食堂的过程,很自觉地回到操场上,站在负责录像的小哥小凌身边,见他调试机子的手都在抖,忍不住伸出手:"来,借你温暖。"

"啊?"

"握住你就知道了。"

小凌疑惑地握住了她的手,然后发出一声尖叫声:"亚楠姐,你是人形火炉吗?!"

说着,他毫不犹豫地把另一只手也放了上来,用两只手使劲搓着方亚楠的手。

方亚楠被他冰冷的手冻得打了一个激灵,但还是忍不住嘚瑟道:"没办法,我从小体热,你现在享受的可是专属于我的小姐妹的待遇。"

女孩子到了冬天普遍手脚凉,所以方亚楠每次见到小姐妹搓手,都会主动伸出自己的手。长此以往,她已经形成了条件反射,只要感觉别人冷,就会伸出手。

"太厉害了,哎呀,凉了,麻烦换只手。"

方亚楠额头上青筋直跳,一边换手一边笑骂道:"你可真会蹬鼻子上脸哪。"

"亚楠姐的手热吗?"一旁负责无人机的小伙伴也厚着脸皮凑了上来,"姐,我的手都冻僵了,刚想问你们女孩子有没有带暖宝宝的。"

"对不起,我不用那个,"方亚楠再次伸出手,"来吧,免费。"

于是在等待升旗的这十几分钟里,方亚楠一直举着双手,被周围的同伴挨个儿虔诚地握住,直到早操铃声响起才被放过。

早操铃一响,学生们便成群结队地拥进操场,列队完毕,升旗仪式就开始了。

方亚楠负责摄影,可以在全场自由走动。操场上的气氛很庄严,学生们似乎也意识到今天的升旗仪式不寻常,一个个昂首挺胸、神情肃穆。很快,升旗仪式结束了,方亚楠趁校领导讲话,走到队伍后面休息,转头就看到了人群中的江岩。他穿了一身米色的长大衣,围着一条黑灰色的格子围巾,露出深蓝色的牛仔裤和一双英伦风的靴子,看起来精心打理过,比起周围身穿各色羽绒服的众人,简直像是刚从偶像剧片场走出来的明星。

只不过此时这个"明星"像是已经被冻傻了,就见他缓缓地从口袋里拿出一个黑色金属壳保温杯,像个老大爷似的,哆哆嗦嗦地拧着盖子。偏偏他又不舍得把手从白色毛衣的袖口里拿出来,导致拧杯盖的手一直打滑,怎么都拧不开盖子。他不动声色,双眼直视前方,暗自使着劲。

方亚楠忍着笑观察了一会儿,见周围没人注意到他的尴尬样子,叹了一口气走过去,伸出了手:"给我。"

江岩眨了眨眼,犹豫了一下,逞强似的捧着杯子不动。

"那你握住杯子。"

这次江岩终于不情不愿地配合了，方亚楠伸手握住杯盖使劲一拧，杯盖"吱"的一声开了。等江岩喝完热水，方亚楠又把杯盖还给了他。

江岩："谢谢。"

"多大点儿事。"方亚楠看着前方，用余光瞥见江岩把保温杯放进大衣口袋里，双手使劲往袖子里缩，愣是把本来不冷的她给看冷了。

不是吧，他看着挺强健的，死也是二十年后才死，怎么现在就这么弱了？

还是他只是怕冷？

方亚楠一手摩挲着相机，犹豫了一下，伸出另一只手："给。"

江岩看着她空空的掌心："什么？"

"我的体温。"

"啊？"

"啧，捏着！"方亚楠一把抓住他的手，江岩下意识地缩了一下，但立刻感受到了手心传来的巨大温差，二话不说地捏紧了方亚楠的手。

有了之前的"供暖"经验，在感觉到这只手的温度降下来后，方亚楠又自觉地伸出了另一只手，江岩也非常自觉地再次握住。

说实话，两个人刚握手的时候，方亚楠意识到她的心跳确实狠狠地加快了，可是很快就被江岩冰凉的手心搞得降速了。她的脑海中来回闪现的不是江岩此时年轻俊美的样子，而是他的遗照。

她难以忘记作为"老方"的时候，孩子们说的那些话，还有她看到、感受到的那些和江岩有关的事。他的奋斗、他对病情的隐瞒，还有他留给她、留给这个家的一切。

殷实的家底、无忧的生活、天伦之乐……这些都是这个男人给她的，他自己却没有享受到。

她和他短暂的"婚姻"中，是不是也时常会有这样温存的时刻呢？

她不知道，也不敢细想。

但关照他，好像已经成了她此时难以回避的责任和义务了。

想到这里，方亚楠忍不住微微转过头看了一眼他的打扮，说不上嫌弃还是不满地说道："你怎么穿得这么少？"

之前在工厂见面的时候，他穿了一件羽绒服，看起来也不是很在乎形象，怎么今天来乡村小学还打扮起来了，这么臭美？

"你不知道？"江岩有些惊讶，看了看她的相机，忽然明白过来，"哦，你拿的不是摄影师剧本。"

"啊？"

"那一会儿你跟我走吧，"他苦笑着说道，"我今天有任务的。"

"什么任务？"

"来不及说了，反正麻烦你把我拍得好看点儿。"

"啊？"

此时，校领导的发言结束了，在学生们热烈的掌声中，慰问团的领导上台发言。方亚楠仿佛惊醒了似的缩回手："那你等会儿提醒我一下。"

随后，她匆忙上前去拍领导讲话的场景。

领导讲完，学生们终于开始做早操了。方亚楠又拍了几张照片，然后一行人跟着校领导往会议室走去。

方亚楠记着江岩的话，一直紧跟着他，但还没进会议室，就被小杨逮住了。他一脸焦急，直到看到方亚楠才松了一口气："还好你在这儿！"

"我又不会跑了。"方亚楠失笑，"怎么了？"

"哎，这不是安琪不来了嘛，结果看你熟门熟路的，忘把活动流程发给你了。"小杨一脸懊恼地说，"今天还有一个重要活动，就是江岩来看望自己的员工。"

"嗯？这学校是江岩捐的？"方亚楠说着惊讶地看向江岩。

江岩连连摇头："不是，不是，我还没那么大魄力。"

"九思捐助了所有我们扶持的学校的多媒体教室设备，"小杨语速飞快地说道，"还派了几名员工来短期支教，教信息技术。"

"啊？还有这种事情？"方亚楠的思维不由自主地跑题，她问，"那这些员工的工资怎么算，拿双份工资吗？"

"来这里支教的员工都是自愿报名的，支教期间，我们会给他们发基础工资。"江岩苦笑着说道，"没想到当初很多员工报名，这竟然成了一个热门项目。"

方亚楠设身处地地想了想，要是杂志社给她发基础工资，让她去山里短期支教，她也愿意。

毕竟支教不仅仅是帮人，也是帮己。

不过他能给别的学校养老师，这也是不小的魄力了。方亚楠毫不客气地捶了一下江岩，笑道："不错呀，江总，很有情怀嘛！"

江岩挨了她这一下，苦笑更甚："我这是给自己挖坑呀。"

"怎么了？"

小杨促狭地接话:"江总手下一个小姑娘在这里干得起劲,不想回去了。"

"咦?"

"来这里的员工都只需要支教两个月就可以回去,毕竟时间越久,江总的损失越大,员工心里也不安定。结果那个小姑娘硬是多拖了两个月,临了还问江岩能不能不要年终奖,下学期继续来。"

"哇!"方亚楠看向江岩,一时间不知道该惊叹还是同情,最后只剩下佩服,"那姑娘脱离了低级趣味啊,而且也不是不懂事,这不是不要年终奖了嘛。"

"说实话,她不要年终奖,是我赚了,"江岩有些尴尬,"可事情不能这么办。"

"你来领她回去?"

"是慰问,慰问。"小杨强调,"领回去不好听。人家想当支教老师,我们必须支持呀,怎么能阻止?"

怪不得江岩穿得人模狗样的,原来是要给自己的出逃员工一个"惊喜",这确实值得好好拍几张照片。

方亚楠还是有些疑惑,摸了摸相机:"我大概明白了,但还是想知道,慰问完呢?你不打算把她领回去的话,那是打算支持她继续留在这里了?"

"那也不行,这事不能有先例。"江岩说道,"她不走,别人就来不了,否则我的公司都要走空了。"

"所以江总这次主要还是约她谈谈,"小杨补充道,"而且这趟必须精心打扮!你想,小朋友们突然看到一个这么帅气的叔叔,捧着花来找他们尊敬喜爱的李老师,能不欢呼雀跃吗?善良的李老师舍得哭丧着脸吗?"

方亚楠简直不知道说什么好:"这计划是谁想的?"

小杨挺起胸膛:"我!"

方亚楠叹了一口气,摇了摇头:"我大概想象了一下这个场景,简直像求婚现场。你说你干的这是人事吗?"

小杨"天真"地眨着眼睛:"黑猫白猫,能带回员工的,就是好猫。"

他拍了拍江岩:"老江,加油!"

江岩:"……"

方亚楠:"……"